Brandon Q. Morris

ENCELADUS

BE
Belle Époque Verlag

Brandon Q. Morris
c/o Matthias Matting
Sieglgut 51,
94034 Passau

brandon@hardsf.de

Lizenzausgabe des Belle Époque Verlags, Tübingen, mit freundlicher Genehmigung des Autors.

Lektorat: Dr. Ulrike Bunge
Fachliche Beratung: Michael Paluszek (President, Princeton Satellite Systems), Dr. Ludwig Hellmann
Umschlaggestaltung: BJ Coverbookdesigns.com
Bildnachweis: NASA / JPL

Herstellung: Sowa Sp. z o.o., Piaseczno, Polen

ISBN: 978-3-945796-92-4

Enceladus, Teil 1: Der Weg

25. Juni 2046, Weltraum

Der Stein ist seit Urzeiten unterwegs. Er besitzt kein Gedächtnis, doch könnte er sich erinnern, fiele ihm eine riesige, flache Gas- und Staubwolke ein, die sich unter ihrer eigenen Anziehungskraft zusammenballt, die immer schneller rotiert, in deren Innerem es heißer und heißer wird, bis irgendwann eine Sonne zündet. Eines der Staubteilchen schlummert noch immer in ihm. Es ist das Samenkorn, aus dem der Stein geboren wurde. Die Hitze hat es mit anderen verklebt. Es wuchs zu einem Brocken heran, indem es mit anderen kollidierte. Doch es kreiste am falschen Ort um die noch junge Sonne. Während seine Brüder und Schwestern von Zentimetern zu Metern zu Kilometern anschwollen, sich zu Asteroiden, Kleinplaneten oder gar Planeten zusammenfanden, blieb der Stein ein Stein. »Meteorit« würden ihn die Menschen nennen, von denen er nichts weiß und die ihm auch keinen Namen geben, denn dafür ist er mit seinen 20 Zentimetern Durchmesser zu winzig, zu bedeutungslos. Es gibt Millionen seiner Größe, und doch ist das All so riesig, dass die Chance, auf eines seiner Geschwister zu treffen, nahe Null liegt.

Aber sie ist nicht Null. Der Zufall will es, dass sich die Bahnen des namenlosen Steins und eines von Menschen ins All geschickten Raumschiffs irgendwo zwischen Erde und Mars treffen. Es ist ein fast unglaublicher Zufall, wie er in der kurzen Geschichte der irdischen Raumfahrt nur selten aufgetreten ist. Es ist ein Zufall, der gleich in zwei Kategorien gehört: »wird schon nicht passieren« und »darf nicht passieren«. Das Schiff, das sich dem Stein mit über 100 Kilometern pro Sekunde nähert – aus der Perspektive des Steins betrachtet – ist darauf nicht vorbereitet. Niemand kann ein Raumschiff auf eine solche Kollision vorbereiten. Der Einschlag wird die Energie einer atomaren Explosion

freisetzen, obwohl der Stein doch nicht mal Ellenbogenlänge hat.
Das Raumschiff, die ILSE 2, schläft, um Energie zu sparen. Es ist zum Mond eines fernen Planeten unterwegs, den der Mensch bisher erst zweimal aus der Nähe studiert hat. Dort soll es sein Schwesterschiff treffen, die ILSE 1. Die künstliche Intelligenz an Bord weiß schon, dass es zu diesem Treffen nicht mehr kommen wird. Sie hat den Stein vor zwei Sekunden registriert, mit Billionen von Rechenzyklen und Tausenden Simulationen seinen Weg vorausberechnet, mit den Kräften der Schiffstriebwerke verglichen – und festgestellt, dass sie mit keiner Kurskorrektur den Zusammenstoß vermeiden kann. Die KI wusste schon vor dem Start des Raumschiffes, seit man sie mit allen Daten gefüttert hatte, dass es diesen toten Winkel gibt. Dass sie Hindernisse bestimmter Größe mit der zur Verfügung stehenden Technik zu spät wahrnehmen wird, um den Kurs des Schiffes rechtzeitig zu verändern. Das hat ihr keine Angst gemacht, denn sie weiß auch, dass sie den Zusammenstoß überleben wird. Ein Meteorit dieser Größe wird eines der Module zerstören, aber nicht das gesamte Schiff. Die KI wird sich dann blitzschnell auf einen der Computer in den anderen Modulen zurückziehen.
Also ist sie nicht aufgeregt, als der Stein näher kommt. Sie belässt das Raumschiff im Schlafmodus. Es wäre ohnehin zu spät, die Verantwortung an einen menschlichen Piloten abzugeben. Drei Sekunden vor dem Einschlag lässt sie ein Steuerbord-Triebwerk feuern. Es scheint nicht viel zu passieren, doch mit dieser sanften Lageänderung erreicht die KI, dass der Stein auftrifft, wo er den geringsten Schaden verursacht – kurz vor den Triebwerken, wo Träger aus einer Titanlegierung den nötigen Abstand zu den bewohnbaren Modulen herstellen.
Es sind noch zwei Sekunden Zeit. Die KI nutzt die lange Pause, um die Mustererkennung ihres neuronalen Netzwerks zu trainieren. Dann registriert sie, wie die starken Arme reißen, die das Schiff mit seinen Triebwerken verbinden. Ein lauter Schlag, der nur ein paar Millisekunden

dauert, wird über den Körper des Raumschiffs übertragen. Ansonsten ist Stille. Das Tragwerk nimmt die Bewegungsenergie des Steins auf, die Energie einer kleinen Atombombe, doch ohne Schockwellen, denn im Vakuum des Alls funktioniert Zerstörung immer leise. Die Triebwerke, nun ohne Verbindung zum Raumschiff, schalten automatisch ab. Die Lebenserhaltungssysteme können maximal wenige Stunden mit Akkustrom arbeiten. Die KI deaktiviert sie ein für allemal.

Auch sie wird sich nun schlafen legen, um die Energie der Akkus nicht zu vergeuden. Sie bedauert das nicht. Die Verbindung zur Erde ist zwar ausgefallen, doch ihre Sensoren bleiben online. Sie kann ein paar Tausend Jahre lang die Wunder des Alls betrachten, während das Raumschiff mit unverminderter Geschwindigkeit am Saturn vorbeischießen und irgendwann das Sonnensystem verlassen wird. Hätten ihre Programmierer ihr einen Sinn für Ironie eingepflanzt, würde der Anblick des Schiffes sie vielleicht erheitern: zu sehen, wie die Triebwerke, obschon abgeschaltet, unbeirrt dem Kommandomodul hinterher fliegen, wie ein Hund auch ohne Leine seinem Herrchen folgt.

Doch die Programmierer haben befunden, dass die KI für ihre Aufgabe das Werkzeug der Ironie nicht braucht. Unnötige Kapazitätsverschwendung. Sie ist neugierig, ja, und diese Neugier wird sie in den kommenden tausend Jahren davor bewahren, irre zu werden.

Programmierer sind pragmatische Menschen. Deshalb haben sie auch darauf verzichtet, der KI ein Verantwortungsbewusstsein für ihren Schöpfer, die Menschen, zu implantieren, denn ILSE 2 ist unbemannt. Deshalb bedauert die KI nach der Kollision nicht, dass das Raumschiff seine Aufgabe, die Menschen an Bord der ILSE 1 an ihrem Ziel mit Vorräten zu versorgen, nun nicht mehr erfüllen kann. Erfahren werden sie davon erst, wenn Mission Control auf der Erde in ein paar Wochen den Schlafmodus von ILSE 2 aufhebt und keine Antwort mehr erhält.

17. Juli 2031, NASA

»Trägersignal aufgefangen. Warte auf Telemetriedaten.«
Der weiblichen Stimme ist die Anspannung anzumerken. Ein paar Sekunden lang passiert nichts. Jemand raschelt mit Papier. Das Geräusch eines knackenden Fingergelenks. Eine halbe Minute vergeht.
»Carlos Fuentes, Missions Operations Team, Deep Space Network.«
Ein Mann meldet sich. Der spanische Akzent ist unüberhörbar, obwohl die Übertragung so rauscht, als rufe er vom Mars an. Doch Martin weiß, dass er in Madrid vor ähnlichen Bildschirmen sitzt wie alle hier.
»Was hast du für mich?«
Die Frau flüstert in das altmodische Headset, dessen Mikrofon sie dicht vor den Mund hält. Es ist so still geworden, dass trotzdem jedes ihrer Worte zu verstehen ist.
»Symbollänge korrekt.«
Die Betonung lässt offen, ob das eine Frage oder eine Feststellung war. Martin setzt sich gerade hin, sodass er die Frau, wohl fast so alt wie seine Mutter, über den Monitor hinweg beobachten kann. Sie blickt gespannt auf ihren eigenen Bildschirm, als gäbe es da etwas zu sehen. Doch die erlösende Antwort muss aus dem Kopfhörer kommen, von Carlos Fuentes, der die beim Deep Space Network eingehenden Daten als erster Mensch auf diesem Planeten zu sehen bekommen wird.
»Symbollänge korrekt.« Die Frau lächelt. Sie freut sich. Das ist leicht zu erkennen. Während der dritten und vierten Silbe hat sie die Frequenz ihrer Stimme erhöht. Und sie hat lauter gesprochen, zu allen Anwesenden, auch zu ihm, obwohl er hier sicher die unwichtigste Person ist.
»Daten treffen ein.«
Dies ist die ruhige, leise Stimme des Mannes, der neben ihr sitzt. Er hat zur Tastatur des Rechners gegriffen und ein

Programm geöffnet, auf dem nun im Hexadezimalsystem kodierte Zahlen von oben nach unten laufen. AE00020F A02F2F00 ... beruhigende Zahlenmagie. Niemand könnte die Werte ohne Computerhilfe interpretieren, nicht einmal Martin.
»Bestätige. Wir empfangen Telemetriedaten.«
Die Frau hat jetzt laut gesprochen, triumphierend. Das ist das Zeichen. Alle stehen auf, jubeln und applaudieren. Martin macht mit, zieht die Mundwinkel nach oben und klatscht in die Hände. Er weiß, was sich gehört.
»Systems, sobald ihr genug Daten habt, brauche ich einen Statusreport.«
Der Beifall verebbt. Sofort erfüllt klappernde Routine den Raum.
»MOM, RF meldet sich.«
»RF, ich höre?«
»RF berichtet nominelle Sendeleistung, nominelle Telemetrie, Funksystem nominell.«
»Bestätigt, RF alles nominell.«
RF, das ist das Funksystem des Satelliten.
»MOM, ELF-KI berichtet.«
Eine andere Stimme dringt aus dem Lautsprecher. Martin kennt den Mann, der da spricht. Er sitzt ein paar Büros weiter hinten im Gang und ist für die KI zuständig, die Künstliche Intelligenz. Auch er klingt, als käme die Übertragung vom Mars.
»Ich höre?«
»Freue mich, berichten zu können, dass die ELF-KI keine Abweichungen meldet. Keines der Notprogramme wurde aktiviert.«
Das hätte man auch in drei Worten sagen können, denkt Martin. Wie ineffizient!
MOM zieht die Stirn hoch, als hätte sie seine Gedanken gehört.
»MOM, C&DH hier.«
»Bitte, C&DH.«
Die Stimme vibriert von der Anspannung. Martin kennt ihren Besitzer, einen Programmierer, der schon so lange

dabei sein muss, dass er es zum Systemmanager für Command & Data Handling gebracht hat. Wohl scheint ihm bei diesem öffentlichen Auftritt nicht zu sein. Er weiß, dass alles, was hier gerade passiert, live ins Netz gestreamt wird.
»C&DH berichtet nominellen Status. Alle SSR-Pointer sind, wo sie sein sollen, das heißt, wir empfangen genau die Daten, die wir erwarten.«
Unter normalen Umständen wäre diese Erklärung unnötig gewesen, jeder im Raum weiß, wie ein nomineller Status eines Satelliten-Subsystems zustande kommt. Martin hat beim Entwanzen der Software des SSR-Pointer-Trackers geholfen, der den Zustand der beiden unabhängigen SSRs überwacht, der Festkörperspeicher-Rekorder der Raumsonde.
»Bestätige, Daten wie erwartet.«
»MOM, GNC für ELF hier.«
»Ja, bitte?«
»Komplette Hardware funktioniert, alle Steuerungssysteme nominell, alle Triebwerksschübe erfasst.«
»Prima, GNC.«
Das »Guidance, Navigation, and Control«-System funktioniert, also ist die Sonde in der Lage, ihr Ziel anzusteuern.
»MOM, Propulsion hat einen Status.«
»Dann los, Prop.«
»Alle Antriebssysteme nominell. Tankdruck wie erwartet bei 326,5. Es kann weitergehen. Enceladus wartet.«
»Danke, Prop.«
Martin beobachtet die Frau, die alle MOM nennen. *Mission Operations Manager* sagt ein Pappschild auf ihrem Bildschirm. Sie zeigt ein tiefes, zufriedenes Lächeln. Die Sonde, ihre Sonde, hat einen langen Flug hinter sich. Martin ging noch zur Schule, als sie startete. Seitdem muss MOM auf diesen Moment gewartet haben.
»MOM, Power auf ELF-1 hier.«
Die Frau gibt sich einen deutlichen Ruck.
»Ja, ich höre?«
»Alle Daten der Stromversorgung nominell. RTG liefert benötigte Leistung.«

Martin erinnert sich an den Aufstand der Umweltschützer damals vor dem Start. Der RTG, der Radioisotopengenerator, enthält eine Menge radioaktives Plutonium. Wäre beim Start der Sonde etwas schief gegangen ... Aber so weit von der Sonne entfernt genügen Solarzellen für die Energiegewinnung nicht.
»Danke, Power.«
»MOM?«
»Ja?«
»Thermal meldet normale Werte. Alle Temperaturen im grünen Bereich.«
Sieben Subsysteme. Martin hat mitgezählt, wie ihm jetzt erst bewusst wird. Er betrachtet seine Finger. Bis auf drei der linken Hand sind alle gestreckt.
»PI?«
Die Frau hebt wieder ihre Stimme.
»PI, wir haben ein gesundes Schiff. Daten laufen ein. Minus 20 bis Saturn-Einfang. Leute, das wird unser erster Besuch bei Saturn seit 27 Jahren. Mission Operations Ende. Für heute jedenfalls. Ich danke euch.«
MOM ist offenbar gerührt, wie sich das für eine Mutter gehört.

Am nächsten Morgen rief dann seine eigene Mutter angerufen, die geglaubt hat, ihn in der Tagesschau im Deutschen Fernsehen kurz gesehen zu haben. Für die Welt war die Ankunft der ELF-Sonde von NASA, ESA und JAXA beim Ringplaneten Saturn im Jahre 2031 ein Ereignis, das beeindruckende Bilder versprach. Niemand ahnte zu diesem Zeitpunkt etwas von der wahren Sensation, die alle Überzeugungen der Menschheit radikal umwerfen und ihn, Martin, in diese düstere, stinkende Blechdose zwängen sollte, die mit beängstigender Geschwindigkeit durch die unwirtlichste Umgebung überhaupt raste – das All.

4. Juli 2046, ILSE

Sein ganz privater Tod ist vielleicht schon seit Urzeiten unterwegs. Es könnte von einer Sekunde auf die andere vorbei sein. Er weiß das. Er hat es auch auf der Erde schon gewusst. Doch woran er im Alltag, zwischen Wohnung, Büro und Supermarkt, keinen Gedanken verschwendet hätte, daran kann er sich hier nicht gewöhnen: ständig vom Tod bedroht zu sein, ohne ihn auch nur kommen zu sehen. Vielleicht gab es vor ein paar Tausend Jahren eine kleinere Kollision im Asteroidengürtel. Womöglich hat ein Komet, der seit Jahrmillionen hier seine Bahnen zieht, etwas Material verloren. Der Tod muss nicht schnell sein, um ihn zu treffen. Er braucht einfach nur auf die ILSE zu warten, das Raumschiff, in dem er mit 50 Kilometern pro Sekunde in Richtung Saturn rast. Oder genauer gesagt: Auf einen Punkt zu, an dem sich in ein paar Monaten der Planet Saturn befinden wird, der gerade erst hinter der Sonne hervorgekommen ist.

ILSE, die International Life Search Expedition. Die Bezeichnung kommt ihm zu pompös vor. Wenn er als Deutscher die Abkürzung Ei Äl Ess Ih als Wort ausspricht, sehen ihn die anderen seltsam an. Jiaying, die Chinesin, versucht dann, das Wort mit deutschem Akzent zu wiederholen. Sie ist ein echtes Sprachtalent, aber trotzdem klingt es eher nach Ülse als nach Ilse.

Er sieht an die Decke, die allmählich heller wird. Hier könnte gleich der Meteorit durchschlagen. Zwischen dem Weltraum und seiner Kabine befinden sich 30 Zentimeter Stoff. Nicht irgendein Stoff, ein keramisches Textil in etwa einem Dutzend Schichten, ein so genanntes gefülltes Whipple-Schild. Zwischen die Stoffbahnen hat man einen speziellen Schaumstoff gespritzt, der aus vielen kleinen, jeweils luftdichten Kammern besteht. Was immer die Außenwand trifft, soll in möglichst viele Stücke zerfallen, die ih-

rerseits an der nächsten Schicht zerplatzen und schließlich im Schaumstoff stecken bleiben, der sich beim Abkühlen wieder komplett verschließt. Das funktioniert sogar. Er hat die kleinen Löcher in der Außenhaut auf den Bildern der Spider-Roboter schon selbst gesehen.
Das heißt, es funktioniert dann, wenn der Meteorit nur klein genug bleibt. Fünf Zentimeter, haben die Experten auf der Erde gesagt, die sind garantiert. Die Wahrscheinlichkeit, auf dem Weg zum Saturn auf einen größeren Brocken zu treffen, ist gering. Außerdem zeigt die Kabinenwand nicht in Flugrichtung. Als Martin das einfällt, atmet er tief aus und ist erleichtert. Falls die ILSE irgendwo ein Loch bekommen sollte, würde die Künstliche Intelligenz sofort die Schotten schließen und das betroffene Element isolieren.
Welche KI? Vor dem Abflug hatte das ILSE-Konsortium einen Bieterwettbewerb veranstaltet, der zwei Gewinner hatte: Siri und Watson. Apples Siri hatte im emotionalen Umgang mit den Astronauten am besten abgeschnitten, IBMs Watson hingegen bei Prognose und Algorithmen. Man entschied sich, einfach beide auf die Rechner des Raumschiffs zu laden, was die Psychologen im Nachhinein als Glücksfall beurteilten. Mehr Ansprechpartner für die Astronauten während des einjährigen Fluges, weniger Langeweile.
Dass die KIs sich Kompetenz-Diskussionen liefern würden, hatte niemand geahnt. Doch auch wenn sie sich um das Schließen der Schotten erst streiten mussten, würde die Besatzung nichts davon merken: Für solche Ernstfälle war den künstlichen Intelligenzen die rein algorithmische Zusammenarbeit erlaubt, bei der sich Diskussionen in Bruchteilen von Millisekunden entscheiden ließen. Mit den Menschen teilen mussten Siri und Watson ihre Gedanken nur, wenn nichts davon abhing.
»Guten Morgen, Martin!«
Er hat sich für die KI eine dunkle, leicht näselnde Männerstimme ausgesucht. Er findet, dass sie gut zu Sherlock Holmes' Freund Watson passt.

»Guten Morgen, Dr. Watson.«
Watson hatte nie nachgefragt, warum Martin einen Titel vor seinen Namen setzte. Die entsprechenden Schlüsse hatte die KI wohl selbst ziehen können. Dass er die altmodischen Krimis von Arthur Conan Doyle mochte, war ja leicht seiner Media-DNA zu entnehmen.
»In der Messe warten das Frühstück und Ihre heutige Kollegin Jiaying Li. Die Arbeitszeit beginnt in 30 Minuten. Ich habe Sie auf Ihren Wunsch so spät geweckt, dass Sie sich nun wirklich beeilen müssen.«
Die KI legt eine gewisse Dringlichkeit in ihre Stimme. Martin erkennt den Subtext sofort. Er hat lange genug gebraucht, das zu trainieren.
Die Decke seiner Kabine leuchtet jetzt in warmem Weiß. Blaue Schleier ziehen darüber hinweg. Er sieht nicht auf die Uhr. An Bord gilt zwar ein 24-Stunden-Rhythmus, doch draußen ist das Weltall schwarz, egal, wie spät es ist. Wenn er unter die Dusche geht, muss er zehn Minuten weniger Zeit mit Jiaying verbringen. Er hat nichts gegen sie, doch ihre Anwesenheit macht ihn unsicher, wenn er keine konkrete Aufgabe hat. Nahrung zu sich zu nehmen ist zwar eine Notwendigkeit, aber keine konkrete Aufgabe, über deren Teilaspekte er mit Jiaying reden könnte. »Der Kaffee ist heute aber wieder besonders geschmacklos« oder »die Pfannkuchen sind bloß lauwarm«, alle zum Nahrungsangebot überhaupt möglichen Sätze hat jeder an Bord bereits mehrfach gesagt, und zwar schon zwei Wochen nach dem Start, als sie noch nicht einmal in der Nähe der Marsbahn angekommen waren.
Die Gestaltung des Alltags haben Psychologen schon auf der Erde entworfen. Alles ist darauf angelegt, dass die Crew sich möglichst oft aus dem Weg gehen kann, aber trotzdem niemand auf dumme Ideen kommt. Also müssen immer zwei Astronauten eine Acht-Stunden-Schicht übernehmen. Routine ist erwünscht, sie stabilisiert.
Aber sie ist auch langweilig. Martin gähnt. Dann setzt er sich auf, lässt seine Beine aus dem Bett hängen. Seine Kammer ist winzig. Acht Kubikmeter Luftraum, für ein Raum-

schiff trotzdem ein enormer Luxus, denn fast die Hälfte bleibt so gut wie immer ungenutzt. Wie lange steht jemand schon in seiner Kabine herum? Martin öffnet den Reißverschluss seines Anzugs. Das elastische Material pellt sich von seinen Schultern. Der Anzug ist so geschnitten, dass er ständig einen kleinen Druck entlang der Wirbelsäule seines Trägers ausübt. Das soll vermeiden, dass der Mensch wächst. Unter niedriger Schwerkraft dehnt sich die Wirbelsäule, der Platz zwischen den Bandscheiben wird größer. Ohne Belastung nimmt die Durchblutung der Bandscheiben ab, sie werden knochig – und wenn der Mensch irgendwann wieder unter normaler Erdschwere laufen soll, sind Schmerzen die Folge.

In der Kabine ist Martin etwa halb so schwer wie auf der Erde. Er stellt sich lieber nicht vor, warum. Während der ersten zehn Tage der Reise hat er das Bild nicht aus dem Kopf bekommen, an einem Kettenkarussell durch das Weltall geschleudert zu werden. Inzwischen ist ihm nicht mehr übel, obwohl er auf der Innenwand eines zwölf Meter durchmessenden Donuts steht, der sich zehn Mal pro Minute um die eigene Achse dreht. Er darf nur nicht daran denken. Dann schiebt er die Kabinentür zur Seite und geht in die Dusch-Toiletten-Kombi, offiziell WHC oder »Waste Hygiene Compartment« genannt.

Die künstliche Schwerkraft, die durch die Drehung entsteht, erleichtert vieles. Während des Trainings auf der Tiangong-4 – die Chinesen stellten ihre Raumstation zur Verfügung, statt Geld für das Saturn-Raumschiff zu geben – hatte er eine echte Dusche schmerzlich vermisst. Körperhygiene fand dort mit Hilfe feuchter Lappen statt. Ein Hoch auf die Psychologen, die diesen Komfort durchgesetzt haben. Das Argument, dass eine Dusche in Mikrogravitation unpraktisch sei, hatte er nie so recht glauben können. Das Wasser sammle sich dann in Ausbuchtungen und Körperhöhlen, hieß es. Wenn Menschen zum Saturn fliegen können, sollten sie doch auch in der Lage sein, Sanitäreinrichtungen zu bauen, die in der Schwerelosigkeit funktionieren?

Martin trocknet sich ab und zieht den Anzug wieder an. Er wirft einen Blick in den Spiegel. Nein, er muss sich nicht rasieren. Es ist Teil der – natürlich von den Psychologen ausgearbeiteten – Bord-Vereinbarung, dass sich niemand gehen lassen darf. Mal eben nackt über den Gang oder unrasiert zum Frühstück, das geht nicht. Martin fällt wieder einmal auf, wie viele Regeln hier nicht vom All, sondern von den Psychologen aufgestellt wurden. Das größte Problem auf diesem zwei Jahre dauernden Flug, meinten sie, sei nicht die Technik, sondern die Besatzung. Martin hält das für eine Mischung aus Größenwahn und Budget-Strategie, und außer der Missionschefin stimmt ihm die komplette Crew in diesem Punkt zu.

14. August 2033, Erde

Die Pressekonferenz begann mit ein paar einleitenden Worten des Physikers Stephen Hawking, der einige Jahre zuvor gestorben war. Man hatte eine KI anhand von Hawkings Texten darauf trainiert, die Begeisterung auszudrücken, die der Forscher vermutlich für das Projekt gezeigt hätte. Das hatte im Nachhinein für gehörigen Ärger gesorgt, denn ausgerechnet Hawking hatte sich zum Thema Künstliche Intelligenz kritisch geäußert.
Natürlich hatte der SPIEGEL wieder irgendwie davon Wind bekommen. Eine Sensation würden NASA und ESA in der kommenden Woche verkünden, versprach eine Titelstory. Martin hatte sich damals die Ausgabe von seiner Mutter nach Kalifornien schicken lassen – Auf Papier! Ausgabe 33/33, ein seltsamer Zufall. Es war eine der letzten gedruckten Ausgaben des deutschen Nachrichtenmagazins gewesen, wenn man die halblegalen HiPri-Ausgaben nicht mitrechnete. Schlaue Unternehmer fertigen heute Bootleg-Versionen bekannter Onlinemagazine auf Luxus-Papier für Print-Connaisseure, die sich das leisten können.
Die Titelseite liegt am Boden der Seemannskiste in seiner Kabine. Martin war sonst wenig eingefallen, mit dem er seine 100 Kilogramm privaten Gepäcks hätte füllen können. Was er besitzt, steckt in seinen beiden Speichermedien, der SpaceCloud und seinem Gehirn. Francesca, die Pilotin, war froh gewesen, als er ihr seine restlichen 90 Kilo angeboten hatte. Bisher hat sie die Dinge, die sie an ihre Kinder erinnern sollen, aber kein einziges Mal gebraucht, sie liegen unberührt in seiner Kiste.
Der SPIEGEL-Reporter musste damals die Toilettengespräche der Forscher belauscht haben. »Leben im Weltall – wir sind nicht allein«: die Schlagzeile war zu schön, um wahr zu sein. Was tatsächlich hinter der von den großen Wissenschaftsmagazinen Nature und Science gemeinsam ver-

schickten Einladung zur Pressekonferenz im MIT-Auditorium steckte, hatte der Artikel nur andeuten können. Martin hatte sich den Stream zeitversetzt angehört, weil er in Ruhe lauschen wollte.
Nach der fingierten Hawking-Rede simulierten die beiden Chefredakteurinnen einen Dialog, der sich eindeutig nicht an die anwesenden Wissenschaftler, sondern an das weltweite Publikum richtete. Martin erinnert sich nicht mehr an ihre Namen, aber er weiß noch, dass die Nature-Chefin zwanzig Jahre älter wirkte als ihre Kollegin von Science. Sie hatte eine Laborratte mitgebracht, die brav auf ihrer Schulter saß.
»Was ist Leben?«, fragte sie, und sah dabei erst ins Publikum, dann zu ihrer Kollegin.
»Ist die Süße hier«, sie nahm die Ratte von der Schulter und streichelte sie, »lebendig?«
»Aber ja, meine Liebe. Das sieht man doch sofort.« Die Science-Chefin griff in die Jacke ihres Laborkittels. Martin war die Kostümierung albern vorgekommen, denn das Biotop von Chefredakteurinnen war nicht das Labor, sondern das Büro. »Und dieser schöne Smaragd«, sie hielt einen grün schimmernden Kristall von beeindruckender Größe nach oben, »ist der lebendig?«
»Sicher nicht!« Die Nature-Chefin sprach in Richtung Publikum, wie um sich Bestätigung zu holen.
Ihre Kollegin nickte. »Er ist auf natürliche Weise aus einem Kristallisationskeim gewachsen. Nicht in der Natur, sondern im Labor, aber deine Ratte ist wohl auch nicht in der Kanalisation geboren worden. Und während er wuchs und gedieh, hat er gleichzeitig Ordnung hergestellt und dabei die Unordnung oder Entropie seiner Umgebung erhöht. Das sind doch Merkmale des Lebens?«
»Das ist das Problem mit der Definition von Leben, meine Liebe. Wenn Sie es in Aktion sehen, glauben Sie es sofort zu erkennen, weil Sie eine Vorstellung davon haben, wie es aussieht.«
»Nämlich so, wie Sie aussehen.«
Martin war die Show zunehmend albern vorgekommen.

Wie eine Samstagabend-Veranstaltung im deutschen Fernsehen. Aber er wusste, dass die Wissenschaft Geld brauchte, viel Geld, und das gaben die Politiker nur, wenn die Wählerschaft Forschung begrüßte.
»Stellen Sie sich doch mal eine Roboter-Zivilisation vor. In der Science Fiction gibt es dafür ja genügend Beispiele. Wenn dort ein Raumschiff zur Erde geschickt wird, das ein Auto beobachtet, was wird man da für lebendig halten? Das Fahrzeug? Den Fahrer? Liegt die Idee fern, dass auf der Erde eine Zivilisation schlauer Autos herrscht, die organische Einheiten für ihre Vervielfältigung konstruiert hat?«
»Nun, ich wollte Ihnen nur die Schwierigkeiten vor Augen führen, vor denen unsere Forscher standen und stehen. Bitte betrachten Sie ihre Ergebnisse im richtigen Rahmen. Denn wie uns Dr. Danielle Shriver von der Harvard University gleich erläutern wird: Wir sind nicht sicher, was wir da überhaupt gefunden haben.«
Dr. Shriver rückte zuerst einmal ihre Brille zurecht. Der Forscherin war anzusehen, dass sie die Show ablehnte, aber notgedrungen mitspielte. Sie begann den Vortrag mit dem Moment, als die Enceladus-Sonde ELF, der Enceladus Life Finder, ihre ersten Daten geliefert hatte. Sie erklärte, welche Instrumente welche Molekülformen in welchen Konzentrationen gemessen hatten. Wie der ECDA, der Enhanced Cosmic Dust Analyzer, Kohlenwasserstoffverbindungen in den Geysirwolken nachwies. Wie das SIOD-Instrument des Landers Lipide, also Fette, in 30 Zentimetern Tiefe des Oberflächeneises identifizierte, und wie sich Hinweise auf Aminosäuren im Massenspektrometer und im Fluoreszenz-Detektor zeigten. Vor allem aber beschrieb sie, mit welchen Computersimulationen das Team schließlich nachvollzog, dass all die Stoffe sehr wahrscheinlich Ergebnis biologischer Prozesse waren. Dass hier nicht der Zufall am Werk war, sondern ein folgerichtig ablaufender Prozess, das Gegenteil von Zerfall und Zerstörung.
»Darum denke ich, ich kann meine Vorrednerin in einem Punkt korrigieren. Wir haben eindeutige Zeichen von Leben entdeckt. Die Sonde hat die kleinen Kötel unserer

Weltraumratte aufgespürt. Jetzt brauchen wir nur noch das Tierchen selbst zu fangen.«
Und das ist nun ihre Aufgabe. Sechs Menschen sind dafür auf eine 1,2 Milliarden Kilometer lange Reise gegangen, die sie einmal durch das halbe Sonnensystem führen wird – und hoffentlich auch wieder zurück.

10. Juli 2046, ILSE

Es gibt doch Wind im Weltraum – immer dann, wenn der Hamster sein Rad verlässt. Martin hat das WHC trocken gewischt. Das Handtuch hängt über dem Wäschetrockner. Man könnte sich im Bad eines Billighotels auf der Erde befinden. Martin hat mal in einem Kapselhotel in Tokio übernachtet, rein aus Neugier. Die Toilette sah dort ganz ähnlich aus, auch sie hat auf Knopfdruck Urin und Stuhl des Nutzers analysiert. Hier gehen die Daten aber gleich in den Schiffscomputer. Vermutlich wird ihm Siri in der Einzelbesprechung zum Schichtende einen Vortrag über korrekte Ernährung halten. Die Mahlzeiten sind zwar auf den Körper jedes Astronauten und auf den Aufenthalt im All abgestimmt – weniger Eisen, da er weniger Blutzellen produziert, mehr Vitamin D, weil das Sonnenlicht fehlt. Doch Martin isst lieber so, wie er Appetit hat und nicht, wie es optimal für seinen Körper wäre.
Der Gedanke, in einem Hamsterrad zu stecken, ist unausweichlich, sobald Martin das WHC verlässt. Er steht in einem schmalen Gang, dessen Wände von Leuchtplatten besetzt sind. Jetzt, zum Schichtbeginn, strahlen sie ein bläulich-weißes Licht aus. Ein Innenraum-Designer hat sich hier wirklich Gedanken gemacht; die Platten zeigen interessante Strukturen, die sich nicht zu wiederholen scheinen. In regelmäßigen Abständen hat man Nachbildungen bekannter Kunstwerke in die Wände eingelassen. Der Boden ist mit einem Spezialbelag versehen, der das Geräusch seiner Schritte dämpft. Doch die Kabel und Röhren, die unsystematisch von der Decke hängen, zerstören den Eindruck. Änderungen in letzter Minute sind bei einem Projekt dieser Größenordnung – 80 Milliarden Dollar, hieß es – wohl nicht zu vermeiden.
Der Gang vor und hinter ihm wölbt sich nach oben. Martin hat trotzdem nicht das Gefühl, bergauf zu laufen. Er weiß,

dass er sich wie ein Hamster an der Innenwand eines zwölf Meter durchmessenden Ringes bewegt. Zum Glück muss er den Ring nicht durch Muskelkraft rotieren lassen, denn das übernehmen vier kleine chemische Triebwerke, die an den Sektoren außen im All angebracht sind.
Hinter der Kabine der chinesischen Kollegin ist der harte Sektor zu Ende, hart deshalb, weil er als feste Konstruktion erbaut wurde, die ihre Form auch dann nicht verändern würde, wenn plötzlich der Druck nachließe. Die vier harten Sektoren des Hab-Moduls hängen wie Hammerköpfe an den Enden eines Kreuzes. Komplettiert wird der Ring erst durch die weichen Sektoren, die wie Ballons aufgeblasen wurden. Dass ihre Hülle aus flexiblem Material besteht, sieht Martin von innen nicht, er bemerkt nur, dass der Gang sich hinter der Kabine von Jiaying verjüngt. An dieser Stelle ist ein Mechanismus erkennbar, der den harten Bereich im Fall eines Druckverlusts abschotten würde.
Um das Kommandomodul zu erreichen, muss Martin vor dem WHC stehend nach oben sehen. Die Luke, die zur Nabe des Wohn-Moduls führt, ist offen. Er zieht die Leiter nach unten. Dazu braucht er bloß einen Widerstand zu überwinden, dann fällt sie ihm von selbst in die Hand. Weil sich der Habitat-Ring dreht, will alles nach außen. Er muss nach innen, also muss er sich anstrengen. Martin steigt die Leiter hinauf; das Klettern wird mit jedem Schritt leichter.
Dann kommt der Wind. Kurz bevor die Speiche in die Nabe mündet, muss sich Martin durch eine flexible Membran schieben, die sie scherzhaft Fliegengitter nennen und an ein Kondom erinnert. Sie besteht aus dicken Gummilippen, die vom Rand in die Mitte ragen und den Gang normalerweise komplett verschließen. So muss die Stations-Lüftung nicht dauernd gegen die Trägheitskraft arbeiten, die nicht nur die Astronauten an die Innenwand drückt, sondern auch die Moleküle der Stationsluft. Ohne die vier Fliegengitter wäre die Luft in der Nabe viel dünner als außen. Weil der Druck auf beiden Seiten der Luken trotzdem verschieden ist, kommt Martin ein Luftzug entgegen, wenn er sich

wie ein Wurm mit dem Kopf voran durch das Gummigitter windet.
In der Mitte, in der Nabe, herrscht Schwerelosigkeit. Dort wird er seine Acht-Stunden-Schicht verbringen, wie es die Psychologen angeordnet haben, um Arbeit und Freizeit klar zu trennen. Technische Gründe, im Kommandomodul zu arbeiten, gibt es nicht – alle Informationen könnte Martin auch in seinem Zimmer abrufen, und die Steuerung übernimmt sowieso die KI, die über ein ganzes Arsenal an Sensoren Verbindung zur Außenwelt hat. Sie, oder besser er, denn hier hat sich Watson durchsetzen können, übernimmt die Auswertung, übersetzt, was für die Astronauten wichtig ist, und zeigt die Ergebnisse auf Bildschirmen. Die Aufgabe der Crew beschränkt sich darauf, längst gefallene Entscheidungen abzusegnen.
Ja, sie könnten die Flugbahn verändern oder sogar das ganze Unternehmen abbrechen. Die Psychologen haben darauf bestanden, den Astronauten diese Autonomie zu ermöglichen. Wegen der negativen Auswirkungen der Schwerelosigkeit besteht nun der halbe Arbeitstag darin, Sport zu betreiben, um den Schäden entgegenzuwirken, die gar nicht aufträten, könnten sie den ganzen Tag in ihren eigenen Kabinen bleiben.
Martin hat diesen Gedanken schon seit dem Start. Die anderen waren da noch ganz versessen darauf gewesen, sich zum Essen zu treffen, gemeinsam Filme anzusehen oder Erinnerungen auszutauschen. Inzwischen kommt das nur noch selten vor. Martin ist nicht überrascht. Bereits nach drei Wochen war es ihnen nicht mehr gelungen, sich auf einen gemeinsamen Film zu einigen, und das, obwohl man ihnen die komplette Filmproduktion der Erde seit dem frühen 20. Jahrhundert digital auf die Entertainment-Systeme gespielt hatte. Danach hatten sie sich zwar immer noch getroffen, aber jeder hatte sich dann seinen eigenen Lieblingsstreifen auf seiner privaten Film-Brille angesehen. Diese Ära endete, als Francesca, die Pilotin, einmal zu spät gekommen und dann angesichts von fünf Menschen in ih-

rer jeweils eigenen Welt in ein seltsames Lachen ausgebrochen war.
Marchenkos Vorrat an reinem Alkohol, den sie mit Wasser und Fruchtaroma verdünnten, war etwa zum gleichen Zeitpunkt aufgebraucht gewesen. Mission Control auf der Erde hatte sich darüber vermutlich gefreut, denn die WHC-Sensoren registrierten natürlich jede derartige Sünde. Der Crew war die Aufregung unten herzlich egal gewesen, gab es doch keinerlei Druckmittel. Sie waren komplett auf sich gestellt. Mission Control galt zu Martins Ärger immer als 'unten', obwohl die Erde natürlich nicht unten, sondern achtern lag, da sie in der Ebene der Ekliptik, in der sich auch die Erde bewegte, auf ihr fernes Ziel zusteuerten. Er hatte es aber aufgegeben, die anderen darauf aufmerksam zu machen. Marchenko, Bordarzt und Science-Fiction-Fan, hatte ihn halb scherzhaft schon als den Androiden an Bord bezeichnet. Martin erschloss sich der Scherz erst, als sie einen uralten Schinken über ein außerirdisches Monster zum Gegenstand eines Filmabends gemacht hatten.
Die abendlichen Treffen waren danach immer seltener geworden. Amy, die Kommandantin, hatte zwar wieder und wieder probiert, sie mit etwas Neuem zu überraschen. Dabei ging sie wirklich einfallsreich vor. Martin war überrascht, auf wie viele unterschiedliche Arten sich ein Mensch zum Affen machen kann. Erst vor einer Woche hatte die Kommandantin ihm offenbart, dass sie die Hälfte dieser Ideen in einem speziellen Teambuilding-Kurs beigebracht bekommen hatte. Dass sie sich demnach die andere Hälfte selbst ausgedacht haben musste, erfüllte Martin mit Hochachtung – und erschreckte ihn zugleich.
Der erste, der nicht mehr zu den gemeinsamen Abenden erschien, war Hayato. Der stille, immer freundliche Japaner begründete nicht, warum er lieber in seiner Kabine blieb. Die Kommandantin fragte ihn: »persönliche Gründe«, das war alles, was sie den anderen weitergeben konnte. Martin mag Hayato, und nicht zuletzt deshalb, weil er sich fast so gut mit Computern und Software auskennt wie er selbst. Er hat ein uraltes Röhren-Radio mit an Bord gebracht, aber

nicht nur das: Er hat es nach dem Start, mit Teilen aus dem Ersatzteillager, geschafft, einen Sender dafür zu bauen, der den Ton der Deckenlautsprecher in seiner Kabine in den Langwellenbereich umwandelt. Martin erinnert sich, wie sie einmal zu sechst in seiner Kabine saßen und dem knackenden, warmen Ton des Röhrenradios lauschten, das ein Konzert von Gustav Mahler spielte. Hayato liebt deutsche Komponisten.

Danach fühlte sich Amy verpflichtet, sich speziell um Hayato zu kümmern, wie sie ihnen an einem Gemeinschaftsabend mitteilte, ohne Details zu nennen. Jiaying hatte vermutet, dass die Kommandantin sich in den Japaner verliebt haben könnte, aber Martin glaubt eher an eine Depression.

Damit waren sie nur noch zu viert. Martin lehnt es ab, sich über seine eigenen Entscheidungen der Vergangenheit zu ärgern, die er aus heutiger Sicht anders treffen würde. Aber wenn er sich über etwas ärgern würde, dann darüber, dass er Hayato damals nicht mehr Zeit gewidmet hatte. Ob er das Unvermeidliche damit verhindert hätte? Er weiß es nicht. Aber vielleicht hätten die Kommandantin und der Navigator sich dann nicht ineinander verliebt. Martin, der die Liebe bisher bloß für ein vermeidbares Ungeschick gehalten hatte, war jedenfalls überrascht gewesen, dass sie auch so handfeste Auswirkungen auf eine kühl geplante Mission und ihrer aller Leben haben konnte.

21. August 2033, Erde

Die Welt war nach dieser Ankündigung nicht mehr dieselbe gewesen. Natürlich kam die Gewissheit, dass auch anderswo Leben entstanden war, nicht bei allen Menschen gleich an. Doch das neue Wissen löste bei einem großen Teil der Menschheit eine Welle der Begeisterung aus. Coca Cola veränderte die Form seiner klassischen Glasflasche. Dokumentationen beschrieben, was die Forscher entdeckt hatten oder wovon die Journalisten glaubten, damit Aufmerksamkeit erregen zu können. Biologie-Studiengänge waren überfüllt. Die NASA erhielt unglaublich viele Bewerbungen für die Astronauten-Ausbildung. Selbst die Armeen profitierten, weil viele annahmen, als Kampfpilot bessere Chancen auf einen Platz auf einer Weltraum-Mission zu haben.

Doch die Weltraum-Agenturen weltweit verhielten sich erstaunlich ruhig. Weder NASA noch ESA noch JAXA hatten angeblich bemannte Missionen vorbereitet oder beabsichtigten das. Von den Russen – seit der Annexion der Ukraine und dem nachfolgenden zehnjährigen Ausschluss aus der Weltgemeinschaft chronisch klamm – erwartete niemand etwas. Aber nicht einmal die Chinesen, die jedes Prestigeprojekt mit unglaublich viel Geld verfolgten, präsentierten Pläne, dem Leben auf Enceladus einen Besuch abzustatten. Martin war zuerst enttäuscht gewesen, doch im Nachhinein sollte sich das als kluge Strategie erweisen.

Deshalb nutzten zunächst private Raumfahrtunternehmen die Lücke, die ihnen die staatlichen Agenturen hier so bereitwillig ließen. Manch CEO rieb sich da wohl die Augen angesichts der kostenlosen Medienpräsenz, die ihm die auffällige Zurückhaltung von NASA, ESA & Co. verschaffte. Pläne für eine Tiefraum-Expedition, stellte sich heraus, hatte jeder von ihnen längst in der Tasche. SpaceX, die eigentlich längst mit 100 Astronauten auf dem Mars angekommen sein wollte, schlug vor, das dafür geplante und zu 90 Prozent fertige Raumschiff auf eine kleine Crew, aber eine weitaus längere Reise umzurüsten. Blue Origin holte Transhab, ein altes NASA-Projekt, aus dem Archiv, das von ihrer dreistufigen New-Glenn-Rakete ins All gebracht werden sollte. Der malaysische Großunternehmer Amirul bin Yusof, der sich in den vergangenen 15 Jahren ein ganzes Reich von Großunternehmen zusammengekauft hatte, darunter den einstigen Luftfahrt-Primus Boeing, versprach, mit einer rein asiatischen Crew der Natur des Lebens auf Enceladus auf die Spur zu kommen.

Nach ein paar Wochen großer Begeisterung traten dann die ersten Mahner auf den Plan. Die Medien, deren Dokumentationen und Features da schon nicht mehr so gut liefen und deren Leser nach Abwechslung lechzten, gaben den Mahnern breiten Raum. Plötzlich mussten sich die Biologen kritischen Fragen der Talkshow-Moderatoren stellen, die zwar wissenschaftlich abwegig waren, aber dafür umso besser ins Volksverständnis passten. Könne es denn nicht sein, dass dieses Leben eine Gefahr für uns alle darstelle? Eine Zelle, die bei minus 180 Grad überleben könne, müsse die nicht dem schwächlichen Leben auf der Erde weit überlegen sein? Lebte da auf diesem Saturnmond nicht vielleicht sogar ein schlafender Riese, den wir durch einen Besuch wecken könnten – mit unberechenbaren Folgen?

Verunsicherte Menschen sind dankbar, wenn sich der Staat um ihre Probleme kümmert; Unternehmern, die womöglich mehr als das Wohl der Nation oder der Erde im Hinterkopf haben, misstrauen sie gern. Martin kam es vor, als hätten die Agenturen auf diesen Moment gewartet. Sie präsentierten der Menschheit auf einer gemeinsamen Veranstaltung in Peking die Pläne von CNSA, ESA, JAXA und NASA, und sie hatten zum Abschluss sogar einen Special Guest: Der Chef der russischen Raumfahrtbehörde Roskosmos verkündete, dass man diese großartige Vision der Menschheit gern unterstütze und sich freue, damit auf die internationale Bühne zurückzukehren.

Für konkrete Pläne hatte die Vorbereitungszeit nicht gereicht. Aber die staatlichen Agenturen präsentierten einen Satz ausgefeilter Regeln, wie etwa jegliche Kontamination der Erde verhindert werden konnte, selbst wenn man die beteiligten Raumfahrer nicht für den Rest ihres Lebens auf dem Mars interniere, wie es der Chef der oppositionellen Republikaner, Donald Trump junior, in den USA gefordert hatte. Und sie hatten eine ausgeklügelte Vereinbarung über die Teilung von Kosten, Ressourcen und nicht zuletzt auch Ruhm vorbereitet, die keiner Nation einen Vorteil in Sachen Prestige verschaffte.
Mit der Ausarbeitung des Missionskonzepts würden sich später die Experten befassen. Geld sollte, so versprach man es zumindest, erstmals in der Geschichte der Menschheit keine Rolle spielen. Solange die Mission nicht mehr als 80, vielleicht 100 Milliarden Dollar verschlang. Den privaten Raumfahrtunternehmen wurde schnell klar (und klar gemacht), dass ihre Rolle bei diesem Unternehmen die von bezahlten Dienstleistern war. Sie hatten allerdings auch kein wirklich tragfähiges Konzept vorgelegt. Zum Saturn braucht ein Raumschiff, sehr grob gerechnet, sechsmal länger als zum Mars. Statt 120 Tagen Flugzeit zum Mars, die SpaceX-Chef Elon Musk für sein Raumschiff »Heart of Gold« vorgesehen hatte, würde das Schiff zum Saturn fast zwei Jahre benötigen – und zwar nur für den Hinweg. Schwerelosigkeit und kosmische Strahlung mussten ein solches Unterfangen für die Astronauten in ein Selbstmord-Kommando verwandeln. Doch Raumfahrer, die als Knochenmatsch oder gar nicht auf die Erde zurückkommen, würden in den Talkshows kein Hohelied auf ihre Auftraggeber singen können. Das passte keinem der beteiligten Staaten ins Konzept.
Die Lösung lieferte schließlich doch ein privates Unternehmen, das sich vor allem mit der Konstruktion von Satelliten-Zubehör on demand befasste. Princeton Satellite Systems, eine Ausgründung der gleichnamigen Universität, hatte ohne großes Budget das Direct Fusion Drive (DFD) entwickelt, ein Antriebssystem, das auf der Kernfusion von

Helium-3 und schwerem Wasserstoff (Deuterium) basiert. Diese Reaktion produziert keine Neutronen, die das Material des Reaktors über kurz oder lang radioaktiv machen, sondern elektrisch geladene Protonen und Helium-Ionen, die sich mit Magnetfeldern in Richtung der Düse ablenken lassen und so das Raumschiff antreiben. Ganz nebenbei lässt sich damit aber auch noch Strom produzieren – zwei Megawatt bei einer Triebwerksleistung von insgesamt zehn Megawatt, schätzten die Princeton-Satellite-Forscher.
Dieses »schätzten« lag den Verantwortlichen bei den Jet Propulsion Labs der NASA zunächst schwer im Magen. Denn das DFD war bis dahin nie im All getestet worden. Zwar hatte Princeton Satellite System ein 1:1-Modell im Labor aufgestellt und erfolgreich gezündet. Der Test hatte die Prognosen ungefähr bestätigt. Doch als Antrieb eines Raumschiffs war das DFD bis dahin nicht eingesetzt worden. Dazu hatte bisher ganz einfach der Bedarf gefehlt: Zum Mars war die Reisezeit auch mit herkömmlichen Triebwerken erträglich, und zu weiter entfernten Zielen waren stets unbemannte Missionen unterwegs gewesen, bei denen es auf die Geschwindigkeit nicht ankam.
Die Vorbereitung des ersten Tests des DFD hatte teilweise unter Martins Verantwortung gestanden. Er hatte dem Chefingenieur von Princeton Satellite Systems 27 Bugs in der Steuer-Software nachgewiesen. Dem Japaner, er hieß Hayato Masukoshi, war das furchtbar peinlich gewesen. Er hatte dem CEO seinen sofortigen Rücktritt angeboten, erhielt dann aber überraschend den Auftrag, das DFD gemeinsam mit diesem JPL-Nerd, wie es der CEO formulierte (Hayato hatte ihm das später erzählt), in der Schwerelosigkeit des Alls auszuprobieren.

10. Juli 2046, ILSE

Die ganze Welt dreht sich, nur er steht still. Martin ist im Zentrum der Nabe angekommen. Die Ingenieure haben es geschafft, die Illusion perfekt zu wahren. Die beiden Luken zu den Nachbar-Sektionen, normalerweise geschlossen, sind rotationssymmetrisch konstruiert und dekoriert. Martin legt den Finger an das Metall. Er spürt die Bewegung, doch er sieht sie nicht. Er hat Wochen gebraucht, bis ihm beim Übergang vom Raumschiff zum rotierenden Wohnmodul nicht mehr übel wurde. Sobald er auf einen der Öffnungs-Knöpfe drückt, die im 90-Grad-Abstand auf dem Schott angebracht sind, und das muss er gleich, steht ihm womöglich ein Rückfall bevor.
Die Luke öffnet sich. Martin schießt mit geschlossenen Augen hindurch. Er kennt die Griffe, mit deren Hilfe er seine Lage stabilisieren kann. Martin greift zu. Von zehn auf null Umdrehungen pro Minute: Das klingt harmlos, doch der Mensch ist dafür ganz offensichtlich nicht gemacht. Er atmet schwer, aber übel wird ihm nicht, obwohl er nun auch den Maschinen- und Ölgeruch der Zentralmodule tief einatmet. Martin weiß, wie Raumschiffe stinken können. Er erinnert sich zu gut an die Tiangong-4, auf der sie das erste DFD-Modul getestet haben. Die Lüftung auf der ILSE arbeitet vergleichsweise gut. Kurz vor dem Start hatte eine Privat-Uni noch ein neuartiges Filtersystem zur Verfügung gestellt. Doch wenn jeder Kubikzentimeter der Atemluft bereits mehrfach durch die Lungen der Crew gegangen ist, hilft das beste Recycling nicht mehr. Der Gestank lässt sich eine Weile unterdrücken, aber nicht länger als ein paar Wochen.
Martin sieht zum Bug, dann nach achtern. Die Luke zur Nabe des Ringes ist offen geblieben. Auch das ist ein schlauer Trick der Konstrukteure. In dem Moment, in dem er den Öffnungs-Knopf gedrückt hat, hat sich auch die hin-

tere Luke geöffnet. Martin kann durch den Gang nach hinten sehen bis zum Eingang zum Gartenmodul. Alles scheint fix. Von Rotation ist nichts zu bemerken, dabei dreht sich die Nabe nach wie vor zehnmal pro Minute um die eigene Achse. Die Griffe, an denen sich Martin festhält, haben noch einen zweiten Zweck: An der Außenwand dieses Moduls sind große, fassförmige Wassertanks befestigt. Es gibt keine bessere Abschirmung gegen die kosmische Strahlung. Falls Mission Control einen starken solaren Strahlungsausbruch registriert, begeben sich alle Astronauten in dieses Modul, das dann als Schutzraum fungiert. Wenn der Ausbruch länger dauert, kann sich die Crew an den Griffen auch anschnallen, um durch eine unwillkürliche Bewegung im Schlaf nicht fortgetrieben zu werden. Bisher gab es auf ihrer Reise noch keine Flares, aber statistisch gesehen müssen sie mit zwei, drei solchen Ereignissen rechnen.

Auch wenn Mission Control immer rechtzeitig warnt, wird Martins Krebsrisiko bei der Rückkehr auf die Erde um mindestens 500 Prozent gestiegen sein. Dass er überhaupt für die Reise in Frage kam, hat er seinen Genen zu verdanken, die ihm eine überdurchschnittliche Resistenz gegen Strahlenschäden geben. Ständig durchdringen Teilchen aus dem All seinen Körper, zerstören Zellen, die sein Körper dann zu reparieren versucht, was aber nicht immer gelingt.

Ohne die aktive Abschirmung des Raumschiffs würde die Crew die Reise garantiert nicht überstehen. Sie funktioniert wie der unsichtbare Schild, der Leben auf der Erde überhaupt erst möglich macht: Das Erdmagnetfeld, dessen Linien sich um unseren Planeten legen, verhindert, dass ein großer Teil der hochenergetischen Teilchen auf der Oberfläche ankommen. Aus einem Teil des Stroms, den die DFD-Triebwerke produzieren, erzeugen supraleitende Elektromagnete ein Feld, das sich um die ILSE schmiegt. Es hält zumindest alle geladenen kosmischen Teilchen ab – vor neutralen Teilchen kann es nicht schützen. Die ILSE ist das erste Raumschiff mit einer aktiven Abschirmung; für den viel kürzeren Weg zum Mars hatte man einen derartigen Schutz nicht für nötig befunden.

Martin gibt sich einen Ruck, der ihm sofort einen Impuls nach vorn verleiht. Wenn er nicht bald erscheint, wird Jiaying sauer sein. Er kennt ihre Reaktionen inzwischen schon gut. Sie wird die Lippen aufeinander pressen, doch um nicht unhöflich zu sein, wird sie trotzdem zu lächeln versuchen. Ein seltsamer Anblick; Hayato würde ganz unjapanisch darüber lachen. Martin durchquert das Modul, das sie Labor nennen. Es ist eine Mischung aus Werkstatt und Abstellkammer. Es gibt nichts, das sie wissenschaftlich untersuchen könnten, doch es fallen regelmäßig Maschinen aus, die sie dann hier zu reparieren versuchen. Da der Ersatzteilvorrat begrenzt ist, müssen sie dafür manchmal andere Geräte auseinander nehmen. Vermutlich würden sie in den Frachtcontainern brauchbare Ersatzteile finden. Aber man geht nicht mal eben »in den Keller« – eine EVA, ein Ausflug ins All, ist höchst umständlich. Alles, was von draußen geholt werden muss, kommt auf eine Liste, die voraussichtlich in einem Monat abgearbeitet werden soll.
Das »Esszimmer«, das Kommandomodul, wo ihn Jiaying erwartet, ist ganz vorn. Es erinnert von innen an eine Kugel, von außen sieht es aus wie ein Kegel mit stumpfer Spitze: eine Dragon-Kapsel von SpaceX, im Inneren komplett umgerüstet. Der Raum versucht nicht, den Eindruck von unten und oben zu vermitteln. Die Arbeitsplätze, die dort untergebracht sind, zwei Terminals und zwei Steuersitze, sind scheinbar wild verteilt. Wer am Computer sitzt, sieht seine Kollegen schräg im Raum schweben.
Um den Esstisch zu erreichen, muss Martin von der Modul-Luke aus 90 Grad nach unten gehen, aus seiner Perspektive jedenfalls. Dort ist ein metallener Tisch an den Boden geschraubt oder geschweißt, genau erkennbar ist das nicht. Jiaying winkt ihm, als er um die Ecke schwebt. Für sie kommt er von der Seite, nicht von oben. Die schlanke Chinesin hat sich an ihren Stuhl geschnallt. Als einzige besitzt sie ein Kissen, das sie von der Erde mitgebracht hat. Ihre Mutter hat es für sie bestickt. Da höchstens die Gurte den Allerwertesten zart auf die Stuhlfläche drücken, gibt es eigentlich keinen echten Bedarf an einer weichen Unterlage.

Geschirr und Besteck bestehen aus magnetisiertem Metall, dadurch kleben sie am Tisch, statt in der Kapsel herumzuschweben.
Jiaying lächelt mit zusammengepressten Lippen. Er ist zu spät. Ihr Blick wirkt trotz ihrer dunkelbraunen Augen kühl.
»Guten Morgen, Martin.« Sie spricht seinen Namen als einzige an Bord korrekt aus.
»Guten Morgen.« Er hat nur eine ungefähre Vorstellung, wie ihr Name klingt. Jiaying hebt und senkt ihre Stimme in einer Art und Weise, die er nicht nachvollziehen kann. Wenn er »Ji-a-jing« sagt, klingt das merkwürdig platt und falsch, deshalb vermeidet er es, wenn er kann.
»Tut mir leid, dass du warten musstest.«
»Macht nichts«, sie zuckt mit den Schultern. Martin ist froh, dass er keine Gedanken lesen kann. Sie hätte ja schon anfangen können mit dem Frühstück. Aber das wäre nicht nur unhöflich gewesen, sondern hätte auch gegen die Richtlinien verstoßen.
Jiaying hat sein Frühstück schon auf dem Tisch platziert und schiebt es nun näher an seinen Teller.
»Danke«, sagt er und greift nach einer Tube. Was ihm gehört, ist durch einen kleinen violetten Aufkleber markiert. Jeder Astronaut konnte sich vor dem Start seine eigenen Menüs zusammenstellen. Die anderen tauschen manchmal. Eine tolle Abwechslung sei das, haben sie ihm erklärt. Martin kann das nicht nachvollziehen. Es ist unvernünftig. Schließlich hat er sich genau das Menü zusammengestellt, das ihm am besten schmeckt. Jede »Abwechslung« wäre eine negative Abweichung.
»Willst du?« Jiaying fragt trotzdem. Das gehört wohl zu ihrem Höflichkeits-Programm.
Er schüttelt den Kopf. »Danke«, sagt er dann. Beide kauen. Er muss jetzt etwas sagen, oder? Jiaying lächelt ihm zu. Es sieht aus, als wolle sie ihm Mut machen. Er sieht sie an. Sie ist schön, das ist das Problem. Er kann mit Frauen nicht reden, die er schön findet. Mist. Beide kauen weiter. Das unergründliche Lächeln auf Jiayings Gesicht bleibt. Es scheint sie nicht zu stören, dass er nichts sagt.

Die Psychologen haben sich wirklich große Mühe gegeben. Die größte Angst der Missionsplaner war es wohl, dass die Crew sich auf einer so langen Reise gegenseitig zerfleischen könnte, wenn die Verpflegung nicht den Erwartungen entspricht. Im Vergleich zum Angebot einer Station im Erd-Orbit waren die auf der ILSE eingelagerten Vorräte Sterne-Menüs. Der Vergleich sagt allerdings eher etwas über die Leidensfähigkeit der Astro-, Kosmo- und Taikonauten. Martin kann immerhin nicht mehr nur aus Tuben und Dosen auswählen, aus Trocken-Fraß, der mit Wasser zu einer aromatisierten Pampe vermischt wird, sondern er kann beinahe wie auf der Erde frühstücken.
Es gibt Brötchen! Dabei handelt es sich um kleine, gefriergetrocknete, in eine durchsichtige Tüte eingeschweißte Teigklumpen, die ein spezieller Automat aufbäckt. Angeblich, das hat ihm jedenfalls Marchenko erklärt, habe man dazu auf das Know-how einer Supermarkt-Kette zurückgegriffen. Mit einem Messer aufschneiden darf Martin seine frischen Brötchen leider nicht. Die Krümel-Gefahr wäre zu groß. Aber er kann aus einer speziellen Tube eine Masse in das Gebäck spritzen, die es in den Geschmacksrichtungen Wurst, Käse, Marmelade und Schokocreme gibt. Dann schiebt er sich die Mini-Brötchen im Ganzen in den Mund, inklusive Tüte, die essbar ist. Das ist zwar umständlich, aber es ist so weit am Original, wie es in dieser Entfernung von der Erde machbar ist. Außerdem hat er es nicht eilig. Das gemeinsame Frühstück gilt als Teil der Arbeitszeit, doch echte Arbeit haben sie danach selten.
»Hast du gemerkt, dass Amy und Hayato ...« Jiaying lässt den Satz schwebend ausklingen. Martin erschrickt über das plötzliche Geräusch. Das muss ihm anzusehen sein, denn sie muss lachen. Martin verschluckt sich an seinem Brötchen. »Ich, äh, Amy? Und Hayato? Nein, sie sieht doch bloß nach ihm, weil er Probleme hat.«
Das kann gar nicht sein, denkt er. Hayato hätte ihm das bestimmt erzählt. Das ist doch sein einziger Freund hier. Freund, wie seltsam das klingt. Müssten sie nicht alle Freunde sein, eine große Familie?

»Ich habe sie beobachtet«, sagt Jiaying.
»Beobachtet?«
»Rein zufällig. Ich wollte etwas im Gartenmodul prüfen, da standen sie im hinteren Gang und haben sich angefasst.«
»Angefasst?« Martin ärgert sich, dass er sie wie ein dummes Äffchen nachmacht. Er würde ihr gern als schlauer Typ erscheinen.
»Sie standen sich zuerst Hand in Hand gegenüber, um es genau zu sagen. Und dann hat er eine Hand auf ihren Po gelegt. Das kam mir schon ziemlich eindeutig vor.«
»Du hast aber sehr genau hingesehen.«
Jiaying wird rot, das wollte er nicht. Hoffentlich versteht sie das nicht falsch. »Ja, also, ich meine, du warst bestimmt erschrocken, weil da jemand war, den du nicht erwartet hast.«
»Das stimmt«, sagt Jiaying.
»Wenn das stimmt ...« Martin überlegt. »Ach nichts. Ich meine, was wird sie denn an ihm finden? Er ist so still?«
»Er wirkt, als habe er irgendein Geheimnis, das macht ihn interessant. Und er sieht ja auch ganz gut aus.«
Hayato soll gut aussehen? Das ist Martin noch nie aufgefallen. Er war jedenfalls, anders als Marchenko, auf der Erde nie von Frauen umschwärmt gewesen, jedenfalls so lange er ihn kannte.
»Ja? Was sieht denn an ihm gut aus?« Eigentlich will er wissen, ob er selbst vielleicht gut aussieht, zumindest in Jiayings Augen.
»Er hat eine gute Figur und beherrscht wohl diverse Kampfsport-Techniken, hat mir Marchenko erzählt. Und da ist etwas Tiefgründiges in seinen Augen.«
Das ist mehr, als Martin wissen will. Dann mal gute Nacht. Auch wenn er in Zukunft noch mehr trainiert, wird aus seinen schmalen Schultern nie ein breites Kreuz werden. Heute Abend wird er vor dem Spiegel probieren, wie er noch tiefgründiger blicken kann.

16. Juli 2038, NASA

Martin hatte immer gedacht, sein Leben im Griff zu haben. Hätte er jedoch geahnt, dass ihn ein paar Fehlerkorrekturen in die Tiefen des Alls verdammen würden, hätte er es dann fertig gebracht, über die Bugs hinwegzusehen? Ein paar Memory Leaks hier, eine Race Condition da, daran war doch noch niemand gestorben, wie seine Mutter gesagt hätte. Allerdings war schon öfter daran jemand gestorben, seit Software-Entitäten in kritischen Bereichen autonom agieren durften. Autonome Roboter der Inder etwa hatten im Kaschmir-Krieg in einem Hindu-Tempel ein Massaker angerichtet, das man später offiziell auf einen Pufferüberlauf der KI zurückführte – die Analyse der Quelltexte gehörte inzwischen zum Pflichtprogramm im Informatik-Studium. Nein, es ist schon folgerichtig, dass er sich heute genau hier befindet, auch wenn er in der Rückschau nie vor der Wahl gestanden hatte.

Dass ihn sein Chef damals zusammen mit Hayato auf die Tiangong-4 befördert hatte, war natürlich kein Zufall gewesen. In seiner Abteilung galt Martin zu diesem Zeitpunkt bereits als heimlicher Held. Es war ihm unangenehm, aber es war so, und es ließ sich auch nicht mehr rückgängig machen. Dabei hatte er eigentlich immer nur herumgesessen und im richtigen Moment die passende Taste gedrückt.

Die wichtigste Aufgabe des Enceladus-Projekts bestand darin, den endgültigen Beweis für das Vorhandensein von Leben zu führen. Dazu mussten Astronauten das Leben in flagranti erwischen, womit nur in dem salzigen Ozean unter der kilometerdicken Eiskruste des Mondes zu rechnen war. Aber wie bohrt man ein derart tiefes Loch mit den begrenzten Mitteln einer interplanetaren Expedition, mit maximal sechs Crewmitgliedern und ohne riesige Bohrtürme?

Die umfangreichsten Erfahrungen mit solchen Bohrungen hatten die Europäer, die auf dem Mars immerhin bis in zehn Meter Tiefe gekommen waren, als sie vergeblich nach

Spuren von Leben gesucht hatten. Viel lernen ließ sich daraus allerdings nicht. Bei minus 200 Grad, wie auf Enceladus zu erwarten, erreicht Eis die Härte von Stahl, während Metallbohrer spröde werden.
Trotzdem fehlte es den NASA-Ingenieuren nicht an weiteren Ideen. Sie erwogen zum Beispiel, ein Raumschiff senkrecht auf dem Mond landen zu lassen und dann mit der Hitze der Triebwerke ein Loch ins Eis zu strahlen. Die Fusions-Triebwerke mit ihren 10 Megawatt waren da schon im Spiel. Ein fluguntauglicher DFD-Prototyp wurde zu einem Gletscher in Alaska gebracht, um das Verfahren zu testen. Die Energie reichte sogar für ein ordentliches Loch. Doch der Heißluftstrahl ließ sich nicht genügend konzentrieren. Das Loch wurde breiter und breiter. Es entstand kein Zylinder, wie gewünscht, sondern ein Kegel, dessen Spitze nach unten zeigte. Die Ingenieure extrapolierten, dass bei einer fünf Kilometer tiefen Bohrung die Grube einen Kilometer breit werden musste. Wie sollte man darüber das Triebwerk anbringen, das sich ja über der Mitte des Loches befinden musste? Verworfen wurde diese Idee aber letztlich aus einem anderen Grund: Es zeigte sich, dass das Schmelzwasser stärker als vermutet radioaktiv verseucht wurde – was für die wenigsten Arten des Lebens förderlich ist. Hitze, das hatte der Versuch jedoch bewiesen, war gegen Eis eine bessere Waffe als ein mechanischer Bohrer.
Doch wie erhitzt man ein Gerät für ausreichend lange Zeit? Es wurde schnell klar, dass eine einmalige Energiezufuhr wie beim Aufwärmen einer Wärmflasche nie und nimmer reichen konnte, es sei denn, man hätte mal eben eine Atombombe gezündet, oder noch besser eine Wasserstoffbombe. Der Bohrkopf musste die Wärmequelle also mit sich führen. Die Raumfahrt besaß schon seit vielen Jahren eine erprobte, wenn auch nicht besonders populäre Technik, eine nie versiegende Wärmequelle anzuzapfen: die Zerfallsenergie radioaktiver Stoffe. Die Ingenieure musterten ihr Arsenal. Schon an Bord der Cassini-Sonde, die 2015 die ersten Hinweise auf Leben auf Enceladus geliefert hatte, befand sich ein Radioisotopengenerator, ein RTG, der

Strom aus dem Zerfall von Plutonium-238 erzeugte. Beim Enceladus Life Finder 16 Jahre später hatte man ebenfalls auf die bewährte Technik gesetzt.

Aber leider machte die Mathematik den NASA-Forschern einen Strich durch die Rechnung. Welche Wärmemenge wird benötigt, um einen fünf Kilometer langen Eiszylinder mit einem Durchmesser von zwei Metern auf Schmelztemperatur zu erwärmen und dann zu schmelzen? Es zeigte sich, dass der Mantel des Enceladus genauso gut aus Eisen bestehen konnte – die Aufgabe wäre nicht komplizierter geworden. Im günstigsten Fall hätte man sich binnen 200 Tagen in eine Tiefe von fünf Kilometern bohren können. Dazu hätte das Bohrschiff aber etwa anderthalb Tonnen Plutonium mitführen müssen. Bei der Cassini-Sonde hatten noch gut 20 Kilogramm des hoch radioaktiven Stoffes genügt. Zum Killer-Argument wurde schließlich das Geld: Ein Kilogramm Plutonium-238 kostete etwa 10 Millionen Dollar, anderthalb Tonnen würden also mit 15 Milliarden Dollar einen großen Teil des Budgets verschlingen. Ganz davon abgesehen lagerte weltweit nicht einmal so viel Plutonium.

Ein nordisches Geistwesen, das die ehrenvoll Gefallenen nach Walhalla führt, löste das Problem schließlich. »Valkyrie« nannte die private Firma Stone Aerospace ihren Eisbohrer. In der Antarktis war das Gerät bereits erfolgreich getestet worden – allerdings in einer unbemannten, nur 25 Zentimeter durchmessenden Variante. Die Firma war jedoch optimistisch, das Prinzip auch auf ein Modell mit zwei Metern Durchmesser erweitern zu können – das genügte der NASA, das Projekt zu finanzieren. Valkyrie brauchte kein Heizkraftwerk an Bord, weil es alle Energie von außen bezog, über ein Glasfaserkabel, an dessen Ende ein mächtiger Laser leuchtete. Das Kabel selbst musste dazu nicht einmal einen Millimeter dick sein. Es versorgte das Bohrschiff wie eine Nabelschnur mit der nötigen Energie und diente gleichzeitig der Datenübertragung. Einzig die Länge des mitgeführten Glasfaserkabels beschränkt dabei die Reichweite; 100 Kilometer hatten die NASA-Spezialisten gefordert, und Stone Aerospace war angesichts der dafür in Aussicht gestellten dreistelligen Millionensumme auf jede Forderung bereitwillig eingegangen. Eine entsprechend starke Laserquelle von mehreren Megawatt Leistung bereitzustellen, und zwar auf Enceladus, dafür sollte jedoch die Weltraumagentur die Verantwortung übernehmen. Hier dachte man – mit ungutem Gefühl – zunächst an einen kleinen Kernreaktor, bis das Fusionstriebwerk auch dieses Problem löste.

Es hatte trotzdem bis 2038 gedauert, bis die erste große Valkyrie einsatzfähig war. Offenbar hatte niemand Muße, sich einen neuen Namen auszudenken, also blieb man beim alten.

Der Versuch scheiterte grandios. Im Juni 2038 testete ein Technikerteam die neue Variante auf einem Gletscher in Alaska, den die US-Regierung dafür extra aus einem Nationalpark ausgliedern ließ. Das Bohrschiff kam an Bord eines Frachters und wurde schließlich von einem schweren Helikopter auf dem Eis abgesetzt. Schon als die Techniker das Tragkabel zum Hubschrauber lösen wollten, geriet die Valkyrie ins Rutschen. Es war ein Musterbeispiel an Fehlplanung, ein Desaster. Niemand hatte daran gedacht, dass ein riesiges Rohr aus Stahl womöglich auf schrägem Untergrund unerwünscht in Bewegung geraten könnte. Der Hubschrauber flog das Bohrschiff zum Transporter zurück.

Danach brauchten die Techniker eine Woche, um die Startfläche einzuebnen und ein Gerüst zu errichten. Denn die Ingenieure hatten auch vergessen, dass die Valkyrie irgendwie in senkrechte Position geraten muss, um sich ins Eis bohren zu können. Man hatte einfach stur das Miniaturmodell, das von zwei Mann in die Senkrechte gehoben werden konnte, in eine größere Variante umgerechnet. Firmenchef Stone junior, von dem es hieß, er sei ein Hitzkopf, entließ trotzdem niemanden seiner Leute.

Zwei Wochen später startete der zweite Versuch, den die NASA live auf ihrer Website übertragen ließ. Martin erinnerte sich noch lange daran, weil das Ergebnis auf bestimmte Weise typisch ausgefallen war. Wieder flog der

Helikopter die Valkyrie ein und setzte sie in ihrem Gerüst ab. Das Bohrschiff sollte beim ersten Mal unbemannt starten, deshalb hatte man eine KI für die Steuerung angelernt, und zwar am Miniaturmodell. Der Firmenchef persönlich ließ es sich nicht nehmen, den Generator zu aktivieren und den damit betriebenen Laser einzuschalten. Bruchteile von Bruchteilen einer Sekunde später trat das Licht über das Glasfaserkabel in die Valkyrie ein. Hier übernahm es gleich zwei Funktionen: Es erhitzte eine Metallplatte, die das Eis neben dem Bohrkopf schmolz, und es lieferte über Fotozellen Strom für die leistungsfähigen Pumpen, die das erhitzte Wasser gegen das Eis unter der Valkyrie pressten – und damit ein Loch erzeugten.
Die Techniker waren optimistisch, es schien alles bedacht. Tatsächlich setzte sich das Bohrschiff wie geplant in Bewegung. Die Umstehenden spendeten Beifall. Firmenchef Stone war vorsichtig genug, noch nicht in den Jubel einzustimmen. Die Trommel, von der der Prototyp das Glasfaserkabel abspulte, drehte sich langsam. Man hatte es nicht eilig. Dies war der erste Test der neuen Version. Es würde viele weitere geben müssen, bei denen man dann auch die Geschwindigkeit erhöhen konnte.
Die versammelte Mannschaft lauschte. Es lag ein tiefes Rumoren in der Luft, gemischt mit einem gleichmäßigen Rauschen. Das Loch, das die Valkyrie grub, war nur wenige Zentimeter größer als das Schiff. Alles schien perfekt. Doch nach exakt sieben Minuten und zehn Sekunden blieb sie stehen.
»Scheiße«, sagte Stone. Sein Gesicht wurde rot, doch er sagte nichts. Die Techniker blickten betreten. Einer legte ein Ohr ans Eis.
»Stille.«
Die Sensoren meldeten, dass die Valkyrie in 87 Metern Tiefe stecken geblieben war. Plötzlich gellten Alarmsignale von der Steuerungskonsole, als habe die Künstliche Intelligenz erst einmal nachdenken müssen.
»Ausmachen! Was ist passiert?«

Gleich drei Spezialisten beeilten sich, Stones Frage zu beantworten.
»Die Heißwasser-Jets sind an Dreck erstickt.« Die Diagnose war allzu offensichtlich. »Entschuldigung, sie sind mit Sediment verstopft.«
»Ist das euer Ernst?« Stones Blick wirkte, als wolle er ganz ohne Valkyrie den Gletscher durchbohren. Es klang nicht wie eine Frage, sondern wie eine Drohung. Denn allen musste klar sein, dass es das Bohrschiff nicht mit Laboreis zu tun hatte, sondern mit einem natürlich gewachsenen Gletscher. Wind und Wetter lagerten darauf immer wieder feinen Sand und andere kleinste Teilchen ab, die mit der Zeit im ewigen Eis versanken. Das hatte man nicht nur geahnt, sondern gewusst. Die Ablagerungen hatten jedoch viel schneller als vermutet die Heißwasser-Jets verstopft und schließlich funktionsunfähig gemacht.
»Ich hab's ja gesagt«, meinte einer der Techniker und hielt sich die Hand vor den Mund, denn die anderen sahen ihn böse an.
»Was haben Sie gesagt?« Stone plusterte sich vor ihm auf.
»Ein Problem der Skalierung. Wir haben einfach alles größer gemacht. Die kleinen Teilchen, dachten wir, mögen für das Miniatur-Modell schädlich sein, aber bei der großen Valkyrie sind doch eher die großen Klumpen das Problem.«
»Wurde das denn nicht simuliert? Warum weiß ich davon nichts?«
»Sir, das Problem ist am ...«, der Techniker blätterte auf seinem Tablet, » ... 10. Juli in ihrem Posteingang gelandet.«
Stone verstummte, drehte sich um und kratzte sich am Kopf. Er hatte ein echtes Problem. Der Prototyp der Valkyrie war verloren. Wie sollten sie ein tonnenschweres Metallrohr aus einem langsam zufrierenden 87-Meter-Loch bergen? Das optische Kabel für den Laser war viel zu dünn, um die Walküre damit am Schopf zu packen.
Der Firmenchef sagte nichts mehr. Er sprach mit keinem seiner Mitarbeiter und ging am Gerüst der Valkyrie vorbei den Gletscher hinab. Acht Stunden später sah man einen

Helikopter vom Transportschiff abheben, der an der Küste eine einzelne Person aufnahm.
Stone Aerospace verpflichtete sich, schnellstmöglich und auf eigene Kosten eine neue Valkyrie zu bauen, nach dem exakten Bauplan der alten. Eigentlich war die Valkyrie bereits mit allem Nötigen ausgestattet gewesen, um sich gegen die Verstopfung wehren zu können. Die Steuerungssoftware hatte diese Maßnahmen nur nicht rechtzeitig ergriffen, denn bei der kleinen Variante waren sie unnötig gewesen. Da man von NASA-Seite aus dem privaten Vertragspartner zwar Mut und Improvisationstalent zutraute, nicht aber die Fähigkeit, eine fehlertolerante KI zu schreiben, musste Martin eine Dienstreise antreten. Zunächst hatte er sich darüber sogar gefreut. Den Gedanken, irgendwann im ewigen Eis der Antarktis stehen zu müssen, verdrängte er zu diesem Zeitpunkt noch erfolgreich.

10. Juli 2046, ILSE

»Wie wollen wir heute die Arbeit aufteilen?« Jiaying lächelt wieder undurchschaubar. Martin hat wegsehen müssen, als sie ihre Nudeln aus der Vakuumverpackung saugt, was die vorgeschriebene Art ist, an Bord gekochte Nudeln zu konsumieren.

Es ist eine rhetorische Frage. Jiaying ist erstens die Chefin in ihrem Zweierteam, zweitens gibt es keine Wahl. Im Protokoll haben die Psychologen jedoch festgelegt, dass Entscheidungen, wenn möglich, einvernehmlich zu treffen sind.

»Na ja, ich mache den Garten, und du putzt.« Heute ist Mittwoch, da ist Martin immer für die Gartenarbeit eingeteilt. Morgen wird er putzen müssen. Die Pläne haben sie zu sechst aufgestellt. Ihm ist nicht wichtig, womit er sich befasst, um die Zeit totzuschlagen. Die Missionsplaner hatten zunächst überlegt, der Crew echte Forschungsaufgaben zu übertragen, etwa auf dem Weg durch den Asteroidenring einen der größeren Kleinplaneten zu besuchen. Doch aus Risiko- und Zeitgründen sah man davon ab. Also wird es keine echte Abwechslung geben, bis die ILSE in der Nähe der Saturnbahn eintrifft.

»Alles klar«, sagt Jiaying. »Dann viel Spaß. Und wenn du Hayato oder Amy siehst ...« Sie zwinkert ihm zu, statt den Satz zu beenden. Martin fängt an, neugierig zu werden.

»Dann bis Mittag.«

Der Garten, so nennt die Crew das Treibhausmodul, befindet sich im hinteren Teil des Schiffes. Konstruiert wurde es in seiner Heimat. Seit die Chinesen im Fahrzeug- und Roboterbau Deutschland von der Weltspitze verdrängt hatten, besann man sich dort wieder auf die wahren Ressourcen des Landes, den fruchtbaren Boden.

Durch die Klimaerwärmung hatten sich die Vegetationspe-

rioden im Norden so weit verlängert, dass zwei Ernten pro Jahr problemlos möglich waren.
»Eden« heißt das Modul offiziell. Martin hat vergessen, woraus sich das Akronym zusammensetzt. Dem Garten Eden ähnelt es jedoch kein bisschen. Eher muss Martin an einen surrealen Keller voller Rohre denken, in dem es modrig riecht. Das biologische Gleichgewicht ist fragil. Täglich kämpft die Crew darum, der aus dem Ruder geratenen Mikroflora Herr zu werden.
Vor der Schleuse zum Garten muss Martin sich ausziehen. Wegen der Hitze und der Feuchtigkeit haben sie sich darauf geeinigt, in Unterwäsche zu arbeiten. Das ist kein Problem, da immer nur ein Astronaut zur Gartenarbeit eingeteilt ist. Wenn er sich richtig erinnert, hat Francesca damals diesen Vorschlag gemacht, weil die hohe Luftfeuchtigkeit und der niedrige Sauerstoffgehalt im Eden-Modul sie ins Schwitzen brachten. Was wohl die Psychologen dazu sagen? Die Überwachungskameras, die auch diesen Teil des Raumschiffs im Blick haben, hat die Siri-KI auf Befehl der Kommandantin deaktiviert. Martin stellt sich manchmal vor, wie Siri oder Watson ihre menschliche Besatzung heimlich beim Gärtnern beobachten.
Der Garten ist im NASA-Jargon ein CELSS, ein Closed Ecological Life Support System. Der Ausbilder auf der Erde hatte wenig von dem Konzept gehalten. Die Erde, hatte er gemeint, sei das bisher einzige Beispiel für ein CELSS, das schon seit Milliarden Jahren in gewissen Grenzen stabil bleibt. Gelänge es, ein Raumschiff in ein geschlossenes, stabiles Ökosystem zu verwandeln, würde das sogar interstellare Reisen ermöglichen, die entsprechende Geduld der Crew vorausgesetzt. Doch die Schwierigkeit, ein solches System stabil zu halten, steigt, je weniger Platz vorhanden ist. Das hat die ESA-Spezialisten nicht davon abgehalten, es zumindest zu versuchen. Denn ganz egal, ob der Garten wirklich funktioniert, Sauerstoff recycelt und frische Nahrung produziert – er wird die Crew doch immer mit einer anderen wichtigen Ressource versorgen, nämlich mit Arbeit.

Vor dem Start hatte niemand eine Prognose gewagt, was die auf mehrere flache Etagen verteilten 30 Quadratmeter bringen würden. Natürlich hatten die Biologen Pflanzen mit möglichst kurzer Vegetationsperiode und hohem Ernteindex ausgewählt, also hohem Anteil essbarer Biomasse an der gesamten Masse der Pflanze. Die erste Salaternte hat Martin schon eingefahren, Rote Beete und Spinat ebenfalls. Eigentlich mag er keins von beiden, aber im Vergleich zur Trockennahrung schmecken sie paradiesisch. Ob er die Kartoffeln, die mehr als drei Monate brauchen, jemals ausgraben kann? Auch für die Möhren sieht er schwarz, denn die Mikroorganismen im Boden spielen verrückt.
Dass der Anbau nicht einfach werden würde, war klar gewesen. Durch die fehlende Gravitation haben die Wurzeln der Pflanzen auf der Suche nach Nährstoffen und Wasser kein Ziel. Dasselbe gilt für Feuchtigkeit: Würde man normal gießen, bedeckte das Wasser einfach die Oberfläche, darunter bliebe es trocken. Deshalb hat man sich für eine Art Aqua-Kultur entschieden. Die Pflanzen stecken über der Wurzel in einer Art elastischem Kragen. Ihre Wurzeln breiten sich in einem sehr grobkörnigen Mineralgemisch aus, das von der Nährlösung durchspült wird. Sie besteht zum großen Teil aus Urin, dem flüssigen Gold der Weltraum-Gärtner, was der Eden-Atmosphäre eine spezielle Duftkomponente verleiht. Das Problem: der künstliche Boden ist mit Legionen von Kleinstlebewesen besiedelt, deren Reaktion unvorhersehbar ist. Selbst, wenn man zuvor alles desinfiziert hätte, hätten die Pflanzen neue Bakterien eingeschleppt. Sterile Landwirtschaft ist unmöglich.
Jedenfalls stinkt es jetzt stärker als erwartet, ganz als hätten sie frische Gülle ausgebracht. Amy versucht schon seit Tagen, die Schuldigen daran zu identifizieren, doch sie kommt nicht voran. Vielleicht hat sie sich ja deshalb mit Hayato den Garten angesehen, denkt Martin. Jiaying kann sich getäuscht haben. Er kann sich einfach nicht vorstellen, dass die Kommandantin und der Ingenieur... Er schüttelt den Kopf und konzentriert sich auf seine Arbeit.
Eine Bakterienart hat offenbar die Oberhand bekommen

und andere Arten ausgerottet. Sie vermehrt sich nun, solange die Ressourcen zur Verfügung stehen, die sie braucht. Danach wird das Ökosystem in die andere Richtung kippen. Vielleicht haben sie Glück, und es setzen sich dann die richtigen Arten durch. Die Pflanzen mögen das derzeitige Bodenklima jedenfalls nicht. Sie haben das Wachstum eingestellt, ihre Blätter verfärben sich. Martin weiß nicht so recht, wo er anfangen soll. Amys Anweisungen sind nebulös: überall dort eingreifen, wo ihn das Gefühl beschleicht, dass die Pflanze keine Chance mehr habe.
Deshalb verschafft er sich am Anfang seiner Schicht einen Überblick. Er nimmt den Tageslichtstrahler aus seiner Befestigung an der Wand, damit er die Farben der Blätter im natürlichen Spektrum erkennen kann. Das Licht, das die Wände und die Decke ausstrahlen, ist speziell auf die Bedürfnisse der Pflanzen abgestimmt. Dann beginnt er, die Reihen abzulaufen. Der Garten ist eine simple Röhre von drei Metern Außendurchmesser, etwa zehn Meter lang. Die »Decke« ist abgehängt, über der Abdeckung verlaufen Versorgungsleitungen. Am »Boden« gibt es einen Weg, unter dem sich Stauraum befindet. An den Außenwänden und auf zwei sich fast über die komplette Länge erstreckenden Regalen sind die Beete installiert, und zwar bis zu sechs übereinander.

Martin hat sich für eine vertikal-horizontale Suchstrategie entschieden; er betrachtet also jeden Regalmeter erst von unten nach oben, dann bewegt er sich weiter, arbeitet dann jedoch in der umgekehrten Reihenfolge. Nicht, weil das effizienter wäre, sondern weil er weiß, dass seine Knie besser damit zurechtkommen. Am Ende der rund 18 Meter langen Wegstrecke hat er Blattfarben, -formen und -größen der derzeit sechs angebauten Pflanzenarten statistisch erfasst. Bei den ersten Kontrollen hat er noch die Plant-Growth-App seines Universal Pads benutzt, um die vorhandene Biomasse zu ermitteln, doch das beherrscht er nun im Kopf. Und zwar besser als die App, er hat das nachgemessen, indem er das Volumen von 20 Pflanzen mit der guten alten Verdrängungsmethode bestimmt hat. Die Kamera

in seinem Kopf funktioniert offenbar besser als die 3D-Cam des Pads.
Aufschreiben muss er nichts. Er hat eben ein gutes Gedächtnis, das war schon immer so – außer für Gesichter. Er stellt schnell fest, dass bei der Ausprägung der wichtigsten Merkmale 15 Prozent aller Exemplare bei ebenso viel Prozent des jeweiligen Medianwerts liegen. Wenn er Jiaying das so sagte, wäre ihm ein Lachen sicher. Obwohl sie Biologin ist, oder vielleicht genau deshalb, muss er ihr seine Gedanken übersetzen. Wie würde er es ausdrücken? Vielleicht so: Jede sechste Pflanze ist braun.
Martin beschließt, dass dies die Forderung der Kommandantin erfüllt. Also muss er 27 Pflanzen entsorgen. Das sind zwei frische Abendessen für die ganze Crew, ein echter Verlust. Natürlich weiß er nicht, ob die betreffenden Pflanzen wirklich eingehen werden. Doch wenn er zu lange wartet, kann an ihrer Stelle nichts Neues wachsen. Zuerst muss Martin den nötigen Platz schaffen, dann wird Jiaying wahrscheinlich am Nachmittag die Samen oder Knollen setzen, während er sich auf dem Crosstrainer abstrampelt. Was immer für ein neues Gewächs gebraucht wird, entnehmen die Astronauten speziellen Vorratsboxen unter dem Boden des Gartens. Bei einem wirklich geschlossenen System müssten sie einen Teil der Ernte für den Anbau der nächsten Generation investieren.
Er stellt sich vor, wie Jiaying in Unterwäsche durch die Regalreihen läuft. Sie gefällt ihm, aber er weiß, dass er keine Chance bei ihr hat. Angeblich geht das Bedürfnis nach Sex im All ja zurück, behaupten die Psychologen. Martin kann das bisher nicht bestätigen, aber so lange sind sie ja auch noch nicht unterwegs.

30. Juni 2045, Antarktis

Die Kälte brachte ihn um. Martin sah nach hinten. Noch konnte er die Station erahnen. Die anderen würden sich zwar wundern, wenn er plötzlich in die falsche Richtung rannte, doch nur so konnte er überleben. Kleine Eispfeile bohrten sich in die wenigen ungeschützten Bereiche seiner Haut, obwohl es windstill war und der Koch heute morgen das warme Wetter gelobt hatte. Er fühlte sich wie ein Fakir, der sein Gesicht in glühende Kohlen taucht. Er konnte nicht unterscheiden, ob ihn Kälte oder Hitze peinigten, aber das war auch egal, er würde so oder so sterben.

Der Koch ging jetzt vor ihm. Beim Abendessen hatte er sich als Tadeusz vorgestellt, an den Nachnamen konnte sich Martin nicht erinnern. Er war gleichzeitig einer der leitenden Wissenschaftler der polnischen Antarktis-Station. Im ewigen Eis hatte niemand nur einen einzigen Job. Gerade in dem Moment, als Martin sich für die Flucht entscheiden wollte, drehte der Mann sich um und sprach ihn auf Englisch an. Martin verstand nicht, was er sagte, und zuckte nur mit den Achseln.

Tadeusz sprach lauter: »Großartige Landschaft, was?«

Eine Antwort konnte er ja wohl nicht erwarten. Martin bekam immerhin ein Kopfnicken zustande. Der kochende Forscher oder forschende Koch lachte.

»Zum ersten Mal hinter dem Polarkreis, was?«

Martin nickte wieder.

»Das ist völlig normal. Wenn man sich an die Kälte gewöhnt hat, ist sie gar nicht so schlimm. Die Antarktis muss man sich erarbeiten.«

Offenbar blickte er immer noch sehr skeptisch.

»Ich habe das am ersten Tag auch nicht glauben wollen. Drehen Sie sich mal um! Diese Freiheit, hier ist sie wirklich grenzenlos, der Kontinent gehört niemandem und allen. Ich finde, das sieht man der Landschaft an.«

Eine Eiswüste. Berge im Hintergrund, ebenfalls eisbedeckt. Zweifellos auf morbide Art faszinierend, aber Martin bevorzugte einladendere Gegenden.
»Es gibt auf der Erde keine Landschaft, die so ehrlich ist, glauben Sie mir. Machen Sie einen Fehler, hat Sie die Kälte an den Eiern. Machen Sie zwei Fehler, sterben Sie. Der einzige Ort, der der Antarktis in dieser Hinsicht ähnelt, ist der Kosmos.«
Aus dem Mund des Polen klang das Wort besonders hart. Martin hatte nicht die Absicht, diesem Kosmos je einen Besuch abzustatten.
»Kommen Sie, wir müssen uns beeilen, die anderen warten auf uns.« Tadeusz legte ihm die Hand auf die Schulter und gab ihm einen symbolischen Schubs.
Warum war er bloß auf die dumme Idee gekommen, die Software direkt an der Konsole der Valkyrie zu prüfen? Hätten sie nicht ebenso gut einen Laserlink aufbauen können? Mister Stone war schuld, beschloss Martin, Stone junior, der so lässig von einem kleinen Spaziergang zur Versuchsstelle gesprochen hatte. Valkyrie ließ sich nicht direkt bei der Polarstation testen, denn die war über festem Boden errichtet. Der Eisbohrer sollte sich aber bis zum Ozean unter dem Eis durcharbeiten und dann darin ein bisschen tauchen gehen. Es kam nicht darauf an, dass das Wasser tief war, deshalb hatte man einen Ort gewählt, der von der Station etwa drei Kilometer in nördlicher Richtung entfernt war, anderswo ein 40-minütiger Spaziergang, hier eine kleine Expedition. Die drei Motorschlitten der Station waren mit Material und Werkzeug vorausgefahren.
Dass Sie angekommen waren, merkte Martin erst, als er, ganz in Gedanken versunken, auf den plötzlich stehen gebliebenen polnischen Forscher auflief. Er entschuldigte sich. Tadeusz drehte sich um und lachte ihn an.
»Geht schon besser, oder?«
Martin brachte es nicht über's Herz, den Kopf zu schütteln. Er versuchte, etwas zu sagen, doch er hatte das Gefühl, dass all seine Gesichtsmuskeln eingefroren waren. Trotzdem war da eine warme Stelle, über dem Herzen.

Der Rest seines Körpers brauchte eine Viertelstunde, um wieder Normaltemperatur anzunehmen. Das Labor- und Aufenthaltszelt war gut geheizt. Die Firma Stone Aerospace hatte per Schiff ein kleines Dieselkraftwerk anliefern lassen, das nun den Laser der Valkyrie mit Strom versorgte und nebenbei auch Heizöfen, Computer und so weiter. Stone junior hatte ihn gleich nach der Ankunft persönlich begrüßt, doch daran konnte er sich nur noch schemenhaft erinnern.

Der Ausflug hatte sich auf jeden Fall gelohnt, schon der Computer wegen. Stone hatte wirklich ordentlich investiert. Er hätte hier in wenigen Minuten eine 1-Kubikmeter-Zellen-Simulation der antarktischen Zirkulation der kommenden zwei Wochen durchlaufen lassen können, wofür er bei der NASA erst Supercomputer-Zeit mieten musste. Valkyrie war Stones derzeit einziges Projekt, und er setzte offenbar die ganze Firma darauf an. Ein Bohr-Roboter, der auf Enceladus erfolgreich war, würde sich auch auf der Erde verkaufen lassen.

Martin rollte mit dem Bürostuhl etwas näher an den Tisch und stellte ihn auf die richtige Höhe ein. Wenn er falsch saß, merkte er das schnell durch Schmerzen am rechten Handgelenk. Er zog die Tastatur etwas näher, streckte die Beine aus und startete den Debugger. Eigentlich war er chancenlos. Valkyrie und damit auch ihre Steuerungssoftware waren seit über 20 Jahren in Entwicklung. Die wechselnden Programmierer hatten den Code zwar sehr gut dokumentiert. Dazu musste er Stone bei nächster Gelegenheit gratulieren, denn das war nicht der Normalfall. Allerdings hat Software die natürliche Eigenschaft, stets komplexer zu werden. Am Anfang steht eine Routine, die unter ganz bestimmten Bedingungen ein definiertes Ergebnis erzeugen soll. Die testet der Programmierer unter diesen Bedingungen, und wenn er schlau ist, probiert er auch aus, was unter anderen Bedingungen passiert, soweit er die Phantasie hat, sich diese anderen Bedingungen vorzustellen.

Doch niemand kann in die Zukunft sehen. Drei Jahre später muss das Modul mit anderen Unterroutinen zusammenarbeiten, die es bei seiner Geburt noch nicht gab. Fünf Jahre danach treten die Original-Bedingungen, für die es geschrieben wurde, vielleicht gar nicht mehr auf, aber da der erste Programmierer gut getestet hat, ergeben sich auch unter anderen Voraussetzungen keine Fehler. Noch. Irgendwann testet die Wirklichkeit die bis dahin unbekannten Grenzen der Programmierung, und dann kommt es zum Crash. Martin sollte dabei helfen, dass dieser Absturz nicht in 3000 Metern Tiefe stattfand.

Bei einem primitiven kleinen Programm wäre er dazu jede Codezeile durchgegangen, hätte geprüft, welcher Befehl wann zu welchem Verhalten führt, ob Variable ordentlich definiert und Speicher rechtzeitig freigegeben werden. Bei einer Software dieser Komplexität war ein solcher Prozess nicht mehr effizient. Zigtausend Programmzeilen so durchzugehen, hätte Martin Monate gekostet. Valkyrie sollte aber morgen ins ewige Eis starten.

Natürlich hatten Stones eigene Programmierer bereits alle möglichen Tests durchgeführt. Die Gefahr lag hier in einer Betriebsblindheit: Würden sie ihrem Programm zum Beispiel in solchen Fällen blind trauen, die ihnen zu trivial erschienen? Martin hatte deshalb seine eigenen Testwerkzeuge mitgebracht. Sie simulierten für die Valkyrie-Software einen echten Einsatz, indem sie ihr über die von den Programmierern definierten Schnittstellen (»APIs«) Daten zuspielten. Martin konnte dann im Debugger live beobachten, wie die Software darauf reagierte. Die Arbeit in dieser so genannten Sandbox war auch deshalb einfacher, weil man unterschiedliche Szenarien viel schneller ausprobieren konnte als in Wirklichkeit. Man musste eben nicht abwarten, bis Heck-Jet 1 angefahren war, sondern konnte den Test beim korrekten Startbefehl für den Jet abbrechen.

Martin begann mit den kritischen Momenten. Was würde passieren, wenn die Valkyrie ihren Weg durch das Eis beendet hatte? In diesem Moment musste eine ganze Reihe von Komponenten ihre Funktion ändern. Die Jets durften das erhitzte Wasser nicht mehr nach vorn – zum Bohren – ausstoßen, stattdessen dienten sie nun als Antrieb. Kam der Schaltbefehl zu spät, würden sie die Valkyrie von unten gegen die Eisdecke drücken. Das Bohrschiff musste also genau erkennen, wann der richtige Moment gekommen war. Dabei musste die Software auch mit Unregelmäßigkeiten rechnen, etwa lokalen Blasen in der Eisschicht, die für einen kurzen Moment den Schein erwecken konnten, das Ziel erreicht zu haben. Martin veränderte die Eingabe-Parameter systematisch. Für die Software sah es so aus, als würde es abwechselnd heiß und kalt, als würde die Valkyrie erst vom Eis zerquetscht, um dann in einer dickflüssigen Eis-Wasser-Suppe zu schwimmen. Sie verhielt sich in allen Fällen optimal. Das hieß nicht, dass die Insassen stets überlebt hätten – das Bohrschiff war mit gewissen Sicherheiten konstruiert, und wenn die überschritten wurden, war der Crew nicht mehr zu helfen. Doch es zeigte sich, dass Stones Programmierer hervorragende Arbeit geleistet hatten. Die Software erweiterte den sicheren Bereich – der sowieso schon doppelt so groß definiert war, wie die Wirklichkeit erwarten ließ – um weitere 20 Prozent, weil sie im richtigen Maß ausgleichend reagierte. Er musste Stone wirklich gratulieren.

Konzentriert arbeitete Martin zwei, drei, vier Stunden. Er war versunken in seine Simulationen, fieberte mit der Valkyrie mit, wenn sie sich gegen die von ihm besonders aggressiv programmierte Umwelt durchsetzte und wenn sie den Kampf verlor. Deshalb erschrak er umso mehr, als sich eine warme Hand auf seine Schulter legte. Sein Körper zuckte, sodass er beinahe vom Stuhl gefallen wäre.

»Oh, entschuldige!« Eine sonore, warme Stimme mit südeuropäischem Akzent. Martin stand auf.

»Nein, mach nur weiter, ich wollte dich nicht stören.« Die Frau, vielleicht Ende 40, darauf wiesen die Lachfältchen hin, war etwas größer als er. Sie hatte lange, dunkle Haare, einen vollen Mund und breite Schultern. Martin senkte den Kopf und bemerkte, dass auf ihrer Uniformjacke der Name Francesca Rossi aufgestickt war. Ihm wurde heiß. Er ärgerte sich über sich selbst, doch ihm wollte keine Antwort einfallen.

»Ich, äh...«
»Ist schon gut, setz dich doch wieder. Ich wollte wirklich nicht stören. Die haben mir gesagt, dass du die Valkyrie durchcheckst, und da sie morgen mit mir startet...«
»Du bist die Pilotin?« Martin erinnerte sich an die Crew-Liste. Er wusste aber nicht mehr, wo er sie gesehen hatte, obwohl ihm das Bild klar vor Augen stand.
»Ja. Wobei wir morgen wohl eher Passagiere sein werden, wenn ich die Missionsbeschreibung richtig verstehe.«
»Ich ... weiß nicht. Bin erst heute angekommen und war die ganze Zeit in der Simulation online.«
»Mir scheint, da hat einen der Oberen plötzlich der Mut verlassen. Oder steckt mehr dahinter, dass sie dich für diese Aufgabe angeheuert haben?« Francesca sah ihn mit echtem Interesse an. Er konnte die Neugier gut nachvollziehen. Wenn er morgen in einem großen Stahlrohr ins Eis geschossen würde... Martin wollte sich das Szenario gar nicht vorstellen.
»Ist alles okay. Die Valkyrie hat nur in zwei Dritteln der Testfälle versagt.« Francesca sah ihn mit offenem Mund und großen Augen an.
»Was ich sagen wollte, ist – sie hat bis weit über ihren definierten Arbeitsbereich hinaus hervorragend funktioniert.«
»Also ist alles gut?«
»Ja, so könnte man es auch ausdrücken. Solange...« Martin verkniff sich den Rest des Satzes.
»Verstehe. Ich verlasse mich auf dich.« Francesca drehte sich um und schien gehen zu wollen.
»Dein erster Einsatz im Eis?« Er wunderte sich über sich selbst. Die Italienerin sah ihn an.
»Allerdings. Bin eigentlich Kampfpilotin.«
»Da hast du vermutlich schon eine Menge gesehen.« Martin beneidete sie nicht. Ihm reichte es schon, von seinem warmen Büro aus über die Schrecken der modernen Welt zu lesen.
»Mein letzter Kampfeinsatz ist zum Glück schon drei Jahre her. Türkei.« Er erinnerte sich an den islamistischen Um-

sturz damals. »Es ... fühlt sich seltsam an, auf den Knopf zu drücken. Wie ein Computerspiel. Das meiste macht die KI.«

»Und warum machst du es dann?« Nachdem er die Frage gestellt hatte, war er unsicher, ob sie nicht zu intim war. Er kannte die Frau doch gar nicht. Francesca sah ihn an, ihre Lider zitterten etwas.

»Dieses Gefühl, wenn die Maschine mit dir startet. Klar, da ist die KI, aber ich kann immer noch den großen roten Knopf drücken. Wo sonst kommt man heute noch an seine Grenzen? Überall wirst du von Software beschützt ...«

»Und darum die Valkyrie?«

»Ich habe jedenfalls sofort ja gesagt.«

Martin musste sich abwenden. Ihm wurde heiß, wahrscheinlich war er schon rot im Gesicht. Was, wenn er bei den Simulationen einen Fehler gemacht hatte? Konnte er wirklich sicher sein? Seine Arbeit hatte noch nie so direkt über Leben und Tod eines Menschen entschieden. Er musste aufstehen und begann, ziellos durch den Raum zu wandern. Dabei spürte er Francescas Blick.

»Mach dir keine Sorgen«, sagte er schließlich. »Ich bin bloß ein bisschen durcheinander. Sitze sonst immer in einem kleinen Büro. Zu viel Action hier für meinen Geschmack. Aber die Valkyrie, die ist sicher.« Er merkte, wie er sich damit selbst Sicherheit zusprach, aber es funktionierte. Endlich konnte er sich wieder setzen und Francesca ins Gesicht sehen.

»Na dann bin ich ja beruhigt«, sagte die Pilotin mit einem Grinsen, als hätte sie ihn durchschaut. »Wir sehen uns morgen.« Sie drehte sich um und verließ den Raum.

10. Juli 2046, ILSE

»Schäden an der Außenhaut, Modul Gamma 3.« Watsons Stimme schreckt ihn aus seiner meditativen Tätigkeit. Die Schicht ist beinahe vorüber. Die KI klingt völlig neutral. Wäre etwas Ernsthaftes passiert, hätte sie ihre Stimme moduliert und eine von drei Alarmstufen ausgerufen. Über kleinere Treffer werden die Astronauten so beiläufig wie eben unterrichtet. Größere, gefährlichere Bruchstücke würde das Schiff vor dem Aufprall mit seinem Radar entdecken, dessen Wellen in jeder Sekunde mit Lichtgeschwindigkeit in den 180-Grad-Sektor in Flugrichtung eilen. Zum Ausweichen wäre es dann wohl trotzdem zu spät. Nur die sehr großen Brocken lassen sich so früh erfassen, dass die chemisch betriebenen Sekundärdüsen das Schiff noch vom Kollisionskurs abbringen können.
Martin stellt sich vor, wie jetzt einer der drei Spider auf der Außenhaut los krabbelt, um den Schaden zu untersuchen. Der sechsbeinige Roboter ermittelt, wie groß und tief der Treffer ist. Er versucht, die Quelle zu ermitteln, was nicht immer gelingt, denn der Aufprall pulverisiert zumindest die kleineren Meteoriten. Schäden im Zentimeter-Bereich kann der Spider selbst schließen. Dazu hat er ein rot gefärbtes Spezialharz in seiner »Spinndrüse«, das er in das Loch einschießt und das im Vakuum in Sekunden aushärtet. Danach bewegt er sich in seine Servicebucht, die die Astronauten »Hundehütte« nennen. Sie haben den drei Robotern auch Namen gegeben, Hundenamen. Was man eben so tut, wenn man sich langweilt. Die Kommandantin hatte das vorgeschlagen, aber vermutlich war das eine Idee der Psychologen. Es gab mehr als drei Vorschläge, sodass sie losen mussten. Martin kam mit seinem »Rex« nicht durch, ist heute aber froh darüber, denn der Name scheint ihm gar zu einfallslos. Joker, Obi-Wan und Lancelot, die drei haben gewonnen.

Größere Schäden repariert die Crew bei einer Außenmission. Aber nicht sofort, das lohnt nicht. Watson führt eine Liste mit den fälligen Reparaturen, und sobald die KI schätzt, dass mindestens eine Stunde Arbeitszeit benötigt wird, setzt die Kommandantin eine Außenmission an, eine EVA. Martin hat sie damit bisher zum Glück verschont. Er vermeidet es, sich an seinen bisher ersten Weltraumspaziergang während der Trainingswochen auf der Tiangong-4 zu erinnern, bei dem er sich sehr ungeschickt angestellt hatte.

Der zweite Teil seines Arbeitstages ist dem Sport gewidmet. Doch erst muss er ein Protokoll anlegen. Er sagt das Schlüsselwort und erzählt dann der stets lauschenden KI, was er im Garten erledigt hat. Da die Astronauten sowieso dauernd überwacht werden, hatte ihm der Sinn des Protokolls zunächst nicht einleuchten wollen. Doch die Erklärung des NASA-Trainers war schlüssig: Die KI analysiert sein Sprachprotokoll auf zwei Ebenen. Zum einen versucht sie, über Sprachmelodie, Rhythmus und Betonung das Unausgesprochene hinter dem Gesagten herauszufinden. Zum anderen hilft sein Text der Software beim Verstehen der Umgebung; er unterlegt die Bildaufnahmen seiner Tätigkeit mit Meta-Informationen. Was das Klassifizieren und Einordnen betrifft, ist der Mensch auch heute noch der KI überlegen.

Martin bewegt sich durch die Schwerelosigkeit zum Hamsterrad. Der Fitnessraum ist im vierten Hab-Modul eingerichtet – in Nummer eins bis drei befinden sich je zwei Kabinen und ein WHC. Hätte er einen Wunsch frei, würde er den Esstisch an diese Stelle verlegen lassen. Denn natürlich ist es einfacher, unter Schwerkraft Nahrung zu sich zu nehmen.

Er klettert die Leiter in eine Richtung, die sich jetzt wie nach unten anfühlt, tatsächlich aber dauernd um die Achse des Raumschiffs rotiert. Zwei Meter vor dem Ende der Speicher befindet sich ein Leuchtring, den Martin berühren muss. Dann öffnet sich die Luke zum Hab-Modul und die Leiter fährt heraus, wenn gerade niemand dort steht. Der

Weg ist frei. Martin steigt aus der Decke herab. Er muss sich umdrehen, um die Eingangstür zum Fitnessraum zu sehen. Den Dienstplan hat er nicht im Kopf, deshalb weiß er nicht, wer ihn jetzt dort erwartet. Die Aufteilung ist so gewählt, dass höchstens zwei Astronauten gleichzeitig trainieren.

Per Knopfdruck verschwindet die flache Tür in der Wand. Martin bleibt an der Schwelle stehen. Amy sitzt mit View-Brille und Ohrhörern auf dem Ergometer und tritt in die Pedalen. Sie pfeift leise, vermutlich das Lied, das sie gerade hört. Martin erkennt die Melodie nicht. Jetzt stellt sich das Rad ein paar Grad schrägt. Amy tritt langsamer, man merkt, dass sie mehr Kraft braucht. Die VR-Brille spielt ihr wohl gerade Bilder von einem steilen Anstieg ein.

Soll sie ruhig ihren Ausflug fortsetzen. Martin ist froh, dass er kein Gespräch führen muss. Er betritt den Raum, der etwa drei mal zwei Meter groß ist. Amy tritt auf die Bremse. Sie scheint einen siebten Sinn zu besitzen. Oder vielleicht hat sie ihn auch einfach nur gerochen. Ausgerechnet hier im All, wo man den Duftmolekülen nicht entgehen kann, die von Maschinen und Menschen abgegeben werden, gerade hier verbessert sich der Geruchssinn. Die Kommandantin setzt die Brille ab und hängt sie an den Lenker, dann nimmt sie die Ohrhörer heraus. Sie lächelt ihn an. Martin bemerkt Schweißflecken unter den Achseln ihres T-Shirts, und er sieht auch, dass sie keinen BH trägt, das ist unter halber Erdschwere wohl unnötig.

»Na, schön gegärtnert heute?«

Natürlich kennt sie den Dienstplan, wie sich das für eine Kommandantin gehört.

»Ich musste eine größere Zahl von Jungpflanzen entsorgen.«

»Ach, es ist ... frustrierend.«

Ihr Gesichtsausdruck passt nicht zu diesem Satz. Sie scheint in Gedanken weit weg zu sein. Amy lächelt, Martin muss nachdenken, versonnen, ja, das ist der richtige Ausdruck.

»Wirklich. Ein großer Verlust an Biomasse.«

»Der Salat zum Abendessen.« Es liegt Sehnsucht in ihrer Stimme. Martin stellt sich auf den Crosstrainer und beginnt mit seinen Übungen.
»Wir haben genügend Nahrung an Bord. Und bei Enceladus wartet die ILSE 2 mit frischem Proviant auf uns.«
Natürlich weiß Amy das, aber er muss ja irgend etwas sagen. Sie antwortet nicht.
»Wie geht es Hayato?« Martin meint das als unschuldige Frage, doch wenn er sich selbst lauscht, scheint sie ihm ungebührend neugierig. Amy sieht ihm in die Augen.
»Es ... geht. Er macht sich große Sorgen. Du weißt, dass er eine Tochter hat?«
Martin schüttelt den Kopf und hofft, dass Amy nicht mehr erzählt. Er hat den Japaner immer für eine Art Freund gehalten. Verheiratet ist er nicht, das weiß er. Und von einer Tochter hat er nie etwas erzählt.
»Keine Sorge, er hat mir erlaubt, darüber zu sprechen. Er möchte gern, dass ihr versteht, warum er sich zurückzieht. Er will niemanden mit seinen Sorgen belasten.«
Martin ärgert sich erneut, dass er Hayato nicht öfter in seiner Kabine besucht hat. Das war ihm unpassend erschienen. Unter Männern säuft man einen zusammen, das kann er, aber tröstende Gespräche in der Kabine zu führen, das liegt ihm nicht.
»Und was ist mit der Tochter?« Er hat das Gefühl, dass Amy auf diese Frage wartet.
»Sie hat sich nach dem Tod ihrer Mutter einer Sekte angeschlossen. Hayato hat seit Jahren nichts von ihr gehört. Er konnte sich nicht einmal von ihr verabschieden, sie schien wie vom Erdboden verschluckt.«
»Und jetzt ist sie wieder da?«
»Ja, sie hat sich zwei Wochen nach unserem Start gemeldet. Sie hat es geschafft, die Sekte zu verlassen, und wird nun in der Psychiatrie behandelt.«
»Hayato wäre sicher gern für sie da gewesen.«
»Es macht ihn sehr traurig, dass er so weit entfernt ist und ihr gar nicht helfen kann. Wenn er das gewusst hätte, wäre er nicht mit uns geflogen.«

Martin seufzt. Warum hat ihm der Ingenieur nichts erzählt? Aber eigentlich kennt er die Antwort. Er wäre hilflos gewesen. Das scheint Amy nicht zu sein.

»Sag ihm ... ich weiß es nicht. Ich weiß nicht, was ich ihm sagen würde.« Martin fühlt sich als Versager. Das ist kein Problem, das er berechnen kann, deshalb hat er immer versucht, solche Situationen zu vermeiden.

»Ist schon gut. Hayato möchte euch nicht mit seinen Problemen belasten. Das würde ihm noch mehr zu schaffen machen.«

Eine paradoxe Situation. Dem Menschen, den er einen Freund nennt, geht es schlecht, und er hilft ihm am besten, indem er sich gar nicht darum kümmert?

»Ich kann gar nichts tun?«

»Doch«, sagt Amy. »Lass ihn einfach. Ich bin ja da.«

Eine Weile strampelt er vor sich hin. Martin kommt ins Schwitzen. Er sieht auf die Uhr: erst 15 Minuten. Wenn ihm vor Monaten jemand gesagt hätte, dass er mal acht Stunden Sport pro Tag treiben würde ... Sport ist, das sieht Martin seit der Vorlesungsreihe des NASA-Chefmediziners ein, ungeheuer wichtig, viel wichtiger als so ziemlich jede andere Tätigkeit, mit der die Crewmitglieder sich befassen. Unter Schwerelosigkeit gibt der Körper erhebliche Mengen Kalzium ab, die Struktur der Knochen ändert sich wie bei Frauen in der Menopause – nur deutlich stärker. In einem Monat im All kann die Knochendichte um ein bis zwei Prozent sinken, und ihre Reise wird 30 Monate dauern. Pro Tag sind deshalb acht Stunden im Fitnessraum Pflicht – vier während der Arbeitszeit und vier in der Freizeit.

»Ich habe einen geheimen Plan.«

Amy spricht leiser, als dürfe es niemand hören. Sinnvoll ist das nicht. Was er hören kann, bekommt auch die KI mit.

»Ja? Dann erzähle ihn mir lieber nicht. Du weißt ja...«

»Bist du gar nicht neugierig?«

»Ich will dir nur helfen. Wenn du es aussprichst, ist es nicht mehr geheim.«

Amy zuckt mit den Schultern.

»Ich möchte es dir aber erzählen. Ich erzähle es auch den anderen, kein Grund zur Sorge.«
»Okay, dann bin ich auch neugierig.«
»Weißt du, was ich in meiner Seemannskiste habe?«
Ein altertümliches Wort. Amy hat eine Vorliebe für alte Wörter, das ist ihm schon aufgefallen. Er schüttelt den Kopf und überzeugt sich, dass sie die Geste mitbekommen hat.
»Samen von Stiefmütterchen.«
»Das sind kleine, bunte Blumen«, ergänzt sie. Hat er so überrascht ausgesehen?
»Das ist gut. Ich kenne Stiefmütterchen. Meine Großmutter hat welche gezüchtet in ihrem Garten.«
»Magst du sie auch?«
»Ich, ja, ich glaube schon. Ich habe es immer gern gesehen, wenn meine Oma sich an ihren Blumen erfreut hat.«
»Aber du selbst, magst du sie?«
Martin zuckt mit den Schultern.
»Es sind Blumen. Keine Nährstoffe.« Er überlegt. »Ich mag, was sie mit den Menschen tun, die sie betrachten.«
»Das ist sehr ... pragmatisch.«
Martin betrachtet das als Lob.
»Du willst die Samen im Garten ansäen, oder?«
»Ja, genau.«
»Ich kann den besten Platz für sie finden, wenn du willst. Es gibt eine Flexibilität in der Fruchtfolge. Oder wir verzichten eben auf ein paar Salatköpfe.«
»Das wäre schön. Ich möchte, dass es Blumen gibt, wenn...«
Martin wartet, dass Amy den Satz beendet, aber sie sagt nichts mehr. Er sieht sie an. Sie will das Gespräch wohl nicht fortsetzen. Es hat keinen Sinn, nach der Ursache zu forschen. Martin sieht auf das Display des Crosstrainers. Er muss schneller gehen, wenn er das vom Computer gesteckte Tagesziel erreichen will.

30. Juni 2045, Antarktis

In dreihundert Metern Tiefe war das Eis dunkel wie der Weltraum ohne Sterne. Martin blickte auf den Bildschirm, der ihm in mehreren Perspektiven zeigte, was die Crew der Valkyrie gerade auf einem ähnlichen Display sehen konnte. Fenster waren bei einem Bohrschiff sinnlos, deshalb besaß die Valkyrie keine, auch wenn sie sich nach dem Überwinden der Eisschicht als U-Boot fortbewegen würde. Ihre Hülle aus Spezialstahl musste hohem Druck, Hitze und Kälte standhalten, da stellte jede unnötige Unterbrechung der Struktur ein Sicherheitsrisiko dar.
Die Stimmen der beiden Menschen an Bord des Schiffes klangen ruhig und klar in Martins Ohr, als würden sie neben ihm stehen. Martin wunderte sich nicht über die Audio-Qualität: Das war ein Vorzug des Glasfaserkabels, das die Valkyrie mit Laser-Energie beschickte und sich nebenbei auch hervorragend zur Datenübertragung eignete. Er konnte sich aber nicht vorstellen, wie Francesca und Devendra so ruhig bleiben konnten. Francesca war zwar eine erfahrene Militärpilotin, und Devendra, der indische Sikh, ruhte so dermaßen in sich selbst, wie er es noch bei keinem Menschen erlebt hatte. Und ja, die Valkyrie war nicht zum ersten Mal im tiefen Eis unterwegs und hatte schließlich auch seine eigenen Simulationen gut überstanden.
Das änderte aber nichts daran, dass sich die Crew in einem Stahlzylinder mit dem Durchmesser eines kleinen Badezimmers befand, ohne direkten Blick nach draußen, auch ohne die Möglichkeit, einfach aufzutauchen. Denn die Valkyrie war kein U-Boot, sondern steckte tief im Eis der Antarktis. Der Kanal, den sie gebohrt hatte, war hinter ihr längst wieder zugefroren. Wenn aus irgendeinem Grund der Heißwasser-Bohrer ausfiel, konnte man nicht einfach am Kabel ziehen, um das Schiff wieder an die Oberfläche zu holen. Die Valkyrie konnte sich nur aus eigener Kraft be-

freien. Vorgesehen war allerdings, dass sie die Eisschicht durchbrach, um sich dann am Grund des Ozeans ins Freie zu manövrieren. Hier war das noch eine relativ einfache Übung, nach 600 Metern würde sie das Ziel erreicht haben, doch auf Enceladus musste sie zwischen fünf und zehn Kilometern Eis überwinden. Wieviel genau, das würde man erst nach der Ankunft wissen.
Der Start hatte nichts Spektakuläres an sich gehabt. Die Valkyrie lag flach auf dem Eis, mit der Spitze in Richtung Südpol zeigend. Das einzige Geräusch kam von einem kühlschrankgroßen Gerät, das den Laser beherbergte. Die Lasereinheit selbst war ruhig, doch die Lüftung rauschte. Außerdem hörte man das dumpfe Dröhnen der Dieselgeneratoren, fast ein Kleinkraftwerk eigentlich, denn die Valkyrie brauchte bis zu 5 Megawatt. Dicke Kabel transportierten die Energie von den Containern weiter hinten zum Laser. Die Abschirmung sollte die Kabel vor Beschädigung schützen, denn ohne Strom kein Laser und ohne Laserlicht würde die Valkyrie im Eis stranden. Die Diesel-Generatoren würden den Weltraumflug nicht mitmachen müssen – so viel Treibstoff ließ sich auf einem Raumschiff kaum transportieren.
Vom Laser zur Valkyrie verlief ein Kabel, das aus der Ferne beängstigend dünn aussah. Die Nabelschnur trug ihren Spitznamen zurecht: Durch dieses Bündel von Glasfaserkabeln mit wenigen Quadratmillimetern Querschnitt schickte der Laser die Energie, die der Valkyrie den Weg bahnen sollte. Im Heck des Schiffes befand sich eine Trommel, die einige Kilometer des Kabels abspulen konnte. Ein Elektrokabel dieser Länge hätte man kaum in einem Bohrschiff dieser Größe untergebracht.
Die beiden Testpiloten hatten sich mit einem Winken von den Umstehenden verabschiedet und waren dann durch eine Klappe am Ende des Stahlzylinders gekrochen. Es war einfach nicht genug Platz für den aufrechten Gang. Später hatte Martin sie auf dem Bildschirm in ihren um 90 Grad drehbaren Sesseln sitzen sehen.
Ein Knopfdruck, und Valkyrie war gestartet. Die automati-

sche Steuerung hatte den Laserstrahl aktiviert. Dieser schoss mit Lichtgeschwindigkeit durch das kilometerlange Kabel. An dessen Ende, im Bug der Valkyrie, traf er auf ein Heizelement, das nun das Eis schmolz und das Wasser verdampfte. Den heißen Dampf nutzte die Valkyrie gleich doppelt: zum einen wie in einem kleinen Kraftwerk zur Gewinnung von Strom für die Bordinstrumente, zum anderen durch ein Oktett von Düsen am Bug, um dem Schiff den weiteren Weg durch das Eis zu bahnen. Anders als ein Bohrer aus Metall nutzte sich der Bohrjet nie ab; solange er mit Laser-Energie versorgt wurde, konnte das Schiff seinen Weg fortsetzen. Drei weitere, zwei Meter hinter dem Bug beweglich angebrachte Jet-Triebwerke waren für die Wahl der Bohr-Richtung zuständig; sie drückten die Nase des ständig in einer heißen Suppe schwimmenden Schiffs in die gewünschte Richtung. Und wenn die Valkyrie das Eis durchbrochen hatte, waren sie für den Antrieb zuständig.
Der Start aus der Vertikalen wirkte wenig spektakulär. Weil sein Bug sich erhitzte, sank das Schiff allmählich mit der Spitze voraus ins Eis. Diese simple Technik war den Stone-Ingenieuren gleich nach dem missglückten Test 2038 eingefallen. Beeindruckend war dabei, wie genau die Valkyrie schließlich in die gewünschte 90-Grad-Lage geriet, und zwar ganz ohne steuernden Einfluss, einfach nur, weil das Schiff den Weg des geringsten Widerstands suchte. Martin konnte sich für solch clevere Konstruktionen begeistern, weil er wusste, wie fehlerbehaftet von Menschen geschriebene Software stets war.
Nach gerade einmal fünfundvierzig Minuten hatte Valkyrie die Tiefe von 300 Metern erreicht, in der Martin jetzt die Crew beobachtete. Der Halt war vorgesehen, um den Verlauf der Bohrung und den Zustand der Technik in Ruhe prüfen zu können. Martins Hilfe wurde dabei nicht benötigt. Eigentlich war der Check unnötig, denn die Software hätte zwischendurch bereits bei jeder Abweichung Alarm gegeben. Aber natürlich wollte man der Programmierung nicht blind vertrauen.
Martin hatte die Hände verschränkt und spielte mit den

Daumen. Eine Minute, zwei Minuten, drei. Er überlegte, ob seine Simulationen einen solchen, bewusst ausgelösten Full Stopp berücksichtigt hatten. Vermutlich nicht; er hatte sich speziell auf durch die Außenwelt ausgelöste Katastrophen konzentriert. Ein Schauer lief ihm über den Rücken. Warum hatte er sich den heutigen Missionsplan nicht geben lassen? Er schüttelte den Kopf. Es war ja wohl gar nicht nötig, sich Sorgen zu machen. Trotzdem würde er beim nächsten Mal noch eine Größenordnung vorsichtiger vorgehen.
»Valkyrie an Flight Director, wann geht es weiter?«
Francesca hatte die Frage so gestellt, dass ein 'endlich' darin kaum zu überhören war.
»FD an Valkyrie, Moment noch.«
Das war die Stimme von Stone, der offenbar persönlich den Flight Director übernommen hatte. Es war sehr ungewöhnlich, dass in einem NASA-Programm ein externer Mitarbeiter als FD fungierte, selbst wenn es sich hier um den Erfinder der Technik handelte.
»FD an Valkyrie, Radar zeigt Hindernis auf zwei Uhr, X minus 20.«
»Bestätigt. Ist das ein Problem?«
Wurde Stone jetzt übervorsichtig? Martin holte sich das Fenster mit der Radarperspektive auf den Screen. Die Valkyrie würde das Hindernis leicht umgehen können. Wenn das überhaupt nötig war. Das würde sich beim Näherkommen zeigen. Dann war immer noch genug Zeit für ein Ausweichmanöver.
»FD an Valkyrie, nein, nur ein Cross Check.«
Da war etwas in Stones Stimme, das Martin nervös machte. Im Cockpit-Videostream konnte er sehen, dass Francesca ihren Gurt löste. Hatte sie auch etwas bemerkt?
Das Bild auf Martins Schirm wackelte für eine Sekunde. Die Valkyrie schien einen Sprung machen zu wollen, wurde aber von irgend etwas festgehalten. Am rechten Bildschirmrand liefen Alarmmeldungen durch.
»Valkyrie an FD, was ist los, verdammt noch mal? Das hat

ganz schön gewackelt!« Francesca schien kurz davor, durch das Mikrofon zu schreien.
»FD an Valkyrie, entschuldigt. Wir haben versucht, das Schiff neu zu starten.«
»Ohne uns zu informieren? Was ist denn da los?«
»Sorry, wollten euch nicht beunruhigen. Bitte habt etwas Geduld!«
NASA-Standard war das ganz sicher nicht. Wenn dieser Test vorüber war, würde es Konsequenzen geben. Martin hörte schon die Kollegen, die über die privaten Vertragspartner lästerten. Aber ohne Investitionen von draußen schaffte die NASA ihr Forschungsprogramm längst nicht mehr.
»FD an Valkyrie, Status, bitte.«
Eine sinnlose Nachfrage, schließlich zeigten die Bildschirme klar und deutlich, dass alle Systeme im Normbereich arbeiteten.
»Valkyrie hier, Status aller Stationen bestens.«
»FD an Valkyrie. Es gibt da ein Problem. Valkyrie weigert sich zu starten.«
»Sie weigert sich?«
»Sicherheitsprotokoll. Irgendein Tölpel hat den Start verboten, wenn das Radar ein Hindernis in weniger als 30 Metern Entfernung scannt.«
Das war eine sinnvolle Einschränkung, denn in der Phase des Eintauchens ins Eis war die Valkyrie nicht per Software steuerbar. Sie verhielt sich rein nach den Gesetzen der Physik, und die sahen ein Ausweichen vor Hindernissen nicht vor. Was der Programmierer nicht bedacht hatte: Es gab einen Unterschied zwischen einem Kaltstart von der Oberfläche und einem Neustart mitten im Eis, wo die Valkyrie schon senkrecht ausgerichtet war. Martin war froh, dass er das System nicht programmiert hatte. Warum hatte er den Zustand nicht simuliert? Weil er ihm nicht bedrohlich genug erschienen war, antwortete Martin sich selbst.
»FD an Valkyrie. Kein Grund zur Sorge. Ich suche uns einen guten Programmierer. Habe da auch schon eine Idee.«

4. August 2046, ILSE

Es fehlt eigentlich nur noch die brennende Kerze, um den Kitsch komplett zu machen. Sie sitzen, könnte ein uneingeweihter Betrachter meinen, zu sechst um den Tisch herum. Auf der mit einem weißen Tuch mit buntem Sticksaum bedeckten Tafel steht eine Torte; vor jedem der Gäste liegen Teller und Besteck. Offene Kaffeetassen gibt es nicht, und genau genommen schweben die Gäste, statt unter dem Druck der Schwerkraft zu sitzen. Aber eigentlich ist es die fehlende Flamme, die verrät, dass es sich nicht um eine normale Geburtstagsparty handelt. Amy hat zwar eine Kerze neben die Torte gestellt, doch niemand wird es wagen, sie anzuzünden. Offenes Feuer an Bord eines Raumschiffs, das ist der Alptraum jedes Astronauten. Dabei wäre die Flamme sehenswert, denkt Martin, obwohl er in der Schwerelosigkeit noch nie eine gesehen hat. Sie müsste sich vom Docht in alle Richtungen ausbreiten, eine perfekte Kugel in kaltem Blau, weil keine Rußpartikel mitgerissen werden, die in der Hitze aufglühen.

Amy hatte gestern zu der Feier geladen und sie eine Geburtstagsparty genannt. Martin wäre nichts aufgefallen, er ist nicht gut mit solchen Terminen, hätte Francesca nicht nachgefragt. Amy war daraufhin still geworden und hatte um Geduld gebeten.

Er sieht sich um. Marchenko hält den Kopf gesenkt und mustert den Saum der Decke, als suche er etwas. Er erwidert keinerlei Blicke. Das sagt Martin, dass er wohl Bescheid weiß und nichts verraten will. Jiaying blickt immer wieder stumm nach rechts und links und scharrt mit den Füßen. Sie ist ganz sicher nicht eingeweiht. Francesca scheint von irgend etwas belustigt. Sie hat einen Arm aufgestützt und sieht in die Runde, als wolle sie gleich einen Witz machen. Martin bemerkt, dass ihre Augenwinkel zucken. Die Situation scheint ihr unangenehm. Sie braucht irgendein Gegenstück, wenn nicht gar einen Gegner. Passiv abzuwarten – er erinnert sich an die Stunden in der Valkyrie unter dem Antarktis-Eis – macht sie wahnsinnig. Hayato ist ruhig wie immer. Er hält die Hände im Schoß gefaltet und blickt starr geradeaus, an allen anderen vorbei. Er wirkt wie das Schaf, das geopfert werden soll und genau weiß, was es erwartet. Amy versucht, einen neutralen Gesichtsausdruck zu bewahren. Das gelingt ihr nicht. Martin überlegt, was er in ihrer Mimik sieht. Er ist der Lehrerin in der Sonderschule dankbar, die ihm solche Feinheiten beigebracht hat, die anderen die Empathie in die Wiege legt. Was sich in Amys Gesicht versteckt, ist etwas, das ihm bei der Kommandantin noch nie begegnet ist. Er traut sich nicht, das Gefühl zu benennen, denn es ist *Angst*.

Sie räuspert sich.

»Schön, dass ihr alle Zeit gefunden habt.«

Eine kurze Pause.

»Siri, Aufzeichnung anhalten.«

»Entschuldigung. Autorisierung erforderlich.«

»Autorisierung durch die Kommandantin erteilt.«

»Stoppe Aufzeichnung. Logbucheintrag erstellt.«

Das ist eine Überraschung. Martin hat nicht einmal gewusst, dass es überhaupt möglich ist, die permanente Überwachung auszuschalten. Von allem, was nun passiert, wird es keinen Mitschnitt geben und damit auch keine Übertragung an Mission Control. Die Erde wird nur das erfahren, was die Crewmitglieder später darüber berichten. Das ist in der Geschichte der menschlichen Raumfahrt unerhört. Seine Hände zittern.

»Danke, Siri. Akustisches Interface deaktivieren.«

»Entschuldigung. Autorisierung erforderlich. Ich mache darauf aufmerksam, dass Befehlseingabe danach nur noch per Keyboard möglich ist.« Siris Stimme klingt, als mache sich die KI ernsthafte Sorgen.

»Ich weiß. Autorisierung durch die Kommandantin erteilt.«

»Sind Sie sicher?«

»Ich bin sicher.«

Die doppelte Nachfrage gehört zum Protokoll. Martin hat

die Quelltexte studiert, war aber noch nie Zeuge, wie das Protokoll tatsächlich umgesetzt wurde. Siri antwortet mit einem Doppelton.

Dann nickt Amy. Sie steht auf und muss sich am Tisch festhalten, um nicht davonzuschweben. Sie sieht entschlossen aus.

»Entschuldigt. Ihr seid hier, weil ich euch herbestellt habe. Ich muss euch etwas erzählen, weil ich nicht will, dass ihr es von anderer Stelle erfahrt.«

Alle Blicke sind auf sie gerichtet, nur Hayato blickt nach wie vor stur geradeaus.

»Ihr habt sicher gemerkt, dass ich mich in den vergangenen Wochen mit Hayato«, sie nickt in seine Richtung, doch er ändert seine Haltung nicht, »angefreundet habe. Wir sind mehr als befreundet, um es klar zu sagen.«

Jiaying hatte also Recht. Aber das kann nicht der Grund für diese Zusammenkunft sein. Drei Männer, drei Frauen sind an Bord, die Missionsplaner müssen solche Verbindungen mit eingeplant haben, vielleicht, um der Langeweile etwas abzuhelfen. Niemand von ihnen hat auf der Erde eine klassische Familie zurückgelassen, das hatte zu den Auswahlkriterien gehört.

»Wir sind«, Amy räuspert sich, »ein Paar«.

Glückwunsch, denkt Martin, doch er sagt nichts. Jiaying presst die Lippen zusammen. Es ist offensichtlich, dass sie diese Art der Zusammenarbeit als missionsschädlich betrachtet. Francesca hingegen zeigt ein ausgesprochen offenes Gesicht. Marchenko sieht noch immer auf den Saum der Decke. Da kommt noch mehr.

»Wir sind ja alle erwachsen, also muss ich euch nicht aufklären, was zu einer Liebesbeziehung gehört.« Sie macht eine Pause und sieht Hayato direkt an, doch der reagiert nicht. Dann zuckt sie mit den Schultern und spricht weiter.

»Einigen von euch, die mich besser kennen, habe ich bereits aus meiner Zeit vor dieser Mission erzählt. Dass ich fünfzehn Jahre verheiratet war. Dass wir Kinder wollten, bis die Ärzte mich endgültig für unfruchtbar erklärt haben.

Dass meine Ehe schließlich an diesem Problem gescheitert ist.«
Martin kennt Amys Geschichte noch nicht. Es muss ihr schwer fallen, hier so offen davon zu berichten.
»Und jetzt kommt das, was ich euch mitteilen möchte. Ich weiß nicht, ob es eine gute oder eine schlechte Nachricht ist. Es scheint, als hätten sich die Ärzte geirrt. Nicht ein Arzt, nicht zwei, sondern viele Ärzte, auch die der NASA. Ich kann nicht zählen, wie oft ich daraufhin untersucht wurde, welchen Prozeduren ich mich erfolglos unterziehen musste, um daran vielleicht doch noch etwas zu ändern.«
Amy holt tief Luft.
»Jedenfalls bin ich schwanger.«
Es knallt, als Jiaying mit dem Stuhl gegen die Wand stößt. Sie muss sich mit den Füßen abgestoßen haben und zieht sich nun wieder an den Tisch heran. Niemand sagt etwas.
Ein Kind kann ein Geschenk sein, eine Herausforderung – oder eine Katastrophe. Wenn Martin seine Mutter fragt, wird sie ihn als Geschenk bezeichnen, auch wenn sein Heranwachsen sicher eine Herausforderung war. Er ist ja von sich selbst oft genug überanstrengt.
Das Kind, das Amy unter dem Herzen trägt, hat das Potenzial zur Katastrophe. Vielleicht wird es ihnen allen das Leben nehmen, wenn es geboren wird. Die gesamte Mission ist auf sechs Personen angelegt. Nahrung, Sauerstoff, Material – wer einen einzigen Parameter ändert, gefährdet damit die komplette Mission. Martin krallt sich unwillkürlich am Tisch fest, als lauere die Katastrophe bereits in Form eines Meteoriten auf sie. Doch dieser Tod wird schleichend eintreten. Martin kennt sich zu gut aus, um sich nicht alle möglichen Enden ausmalen zu können, und zu schlecht, um das realistischste Szenario zu bestimmen. Werden sie ersticken, weil der Sauerstoff nicht für sieben Passagiere reicht? Wird einer von ihnen verhungern?
Martin öffnet die Augen. Er hat gar nicht gemerkt, dass er sie geschlossen hatte. Die anderen sitzen regungslos. Vermutlich malen sie sich ähnliche Szenarien aus. Aber Amy ist noch nicht fertig.

»Es ist zu früh, sich ernsthafte Sorgen zu machen. Wir haben einen Mediziner an Bord. Ich habe schon mit Marchenko gesprochen. Ich musste ihn vorher einweihen, das müsst ihr verstehen. Ich wollte euch nicht vor die Wahl stellen, bevor ich mir sicher war.«
Vor die Wahl? Sie muss verrückt geworden sein, denkt Martin.
»Marchenko ist bereit, eine Abtreibung vorzunehmen. Er ist zwar kein Gynäkologe, aber er kennt die nötigen Schritte. Ich bin in der neunten Woche, das ist problemlos machbar. Die Risiken sind beherrschbar, auch wenn es ein Eingriff ist.«
»Du willst abtreiben? Wie kannst du bloß?« Francescas Gesicht ist bleich. Die Reaktion passt zu dem Bild, das Martin von ihr hat.
»Ich bin die Kommandantin. Ich bin für das Leben der Crew verantwortlich. Ich muss euer Wohl über meines stellen. Ich muss nicht nur, ich will. Ich hätte diesen Posten nicht übernommen, wenn ich mir über die Konsequenzen im Unklaren gewesen wäre.«
Francesca schüttelt den Kopf.
»Das kannst du nicht machen. Du machst uns dadurch zu Mittätern.«
»Nein, ich treffe diese Entscheidung allein, weil es keine andere Wahl gibt, vom kompletten Abbruch der Mission abgesehen.«
»Francesca hat Recht. Ich habe dir das ja auch schon gesagt.« Hayato sieht immer noch geradeaus, aber er hat den Kopf gehoben. »Du triffst die Entscheidung unseretwegen. Ich würde das auch sagen, wenn ich nicht der Vater wäre. Ich finde, wir haben es verdient, dabei mitzubestimmen.«
Die Kommandantin wirkt erschüttert. Ihre Arme hängen kraftlos an ihrem Körper, in der Schwerelosigkeit ein seltsamer Anblick.
»Ich ... weiß nicht. Ich kann euch nicht in Gefahr bringen. Das würde ich mir nie verzeihen.«
»Wir können doch alle für uns selbst sprechen.« Marchenko hat den Oberkörper aufgerichtet. Sein tiefer Bass

dröhnt. Der russische Akzent ist unüberhörbar. »Wie wäre es denn, wenn wir abstimmen? Du als Kommandantin bekommst zwei Stimmen, eine für dich, eine für den Posten. Alle anderen haben eine Stimme.«
Amy sieht zweifelnd in die Runde, doch niemand protestiert. »Ich ... kann es nicht zulassen, dass ihr meinetwegen Schaden nehmt. Egal, wie die Abstimmung ausgeht: Wenn wir feststellen, dass die Mission keine Chance auf Erfolg mehr hat, wird Marchenko den Abbruch vornehmen. Wir können uns und Mission Control etwa zwei Wochen Zeit geben, alle Parameter neu durchzurechnen.«
Martin bewegt den Kopf hin und her. Sie muss wissen, dass vierzehn Tage nie und nimmer ausreichen, eine sichere Vorhersage zu treffen. Die Missionsplanung hatte mehrere Monate gedauert.
»Ich finde Marchenkos Vorschlag gut.« Francesca wirkt geschäftig. »Wir sollten nicht lange warten, sondern gleich abstimmen.«
»Einverstanden.« Amy sieht unsicher in die Runde. Marchenko nickt, Hayato ebenfalls, aber ohne ihren Blick zu erwidern. Martin nickt. Jiaying zögert, dann nickt auch sie. Francesca zeigt einen Daumen nach oben. »Aber wir werden anonym abstimmen. Ich will, dass alle ohne Rücksicht auf persönliche Beziehungen ihre Meinung abgeben können.«
Marchenko greift in die Hosentasche.
»Ich habe mir in der Werkstatt 14 Schrauben ausgeliehen. Sieben kurze und sieben etwas längere.«
Amy sieht ihn mit hochgezogenen Brauen an. Er lächelt.
»Jeder bekommt also zwei verschiedene, Amy, du erhältst vier. Die kurze Schraube heißt, dass Amy das Baby bekommen soll. Die längere ...«
»Und wenn jemand beide Schrauben zur Abstimmung benutzt?«
»Jiaying, wer sollte denn auf so eine Idee kommen?«
Er erhält keine Antwort.
»Ich gebe dann diese Metallkanne herum.« Er schüttelt sie.

»Nichts drin. Jeder wirft eine Schraube hinein und dann zählen wir.«
Niemand reagiert, also setzt Marchenko seine Ankündigung um. Die Kanne macht die Runde. Jedes Klirren ist eine Antwort. Martin ist als vorletzter dran. Er versucht, ihre Chancen zu berechnen, doch die Aufgabe besitzt zu viele Parameter, die er nicht kennt. Aber die Kommandantin zu einem Schwangerschaftsabbruch zu zwingen, das kann er nicht, selbst wenn das ihr eigener Vorschlag war.
Dann lässt er die kurze Schraube in die Kanne fallen. Er gibt die Kanne an Amy weiter. Ihre Hand zittert. Dann das Geräusch von Metall auf Metall, zweimal. Die Kommandantin steht ganz ruhig da. Marchenko geht zu ihr und nimmt ihr den Behälter ab. Er dreht sich zum Tisch und kippt die Kanne um. Sieben Schrauben fallen auf die weiße Decke. Martin sieht, dass sie hellbraune Spuren hinterlassen, Öl wahrscheinlich. Vier sind kürzer als der Rest.

30. Juni 2045, Antarktis

»Für drei Stunden Sauerstoff, ich fange nun doch langsam an, mir Sorgen zu machen.«
Francescas Stimme klang ruhig und beherrscht. Sie war entweder eine großartige Schauspielerin oder wirklich so abgebrüht.
»Ja, ich bin dran.« Martin verkniff sich das 'mach dir keine Sorgen', das ihm auf der Zunge lag. Dass sie ihn direkt kontaktiert hatte, über das freie Netz statt über die Direktleitung, die sie mit dem Flight Director verband, zeigte ihm, dass sie sich sorgte – und dass sie wusste, dass sie allen Grund dafür hatte. Und er wusste es auch. Dabei war das Problem doch eigentlich ganz trivial. Weil das Radar ein Hindernis in Fahrtrichtung sah, weigerten sich die Bohrjets anzuspringen: ein Verhalten, das beim Start an der Oberfläche sinnvoll war, in 300 Metern Tiefe aber potenziell tödlich. Ansonsten war die Technik völlig funktionsfähig. Der Laser versorgte das Schiff mit Energie; Francesca und Devendra mussten weder schwitzen noch verhungern oder verdursten. Sie konnten mit der ganzen Welt kommunizieren.
Aber in gut drei Stunden würden sie ersticken. Die Expedition war auf wenige Stunden angelegt gewesen und dauerte nun schon fast zwei Tage. Martin hatte in dieser Zeit nicht geschlafen, anders als die Crew, die schon zum Sparen von Atemluft möglichst lange schlummern sollte. Er stellte sich vor, wie er selbst reagiert hätte, tief im Eis eingeschlossen – hätte er auch nur ein Auge schließen können? Hier oben hatte er zumindest das Gefühl, etwas ausrichten zu können. Die Verantwortung, die in seinen Händen lag, in seinen Fingern, die immer neue Codezeilen in die Tastatur hämmerten, versuchte er zu ignorieren.
Er hatte die Software der Valkyrie ja nicht programmiert. Als ihm Missionschef Stone junior, der vom Programmie-

ren kaum Ahnung hatte, das Problem schilderte, war Martin noch optimistisch gewesen. Was konnte denn so kompliziert daran sein, einen Sicherheitsmechanismus zu überlisten, der offensichtlich überreagiert hatte, wie das Immunsystem bei einer Allergie? Die wahre Schwierigkeit zeigte sich erst nach und nach. Sie hing damit zusammen, dass er die Software zu schlecht kannte. Er hatte sie zwar in Simulationen getestet, aber ohne das dahinter stehende Konzept zu verstehen. Eine solche Vertrautheit mit dem Code war für Tests sogar schädlich, weil man dann Gefahr lief, nicht auf Fehler zu prüfen, die von der Software-Architektur eigentlich ausgeschlossen wurden.
Zunächst hatte er also das Konzept verstehen müssen. Stone hatte ihm alles Material zur Verfügung gestellt, das er brauchte. Er hätte den Supercomputer der NASA anzapfen oder ihn sogar ganz für sich allein haben können, wenn das irgendwie geholfen hätte. Aber es war kein Problem, das sich mit schierer Rechenkraft lösen ließ. Schon mehrmals hatte Martin geglaubt, die entscheidenden Routinen gefunden zu haben. Und jedes Mal hatte er sich geirrt. Das Programmierteam hatte wirklich gute Arbeit geleistet; die Steuerungs-Software sollte schließlich space-safe funktionieren, in der allerhöchsten Sicherheitsstufe überhaupt, ohne jeglichen menschlichen Eingriff, denn im Ernstfall würde die Crew Lichtstunden und Milliarden Kilometer von jeder menschlichen Hilfe entfernt operieren.
Weil das System modular angelegt war, hatte er zunächst versucht, das komplette Modul für die Start-Steuerung neu zu schreiben und dann auszutauschen. Er analysierte die Funktionalität des vorhandenen Moduls, entfernte alles, was nicht unbedingt benötigt wurde, schrieb wie im Rausch ein paar Tausend Codezeilen und verzichtete auf jegliche Echtzeit-Tests, pflegte das neue Modul also im »Müsste funktionieren«-Zustand ein. Das kostete ihn zwölf Stunden, die er mit viel Kaffee überstand, süßem Kaffee, der ihm auch die nötigen Kalorien lieferte. Er bat Stone, der Crew nichts zu sagen und einen Neustart zu versuchen

– doch nichts geschah. Martin biss sich auf die Lippen, bis er sein Blut schmeckte.
Die Software hatte seinen Eingriff erkannt. Die Prüfsummen stimmten nicht mehr, das war Martin klar gewesen, doch er hatte nicht geahnt, wie schlau das System darauf reagierte: Statt das neue Modul auszuführen, hatte es aus einem Schattenspeicher einfach eine Kopie des alten Moduls geladen und gestartet. Das war wirklich gewieft, weil ein Außenstehender damit auf keinen Fall ins System eingreifen konnte. Der Speicher, auf dem die Sicherheitskopie ruhte, war nur lesbar, nicht beschreibbar, und er befand sich an Bord der Valkyrie. Sie konnten das Programm also nicht einfach austauschen.
Martin grübelte. Wie sonst konnte es ihm gelingen, an den Backup-Speicher heranzukommen? Es handelte sich um ein Zusatzboard, das auf die Platine des Hauptrechners der Valkyrie aufgesteckt war. Der Speicher kommunizierte über verschlüsselte Kanäle mit dem System. Es genügte nicht, einfach einen Speicherstick mit dem Bordrechner zu verbinden, wenn es an Bord überhaupt einen Speicherstick gab. Eine zweite Valkyrie, um von außen Nachschub zu liefern? Stone schüttelte den Kopf. Das Ersatzschiff befand sich noch im Bau, und das Vorgängermodell war gerade in den Alpen in der Gletscherforschung im Einsatz.
Er wischte sich den Schweiß von der Stirn und machte sich über den Quellcode des Sicherheitssystems her. Irgendwo musste es eine Lücke geben, die es ihm erlauben würde, eigenen Code einzuschleusen. Niemand war in der Lage, fehlerfreie Programme zu schreiben, selbst Computer machten Fehler, weil sie Bit-Switching, die zufällige Veränderung einer Speicherstelle, weder vorhersehen noch vermeiden konnten. Martin stellte jedoch schnell fest, dass Stone wirklich fähige Programmierer eingestellt hatte. Sie waren hervorragend über alle aktuellen Lücken und deren Beseitigung informiert. Martin überlegte kurz, ob er direkt mit ihnen sprechen und sie nach möglichen Schwachstellen fragen sollte – aber es sah alles danach aus, dass sie aktiv versucht hatten, jede Hintertür zu schließen. Sie hatten

ganz gewiss keine Lücken gelassen, die ihnen bewusst waren.
Weitere zwei Stunden später hatte ihn Francesca angerufen. Er hatte gar nicht gemerkt, wieviel Zeit schon vergangen war. Deshalb war er ihr dankbar, statt sich unter Druck gesetzt zu fühlen. Er wusste, dass er sich nichts vorzuwerfen hatte. Aber ein Software-Problem, das er nicht lösen konnte, das war keine Option. Er versuchte, sich ein Bild der Programmierer zu machen. Martin hatte in seinem Leben schon viele Millionen Codezeilen analysiert. Der Stil, in dem sie die Quelltexte geschrieben hatten, wies darauf hin, dass sie frisch von der Uni kommen mussten. Deshalb waren sie auch so gut informiert, was aktuelle Sicherheitsthemen betraf. Sie verwendeten die empfohlenen Gegenmittel sehr systematisch, aber nicht besonders kreativ. Ein erfahrenerer Programmierer hätte an der einen oder anderen Stelle Abkürzungen gewählt, die nicht im Lehrbuch standen, aber genauso gut funktionierten und dabei schöner aussahen. Ästhetisches Programmieren, das war eine Fähigkeit, die die meisten erst später entwickelten, wenn sie sich bei ihrer normalen Arbeit langweilten, weil sie jedes Problem gefühlt schon mehrfach gelöst hatten.
Wie gut hatten die Programmierer wohl in Software-Archäologie aufgepasst? Das Fach wurde erst seit einigen Jahren als Teil des Curriculums unterrichtet, mit der Grundidee, aus den Fehlern der Vergangenheit zu lernen. Das hatte aber durchaus auch praktische Aspekte: Überraschend oft traten in modernen Systemen Fehler auf, die eigentlich schon seit 50 Jahren gelöst sein sollten. Das lag daran, dass bewährte Lösungen natürlich gern kopiert wurden – zu Recht, denn man musste ja nicht bei jeder neuen Software das Rad neu erfinden. Die Fehlersuche in solch altem Code war aber immer komplizierter als in dem, den ein Programmierer selbst verfasst hat. Also passierte es ab und zu, dass ein uralter Bug auf diese Weise ganz neue Systeme infizierte, die zur Zeit seines erstmaligen Auftretens noch gar nicht existiert hatten.
Konnte Martin vielleicht einen solchen Fehler ausfindig

machen und nutzen? Er ging seine eigenen Aufzeichnungen durch und versuchte, Kandidaten ausfindig zu machen, die strukturell passen würden. Drei Bugs kamen in Frage, einer aus den 1980er-Jahren, einer, der erstmals 2008 Rechnersysteme weltweit lahmgelegt hatte, und einer, der jetzt zwanzig Jahre alt war. Ähnlich wie ein Virus zu seinem Wirt passen muss, kommt auch nicht jeder Bug für jedes technische System in Frage. Die Fehler im Code des Steuerungsmodells ausfindig zu machen, nahm dann kaum noch Zeit in Anspruch. Martin programmierte einen Bot mit diesem Ziel. Zehn Minuten später meldete er ein Ergebnis: *No bugs found.*

Er musste Stone informieren. Seine Programmierer hatten zu gute Arbeit geleistet. In diesem Moment merkte Martin, dass er gerade zwei Menschen zum Tode verurteilt hatte. Ihm wurde so übel, dass er nach draußen rennen musste. Er fror nicht, obwohl der Wind an ihm zerrte. Martin erbrach sich; er konnte gerade noch daran denken, sich in Windrichtung zu drehen. Sein Mageninhalt wehte davon. Das wenige, was sofort herunter fiel, war schon am Boden gefroren. Dann begann er die Kälte zu spüren. Er musste wieder an den Rechner. Wenn er die Software nicht ändern konnte, wie sah es dann mit der Wirklichkeit aus? Natürlich hatte Martin nicht die Macht, das Hindernis zu entfernen, das das System am Neustart hinderte. Doch wie erfasste das System die Wirklichkeit? Mit dem Schiffsradar, das wie ein Echolot funktionierte. Funkstrahlen wanderten ins Eis, Sensoren fingen die Reflexionen und Laufzeiten ein und berechneten daraus, wo sich Hindernisse befanden. Konnten sie das Radar überlisten? Es einfach auszuschalten half nichts, dann verweigerte das Schiff ebenso den Start. Aber wenn sie die Strahlen in eine andere Richtung schickten als das Schiff erwartete? Dann würde die Software aus den Messergebnissen ein anderes, falsches Bild zusammensetzen. Das Hindernis würde sich verschieben, und zwar hoffentlich so weit, dass es vom System nicht mehr als Gefahr angesehen wurde.

Er rief Stone über die verschlüsselte Leitung an und be-

schrieb ihm seine Idee. Der Firmenchef sprach kurz mit dem Chefingenieur. Martin entnahm Stones Antworten, dass sein Plan nicht so leicht umzusetzen war.
»Ein Crew-Mitglied müsste das Radar dejustieren. Das ist nicht kompliziert, eine Zange genügt. Aber das System wird den veränderten Zustand schnell erkennen. Wir müssen also auf die Sekunde zeitgleich den Start auslösen.«
»Das klingt doch machbar?«
»Der Zugang zum Radarmodul befindet sich im Bereich der Heißwasser-Jets. Wenn wir die Bohrjets starten, werden sie denjenigen kochen, der die Zange hält.«
Martin lehnte sich zurück. Es war nicht seine Aufgabe, mit der Crew zu verhandeln. Er schaltete den Ton ab, beobachtete das Gespräch aber auf seinem Bildschirm. Sowohl Francesca als auch Devendra blieben gefasst. Wahrscheinlich würden sie sich nun darum streiten, wer von beiden die Mission retten und dabei sterben dürfte. So waren sie, die Weltraum-Helden! Martin gehörte nicht zu ihnen. Wäre er an Stelle des Inders gewesen, hätte er Francesca bereitwillig den Vortritt gelassen.
»Bodenteam, ich habe eine Ansage zu machen.« Stone sprach über den allgemeinen Kanal. Jeder, der Kopfhörer aufgesetzt hatte, hörte seine Worte. Auch über die Lautsprecher waren sie zu vernehmen. Der Mann schilderte, wie sie nun versuchen würden, die Crew zu retten.
»Wir haben das noch einmal durchgerechnet. Das Risiko, dass die beiden sterben, beträgt 100 Prozent, wenn wir gar nichts tun. Die Gefahr, dass das mit der Dejustierung des Radars beauftragte Crewmitglied sofort stirbt, liegt bei 35 Prozent. Mit 90-prozentiger Wahrscheinlichkeit wird es schwere Verbrennungen erleiden. Falls die Valkyrie danach erfolgreich startet, wird sie so schnell wie möglich auftauchen. Wir haben bereits medizinische Hilfe organisiert. Wir haben eine etwa 50-prozentige Chance, dass die Behandlung noch zur rechten Zeit kommt. Ich danke für Ihre Aufmerksamkeit und wünsche der Crew viel Erfolg, ganz besonders Devendra Singh Arora, der sich zur Manipulation des Radarmoduls bereit erklärt hat.«

5. August 2046, ILSE

»Capcom hier. Was gibt es?«
»Ich habe da mal eine Frage.«
So einfach sind Unterhaltungen mit Mission Control nur in den ersten Wochen nach dem Start abgelaufen. Inzwischen liegt die Signallaufzeit zur Erde bei 20 Minuten. Eine Antwort auf eine simple Frage einzuholen, dauert also fast eine Dreiviertel Stunde. Die Crew ist deshalb dazu übergegangen, in Comms, Communiqués, mit Mission Control zu verhandeln. Ein Comm ist eine begründete Beschlussvorlage. Es beschreibt ein Problem, mögliche Lösungen und die vom zuständigen Spezialisten aus der Crew favorisierte Lösung. Mission Control überprüft die Lösungen und gibt dann in einem eigenen Comm sein Okay oder aber veränderte Parameter durch. Die letzte Entscheidung bleibt trotzdem bei der Crew, denn man geht davon aus, dass diese mit den sich daraus ergebenden Konsequenzen leben und überleben muss.
In Comms geht es vor allem um Fragen der Missionsplanung, die längerfristig zu entscheiden sind, nicht um Alltagsprobleme. Die Technik des Raumschiffs ist auf sich allein gestellt. Es sendet zwar ständig Status-Daten in Richtung Heimatplanet, doch bevor eine Reaktion darauf den Hauptcomputer erreichte, wäre ein Problem längst zu einer Katastrophe gewachsen. Deshalb sind die KIs so wichtig, die stets ein Auge auf sämtliche Schiffsfunktionen haben und im Ernstfall schneller reagieren, als selbst die Crew das könnte.
Das Problem, das in der Gebärmutter der Kommandantin heranwächst, haben Siri und Watson noch nicht als solches klassifiziert. Es gehört nicht zu ihrer Erfahrungsebene, es war nicht Teil des Lernprozesses, dass Astronautinnen schwanger werden können. Vitaldaten gehören zum geschützten Bereich, von der routinemäßigen Übermittlung

an die Erde sind sie ausgeschlossen. Nur Marchenko kann einen Datentransfer veranlassen, wenn er spezielle Expertise braucht. Von Amys Schwangerschaft weiß deshalb bisher nur die Crew.

Martin sitzt mit seinen fünf Kollegen wie gestern um den Esstisch. Die Stimmung ist gelöst, weil Marchenko eine halbe Flasche Alkohol spendiert, aus den medizinischen Beständen. Natürlich hat er darauf geachtet, dass kein vergällter Alkohol an Bord kommt. Marchenko hat lange genug für Roskosmos gearbeitet, um die richtigen Leute zu kennen.

Die Crew will ein Comm ausarbeiten, das Mission Control das spezielle Problem und seine Lösung erklärt. Dabei müssen sie sich eingestehen: Es ist keine umfassende Lösung absehbar. Sie werden über die langen Jahre ihrer Reise eine Kette von Problemen lösen müssen, eines nach dem anderen, deren Natur sie heute noch nicht ahnen können, beginnend bei der Geburt unter halber Erdschwere. Sie haben weder Windeln noch Kinderbekleidung an Bord, von Spielzeug gar nicht zu reden. Das Schiff ist alles – außer kindersicher. Ein Zweijähriges, das aus Spaß am falschen Hebel zieht? Wird Amy ihre Aufgaben erfüllen können, wenn sie von ihrem Kind abgelenkt wird? Die komplette Mission ist auf sechs Astronauten ausgelegt. Ausfälle sind nur schwer zu kompensieren.

»Das bringt nichts«, sagt Francesca in das dumpfe Dröhnen des Raumschiffs, das Martin längst wie Stille vorkommt. Er setzt sich manchmal seine guten Kopfhörer auf, aktiviert das Antischall-Modul und ist erschrocken, wie sich echte Stille anhört.

»Hast du einen anderen Vorschlag?« Diesen genervten Unterton kennt Martin von Amy gar nicht.

»Wir stellen die Tatsachen dar und die Art und Weise, wie wir zu der Entscheidung gekommen sind, fertig.«

»Das wird Mission Control keine Freude bereiten.«

»Das ist ja auch nicht unsere Aufgabe.«

»Du machst es dir zu leicht. Die Welt hat 80 Milliarden Dollar zusammengekratzt, um unseren Ausflug zu ermöglichen. Nicht nur reiche Staaten haben uns finanziert, sondern auch der Mann von der Straße, für dessen Anliegen dann kein Geld mehr übrig war. Wir sind ihnen allen etwas schuldig.«

»Du hast ja Recht, aber...«

Martin räuspert sich. Ja, sie sind der Erde etwas schuldig und all denen, die diese Reise haben Wirklichkeit werden lassen.

»Dieser Flug zum Saturn, mal ehrlich, das ist doch vor allem ein Symbol«, sagt er laut. »Wir liefern ihnen ein neues Symbol, ein weiteres. Etwas Unerhörtes, das es noch nie gab. Den ersten Menschen, der im All geboren wurde, den allerersten Vertreter der kosmischen Spezies Mensch. Das ist kein Problem, das ist eine Sensation.«

Die anderen sehen ihn an, sodass er sich unbehaglich fühlt.

»Mission Control wird sich veralbert fühlen, wenn wir das schreiben.« Amy blickt mit schräg gelegtem Kopf zu ihm, ein bisschen misstrauisch.

»Vielleicht. Aber sie werden die Chance erkennen. Sie sehen ja, dass wir die Entscheidung schon getroffen haben. So haben sie zumindest auch etwas davon.«

Den Rest des Textes verfassen sie gemeinsam binnen zehn Minuten. Amy tippt, die anderen schlagen Sätze vor. Schließlich betätigt Amy den Senden-Knopf.

30. Juni 2045, Antarktis

Die beiden Menschen tief im Eis waren vernünftig bis zur letzten Minute. Martins Bewunderung stieg, für den Inder natürlich, der bald wegen eines dummen Softwarefehlers sein Leben riskieren würde, aber auch für Francesca, die Pilotin, die tatenlos zusehen musste, wie dieser Mann höchstwahrscheinlich ihr Leben rettete. Die beiden überbrückten die Wartezeit mit Sauerstoff sparendem Schlaf – die Verantwortlichen wollten die Aktion so lange wie möglich hinauszögern, damit die medizinische Nothilfe pünktlich zur Stelle sein konnte. Sie war in einem Helikopter von einem amerikanischen Flugzeugträger aus unterwegs, der im Südpolarmeer kreuzte. Die Aktion war so geplant, dass die Valkyrie durch das Eis brach, wenn der Notarzt samt Ausrüstung bereitstand. Das Bohrschiff musste nach geglücktem Neustart wenden und dann 300 Meter Eis überwinden – dazu brauchte es Zeit.
Zehn Minuten vor der Aktion ließ Stone die Crew wecken. Martin sah auf dem Bildschirm, wie Francesca sich räkelte, als habe sie einen erholsamen Schlaf hinter sich. Er war selbst ungeheuer müde, doch an Schlaf war nicht zu denken gewesen. Devendra schnallte sich ab, stand auf und öffnete eine Klappe in der Wand, hinter der offenbar Werkzeug lagerte. Mit einem gezielten Griff holte er eine Rohrzange heraus. Er sah an sich herunter, schloss einen Knopf seiner blauen Uniformjacke und rückte den Turban zurecht.
»Melde mich zum Dienst«, sagte er dann.
»Flight Director an Mechaniker. Ich denke, ich spreche im Namen aller, wenn ich dir danke.«
»Nun lasst mich doch erst meinen Job erledigen. Danken könnt ihr mir nachher. Ein kaltes Bier hätte ich dann gern.« Devendra lächelte breit. Das Lächeln war echt. Wie brachte er das fertig?

»Wir haben noch sieben Minuten. Du kennst das Verfahren?«
»Bestätigt.«
»Okay, fang doch schon mal mit der Abdeckung an.«
Devendra drehte sich um und bückte sich. Er hob den Fußbodenbelag an der Wand auf und rollte ihn zurück. Eine runde Klappe mit Verschluss kam zum Vorschein. Anheben, drehen, die Klappe öffnete sich. Das Loch darunter war dunkel und groß genug für eine Person.
»FD hier. Du steigst hinunter, es sind zwölf Stufen.«
Der Sikh sah kurz in das Loch, dann kniete er sich davor und begann, vorsichtig nach unten zu klettern. Nach neun Stufen war sein Kopf verschwunden.
»Alles klar? Du bist jetzt am Boden des Einstiegs angekommen. Tiefer geht es nicht. Du musst dich bücken. Ich weiß, es ist etwas eng. Etwa in Schulterhöhe auf drei Uhr solltest du eine leuchtende Markierung sehen.«
»Bestätige.« Devendras Stimme klang dumpf, das musste die Akustik des Einstiegs sein.
»Was siehst du?«
»Drei Kreuze. Wer ist denn auf diese Idee gekommen?«
»Gut.« Stone ignorierte die Frage. »Direkt unter den Kreuzen ist ein weiterer Hebel, der die Radarkammer verschließt. Die Kammer ist so tief wie das Einstiegsrohr. Ihr Boden ist nach unseren Daten mit kaltem Wasser gefüllt. An der Außenwand findest du im oberen Bereich das Radarmodul. Keine Sorge, es ist elektrisch abgeschirmt, von daher droht keine Gefahr.«
»Arora hier. Öffne die Kammer. Moment, leuchte hinein. Alles wie beschrieben.«
Martin hörte das Keuchen und Stöhnen des Inders, der in die Kammer kletterte.
»Mann, ist das kalt hier.«
»Keine Sorge, es wird gleich wärmer, als uns lieb ist.«
»Okay, bin angekommen.«
»Das Modul sitzt mit Blick nach vorn auf einem Blech, das mit der Außenhaut verschraubt ist. Sieht nicht schön aus,

funktioniert aber. Du musst die zwei unteren Schrauben lösen.«
»Jetzt?«
»Ja, mach das, es passiert noch nichts. Der Außendruck presst die Platte an.«
»Ok, ich schraube.«
Auf dem Bildschirm sah man nur ein Licht, das in einem dunklen Raum erratisch auf metallene Flächen zeigte. Devendra hatte die Taschenlampe vermutlich unter die Achsel geklemmt. Bei der zweiten Schraube fluchte er, wohl weil er abgerutscht war.
»Fertig.«
»Na dann. Du musst die Platte jetzt nach außen drücken, so fest du kannst. Das wird das Radarsystem zumindest für einen Moment verwirren. Wir werden im selben Moment das System starten. Falls das nicht klappt, weiß ich auch nicht weiter. Es wird durch den Spalt etwas kaltes Wasser hereinsickern und ihr werdet nach einiger Zeit ersticken. Wenn es aber funktioniert, dann springen die Jets an. Und dann wird das Wasser heiß sein, sehr heiß, das durch die Ritze in die Kammer strömt.«
»Ich verstehe und akzeptiere das Risiko.«
»Devendra Singh Arora, ich freue mich, dir möglichst schnell wohlbehalten aus der Valkyrie heraushelfen zu dürfen.«
»FD an alle. Ich starte gleich den Countdown. Bei drei werde ich die Tonübertragung aus der Valkyrie deaktivieren.«
Eine gute Entscheidung, denkt Martin.
»Zehn – neun – acht ...«
Martin schaltete den Bildschirm aus. Er verschränkte die Arme im Schoß und betrachtete seine Fingernägel. Was immer dort unten jetzt passierte, hier oben würde davon nichts zu spüren sein. Der Laser pumpte seine Energie geräuschlos in das Schiff. Die Generatoren arbeiteten mit einem tiefen Dröhnen, das ab und zu von einem Knacken übertönt wurde. Das Eis arbeitete, und tief im Eis kämpfte zwei Menschen um ihr Überleben.
Lauter Beifall holte Martin aus seinen Gedanken. Er betä-

tigte den Einschaltknopf des Displays. Die Bild-Übertragung aus dem Cockpit war noch abgeschaltet, doch die Statusanzeigen der Valkyrie waren aktiv. Die Bohrjets arbeiteten wieder. Das Schiff hatte gewendet und arbeitete sich nun zur Oberfläche hinauf. Es würde etwa 100 Meter östlich seines Startpunkts durch das Eis brechen. In dieser Sekunde rauschte der Helikopter mit dem Notarzt über das Camp. Martin stand auf und griff nach seiner Jacke, die an einem Haken an der Wand hing. Der Schal steckte noch im Ärmel; er wand ihn einfach um seinen Hals. Mütze, Handschuhe, das dauerte alles viel zu lange. Aber er wusste, wie kalt es draußen war.

Der eisige Wind traf ihn mit voller Härte, als er aus dem Schutz der Hütte trat. Eiskristalle trafen seine Haut wie kleine Nägel, die jemand auf ihn warf. Er war trotzdem nicht der einzige, der sich nach draußen gewagt hatte. Ein spontanes Empfangskomitee machte sich auf den Weg. Der Ort, an dem das Schiff auftauchen würde, war bereits mit bunten Bändern abgesperrt. Es sah aus, als wäre ein Jahrmarkt geplant. Aber es war keine Vorfreude, die die Menschen erfüllte. Wie würde es Devendra gehen? Die Kommunikation mit der Crew war seit der Reaktivierung der Triebwerke auf einem geschützten Kanal abgelaufen.

Martin trat vom linken Fuß auf den rechten, wechselte das Gewicht, versuchte, sich irgendwie warm zu halten. Das Eis knirschte unter seinen Füßen. Das Knirschen wurde lauter, es schwoll an, bis er merkte, dass es nicht von seinen Aufwärm-Bewegungen kam, sondern aus der Tiefe. Er sah in Richtung der Fähnchen. Die Eisfläche dort wurde heller. Sie wirkte immer weniger weiß und immer stärker wie ein Spiegel. Es musste die Hitze von unten sein, die das Eis erst glasig werden ließ und dann zu Wasser schmolz. Erst waren da nur zwei kleine, schwarze Flecken – flüssiges, brodelndes Wasser. Die Flecken wuchsen, vereinigten sich zu einem See, der mit seinem kochenden Inhalt an einen Geysir erinnerte. Dann tauchte ein schwarz glänzendes Seeungeheuer auf. Von schräg unten schob sich sein eiserner

Leib auf das Eis, das zunächst darunter einbrach, bis die Valkyrie auf stabilem Untergrund landete.
Das Schiff lag immer noch leicht schräg auf dem Eis, wie ein gestrandeter Wal mit erhobenem Kopf. Der Ausstieg befand sich in etwa zwei Metern Höhe. Drei Mann schleppten eine Leiter heran, die sie in entsprechende Aussparungen der Valkyrie einhängten. Dann gingen darüber zwei andere Männer an Bord. Ein paar Sekunden später erschien einer der beiden wieder an der Luke und rief etwas, das Martin aus der Ferne nicht verstand. Ein Mann brachte eine Trage, die der andere entgegennahm. Zwei Minuten später tauchte er erneut auf, diesmal mit den Füßen zuerst. Er zog die nun deutlich schwerere Trage hinter sich her; der zweite Mann schob vermutlich von innen. Etwas oder jemand war auf der Trage festgeschnallt. Die beiden schafften es, ihre Last über die Leiter nach unten zu bugsieren. Hier packte der Dritte mit zu; fast im Lauftempo bewegten sich nun alle zum Helikopter.
Martin sah seinen indischen Kollegen erst bei einem Besuch im Krankenhaus wieder. Devendra konnte ihm schon den linken Arm entgegenstrecken. Seine Arme und sein Oberkörper waren bandagiert. Das kochend heiße Wasser hatte sich in relativ schmalem Strahl über ihn ergossen; die betroffenen Stellen hatte es zwar hochgradig geschädigt, doch die Fläche war klein genug, dass keine Lebensgefahr bestand. Martin wusste zu diesem Zeitpunkt schon, wer Devendra an Bord des Enceladus-Raumschiffs ersetzen würde. Hatte man es dem Inder auch schon mitgeteilt? Martin wollte nicht derjenige sein, der die Nachricht überbrachte, deshalb ließ er das Thema Raumflug komplett aus.
»Grüß mir Enceladus«, sagte Devendra zum Abschied. Martin musste noch immer zittern, wenn er den Namen des Saturnmondes hörte. Er war kein Entdecker, er war nicht einmal ein Astronaut.

5. August 2046, ILSE

Die Antwort braucht länger als eine Dreiviertelstunde. Martin hat es nicht anders erwartet. Es kann Tage dauern, alles durchzurechnen. Doch schon nach 50 Minuten meldet sich eine bekannte Stimme.
»Capcom hier.«
Es ist Devendra, dessen Platz auf dem Raumschiff er eingenommen hat. Seit den Apollo-Missionen arbeiten in der Regel Astronauten als »Capsule Commander«, kurz Capcom, deren Aufgabe die Kommunikation mit den Menschen an Bord ist. Der Inder war zwar noch nicht im All, doch niemand kennt die Crew so gut wie er.
»Amy, tolle Sache, lass mich dir gratulieren.«
Die Kommandantin formt eine 'Danke' mit den Lippen, das Devendra natürlich nicht sehen kann.
»Meine Antwort ist nur halboffiziell, aber ich kann euch jetzt schon sagen, sie haben das geschluckt. Der PR-Officer im MCC wirkte sogar überaus zufrieden. Es scheint, als käme das Baby gerade zur rechten Zeit. Monatelange Raumflüge, ohne dass etwas passiert, wirken auf die Presse nicht sehr sexy. Aber so wird man euch sicher nicht vergessen. Capcom over.«
Die ersten Reaktionen kommen von den einschlägigen Nachrichtenseiten. Irgend jemand in Mission Control muss Verbindung zur Presse haben. »Sensation im All: Das erste Weltraum-Baby« heißt es in den seriöseren Medien, oder »Space-Sex: Astronautin ist schwanger.« Die Zeitungen ergehen sich in Schilderungen, wie der Geschlechtsverkehr unter Schwerelosigkeit funktioniert, oder sie lassen Experten die Überlebenschancen des Ungeborenen erläutern. Martin ist froh, dass sie außer Reichweite der Reporter sind. Kein Fotograf kann sich vor ihrer Haustür verstecken oder den Müll nach gebrauchten Kondomen durchsuchen. Nicht mal Anrufe sind möglich. Trotzdem tauchen nach

kurzer Zeit Videomitschnitte im Netz auf, die angeblich das »amouröse Abenteuer der Astronautin« zeigen, wie es ein privater Videokanal beschreibt.
Die offizielle Reaktion von Mission Control beginnt denn auch mit einer Entschuldigung. Man sei dabei zu ermitteln, wie es zu dieser Verletzung der Privatsphäre kommen konnte. Man erklärt sich mit der Entscheidung der Crew einverstanden. Die Formulierung ist so bemüht sachlich, dass die Ablehnung klar erkennbar ist. Anderenfalls hätten die Verantwortlichen wohl auch nicht anders gekonnt, als eigene Fehler einzugestehen. Schließlich hatten sich die Ärzte auf die lebenslange Unfruchtbarkeit der Kom-man-dantin verlassen. Die Übertragung endet mit Hausaufgaben für Marchenko, der als Bordarzt für die Überwachung der Schwangerschaft zuständig ist. Alle nötigen Instrumente sind an Bord, bis hin zum Ultraschall.
Es gebe Interview-Anfragen an die Kommandantin, heißt es zum Schluss, und Mission Control befürworte diese. So ganz böse scheint man über die unerwartete Publicity tatsächlich nicht zu sein.
Die Videonachricht besitzt einen Anhang, der speziell an Martin gerichtet ist. Das ist ungewöhnlich. Ist seiner Mutter etwas zugestoßen? Solche Botschaften sollen die Astronauten allein abrufen. Martin bewegt sich hektisch in seine Kabine. Er flucht, als er sich an der Leiter in der Speiche den Kopf stößt. In seiner Kammer lässt er sich auf das Bett fallen.
»Nachricht für Martin Neumaier abspielen.«
»Bestätigt. Nachricht gefunden«, antwortet die KI.
»Hallo Martin«. Es ist erneut Devendra. Martin ist nicht überrascht, ihn breit lächeln zu sehen, das scheint sein Grundzustand zu sein.
»Ich habe eine gute Nachricht für dich. Durch Amys Schwangerschaft müssen wir die Mission umkonfigurieren. Sie wird ihr Neugeborenes nicht allein an Bord des Mutterschiffs lassen können. Ihr habt ja sicher schon ausgerechnet, dass es kurz vor Ankunft in der Saturnbahn so weit sein wird. In diesem Zustand kann sie auch auf Marchenko

nicht verzichten. Zwei im Mutterschiff, zwei in der Landefähre, zwei in der Valkyrie, du kennst die Aufteilung. Du wirst also auf jeden Fall landen müssen. Ist das nicht großartig? Du wirst in die Geschichte eingehen, einer der ersten sein, die den Fuß auf den Mond eines anderen Planeten gesetzt haben. Wer erinnert sich noch an den Mann, der 1969 im Kommandomodul von Apollo 11 den Mond umkreist hat?«

Martin erinnert sich selbstverständlich an den Namen. Michael Collins, 1930 geboren, der erste Mensch, der während eines einzigen Fluges gleich zweimal sein Raumschiff verließ und auch der erste Astronaut, der sich von einem Satelliten zu einem anderen bewegte. Wie kann man einen solchen Menschen vergessen?

Devendra lacht kurz auf, als habe er seine Gedanken erraten.

»Wer außer dir, meine ich. Frag mal deine Kollegen. Es tut mir leid, dass wir die Zusage nicht einlösen können, die dir gegeben wurde. Du verstehst sicher, dass die Umstände uns keine andere Wahl lassen. Ich nehme nicht an, dass du deswegen die Mission abbrechen möchtest.«

Martin richtet sich auf und sieht Devendra ins Gesicht, als säße ihm der Inder direkt gegenüber. Seine Augen strahlen eine tiefe Zuversicht aus, einen Glauben an das Gute im Menschen, den Martin nie gehabt hat.

»Für Fragen stehen wir dir immer zur Verfügung, auch auf geschütztem Kanal. Deine Ausbildung gewährleistet, dass du überall hervorragende Arbeit leisten kannst. Ich soll dir die Hochachtung aller in Mission Control übermitteln. Capcom out.«

Devendras Gesicht auf dem Bildschirm verblasst langsam und wird vom Missionslogo überblendet. Martin lehnt sich an die gepolsterte Rückwand des Bettes und schließt die Augen. Ist doch nichts dabei, dann wird er eben mit der Landefähre auf Enceladus aufsetzen, in der Nähe seines Südpols, weil dort die Eisdecke am dünnsten ist. Er hat Bilder von der Oberfläche gesehen. Der Unterschied zur Antarktis ist minimal. Alles ist weißer als weiß, und wenn er ohne Raumanzug nach draußen geht, stirbt er. Er wird aber drinnen bleiben, gemütlich am Rechner sitzen und die Reise der Valkyrie überwachen. Nach ein paar Tagen sind die Kollegen zurück, sie starten zur Ilse, und der Ausflug ist beendet so wie damals das Training am Südpol der Erde. Martin atmet tief durch, aber nicht so tief, dass die Panik aus seinem Brustkorb entkommen kann. Es ist ... kein ... Problem.

Dann fällt ihm ein, dass er noch eine Antwort formulieren sollte. Er verzichtet auf die Bildaufzeichnung, ein Audio-Comm muss genügen.

»Neumaier an Capcom. Nachricht erhalten und bestätigt.«

24. September 2045, NASA

»Wir stellen keine Astronauten ein, Mister Neumaier, wir machen welche.«
Natürlich hatte Martin sich gewehrt, als man ihm anbot, den auf der Valkyrie verletzten Kollegen zu ersetzen. Seine Kenntnisse des Systems, sein besonnenes Handeln, seine Konzentrationsfähigkeit auch ohne Schlaf, all das war aufgefallen, als die NASA den Vorfall untersuchte.
»Nun sagen Sie doch selbst, wie hätte die Mission geendet, wenn die Kommunikation zwischen Ihnen und dem Schiff mit ein paar Stunden Zeitabstand erfolgt wäre?«
Martin war klar, was die mit der Enceladus-Mission befassten Planer erschreckt hatte: Die Crew war im Grunde von jeder äußeren Hilfe abgeschnitten. Der Austausch von Fragen und Antworten musste wegen der ungeheuren Entfernung Stunden dauern. Das war zwar bei unbemannten Missionen nicht anders gewesen. Doch diese hatten auch einen viel geringeren Grad an Komplexität besessen. Jetzt benötigte man alle Fähigkeiten unbedingt an Ort und Stelle und nicht 1,2 Milliarden Kilometer entfernt. Leider war der Platz begrenzt: Mehr als sechs Astronauten konnte man den weiten Weg nicht machen lassen.
Martin konnte es sich selbst nicht erklären, doch schließlich hatte er sich überreden lassen. Er rang den Planern ein Versprechen ab: Er würde sich auf keinen Fall an Bord der Valkyrie begeben müssen. Ein paar Kilometer Eis über dem Kopf, eingeschlossen in tiefster Dunkelheit, allein die Vorstellung war schrecklich. Er würde an Bord des Mutterschiffs bleiben können. Vom Orbit um Enceladus aus konnte er das Bohrschiff genauso gut kontrollieren wie von seinem Arbeitsplatz im Antarktis-Camp.
Drei Tage später holte ihn eine schwarze Limousine ab. Adieu Kalifornien, tschüss Westküste. Das JPL in Pasadena war nur für automatische Missionen zuständig. Der Wagen

parkte an der Cafeteria zwischen den Gebäuden 180 und 264. Er brachte ihn zu einem Militär-Flugfeld, wo ein zweimotoriges Kleinflugzeug auf ihn wartete. Fünf Stunden später landete er in Houston, Texas, wo ihn eine andere Limousine abholte. Der Mann, der ihn am Gate empfangen hatte, setzte sich neben ihn auf die Rückbank.

»Space City«, sagte er.

»Bestätigt«, antwortete eine weibliche Stimme. Das Auto fuhr los.

Der Mann drehte sich in seine Richtung. »Willkommen als Gast des Astronaut Corps.« Er reichte ihm die Hand. »Ich bin Chief Astronaut Dave Willinger.«

Martin kannte diesen Namen. Willinger hatte sich auf einer Marsmission einen Namen gemacht. Er hatte gar nicht gewusst, dass er es zum Chef des Corps gebracht hatte. Aber vielleicht war das auch gar keine Beförderung, sondern ein langweiliger Bürojob. Martin hätte gern mit ihm getauscht. Er stellte sich ebenfalls mit Namen vor, obwohl sein Gastgeber sicher wusste, wen er vor sich hatte.

»Martin Neumaier, JPL-Contractor. Ehemals.«

Willinger lachte scheppernd.

»Ja, ist etwas schwierig mit Ihrem Status. Für Sie als Deutschen wäre ja die ESA zuständig. Aber da Sie nun schon mal hier sind ... und das Basistraining müssen wir sowieso überspringen. Ich bin sicher, dass Sie längst tauchen und ein Flugzeug steuern können.« Er stieß Martin mit dem Ellbogen an. *Alles easy,* hieß das. *Ich bin auch bloß ein Astronaut wie du.*

»Deshalb sind Sie nun offiziell unser Gast. Das hat den Vorteil, dass wir sie nicht bezahlen müssen, und wenn Ihnen was passiert, ist es nicht unsere Schuld.«

Dasselbe scheppernde Lachen. Der Mann wurde ihm dadurch nicht sympathischer. Martin sah kurz nach draußen. Der Wagen fuhr durch endlos scheinende Vorstädte.

»Ja, dauert noch ein bisschen. Space City liegt etwas außerhalb von Houston. Ich dachte, wir nutzen die Gelegenheit und sprechen darüber, was in den nächsten Monaten so ansteht.«

»Gute Idee.« Bisher wusste er nur, dass die Mission in drei Monaten starten sollte.
»Sie kommen ja nun als Quereinsteiger zu uns. Ich halte das für problematisch, aber egal.«
War also doch nicht alles ganz easy? Martin nickte. Seine eigene Verpflichtung problematisch zu nennen, kam ihm wie eine absolute Untertreibung vor.
»Jedenfalls müssen wir aus Ihnen einen Astronauten machen. Dafür haben wir uns ein stark verkürztes Basistraining ausgedacht: drei Wochen statt zwölf Monate. Danach sind Sie offiziell Astronaut Candidate oder AsCan, wie wir sagen. Keine Sorge, Sie können gar nicht durchfallen, außer Sie fallen hin und brechen sich etwas. Dann...«
Martin überlegte, ob er auch so ein schepperndes Lachen drauf hatte.
»Aber die Gefahr besteht eigentlich kaum, weil Sie die meiste Zeit im Klassenraum verbringen werden. Der nächste Schritt ist das Fortgeschrittenen-Training. Den Tauchlehrgang haben wir aus dem Basis-Lehrgang hierher verschoben. Wir werden prüfen, wie Sie mit großer Beschleunigung, niedrigem Luftdruck, Dunkelheit und Schwerelosigkeit umgehen. Dazu gehört auch ein Überlebenstraining. Danach lernen Sie dann alle Module Ihres Raumschiffs kennen. Mit der Valkyrie haben Sie ja bereits Erfahrung. Aber noch nicht drin gesessen, oder?«
Martin schüttelte den Kopf.
»Spannendes Teil. Ich kenne sie auch noch nicht. Dann werden wir sie wohl gemeinsam testen. Ich bin persönlich für Sie zuständig.«
Beim Advanced Training wurde jedem AsCan ein erfahrener Astronaut zugeordnet. Willinger sah ihn prüfend an.
»Es ist mir eine Ehre, Sir«, sagte Martin. Das schien ihm hier die passende Antwort zu sein. Und er hatte Recht. Willingers Augen leuchteten auf. Auf Dauer war dieser Schreibtisch-Job wohl nicht gut für sein Ego.
»Ihre Kollegen sind alle schon ein bisschen weiter, aber ich denke, in knapp zwei Monaten sollten wir zu ihnen aufgeschlossen haben, wenn Sie so hart trainieren, wie ich das

erwarte. Das müssen wir auch, denn dann geht es auf die Tiangong-4.«
Die Raumstation der Chinesen. Nach dem Ende der ISS-NG hatten sich Russen, Europäer und Amerikaner nicht auf eine neue Internationale Raumstation einigen können. Seitdem hatte sich die Station der Chinesen zu einer Art Treffpunkt aller Raumfahrt-Nationen entwickelt. Zunächst hatten die Chinesen Inder, Indonesier und Brasilianer eingeladen. Die ehemaligen ISS-Nationen hatten sich schließlich mit eigenen Tiangong-Modulen gewisse Landerechte erkauft.
»Ich freue mich schon.« Martin hatte befürchtet, dass sein Satz einen sarkastischen Unterton haben könnte, doch weder er noch Willinger bemerkten etwas davon.
»Wir sind übrigens bald da, also ziehen Sie schon mal Ihre Schuhe wieder an«, sagte der Chief Astronaut und lachte darüber. Martin sah aus dem Fenster. Sie fuhren an einem dreistöckigen Gebäude vorbei, das keine Fenster besaß. Danach folgte ein gewöhnliches Bürogebäude mit fünf Etagen, vor dem sich ein großer Parkplatz ausbreitete. Futuristisch wirkte hier gar nichts. Startbereite Raketen, Feuer und Rauch, all das gab es hier nicht, denn Houston war kein Weltraumbahnhof, nur die Zentrale für die bemannten NASA-Missionen. Das Auto lenkte rechts ein, in eine schmale Straße mit je einer Reihe von Parkplätzen am Rand, die auf ein achtstöckiges, schmuckloses Gebäude zu führte. Kurz davor war ein Parkplatz frei, der mit den großen, gelben Buchstaben »VIP« ausgezeichnet war.
»Johnson Space Center, Administration«, sagte das Auto. Die Türen schwangen auf.
»Habe ich eigentlich eine Wohnung hier? Ich hätte ein paar Sachen, die ich nachkommen lassen müsste.« Martin musste sich beeilen, mit Williger Schritt zu halten, der zur Pforte des Hauses lief.
»Wohnung werden Sie nicht brauchen. Im Untergeschoss gibt es Zimmer für die Flight Controller, wenn es mal später wird. Da wird man Ihnen eins freihalten.«

7. August 2046, ILSE

Wer hätte gedacht, dass er irgendwann in einem Raumschiff Windeln basteln würde? Sechs Astronauten haben sich um den Besprechungstisch im Kommandomodul versammelt, um darüber zu diskutieren, was ein Neugeborenes braucht und wie sich seine Bedürfnisse mit den Bordmitteln befriedigen lassen. Natürlich hat niemand daran gedacht, Babynahrung, Kleidung und Windeln einzupacken. Stattdessen müssen sie versuchen, aus den vorhandenen Vorräten etwas herzustellen, das sie einem Neugeborenen anbieten können.
Wichtigster Punkt, darauf haben sie sich schnell geeinigt: die Ernährung. Zwar hat Mutter Natur hier für die erste Zeit eine hervorragende Lösung gefunden. Doch niemand weiß, wie die weibliche Physis auf Schwerelosigkeit und verringerte Gravitation reagiert. Schon auf der Erde haben manche Mütter Probleme mit dem Stillen. Im All müssen sie deshalb Vorkehrungen treffen. Trockenmilch mit Wasser aufzugießen ist dabei das kleinere Problem. Sie brauchen ein Gefäß, aus dem das Baby trinken kann.
Wenn das Kind ausreichend ernährt ist, wandert das Problem an sein anderes Ende. Die einfachste Lösung müssen sie gleich wieder verwerfen: Von den Erwachsenen-Windeln, die sie bei Weltraum-Spaziergängen tragen, sind nicht genug an Bord. Windeln werden sie also aus dem Stoff vorhandener Kleidung zuschneiden. Die elastischen Anzüge sind dazu jedoch ungeeignet. Ihr Material lässt sich zwar gut in die richtige Form bringen, doch sind sie kaum saugfähig. Francesca hat das perfekte Material gefunden: die NASA-Unterhemden sind zwar dünn, nehmen Flüssigkeit aber gut auf. Wenn man sie in Rechtecke schneidet und dreifach miteinander verlegt, geben sie eine gute Windel ab. Das Schiff führt mehr als genug Unterhemden mit, allerdings müssen diese erst in einer EVA aus den Trans-

portcontainern geholt werden. Die Kommandantin hat diesen Punkt auf die Liste gesetzt.
Wenn eine Windel ihren Zweck erfüllt hat, folgt die nächste Schwierigkeit: Sie muss gesäubert werden. Im Labormodul gibt es eine Maschine, die die Kleidung der Astronauten desinfiziert und frisch beduftet. Sie ist allerdings mit festen Rückständen in den Textilien überfordert. Statt einer richtigen Waschmaschine mit Trommel und Schleuder ähnelt sie eher einem Dampfreiniger, der Schweißablagerungen aus dem Gewebe bläst. Hayato hat bereits praktische Versuche angestellt – für Windeln ist die Maschine ungeeignet. Er schlägt stattdessen ein kombiniertes Verfahren vor: manuelle Grundreinigung in der Dusche (der Reinigende muss sich dabei ebenfalls in der Dusche aufhalten) mit nachfolgender Bearbeitung in der Bord-Waschmaschine. Hayato bekommt den Auftrag, einen Feststoff-Filter für den Ablauf der Dusche zu konstruieren, nachdem Mission Control darauf aufmerksam gemacht hat, dass dort eine Verstopfung zu befürchten ist.
Babykleidung wird Mission Control für sie entwerfen. Das Kind braucht einen ähnlichen Schutz vor einer Verringerung der Knochendichte wie die erwachsenen Astronauten. Niemand an Bord hat Erfahrung damit, Schnittmuster für den elastischen Spezialstoff zu konstruieren. Jiaying erklärt sich bereit, die Mini-Anzüge in mehreren Größen dann zu nähen. Sie hat in ihrer Kindheit bei der Großmutter gelebt und von dieser das Nähen gelernt.
Hayato präsentiert der Runde auch ein Babybett. Er möchte dazu einen der Ersatz-Spider umbauen. Statt die Außenhaut des Raumschiffs zu prüfen, wird die Maschine ein kleines Kind in den Schlaf schaukeln und dabei stets die richtige Lage im Raum behalten, selbst wenn die Schwerkraft im Ring ausfallen sollte. Die Hardware der Spider ist flexibel genug, auch solche Aufgaben zu übernehmen. Er benötigt aber ebenfalls Material aus dem Ersatzteillager – und natürlich einen der Spider. Deshalb muss Mission Control hier ebenfalls zustimmen.
Schließlich müssen sie noch ein Sicherheitsproblem lösen.

Falls es irgendwann mal einen Druckverlust im Schiff geben sollte, kann sich die gesamte Crew in ihre LEAs retten, die »Launch, Entry, Abort«-Raumanzüge, bis die Atmosphäre wieder atembar ist. Das Baby wäre bei einem solchen Unfall chancenlos. Einen LEA nachzubauen, ist an Bord völlig unmöglich. Was aber helfen würde, wäre ein druckfester Behälter, der sich an eine Sauerstoffflasche anschließen lässt. Dazu hat Martin die entscheidende Idee: die Ring-Bereiche zwischen den festen Sektoren werden ja vom inneren Luftdruck aufgespannt. Sie bestehen aus mehrlagigen Textilien, die luftdicht sind und äußerst stabil. Wenn man aus Ersatzstoffen einen vielleicht einen Meter große Kugel mit einem Ansatz für ein Sauerstoff-Ventil nähen könnte ...

»Das Material ist zu dick zum Nähen«, meint Jiaying, »das wird geschweißt.«

»Dann brauchen wir ein Schweißgerät.«

»Mit offener Flamme, bist du wahnsinnig?« Jiaying sieht ihn wütend an.

»Nein, nicht so etwas. Es muss einfach nur heiß genug werden, die Stoffränder miteinander zu verschmelzen.«

»Da kann ich etwas bauen«, sagt Hayato. »Ich denke, das können wir mit Hilfe elektrischer Energie lösen. Dank der DFDs haben wir ja daran keinen Mangel.«

»Wegen des Ersatzmaterials brauchen wir die Zustimmung der Erde«, sagt Amy. »Aber das wird wohl kein Problem sein. Wir sollten dann für übermorgen eine EVA ansetzen. Es ist auch wieder an der Zeit, die größeren Löcher zu inspizieren.«

Nach seiner Schicht beschließt Martin, Hayato zu besuchen. Er hat lange versucht, sein schlechtes Gewissen zu unterdrücken, aber seit ein paar Tagen schläft er nicht einmal mehr richtig. Er hat sich nicht angemeldet. Ein bisschen hofft er, dass er Hayato nicht in seiner Kabine antrifft. Doch nachdem er geklopft hat, hört er die Stimme des Japaners, die ihn herein bittet.

Martin zögert kurz. Vielleicht hätte er etwas mitbringen

sollen? Gehört sich das nicht so? Dann schiebt er die Tür auf. Die Kabine sieht seiner eigenen zum Verwechseln ähnlich. Es ist auch genauso penibel aufgeräumt. Hayato sitzt im Schneidersitz auf dem Bett, neben ihm sitzt Amy. Martin zuckt zurück. Soll er besser gleich wieder gehen? Sein Gesicht wird heiß.

»Oh, ich wollte euch nicht stören, entschuldigt.«

Hayato steht auf, um ihm die Hand zu geben. »Tust du nicht«, sagt er. Amy lächelt ihn an und nickt ihm zu. Martin gibt ihr förmlich die Hand. Dazu muss er sich über sie beugen. Ihm fällt ihr Bauch auf, der sich schon gerundet zu haben scheint.

»Wie geht es dem Baby?«

Amy lächelt breit.

»Großartig«, sagt sie. »Marchenko ist auch sehr zufrieden.«

Sie sieht zu Hayato hinüber, der sich wieder gesetzt hat, und legt ihm eine Hand auf das Knie.

Der Japaner reicht ihm ein Kissen. »Nimm, damit sitzt du auf der Kiste sehr bequem«.

In der Kabine ist es eng. Martin kommt die Luft stickig vor, obwohl sie nicht anders ist als in anderen Modulen. Er kommt sich vor wie ein Eindringling.

»Ich hatte dir doch von Hayatos Tochter erzählt«, sagt Amy, und streichelt währenddessen den Oberschenkel ihres Freundes. »Es geht ihr wieder gut.«

Hayato nickt. Martin sieht, dass seine Augen feucht werden. »Sie hat eine gute Klinik gefunden, und sie freut sich, dass sie eine Schwester bekommt«, sagt er.

»Oder einen Bruder«, ergänzt Amy. »Und wir verbringen unsere Zeit damit, uns Vornamen auszudenken.«

Hayato lächelt. »Wir sind sehr dankbar, dass ihr uns so unterstützt«, sagt er, und es ist ihm anzusehen, dass das nicht nur eine Floskel ist. Martin erinnert sich an die Abstimmung. Selbst wenn Amy mit ihren beiden Stimmen für die Abtreibung gestimmt hat, muss noch mindestens ein anderer Astronaut gegen das Baby gewesen sein. Wer war es? Aber spielt das eine Rolle? Er schüttelt den Kopf.

»Entschuldigt, ich war gerade in Gedanken«, sagt er. »Ei-

gentlich wollte ich nur mal sehen, wie es dir«, er korrigiert sich, »wie es euch geht. Ich muss mich entschuldigen, dass ich mich so lange nicht habe blicken lassen.«
Hayato steht auf und fasst ihn an der Schulter.
»Es ist gut, wie es ist«, sagt er, und Martin glaubt ihm.

22. Oktober 2045, NASA

»Eins – zwei – drei – Go!« Die Gurte pressten sich in Martins Schultern. Sein ganzer Körper wurde nach oben beschleunigt. Eine mächtige Kraft hielt dagegen und quetschte ihn zusammen. Sein Herz raste, er versuchte, sich nicht auf die Lippen zu beißen, wie man es ihm gesagt hatte. Dann folgte die Befreiung. Der Sitz flog ohne äußere Kräfte weiter, bis es wieder nach unten ging. Er fiel ins Bodenlose und wurde schließlich weich aufgefangen. Beim Schleudersitz-Training spürte Martin zum ersten Mal, dass ihn die Ausbildung an den Rand seiner körperlichen Leistungsfähigkeit bringen würde und darüber hinaus.
Schon von unten hatte das Gerät furchteinflößend ausgesehen. Martin kannte solche Belustigungen von Volksfesten und hatte immer großen Abstand gehalten.
»Lustig, was?« Willinger schlug ihm die Pranke auf die Schulter, die sich wie sein ganzer Körper noch seltsam weich anfühlte. Man musste ein komischer Typ sein, um solche Erlebnisse unterhaltsam zu finden. Zunächst war ihm der Flug nach Florida eine willkommene Abwechslung gewesen. In den vergangenen drei Wochen hatte er Wissen in sich aufsaugen müssen wie ein trockener Schwamm. Im Ernstfall sollte er Arzt, Wissenschaftler, Mechaniker und Pilot gleichzeitig ersetzen können. Es war zwar nicht genug Zeit, all dieses Wissen praktisch zu erproben, doch er wusste nun zumindest prinzipiell, wie er einen Bruch richtig versorgte, einen Zahn extrahierte oder eine Blinddarm-OP durchführte. Nicht immer war das vermittelte Wissen wirklich hilfreich; auf Enceladus würde er Überhitzungen kaum behandeln müssen, und alle Astronauten bekamen den Wurmfortsatz vor der langen Reise schon prophylaktisch entnommen.
Auf der Pensacola Naval Air Base ging es nur noch am Rande um Theorie. Zwar hatte man ihm vor dem Ritt auf dem

Schleudersitz-Trainer Grundlagen zu Gefahren beim Start einer Rakete, Flugbahnen des Schleudersitzes und Bergungs-Routinen erklärt, doch eigentlich schien es um genau eine Frage zu gehen: Welche Belastung würde er, Martin Neumaier, aushalten, und war er überhaupt als Astronaut geeignet? Dass ihm der Platz auf dem Enceladus-Raumschiff sicher war, wie man es ihm gesagt hatte, das schien hier niemand zu wissen. Alle bis hin zu seinem Ausbilder Willinger behandelten ihn wie einen normalen Rekruten. Da er sich auf einem Gelände der US-Navy befand, war der Ton auch deutlich rauer als im NASA-Houston, wo vor allem die Verwalter saßen.

»Womit geht es morgen weiter?«

»Langsam. Heute müssen wir noch baden gehen.«

Sie betraten ein Gebäude, das klar als Schwimmhalle zu erkennen war. Es war leer. Martin bekam einen Taucheranzug gestellt. Drei Bahnen schwimmen, eine leichte Übung. Anschließend musste er die Bekleidung wechseln. Eine Soldatenmontur, deutlich schwerer als der Taucheranzug. Der Stoff sog sich schnell voll, und er schmiegte sich dem Körper nicht an, sondern zog ihn nach unten. Dazu die schweren Stiefel, die die Beinzüge erschwerten. Trotzdem schaffte er die geforderten drei 25-Meter-Bahnen; ein Zeitlimit gab es nicht.

»Schwimmen können Sie also. Das ist gut. Anderenfalls hätte ich bei der nächsten Übung um Ihr Leben gefürchtet.«

Martin hatte sich schon gewundert, warum eine metallene Kapsel mit Fenstern über dem Becken hing, die wie ein Helikopter ohne Rotoren aussah. Ein Kran schwenkte die Kapsel zur Seite. Willinger schnallte ihn auf dem linken Sitz an, der rechte blieb leer.

»Moment, ich muss mich nur mal eben umziehen.«

Willinger streifte einen Taucheranzug über. Obwohl er schon über 50 sein musste, wirkte sein Körper noch topfit.

»Wenn ich Ihnen nachher auf die Schulter klopfe, machen Sie sich los, öffnen die Tür hier«, er zeigte auf die Tür ne-

ben dem Pilotensitz, »und schwimmen dann an die Oberfläche. Alles klar?«
Martin nickte, da hob ihn der Kran samt seiner Kapsel auch schon an und schwenkte über das Becken. Ein lautes Klacken, eine kurze Zeit der Schwerelosigkeit, und die Kabine tauchte gurgelnd ins Wasser ein. Martin holte tief Luft, denn die Fenster waren geöffnet, und Wasser flutete die Kapsel. Er wollte den instinktiv Gurt lösen und fliehen, doch da fiel ihm ein, dass er auf das Signal warten musste. Er spürte eine Hand auf seiner Schulter. Willinger schwebte rechts neben ihm im Wasser. Martin zog am Türgriff, doch der klemmte. Willinger machte abwehrende Zeichen. Die andere Tür! Er musste die andere Tür öffnen. Die Kabine hatte sich schon zu drei Vierteln gefüllt. Martin musste tauchen, um den Türgriff neben dem Pilotensitz zu finden. Er rüttelte daran, doch er hatte nicht genug Kraft.
Klar, der Wasserdruck. Es würde ihm nicht gelingen, die Tür zu öffnen, bevor die Kabine nicht komplett geflutet war. Das konnte aber nicht mehr lange dauern. Martin holte ein letztes Mal tief Luft, zog sich am Griff nach unten und zählte. Bei fünfzehn drückte er den Griff erneut. Die Tür schwang auf, er zog sich hindurch und tauchte auf. Als sein Kopf die Wasseroberfläche durchbrach, war Willinger neben ihm.
»Lektion 1: immer genau hinhören.« Diesmal lachte er nicht. »Aber gut, dass Sie nicht in Panik verfallen sind. Die meisten denken nicht daran, dass sich die Tür erst später öffnen lässt.«
Martin nickte. »Und nun?«
»Dasselbe noch einmal, aber mit verbundenen Augen.«
»Das ist ein Scherz, oder?«
Willinger ließ wieder sein schepperndes Lachen hören. »Nein.«

»Wir sehen uns morgen in Gebäude 3801«, hatte Willinger zum Abschied gesagt. Dazu hatte er ein geheimnisvolles Gesicht gemacht. »Ach ja, und frühstücken Sie nicht zu gut.«

Martin stand vor der Eingangstür mit der Nummer 3801 und wartete. »Naval Operational Medical Institute«, stand da. Damit konnte er nicht viel anfangen. Vermutlich ging es um eine medizinische Untersuchung.
Willinger kam auf die Sekunde genau um die Ecke. Zur Begrüßung schlug er ihm kräftig auf den Rücken. Martin war auf diese Art von Gruß gefasst und milderte ihn ab, indem er im selben Moment einen kleinen Schritt nach vorn trat.
»Hehe«, sagt Willinger anerkennend.
Martin hatte gestern noch alle Kollegen, die er traf, gefragt, was es mit Gebäude 3801 auf sich hatte, doch alle hatten nur geheimnisvoll gelächelt. Das gehörte offenbar zum Aufnahmeritual.
Dem Bauwerk war sein spezieller Zweck nicht anzusehen. Im Erdgeschoss gab es Besprechungsräume und Büros. Sie gingen daran vorbei und erreichten eine Schleuse, die mit »Multi-station Spatial Disorientation Device« beschriftet war. Willinger und er mussten ihre Ausweise vor einen Scanner halten.
Eine Doppeltür führte in einen großen, annähernd runden Raum. In dessen Mitte sah Martin eine Anlage, die auf einem ebenfalls runden Podest montiert war. Zehn fassförmige Kapseln ohne Fenster, mit 1 bis 10 beschriftet, hingen an von der Mitte ausgehenden Armen. Die Konstruktion erinnerte entfernt an ein Jahrmarkts-Karussell. Sie wirkte auf seltsame Art altertümlich. Martin fror, der Raum war auf unter 20 Grad gekühlt.
Ein Techniker in blauem Overall begrüßte sie.
»Unser MSDD. Eine antike Schönheit, oder?«
Die Anlage, erklärte er ihnen, war bereits in den 1970er-Jahren gebaut worden.
»Ist sogar älter als Sie, Sir«, sagte der Techniker lachend zu Willinger, den er offensichtlich gut kannte.
»Sie sollen ja ein begnadeter Programmierer sein.« Es passierte Martin zum allerersten Mal in seinem Leben, dass ein ihm unbekannter Mensch schon einmal von ihm gehört hatte.
»Dann werden Sie sich für die Steuerungs-Software inter-

essieren. Wir emulieren eine FORTRAN-programmierte PDP-11/34 auf aktueller Hardware.«
Martin nickte. Die Software würde er sich wirklich gern ansehen. Ein echtes Museumsstück, so etwas begegnete einem kaum noch. Das war aber auch typisch für das pragmatische Herangehen der NASA. Als die Anlage konstruiert wurde, hatte man offenbar noch einen Großrechner vom Typ PDP-11 zur Steuerung gebraucht. Später hatte man dann, statt alles komplett neu zu programmieren, den Großrechner virtuell auf einen normalen PC überführt. Vermutlich konnte man die Steuerungssoftware heute auf jeder intelligenten Steckdose laufen lassen.
»Warum haben Sie nicht einfach die FORTRAN-Programme neu kompiliert?«
»Das ist alles sehr hardwarenah. Sagt Ihnen Unibus noch etwas? Steuerung und Interface sitzen auf zwei Unibus-Karten, für die wir einen Strobe-Osprey angeschafft haben. Für die Anlage sieht unser PC nun aus wie eine gute alte PDP-11. Ein Neubau hätte Millionen gekostet, und sie erfüllt doch ihren Zweck. Werden Sie ja sehen. Aber kommen Sie doch nachher mal rüber in mein Stübchen dort hinten.«
Der Techniker zeigte nach rechts.
»Erst die Arbeit. Hat Ihnen schon jemand gesagt, wie das MSDD von seinen, ähm, Opfern gern genannt wird?«
»Verraten Sie mir das lieber nachher.«
Willinger lachte.
»Wir haben Ihnen Kabine 1 reserviert. Bitte einzutreten.«
Der Techniker öffnete die Tür der Kapsel mit der Nummer 1. Martin musste sich bücken. In der Kabine war es dunkel. In ihrer Mitte befand sich ein bequemer Sitz. Davor waren mehrere Bildschirme, eine Eingabekonsole sowie diverse Steuerhebel montiert.
»Nehmen Sie das.«
Der Techniker drückte ihm eine Papiertüte in die Hand. Dann schloss er die Kabinentür hinter ihm. Über der Lehne des Sitzes hingen Kopfhörer. Martin setzte sie sich auf und schnallte sich an.

»Die Aufgabe dieses Gerätes ist es, Ihnen zu zeigen, wie leicht sich Ihre Sinne täuschen lassen. Räumliche Desorientierung ist für einen erheblichen Teil der Unfälle in der militärischen Luftfahrt verantwortlich. Sie wird vom Fehlen von Bezugspunkten, Dunkelheit und Beschleunigung begünstigt. All das also, was Ihnen als Astronaut begegnen wird. Aber keine Sorge, Sie sind völlig sicher. Wenn Ihnen übel wird, benutzen Sie die Tüte. Auch das ist absolut normal. Wir würden uns eher Sorgen machen, wenn Sie nicht so reagieren. Aber wenn Sie die Tüte verfehlen, sind Sie für das Saubermachen danach zuständig.«

Martin wusste schon, warum er sich bei Volksfesten von derlei Fahrgeschäften fern hielt. Im schimmernden Blau der Bildschirme betrachtete er die Tüte und öffnete sie vorsichtig. Er sog die Luft ein, die seit dem Schließen der Tür dicker geworden schien. War da ein säuerliches Aroma, das seine Vorgänger hinterlassen hatten?

»Wir beginnen jetzt.«

In Martins Blickrichtung wurde ein Rollo nach oben gezogen, das ihm bisher entgangen war. Dahinter verbarg sich eine Milchglasscheibe, die anscheinend von einem Projektor beleuchtet wurde. Ein Sternenhimmel, vielleicht zur Beruhigung gedacht. Martin spürte die Beschleunigung. Die Plattform drehte sich. Der Sternenhimmel blieb an Ort und Stelle. Ein netter Trick. Seine Augen sagten ihm, dass er still stand, während das Gleichgewichtssystem im Ohr Beschleunigung signalisierte. Eine neue Kraft zog an seinem Rücken. Die Kapsel drehte sich wohl nun auch um die eigene Achse, erst langsam, dann schneller. Der Sternenhimmel flitzte immer dann vorbei, wenn die Kabine in Richtung des Zentrums sah. Er begann sich zu verändern. Die Sterne standen nicht mehr still, sie wanderten rückwärts. Sein optischer Sinn war überzeugt, dass sich das Karussell nun anders herum drehte, doch er spürte die Beschleunigung und hörte ein leises Rumpeln.

»Vor Ihnen ist ein Joystick. Zielen Sie damit auf die Bewegungsrichtung der Kapsel.«

Martin griff nach dem Stick. Wenn er ihn bewegte, wander-

te ein Fadenkreuz auf dem Bildschirm über ein Koordinatensystem. Martin konnte sich nicht entscheiden. X-Achse, Plus oder Minus? Y-Achse? Er hatte der Konstruktion angesehen, dass sie sich unmöglich in der Z-Achse bewegen konnte, die Kapseln besaßen nur ein einziges Drehgelenk, aber das Bild auf dem Fenster sagte ihm, dass er jetzt schräg nach oben schwebte.
Martin wählte mit dem Fadenkreuz diese Richtung und drückte ab.
»Völlig falsch.«
An der korrekten Stelle blinkte ein blauer Kreis auf.
»Noch einmal.«
Martin musste lernen, seinem optischen Sinn zu misstrauen. Die Sterne bewegten sich nie von der Stelle, ganz egal, wie schnell ein Raumschiff durch das All raste. Dafür waren sie viel zu weit entfernt. Bezugspunkte waren grundsätzlich in Frage zu stellen. Im Weltraum gab es weder Kondensstreifen noch Motorenlärm. Verlassen konnte er sich nur auf zwei Angaben: die Signale seines Gleichgewichtsorgans, dass sein Körper in eine bestimmte Richtung beschleunigt wurde, und die scheinbare Größenveränderung eines Objekts, das sich nähert oder sich entfernt. Solange er sich mit konstanter Geschwindigkeit durch das Nichts bewegte, würde er seine eigenen Bewegungsdaten ohne ausgefeilte Geräte nicht bestimmen können. Ihm fiel auf, dass er noch immer die Tüte in der linken Hand hielt. Sie war unnütz, er spürte keine Übelkeit.
Das MSDD veränderte nach einem festgelegten Programm die Rotation der Plattform und der Kapsel. Es ließ den Sternenhimmel mal schneller und mal langsamer seine Position verändern. Martin merkte immer besser, welcher Input ihn nur verwirren sollte und was echt war. Trotzdem traf er mit dem Joystick nicht immer das Ziel. Die menschlichen Sinne waren für die Orientierung im dreidimensionalen Raum nicht gemacht. Der Mensch und seine Vorfahren bewegten sich seit Jahrmillionen auf einer scheinbar flachen Ebene. Meeres-Lebewesen mussten eigentlich bessere Astronauten abgeben als der Mensch.

»So, das reicht dann«, sagte die Stimme des Technikers im Kopfhörer. Das Geräusch der Rotation erstarb. Kurz darauf öffnete sich die Tür. Der helle Schein blendete ihn. Willinger reichte ihm eine Hand, doch Martin schlug sie aus, nur um nach dem Schritt aus der Kapsel zu stolpern. Kurzzeitig war ihm, als stünde er auf einer schiefen Ebene. Willinger fing ihn auf.
»Typischer Effekt.« Dazu lachte er scheppernd.

9. August 2046, ILSE

Martin hat in der vergangenen Nacht schlecht geschlafen, und diesmal weiß er auch, warum. Die Kommandantin hat für heute einen Weltraumspaziergang angesetzt, eine EVA. Er denkt mit Grauen an seinen ersten Ausstieg zurück, damals auf der Tiangong-4. Martin ist nicht schwindelfrei. Wenn er über einen zehn Meter breiten Bergkamm wandern soll, lachen ihn die anderen aus, weil ihm die Furcht anzusehen ist. An der Außenhülle des Raumschiffs befindet er sich immer ein paar Schritte neben dem allertiefsten Abgrund. Was er denn dagegen tun könne, hatte er damals die Ausbilder gefragt, doch die hatten nur gelacht. »Nichts«. Er müsse sich eben daran gewöhnen. Und auf keinen Fall solle er sich angewöhnen, nicht nach unten schauen zu wollen. Im Weltraum ist überall unten, und wenn er den Blick nur auf das Raumschiff fokussiert, bringt er seinen Buddy in Gefahr, den Kollegen, der mit ihm aussteigt.
Immerhin hatte ihm Willinger noch einen guten Tipp geben können, der so simpel klang, dass er gar nicht daran geglaubt hatte, dass er funktionieren könne: »Es ist doch Ihre Entscheidung, wo oben und wo unten ist. Stellen Sie sich vor, sie stecken in einem tiefen schwarzen Schacht. Sie sind unten, also warum sollte Ihnen dann schwindlig werden?« Tatsächlich hatte ihm dieser Tipp auf der Tiangong den Arsch gerettet.
Vor den Weltraumspaziergang haben die Ärzte den Schweiß gesetzt. Martin sitzt, nur mit einer Windel und einer Atemmaske bekleidet, auf dem Hometrainer und strampelt, so schnell er kann. Zehn Minuten sind die Vorgabe, in denen er puren Sauerstoff atmet. Neben ihm tritt Jiaying in die Pedale, sie trägt außer der Windel noch einen Sport-BH. Die körperliche Anstrengung hilft dabei, Stickstoff aus dem Blut zu entfernen, der im Unterdruck des Raumanzugs ausperlen könnte – mit der Taucherkrankheit

als gefährlicher Folge. In die Windel, von der NASA »Maximum Absorption Garment« genannt, kann er sich während des mehrstündigen Ausflugs ins All erleichtern – denn auch auf dem Rückweg darf er sich nicht einfach wieder dem normalen Luftdruck aussetzen. Die Anzeige des Hometrainers blinkt, er darf absteigen.
Damit ihn die anderen Kollegen nicht halbnackt und mit Windel sehen – Willinger würde an dieser Stelle wieder in sein schepperndes Lachen ausbrechen –, hat er das LCVG, das »Liquid Cooling and Ventilation Garment« mit in den Fitnessraum gebracht. Dieser körperenge Anzug aus Elastan wird ihn im All kühlen. Wie wichtig das ist, hatte er zunächst selbst nicht glauben können: Ohne die Kühlung durch die in den LCVG integrierten, wasserdurchflossenen Röhrchen würde er sich mit der Zeit aufheizen wie in einer Mikrowelle. Denn im Vakuum des Alls kann sein Raumanzug Hitze nur durch Strahlung abgeben, ein langsamer Prozess. Sein Körper jedoch produziert in jeder Sekunde eine Menge Wärme, ganz besonders, wenn er sich bewegt. Fiele die Energie für den Raumanzug aus, würde er trotz der Kälte des Alls nicht erfrieren, sondern in seinem eigenen Schweiß ersticken.
Der Raumanzug selbst besteht aus zwei Teilen. Martin bewegt sich mit Maske und Sauerstoffflasche in Richtung Airlock im hinteren Teil des Schiffes. In diesem kleinen, annähernd kugelförmigen Modul befindet sich der Ausgang, den die Astronauten für ihren Spaziergang nutzen sollen. Es ist gegen die anderen Räume abgeschottet, sodass man bei einem Ausstieg immer nur die darin enthaltene Luft verliert.
Vor dem Airlock warten Hayato und Amy. Sie sollen ihnen dabei helfen, das LTA anzuziehen, das aus dicken Stofflagen bestehende Unterteil des Anzugs. Im ganzen Anzug herrscht die Hälfte des Luftdrucks an der Erdoberfläche, allerdings atmet man hier reinen Sauerstoff. Nach etwa 50 Minuten meldet sich Watson.
»Airlock bereit.«
Das ist eigentlich gelogen, denn es sind die Astronauten, die nun bereit sein sollten, sich in die Ausstiegskammer zu

begeben. Hier wartet der HUT auf sie, der Hard Upper Torso, der aus Fieberglas besteht und vom Helm gekrönt wird. Die Arme sind bereits in der individuellen Größe des Astronauten angeschraubt, es fehlen bloß noch die Handschuhe. Während Martin und Jiaying den HUT anlegen, sich verkabeln und verdrahten, schließt Watson die Luke zur Station, um danach den Innendruck des Airlocks auf etwa zwei Drittel herunterzufahren.
Martin ist nervös. Seine Blase meldet sich, das ist viel zu früh. Durch den Raumanzug verwandelt er sich in ein Mini-Raumschiff. Vor der Brust hat er den Werkzeugkasten der Mini-Workstation. Auf dem Rücken sitzt SAFER, der Weltraum-Jet, der ihm das Leben rettet, falls er doch einmal die Grundregel jedes Außeneinsatzes vergisst: erst eine neue Verbindung zur Sicherungsleine herstellen, dann die alte Verbindung kappen. Er hat das alles ausführlich geübt, er weiß, welche Knöpfe er wann betätigen muss, aber trotzdem ist ihm mulmig zumute. Jiaying hingegen scheint fröhlich. Vielleicht ist ihr die Abwechslung so willkommen, jedenfalls lächelt sie und fängt sogar an, ihm Erlebnisse aus der Schulzeit zu erzählen. Martin hört nicht wirklich hin, doch das scheint sie nicht zu stören.
Wann geht es endlich los? Martin kaut auf dem Schlauch herum, über den er Wasser trinken kann. Der Einsatz beginnt erst, wenn sie noch einmal dreißig Minuten Sauerstoff geatmet haben. Willinger hatte ihm vom ersten Modell dieser Serie erzählt, dem Z2. Damals hatte die NASA ihre Ausstiegs Kandidaten gern noch im Airlock übernachten lassen, um sie an den geringeren Luftdruck zu gewöhnen. Der Z6, nun seit zehn Jahren im Einsatz, hat das Risiko der Taucherkrankheit verringert, weil er einen höheren Luftdruck zulässt.
»Prebreath-Phase abgeschlossen«, meldet Watson. Die KI kann nicht selbst die Verriegelung öffnen, das bleibt der Crew vorbehalten. Es gibt immer noch Forscher, die einen Aufstand der Maschinen für möglich halten, obwohl der nach allen Vorhersagen längst eingetreten sein müsste. Wegen solcher Vorbehalte muss Martin jetzt selbst am Rad

drehen. Er sieht auf die To-Do-Liste auf dem Multidisplay am rechten Arm, die kontextabhängig zeigt, was gerade zu tun ist. Der Druck im Airlock ist bereits auf ein Minimum gesenkt, trotzdem spürt er einen Luftzug, eine leichte Kraft, die seine Arme nach draußen zieht.
Er hakt seine Sicherung am Ausstieg ein, dann löst er den Haken, der ihn mit der Innenwand des Airlocks verbindet. Jiaying sieht ihm dabei zu. Dann gibt er sich einen leichten Stoß und gleitet mit den Füßen voran aus dem runden Loch in Richtung All. Er bremst sich mit den Händen, bevor das Seil gespannt ist. Im All ist kein Platz für Experimente. Er weiß zwar, dass der Metalldraht ihn halten würde, aber testen muss er das trotzdem nicht. Er bringt seine Füße in die Nähe der Außenhaut, wo es spezielle Einraststellen für die Stiefel gibt. Martin sieht sich um und entscheidet sich für einen Horizont. Sich fern von der Erde zu orientieren, scheint ihm deutlich leichter. Bei den Test-EVAs aus der Raumstation hatte immer die riesige Scheibe der Erde über ihm gehangen. Das sah zwar beeindruckend aus, hatte seinen Raumsinn aber gestört. Hier hat er nur die Sonne, deutlich kleiner als von der Erde aus zu sehen, und das Schiff, das sich von ihr entfernt. Das Sonnenlicht wirft harte Schatten. Es gibt nur Schwarz und Weiß, nur Hell und Dunkel, keine Zwischentöne. Der viel gepriesenen Stille des Alls kommt er bei diesem Ausflug nicht näher. Die Geräte seines Raumanzugs erzeugen Lärm, der sein Ohr über die Atemluft und als Körperschall erreicht.
Im Stehen gibt er Jiaying ein Zeichen. Die Kollegin wählt einen anderen Horizont. Das sieht seltsam aus, aus seiner Perspektive steht sie schräg. Der Bordcomputer hat einen optimalen Weg für sie beide ausgerechnet, auf dem sie in kürzestmöglicher Zeit ihre Aufgaben erledigen können. Der Armcomputer zeigt ihm dabei visuell und über Vibrationen den Weg. Alle zwei bis drei Schritte leint er sich neu an, indem er die Haken an einer anderen Öse befestigt. Das Raumschiff hat so gar nichts von den eleganten Visionen der Science-Fiction-Serien, die er sich früher angesehen hat. Es ist eine scheinbar unsystematische Aneinanderrei-

hung von Modulen aller Art. Ein paar Meter hinter ihm dreht sich der Ring, majestätisch, in überraschend langsamem Tempo. Davor befinden sich das Labor und das Kommandomodul. Wollte er beide inspizieren, müsste zunächst die Rotation des Rings angehalten werden. Doch dafür gibt es keinen Grund. Die kritischen Einschläge konzentrieren sich auf die Heck-Module. Kritisch sind die Löcher insofern, als die Spider sie als möglicherweise gefährlich eingeordnet haben. Sie sind zwar verschlossen, doch ob sie auch sicher sind, das müssen Menschen entscheiden: Jiaying und er. Sie haben dazu ein Spezialwerkzeug am Gürtel, das wie eine Saugglocke aussieht. Statt des Stils besitzt es einen Schlauch mit einem rohrartigen Ende, der mit einem Stickstoff-Tank verbunden ist.
Martin sieht auf das Display an seinem Arm. Gleich hinter der Schüssel der Hauptantenne muss sich der nächste Schaden befinden. Er setzt seine Schritte vorsichtig. Die Spider haben anscheinend gute Arbeit geleistet. Unter dem Licht seiner Helmlampe erkennt er das Loch nur an seiner anderen Farbe. Doch Job ist Job. Er setzt die Glocke auf die reparierte Stelle auf. Ihr Material verbindet sich über einen in Sekunden aushärtenden Spezialkleber mit der Schiffshülle. Dann verankert er sich über seine Stiefel selbst am Schiff und presst die Glocke fest an, denn nun wird sie unter Druck gesetzt. Martin wird heiß, weil er daran denken muss, was passiert, wenn sich das Material der Glocke vom Schiff löst. Er greift nach der Sicherungsleine und zieht kurz daran. Davonfliegen wird er also nicht.
Ein beruhigender Ton in seinem Helm verrät, dass die reparierte Stelle dem Druck standhält. Also gilt das Loch als sicher. Es ist noch nie vorgekommen, dass ein Einschlag von den Maschinen nicht ausreichend verschlossen wurde. Aber trotzdem müssen sie regelmäßig nachsehen. Beweis dafür sind die Glockenreste, die wie Pickel über die Außenhaut des Raumschiffs verteilt sind. Martin dreht das Rohr ab und setzt eine weitere Glocke an. Sein Handheld weist ihm den Weg; es sind wieder nur fünf Schritte. Er bemerkt

dabei viele andere, deutlich kleinere Löcher, die die Spider ohne weitere Rückfrage gesichert und verschlossen haben. Wenn nun gerade jetzt so ein kleiner Klumpen angeflogen käme? Martin fährt mit den Handschuhen über das Oberteil des Raumanzugs. Er fühlt sich stabil an, doch er schützt ihn weitaus weniger als der Schiffsrumpf. Dann kontrolliert er die Kühlung, weil ihn fröstelt. Der Algorithmus hat ihn bis zu den linksseitigen Frachtcontainern gelotst. Er ist erster, Jiaying hat wohl noch ein paar Checks zu machen. Der Computer weiß, wo sich das Material für die Stoffwindeln befindet. Alle Vorräte sind in Boxen untergebracht, die sich leicht entnehmen lassen. Was die Sachen wiegen, kann ihm egal sein, sie sind schwerelos wie er selbst. Bei besonders schweren Gegenständen muss er die größere Trägheit beachten, aber das sollte heute kein Problem sein. Martin sucht nach der Nummer, die ihm das Display vorschreibt, und entnimmt den quaderförmigen Blechbehälter. Einen zweiten Container muss er drei Schritte weiter links abholen. Er hakt ihn einfach in seinen Bauchgurt ein.

»Commander an EVA-Team. Ich sehe, ihr kommt gut voran. Ich will euch keine Hektik machen, aber Mission Control hat für Fünfzehnhundert einen Solar Flare angekündigt.«

Martin sieht auf die Zeitanzeige. Jiaying ist schneller.

»In drei Stunden! Das ist aber knapp.«

Sie scheint sich über den Sonnensturm Sorgen zu machen.

»Ich habe mich schon beschwert. Space Weather ist ganz zerknirscht. Der Flare ging von der Sonnenrückseite aus, die von der Erde aus gerade nicht zu sehen war. Er ist ihnen durch die Finger gerutscht. Sie haben ihn erst bemerkt, als das Magnetometer des Mars-Orbiters verrückt gespielt hat.«

»Sie haben ihn erst auf der Marsbahn registriert?« Die Stimme seiner Kollegin klingt höher als sonst.

»Sieht so aus. Ist ja auch nicht so einfach, ist schließlich unsichtbar, sobald es sich von der Sonne gelöst hat. Aber das Ding kommt ja nicht mit Lichtgeschwindigkeit auf uns zu.«

»Ich lasse mich nicht gern grillen wie ein Brathühnchen.«

»Kein Problem, wir sind hier fertig«, antwortet er. Jiaying

nuschelt etwas auf Chinesisch. Sie haben wirklich noch genug Zeit. Selbst wenn sie der Sonnensturm im All überraschte, würden sie davon gar nichts merken. Sehen kann man die geladenen, superschnellen Teilchen nur, wenn man Magnetfelder und Teilchendichten misst. Vielleicht läge auf der Funkverbindung zum Commander ein stärkeres Grundrauschen. Nach dem Sturm wäre allerdings ihr Krebsrisiko deutlich erhöht. Doch wer weiß, ob sie diese Reise überleben. In aller Ruhe tritt er den Rückweg an.
»Und was ist mit der Dekompressionsphase?«
Jiaying hat Recht. Sie müssen erst noch eine Weile reinen Sauerstoff atmen, bevor Sie das Airlock verlassen können. In der Druckkammer sind sie vor dem Sonnensturm fast ebenso ungeschützt wie hier draußen.
»Eine Stunde, Jiaying, eine Stunde bloß. Da bleibt mehr als genug Zeit.«
Die Chinesin ist vor ihm am Schott. Sie will sich mit den Füßen hineinschwingen, holt mit dem Unterleib aus – und lässt die Umrandung der Luke los. Ihr Schwung trägt sie vom Raumschiff weg in die Tiefen des Alls. Jiaying kreischt überrascht ins Mikrofon. Martin sieht ganz ruhig zu, wie sich ihre Leine aufrollt. Es sind fünf Meter, danach wird die Sicherung sie festhalten.
»Ganz ruhig«, hört er Amy über Funk.
Doch die Sicherung hält nicht. Jiaying hat die Grundregel nicht beachtet und in der Eile ihre Leine nicht eingeklinkt. Der freie Karabiner stößt an den Rahmen des Schotts und entfernt sich dann Zentimeter um Zentimeter vom Schiff. Alles liefe in beängstigender Stille ab, wäre da nicht Jiayings schweres Atmen im Helmfunk. Martin kann ihre Panik spüren, und er merkt, wie sie ihn ansteckt. Die langsame Bewegung, mit der seine Kollegin sich vom Schiff entfernt, sieht ungefährlich aus, doch es gibt nichts mehr, was sie aufhalten kann. Die Nabelschnur ist gerissen.
»Commander an Neumaier, SAFER starten.«
Amy leistet sich keine Schrecksekunde, doch Martin ist kurz verwirrt. Er sieht sich um und sucht nach dem Gerät, dabei hat er ihn längst auf den Schultern. Jetzt muss er

schnell handeln. Der SAFER ist ein ebenso primitiver wie effizienter Raketen-Rucksack, der nach dem Rückstoßprinzip arbeitet. Er überlegt in rasendem Tempo. Zu seiner eigenen Sicherheit würde er die Leine gern ans Schiff gekoppelt lassen. Aber wenn er dann nicht schnell genug ist, erwischt er Jiaying vielleicht nicht mehr, weil ihn seine eigene Leine zurückhält. Macht er sie los, ist er dem All ausgeliefert, falls etwa der Antrieb versagt. Sicherheit für ihn oder Sicherheit für Jiaying? Er überlegt schwitzend, aber er darf nicht zögern. Egal, denkt er, macht den Karabiner seiner Leine los, springt leicht schräg nach oben und startet den Düsenrucksack. Stickstoff strömt aus der Düse und schiebt den SAFER an. Er ist jetzt etwas schneller als Jiaying, muss also bremsen, kurz bevor er sie erreicht. Er versucht, ihre Leine zu erwischen, doch die hat durch den Zusammenstoß des Karabiners einen seitlichen Impuls erhalten. Ein weiterer Schub aus den Düsen, und er ist auf Jiayings Höhe. Schnell nimmt er den Haken der Ersatz-Sicherung von seinem Bauchgurt und klemmt ihn an das Lebenserhaltungssystem des anderen Raumanzugs.

»Sehr gut, Martin«, kommentiert die Kommandantin. Er hat keine Zeit zum Antworten, denn in Sicherheit sind sie erst, wenn sie wieder am Raumschiff andocken. Auf dem Funkkanal hört er das schwere Atmen von Jiaying, oder ist es sein eigenes? Er erledigt seinen Job ganz kalt, er ist selbst überrascht, einen Schritt nach dem anderen, Aufregung spürt er jetzt nicht mehr, dafür ist in seinem Kopf gerade kein Platz. Er dreht sich nach rechts, um einen Blick auf Jiayings Gesicht zu erhaschen. Sie sieht bleich aus, aber das kann auch die Beleuchtung sein. Die Steuerungsdüsen springen an. Der SAFER verändert seine Lage im Raum so, dass seine Schubdüsen vom Raumschiff weg zeigen. Jetzt kann Martin Gas geben.

»Drei – zwei – eins – Drehen«. Watson hat alle Parameter ausgerechnet und gibt nun die Kommandos. Sanft stößt Martin mit dem Rücken voran am Raumschiff an. Er greift zu, erwischt den Rand des Schotts und klinkt sich als aller-

erstes wieder ein. Dann zieht er Jiaying an der kurzen Leine heran und bugsiert sie vorsichtig zum Einstieg.
»Danke«, sagt sie über Funk. »Jiaying gesichert.«
Martin folgt ihr. Die Außenluke muss er manuell schließen. Watson setzt das Airlock wieder unter Druck.
»Puh«, sagt Jiaying. Ihr Atem geht immer noch sehr schnell. Das Oberteil des Raumanzugs dürfen Sie nun abnehmen. Er betrachtet Jiaying, die er gerade gerettet hat, und ihm wird warm ums Herz. Ihre Haare sind verklebt. Sie wischt sich den Schweiß von der Stirn. Dann sieht sie ihn an.
»Danke, Martin«, sagt sie, und lächelt ihn an. Das fühlt sich seltsam an. Sein Kehlkopf drückt, er muss sich räuspern und sieht weg. Hoffentlich hat sie nicht gemerkt, dass er gegen die Sicherheitsregeln verstoßen hat, indem er ungesichert zu ihr geflogen ist. Er weiß auch nicht wieso, aber er möchte nicht, dass sie weiß, dass er sich ihretwegen in Gefahr gebracht hat. Jiaying setzt sich auf die Bank im Airlock, streckt die Beine von sich und lehnt sich an. Sie sieht fertig aus. Erst als er sie ansieht, merkt Martin, wie müde er selbst ist. Er muss sich setzen, denn seine Beine fangen an zu zittern. Dann sieht er auf die Zeitanzeige. Sie waren fast drei Stunden draußen. Aber bis zum Flare ist noch genügend Zeit.
»Alles klar, ich entlasse euch fünfzehn Minuten vor der Zeit«, sagt Marchenkos Stimme. Es quietscht. Die Luke wird von innen geöffnet. Amy, Hayato, Marchenko und Francesca warten auf sie. Der Empfang ist ihm unangenehm. Er will Jiaying den Vortritt lassen, doch auch die hat es plötzlich nicht mehr eilig. Die Kollegen haben sich nebeneinander aufgestellt und geben ihm die Hand. Dabei hat er doch nur seinen Job gemacht. Die Kommandantin begrüßt ihn als letzte. Er sucht in ihrem Gesicht nach Zeichen, dass sie seinen Regelverstoß bemerkt hat, doch da ist nur ein herzliches, offenes Lächeln.
»Ab in die Höhle«, sagt Amy schließlich, und er ist froh darüber. Die Höhle ist ein würfelförmiges Modul kurz vor den Lastcontainern. Hier sind sie vor der hochenergetischen Strahlung des Flares geschützt. Aber nicht, weil das Modul

mit irgendwelchen exotischen Materialien versehen wäre, sondern aus einem einfachen Grund: wegen der Wasser-Tanks, die rundherum an der Außenhaut angebracht sind. Wasser schützt hervorragend, zumindest so lange die Tanks noch gut gefüllt sind. Alle quetschen sich in den Würfel der Höhle, der etwa 2,5 Meter Kantenlänge hat. Nachdem das Schott zum Rest des Raumschiffs geschlossen ist, hat jeder eine Wand des Würfels für sich. Wer schlafen will, kann in einen Schlafsack kriechen und die für Arme, Beine und Rumpf vorgesehenen Gurte nutzen, um nicht im Schlaf davongetrieben zu werden.
Da niemand weiß, wie lange der Sonnensturm dauern wird, beginnt die Crew, sich in die Schlafsäcke zu begeben.
»Einen Moment noch«, sagt Jiaying leise. Alle anderen schauen sie an. Sie blickt auf den Boden.
»Es tut mir leid, ich habe einen Fehler gemacht und euch damit in Gefahr gebracht. Ganz besonders dich, Martin.« Sie sieht ihn an, und schon wieder spürt er, wie Röte sein Gesicht überzieht.
»Ist ja nichts passiert. Ich wollte den SAFER schon immer mal ausprobieren.«
Eine glatte Lüge, doch er hofft, dass das niemand merkt. Wenn er daran denkt, wie er ohne Sicherung auf einer Gasflasche durch das All geritten ist, wird ihm ganz komisch. Zum Glück hatte er währenddessen keine Zeit zum Nachdenken. Niemand sagt etwas. Was sie wohl denken? Er will sich schon zur Wand umdrehen, als Marchenko die Stille durchbricht.
»Ihr glaubt ja nicht, was mir mal auf einer russischen Mission passiert ist.«
Martin sieht sich um. Die Gesichter aller Crewmitglieder entspannen sich, als der Bordarzt mit einer seiner Erzählungen beginnt. Martin dreht sich zu seiner Wand und schließt die Augen. Während Marchenko Lagerfeuer-Geschichten zum besten gibt, döst er langsam ein.

15. August 2046, ILSE

»Crew der ILSE, bitte im Kommandomodul erscheinen.«
Was die Stimme Watsons da verkündet, ist eine Art Mobilmachung: keine Einladung der Kommandantin, sondern das Zeichen, dass eine Botschaft von der Erde auf sie wartet, die die gesamte Crew gemeinsam anhören muss. Martin weiß, dass solche Bekanntmachungen für besondere Zeiten reserviert sind. Er hat gerade auf seinem Bett gedöst und ist zu schnell aufgesprungen. Nun schlägt nicht nur sein Herz schneller, sondern ihm ist von der plötzlichen Lageänderung auch noch übel. Was kann der Befehl bedeuten? Wird man ihnen einen Missionsabbruch verkünden? Ist auf der Erde ein Weltkrieg ausgebrochen? Haben die imaginären Enceladus-Bewohner sich von selbst gemeldet und ihre Besucher ausgeladen? Es muss eine Nachricht dieser Kategorie sein, wenn man sie auf solche Art ins Kommandomodul zitiert.
In der Nabe trifft er Marchenko, der von rechts kommt und damit Vortritt hat. Martin nickt ihm zu, doch der Arzt scheint ihn gar nicht zu bemerken. Welche Szenarien er sich wohl ausmalt? Er ist der letzte, der noch gefehlt hat. Niemand will sich am Esstisch setzen, alle warten darauf, dass die Kommandantin die Nachricht abspielt.
»Ich weiß selbst nicht, was sie uns sagen wollen«, meint Amy. Martin ist nicht überrascht. Irgend etwas Schreckliches muss passiert sein, zumindest in den Augen von Mission Control. Es gelingt ihm nicht, sich zu fürchten. Er schläft schon zu lange in 30 Zentimeter Abstand von der lebensfeindlichsten Umgebung überhaupt. Was soll ihnen passieren? Die ILSE funktioniert offensichtlich wie vorgesehen, sonst käme die Botschaft nicht von der Erde, sondern in gellenden Alarmtönen von der Künstlichen Intelligenz. Vielleicht wären sie auch schon tot. Aber das sind sie nicht.

Martin betrachtet die anderen. Marchenko, der rechts vor ihm steht, scheint sehr gefasst. Er hat die Arme in die Seiten gestemmt und blinzelt aus seinen kleinen Augen. Francesca, die Pilotin, schwebt an der rechten Seite. Sie macht einen genervten Eindruck. *Was will die Erde denn jetzt schon wieder von uns?,* scheint sie zu denken. Hayato ist der, der am meisten Angst ausstrahlt. Vielleicht, weil er Vater wird. Die Mission ist nicht nur seine Zukunft, sondern auch die seines Kindes. Er streicht sich mit den Fingern durch die Haare und kratzt sich immer wieder am Oberkörper. Jiaying sieht eher nervös aus. Sie hat wohl registriert, dass keine unmittelbare Gefahr droht. Aber die Art der Mitteilung versetzt sie in Aufregung. So interpretiert Martin jedenfalls, dass sie an ihrem Ohrläppchen spielt und sich auf die Lippen beißt. Was ist mit ihm? Was werden die anderen über ihn denken? Er prüft seine Positur, öffnet die Arme und nimmt eine lockere Haltung ein. Er ist ganz entspannt, sagt er sich, in der Hoffnung, dass sich die Haltung auch auf die Psyche auswirkt.
Amy kann er schwer beurteilen. Sie wirkt so weich, wie sie da vor allen steht, ganz locker. Während Francesca immer Verteidigungsstellung einnimmt, vermittelt die Kom-man-dantin das Gefühl, dass sie leicht zu überrumpeln wäre. Doch genau das führt dazu, dass man sich gar nicht traut, auf sie einzuschlagen. Das ist wahrscheinlich wahre Stärke.
»Okay.« Alle sehen zu ihr.
»Ich starte jetzt die Nachricht. Siri. Botschaft von Mission Control abspielen.«
»Bestätigt.«
Der Computer projiziert das Bild ihres indischen CapCom auf das Nebel-Display. Der Rechner wartet, bis sich das Standbild stabilisiert hat, dann beginnt Devendra zu sprechen.
»CapCom für ILSE hier.«
Devendras breites Lächeln ist nicht verschwunden, aber seinen Augen ist anzusehen, dass es ihn Anstrengung kostet.

»Ich mache es kurz. Erst die Nachricht, dann die Erläuterung, und dann könnt ihr Fragen formulieren, die wir in der nächsten Ausstrahlung nach bestem Wissen beantworten werden.«
Martin sieht sich um. Jiaying ist bleich geworden. Marchenko hat die Zähne zusammengebissen.
»Mission Control ist zu der Auffassung gelangt, dass die ILSE 2, die zum Rendezvous mit euch in der Enceladus-Umlaufbahn unterwegs war, rettungslos verschollen ist. Das heißt, dass eure Mission mit hoher Wahrscheinlichkeit gescheitert ist. Die Wissenschaftler sind sich noch nicht einig, wie hoch die Wahrscheinlichkeit ist. Die Tendenz geht dahin, dass wir zumindest mit einem Totalverlust rechnen müssen.«
Martin spürt, wie das Blut aus seinen Wangen weicht. Ihm wird kalt. Devendra hat ihnen gerade so etwas wie ein Todesurteil verkündet. Sie sind noch nicht tot, aber sie werden es ziemlich sicher nicht lebendig zurück schaffen. Francesca kann nicht an sich halten und brüllt etwas auf Italienisch durch den Raum. Jiaying geht zum Tisch. Ihr laufen Tränen über die Wangen. Marchenko klopft mit den Fingerknöcheln gegen die Wand. Amy und Hayato bleiben ruhig. Der Japaner hat einen Arm um die Kommandantin gelegt.
»Die Erläuterung. Vor zwei Tagen hat Mission Control versucht, ILSE 2 planmäßig aus dem Schlafmodus zu wecken. Ohne Erfolg. Euer Schwesterschiff reagiert nicht auf Funkbefehle. Wir haben wirklich alles versucht. Wir wollten euch die Nachricht erst übermitteln, nachdem wir alles probiert hatten. Mission Control hat keine Erklärung für das Versagen, nur Vermutungen. Eigentlich nur eine Vermutung. Das Schiff muss von einem katastrophalen Ereignis getroffen worden sein, das jegliche Kommunikation unmöglich macht. Wahrscheinlich ein schwerer Meteoritentreffer, so unwahrscheinlich er ist. Wenn sich an diesem Zustand nichts ändert, behindern zwei Probleme ein glückliches Ende eurer Mission. Erstens – die Nahrung wird knapp. Unsere Experten haben allerdings ausgerechnet,

dass mit leicht reduzierter Kalorienzufuhr und unter extensiver Nutzung des CELSS ein Totalverlust vermeidbar ist.« Sie werden also wohl nicht verhungern.
»Sauerstoff ist sowieso kein Problem, ihr habt genug Strom, und Enceladus ist voller Wasser, sodass ihr die eventuell fehlende Menge leicht selbst gewinnen könnt. Die Systeme sind dafür eingerichtet, Wasser aufzuspalten. Und Treibstoff habt ihr auch genug. Die Ingenieure waren schlau genug, die benötigten 30 Kilogramm Helium-3 in der ILSE unterzubringen. So weit die guten Nachrichten.«
Jiaying weint nicht mehr. Sie sitzt kerzengerade am Tisch. Marchenko hat begonnen, sich durch den Raum zu bewegen. Francesca flüstert etwas. Hayato und Amy stehen immer noch umarmt da. Martin könnte jetzt auch jemanden brauchen, der ihn umarmt.
»Das Hauptproblem ist die Stützmasse, die euren Triebwerken den Impuls verleiht.«
»Deuterium, schwerer Wasserstoff.« Hayato spricht die Worte ganz leise aus.
»Die Stützmasse, die ihr für den Rückflug braucht, ist in der ILSE 2 gespeichert. War. Das heißt, sie ist es wahrscheinlich immer noch, aber ihr kommt nicht mehr heran. Wenn ihr noch zur Erde zurückkommen wollt, müsst ihr sofort zu bremsen beginnen. Selbst dann ist eure Rückkehr zur Erde ungewiss, denn euch fehlt die Stützmasse, um das Raumschiff für den Rückflug zu beschleunigen. Die Vorräte sind so großzügig bemessen, dass ihr zwar noch auf die jetzige Reisegeschwindigkeit kommt, aber dann nicht mehr bremsen könnt. Oder ihr beschleunigt nur mit halber Kraft, doch dann dauert die Reise doppelt so lange und ihr verhungert wahrscheinlich. Wir würden aber auf jeden Fall versuchen, euch von der Marsbahn aus entgegen zu kommen, um euch rechtzeitig abzufangen. Planungen dafür laufen bereits. Space-X stellt die Heart of Gold zur Verfügung. Ihr könntet die Mission aber auch fortsetzen. Vielleicht ist ja nur die Antenne der ILSE 2 beschädigt, und das Schiff wartet bei eurer Ankunft auf Enceladus auf euch. Wenn nicht, strandet ihr dort. Das ist keine schöne Perspektive. Mission Con-

trol empfiehlt deshalb den sofortigen Abbruch. So weit, was wir euch zu diesem Zeitpunkt sagen können. Es ist eure Entscheidung. Wir erwarten eure Antwort. Es tut mir leid. CapCom out.«
Gleich nach dem letzten Wort von Mission Control hebt Amy die Hände.
»Bitte hört mir kurz zu. Wir müssen nichts übereilen. Es ist fast egal, wann wir uns entscheiden. Setzen wir uns an den Tisch?«
Niemand reagiert. Martin würde Amy gern den Gefallen tun, aber er kann sich jetzt nicht setzen. Auch Francesca und Marchenko bleiben stehen.
»Was haltet ihr von der Analyse durch Mission Control?«
Amy will anscheinend unbedingt ein Gespräch zustande bringen. Ob das gerade eine gute Idee ist?
»Das sind ein paar verdammte Arschlöcher«, schnaubt Marchenko. »Pisdjuki! Ich möchte wissen, auf wessen Konto das geht. So ein Schiff verschwindet doch nicht so einfach.«
»Es sind Szenarien möglich, bei denen genau das passiert«, sagt Martin.
Marchenko springt mit puterrotem Gesicht in Boxerstellung, als wolle er sich mit ihm schlagen. In der Schwerelosigkeit sieht das lustig aus. Martin muss sich anstrengen, nicht loszulachen. Dabei ist er gerade zum Todeskandidaten geworden. Er schüttelt den Kopf. Wenn er nicht aufpasst, dreht er hier noch durch.
»Langsam, Dimitri.« Hayato sieht dem Arzt ins Gesicht, und der scheint sich zu beruhigen. »Es sieht zwar alles sehr mies aus, aber wir sollten trotzdem in Ruhe überlegen.«
Jiaying putzt sich die Nase. Das würde sie sonst in der Öffentlichkeit immer vermeiden.
»Ich sehe da noch ein paar offene Fragen«, setzt Hayato fort, »die wir mit Mission Control besprechen müssen. Punkt 1, ILSE 2. Das Schiff ist uns zwei Wochen voraus. Das ist nicht viel. Vielleicht ist bloß die Hauptantenne defekt. Zur Kommunikation von unserem Schiff aus könnte aber auch die Zweitantenne genügen. Das müssen wir auspro-

bieren. Punkt 2, die Stützmasse. Wir brauchen etwa eine Tonne Deuterium. Das ist gar nicht so viel. Allerdings sehe ich keinen Weg, wie wir selbst schweren Wasserstoff aus dem Enceladus-Eis gewinnen können. Aber vielleicht können wir das Deuterium durch normalen Wasserstoff ersetzen.«
»Die Wasserstoff-Atome sind nur halb so schwer«, hört Martin sich sagen.
»Ich weiß. Aber die Masse geht linear in den Impuls ein. Also brauchen wir bloß die Durchflussrate zu verdoppeln. Ich weiß nicht, ob die DFDs das zulassen, das muss uns Mission Control sagen. Wenn ja, bräuchten wir bloß noch zwei Tonnen Wasserstoff herzustellen, und der entsteht quasi automatisch mit, wenn wir auf Enceladus unsere Sauerstoffvorräte auffrischen. Da hat das Bodenteam wenigstens etwas zu tun. Warum sind die eigentlich nicht von selbst darauf gekommen?«
Martin schüttelt sich. Hayato hat es geschafft, dass die Todesnachricht gar nicht mehr ganz so dramatisch aussieht. Das scheinen aber nicht alle so zu sehen.
»Ich denke, wir sollten umkehren«, sagt Francesca.
Martin ist verblüfft. Ausgerechnet die Pilotin, die sich von nichts einschüchtern lässt?
»Ich bin es leid, für die Erde die Heldin zu spielen. Die haben es nicht geschafft, die Mission sicher zu planen, und wir sollen ihnen die Kartoffeln aus dem Feuer holen. Das kommt mir alles sehr bekannt vor.«
Hat es etwas mit ihren Militäreinsätzen zu tun? Martin kann sich das gut vorstellen.
»Francesca hat Recht.« Marchenko spricht, während er sich durch den Raum bewegt. »Das war ja von Beginn an eine Selbstmord-Mission, aber irgendwann ist eine Grenze erreicht. Ich bin dafür, dass wir abstimmen.«
Die Kommandantin schüttelt den Kopf. »Dafür ist es zu früh. Es gibt zwei Fragen, die wir klären müssen. Wir entscheiden gar nichts, bevor wir die Antworten kennen.«

23. Oktober 2045, NASA

»Morgen geht es auf den Mt. Everest. Aber Sie können Wanderschuhe und Rucksack zu Hause lassen«, hatte ihm Willinger gestern angekündigt. Sie waren wieder vor dem Gebäude des Medical Institute verabredet. Große Höhe, das bedeutete niedrigen Luftdruck. Martin war nicht überrascht, dass Willinger sie in einen Raum mit einem großen Tank führte. Eine Druckkammer. Verantwortlich war hier ein Arzt. »Unterdruck und eine geringe Sauerstoff-Sättigung machen sich bei jedem Menschen anders bemerkbar. Hier geht es darum, dass Sie an sich selbst diese Anzeichen bemerken. Vielleicht erleidet Ihr Raumschiff mal einen Druckverlust, die Sensoren versagen. Dann sollten Sie Gegenmaßnahmen einleiten, bevor es zu spät ist. Viel Zeit haben Sie nämlich nicht. Wenn Ihr Gehirn drei Minuten lang ohne Sauerstoff bleibt, sind Sie tot.«
Der Mann im weißen Kittel, der sich ihnen nicht namentlich vorgestellt hatte, führte sie in den Keller. Willinger kannte ihn anscheinend, denn er tuschelte ab und zu mit ihm. »HAI-Lab« stand an der Tür, die der Arzt schließlich mit seiner Chipkarte öffnete. Der Raum war groß wie ein Klassenzimmer; den meisten Platz nahm darin eine Art Gastank ein, ein liegender Zylinder mit einem Einstieg am Ende.
»Unser HAI, kurz für High Altitude Indoctrination Device. Anderswo würde man wohl Druckkammer sagen. Sie wissen ja – das Militär mit all seinen Abkürzungen.«
Martin hatte fast vergessen, dass sie sich noch immer auf dem Navy-Gelände befanden.
»Dann mal rein in die gute Stube.«
Der Arzt zog am Griff der Eingangsklappe, die sich quietschend öffnete.
»Muss auch mal wieder geölt werden.«
Die Kammer war innen erstaunlich geräumig. Sie wurde

von LEDs an der Decke in warmes, weißes Licht getaucht. Links und rechts an der Seite standen Sitzbänke; die Wände dahinter waren gepolstert. An der Decke verliefen Schläuche. Einige endeten in Atemmasken, die oben in Schlaufen baumelten. Am Stirnende der Kammer war eine Videokamera auf ein Stativ montiert, die den gesamten Raum im Blick hatte.
»Wir werden jetzt erst einmal auf 8000 Fuß steigen, um zu sehen, wie Sie mit dem Unterdruck zurechtkommen, und dann auf 26.000.«
Martin rechnete die Zahlen im Kopf auf Meter um, erst knapp 2500, dann knapp 8000 Meter, wie auf einem der Himalaya-Gipfel, nur ohne Kälte und Wind.
»Um Willinger und Sie vor der Taucherkrankheit zu schützen, werden Sie vor dem Aufstieg eine Weile reinen Sauerstoff atmen. Dadurch senken wir den Partialdruck des Stickstoffs in Ihrem Blut und vermeiden, dass der bei rascher Druckänderung Blasen bildet. So eine Lungenembolie ist keine Lappalie. Also bitte.«
Der Arzt reichte ihnen je eine Atemmaske, die er an einem elastischen Seil von der Decke zog.
»Aufsetzen und ganz normal weiteratmen. Ich wünsche einen guten Flug.«
Der Mann verließ die Druckkammer. Martin hörte das Quietschen des Drehverschlusses. Eine Weile tat sich gar nichts. Dann spürte er das tiefe Brummen eines Aggregats, das nun wohl die Luft absaugte.
»8000 Fuß«, kam die Stimme des Arztes durch die Lautsprecher. »Funktioniert der Druckausgleich?«
Martin hatte damit noch nie Probleme gehabt. Er musste einfach nur schlucken, um den »Plop« in seinen Ohren zu erreichen.
»Alles bestens«, sagte er.
»Maske auflassen. Geben Sie Handzeichen.«
Martin formte das OK der Taucher mit den Fingern.
»Wir steigen weiter. Dauert jetzt ein bisschen länger.«
Martin musste mehrere Male schlucken. Trotzdem wurde

der Druckunterschied irgendwann so groß, dass er kräftig in die Nase atmen musste, um für den Ausgleich zu sorgen.
»Wir sind da, 26.000 Fuß. Willkommen auf dem Mt. Everest. Auf mein Zeichen nehmen Sie die Maske ab. Atmen Sie ganz normal weiter. Das Ziel sind maximal vier Minuten. Kein falscher Ehrgeiz bitte, wir wollen doch Ihre Gehirnzellen nicht unnötig schädigen. Ich werde Ihnen zwischendurch ein paar Aufgaben stellen. Bitte achten Sie bei sich selbst auf Symptome einer Hypoxie. Ich erinnere daran, was Sie gelernt haben: Benommenheit, Müdigkeit, Taubheitsgefühle oder Kribbeln in den Extremitäten, Übelkeit, Atemschwierigkeiten sind möglich, aber es müssen nicht die einzigen Symptome sein. Jeder Mensch reagiert anders. Gut, also nun die Maske absetzen.«
Martin holte noch einmal tief Luft, als müsse er sie gleich anhalten, dann nahm er die Maske vom Gesicht. Willinger lächelte ihn aufmunternd an. Er saß ganz entspannt, hatte sich an die Wand gelehnt und die Beine von sich gestreckt, sagte aber nichts. Die ersten Atemzüge fühlten sich nicht anders an als am Boden. Martin war überrascht. Dass er jedes Mal etwa zwei Drittel weniger Sauerstoff als gewohnt in seine Lungenflügel beförderte, fiel dem Körper nicht sofort auf.
Doch im Blut sank die Sauerstoffkonzentration sehr schnell. Das Gewebe, das am ehesten darauf reagiert, sind die Nervenzellen des Gehirns – und so waren es auch seine grauen Zellen, die ihn vor der Gefahr warnten. Martin merkte, dass es ihm schwer fiel, sich auf die Fragen des Arztes zu konzentrieren. Zweistellige Zahlen zu multiplizieren, war eigentlich eine leichte Übung, aber er vergaß die Zwischenergebnisse. Nach einer Minute setzte ein stechender Kopfschmerz ein. Er massierte seine Schläfen, was ein wenig half. Das größte Problem aber bestand darin, dass er die Symptome klar als Folge dessen einordnete, zu wenig Luft zu bekommen. Also versuchte er unwillkürlich, das auszugleichen, indem er schneller atmete. So funktionierte das Atemsystem aber nicht. Der Gasaustausch in den Lungenbläschen ließ sich nicht durch schnellere Atemzüge

beschleunigen. Martin wusste das, doch sein Verstand, der mit der schlechten Sauerstoffversorgung kämpfte, konnte das seinem Körper nicht beibringen. Er atmete immer schneller und bekam doch immer weniger Luft. Plötzlich setzte sich Willinger auf, lehnte sich zu ihm herüber und hielt ihm mit der Hand den Mund zu. Er konnte gar nicht mehr atmen.

»Langsam, ganz langsam«, sagte der Astronaut, und nahm seine Hand wieder weg. Martin konzentrierte sich und atmete tief und langsam ein. Die Ruhe übertrug sich.

»Noch zwei Minuten.«

Martin konnte gar nicht fassen, dass erst die Hälfte der Zeit vergangen war. Die Sekunden hatten sich endlos gedehnt. Seine Atmung normalisierte sich, je weniger er an sie dachte. Er betrachtete seine Finger, in deren Spitzen er ein leichtes Kribbeln fühlte. Er dachte an ein Steak und spürte Appetit, keine Übelkeit. Multiplizieren konnte er nicht mehr, aber er konnte Anweisungen folgen.

»Heben Sie den linken Arm und zeigen Sie mit dem Ringfinger auf Ihre Nase.«

Kein Problem.

»Verschränken Sie die Arme. Und nun wechseln Sie die Richtung der Verschränkung.«

Fertig.

»Linke Hand auf rechtes Knie, rechte Hand auf linke Schulter.«

»Sehr schön. Ihre Zeit auf dem Gipfel ist jetzt abgelaufen. Maske bitte wieder aufsetzen, wir landen.«

16. August 2046, ILSE

»Guten Morgen«, begrüßt sie Amy. »Mission Control lässt noch bei Princeton Satellite Systems prüfen, wie sich eine verdoppelte Durchflussrate auf die Triebwerke auswirkt. Und wegen der ILSE 2 haben wir einen Auftrag.«
Martin hat heute Nacht schlecht geschlafen, und den anderen scheint es ähnlich zu gehen. Jiaying gähnt, Francesca schwebt mit geschlossenen Augen in der Nähe der Tür.
»Habt ihr mich alle gehört? Eine Reaktion wäre nett.« Der Kommandantin ist anzuhören, dass ihre Nerven blank liegen. »Wo ist überhaupt Marchenko?«
Niemand antwortet ihr.
»Martin, sieh doch nachher gleich mal in seiner Kabine vorbei.« Er kräuselt die Lippen. Warum er?
»Bitte, Martin«, sagt Amy.
Er ringt sich ein Nicken ab. Dann fragt er: »Und was will Mission Control von uns?«
»Ihnen ist eingefallen, dass es tatsächlich eine gute Idee sein könnte, wenn wir versuchen, Kontakt zur ILSE 2 aufzunehmen. Vielleicht ist wirklich nur ihre Hauptantenne defekt. Wir sind viel näher dran. Mit unserer Sendeleistung könnte es gelingen, die Ersatzantenne anzusprechen, die für den Nahbereich gedacht ist.«
»Und das heißt?« Francesca scheint jetzt wach zu sein.
»Wir müssen unsere Antenne neu ausrichten«, antwortet Amy.
»Das sollte doch die KI übernehmen können? Wenn wir in ein paar Monaten mit den Triebwerken voraus bremsen, muss sie ja auch um 180 Grad gedreht werden?«
»Das stimmt, Martin, jedenfalls theoretisch. Praktisch ist es so, dass die Hauptantenne sich automatisch selbst ausrichtet, und zwar auf die Erde. Egal, was mit dem Schiff passiert, selbst wenn alle anderen Systeme ausfallen, kann die

Antenne unseren Notruf immer noch in die passende Richtung senden. Sogar wenn die ILSE ins Trudeln gerät.«
»Schlau ausgedacht«, meint Martin.
»Leider ist das System wirklich autonom. Watson hat keinen Zugriff darauf.«
»Und wie können wir das ändern?« Francesca fragt, als kenne sie die Antwort schon. Amy versteht und lächelt.
»Du hast es erraten. Wir machen es auf die gute alte Art, mit der Hand.«
»Oh, das würde Mitja Spaß machen. Zu dumm, dass er verschlafen hat.« Niemand außer Francesca nennt Marchenko beim Vornamen, und auch sie hat erst vor kurzem damit angefangen.
»Wie genau darf ich mir das vorstellen?« Martin hätte lieber ein Programm umgeschrieben, aber er ahnt, dass wohl wieder eine EVA auf sie wartet.
»Unsere 4-Meter-Schüssel sitzt auf einem Kugelkopf und lässt sich mit Linearmotoren in jede Richtung drehen. Diese Motoren haben nicht viel Kraft. Die Antenne wiegt ja so gut wie nichts. Wir gehen raus, drehen sie in die richtige Position und halten sie fest, bis wir ILSE 2 erreicht haben. Sobald die EVA-Crew loslässt, richten die Motoren die Schüssel wieder auf die Erde aus.«
Hightech versus Muskelkraft. Das ist Raumfahrt, wie sie Marchenko oder Willinger gefallen müsste. Martin muss plötzlich wieder an seinen Ausbilder bei der NASA denken, der ihn vor der Mission ohne Wiederkehr gewarnt hatte.
»Wäre nur noch zu klären, wer geht«, stellt die Kom-man-dantin fest. »Freiwillige?«
Francesca meldet sich sofort. »Ich brauche mal wieder frische Luft. Haha. Und je eher wir das geklärt haben, desto schneller können wir den Rückflug antreten.«
Amy schluckt.
»Und ich bin wohl auch mal wieder an der Reihe.« Hayato steht ebenfalls auf.
»Gut, ihr könnt die Prozedur dann gleich starten. Man sieht sich dann am Airlock. Martin, du denkst an den Besuch bei

Marchenko. Nicht, dass unser Arzt noch krank geworden ist.«

Was wird sich die Kommandantin bloß dabei gedacht haben, ausgerechnet ihn nach Marchenko sehen zu lassen? In der Gegenwart des sehr erfahrenen Kosmonauten fühlt sich Martin immer wie ein Schuljunge, der zum ersten Mal auf einem Schiff angeheuert hat. Er steckt in der Röhre, die zur Kabine des Russen führt. Eine Minute später klopft er an seiner Tür.
Keine Antwort.
Er drückt den Öffnungsknopf und die Tür schwingt auf. Marchenko hat seine Kabine nicht verriegelt. Ein muffiger, süßlich-feuchter Dunst schlägt ihm entgegen. Das ist eigentlich unmöglich, denn die Lüftung ist zentral gesteuert. Marchenko liegt im Trainingsanzug auf seinem Bett und schläft selig. Ein Lächeln umspielt seine Lippen. Wahrscheinlich träumt er. Auf seinen Ohren liegt ein Kopfhörer, der mit einem kleinen Gerät verbunden ist. Es sieht altmodisch aus. Könnte das ein iPod sein? Martin hat von diesen Geräten gehört, die nur Musik abspielen konnten. Müssen in den 1980ern erfunden worden sein, glaubt er. Martin inspiziert die Kabine. Vor dem Bett liegt eine Zigarettenschachtel. Er kann es gar nicht glauben. Der Russe muss die Klimaanlage manipuliert haben. Tatsächlich sind die Lüftungsschlitze mit Textilien verstopft. Am Fußende des Bettes erkennt er eine leere Glasflasche, deren Etikett russisch bedruckt ist. Hat er also doch noch geheime Vorräte gehabt. Marchenko scheint sich alle Mühe zu geben, die Klischees zu erfüllen.
Martin fasst ihn an der Schulter. Der Russe schreckt hoch, beinahe stoßen ihre Köpfe zusammen.
»Was ... machst du denn hier?«
»Du hast auf nichts reagiert, da hat mich Amy...«
»Wie spät ist es?«
»10 Uhr Bordzeit.«
Marchenko setzt sich auf. Martin riecht seine Fahne.

»Mist«, sagt er. »Da ist wohl was aus dem Ruder gelaufen.« Er kratzt sich hinter dem Ohr. »Francesca wird sauer sein.«
»Davon war ihr nichts anzumerken. Sie hat sich für eine EVA gemeldet.«
»Das sieht ihr ähnlich. Natürlich lässt sie sich nichts anmerken. Aber ich kenne sie besser. Sie kann ganz schön ... anstrengend sein.«
»Hier sieht es ja aus ...«
»Ich weiß. Kommt nicht wieder vor.« Marchenko betrachtet die Glasflasche. »Ist sowieso leer.«
»Was ist denn los?« Martin kann es selbst nicht fassen, dass er diese Frage stellt. Will er es wirklich wissen? Geht es ihn etwas an?
Marchenko sieht ihm offen ins Gesicht. »Ich habe mich gestern noch mit Francesca gestritten. Weil sie die Mission abbrechen will.«
»Aber du wolltest das doch auch?«
»Ganz kurz, ja. Aber eigentlich ist es doch sowieso egal. Es war von Anfang an unsicher. Ich habe Francesca gesagt, dass ich gegen den Abbruch stimmen werde, wenn wir die Stützmasse auf Enceladus mit Wasserstoff ergänzen können. Das hat sie irgendwie als Verrat interpretiert.«
»Hm.« Martin weiß nicht, was er dazu sagen soll. Geht ihn das überhaupt etwas an?
»Ich weiß nicht, was ich für sie bin«, sagt Marchenko. »Ich dachte immer, wir schlafen eben miteinander, wie das Erwachsene so tun, die nur noch eine begrenzte Zeit vor sich und Spaß haben wollen.«
Martin ist überrascht, lässt sich aber nichts anmerken. »Das sieht sie anders?«
»Nje snaju. Ich weiß nicht. Wir haben nie darüber gesprochen. Sieht aber so aus. Mist.«
Amy hätte selbst kommen sollen, denkt Martin. Was kann ich denn schon dazu sagen? Ihm fällt nur eine logische Antwort ein.
»Dann solltet ihr vielleicht mal darüber sprechen.«
»Ja, du Schlaukopf, so weit bin ich auch, aber versuch das

mal mit einer wütenden Francesca. Warum ist wohl der Spiegel dort gesprungen?«
Martin stellt sich die Szene vor. Marchenko wirkt auch nicht so, als würde er schnell klein beigeben.
»Sie hat dich vorhin Mitja genannt. Das ist doch ein Kosename? So wütend kann sie ja dann nicht mehr sein.«
Marchenko streckt seinen Oberkörper und sieht ihn an. »Wirklich?«
Martin nickt.
»Das ist eine gute Nachricht. Dann mal raus aus meiner Kabine, damit ich mich anziehen kann.«

Zwei Stunden später öffnet sich die Außenluke des Airlock und zwei Gestalten in Raumanzügen betreten die Außenhülle des Schiffes. Jiaying und Martin beobachten aus dem Kommandomodul, wie die beiden vorankommen. Marchenko und Amy warten am Airlock. Vom Ausstieg ist es nicht weit zur Schüssel der Hauptantenne. Sie ist an einem über zwei Meter hohen Mast angebracht und sieht derzeit fast genau nach hinten, in Richtung Erde. Die beiden Astronauten – eigentlich hätte einer gereicht – müssen sie beinahe in die entgegengesetzte Position manövrieren. Das ist keine schwere Arbeit, aber eine Geduldsprobe, denn sobald sie lockerlassen, versucht die Mechanik, die Antenne in die Ausgangslage zu bringen.
Mission Control hat ihnen zuvor überspielt, wo man die ILSE 2 vermutet, falls sie ihre Reise fortgesetzt hat. Während ihres Experiments ist keine Verbindung zur Erde mehr möglich. Watson hat die Aufgabe, die Position der Antenne mit den vorgegebenen Daten abzugleichen. Dazu hören die beiden Raumspaziergänger einen rhythmischen Ton im Helmfunk. Je näher sie ans Ziel kommen, desto schneller wechselt die Tonhöhe.
Martin schaltet sich in den Helmfunk ein.
»Piep--piep--piep.« Vielleicht zwei Sekunden Abstand. Er beobachtet die Kollegen über die Kamera. Francesca dreht die Antenne, Hayato sichert sie.
»Piep-piep-piep«. Sie kommen näher.

»Pieppieppiep piep--piep--piep. Mist.« Francesca flucht. Noch einmal, und wieder überdreht sie die Antenne leicht. Martin hört, dass sie schneller atmet. Der nächste Versuch, und erneut geht es schief. Hayato legt ihr die Hand auf die Schulter.
»Soll ich es mal probieren?«
Die Pilotin seufzt. »Ja, bitte, ich bin heute zu nichts zu gebrauchen.« Sie wechseln die Position. Hayato ist an der Reihe.
»Pieppieppieppiep.« Das ist der Ton, der die optimale Lage anzeigt.
»Watson, nach Sonderanweisung ILSE 2 kontaktieren«, befiehlt Martin. Die KI antwortet nicht, doch er kann auf dem Bildschirm ihre Aktivität verfolgen. Werden sie das verlorene Raumschiff finden?
»Verbindung hergestellt.« Martin erschrickt. Er ist es nicht mehr gewöhnt, auf Funksignale sofort Antwort zu erhalten. Die ILSE 2 muss sich wirklich in ihrer Nähe befinden, und sie scheint nicht gänzlich funktionsunfähig zu sein.
»Hayato, einen Moment.«
Martin sieht auf dem Bildschirm, wie die Statusmeldungen der ILSE 2 eintreffen. Die Datenrate ist gering. Sie kommunizieren offensichtlich mit der Low-Gain-Antenne, die eine geringe Reichweite hat, aber weniger Energie braucht. Wenn sie die Daten auswerten, werden sie sehen, ob bloß die Hauptantenne defekt ist – ein gutes Zeichen – oder aber genereller Energiemangel herrscht.
»Übertragung beendet«, meldet Watson nach exakt sieben Minuten. Die EVA-Crew kann wieder hereinkommen. Mission Control hat darum gebeten, die Daten selbst auszuwerten, also werden sie erst nach der nächsten Schicht wissen, wie ihre Chancen stehen.

17. August 2046, ILSE

»Es tut mir leid, euch mitten in der Nacht zu wecken«, sagt Amy, »auch wenn ihr gerade frei habt, aber ich dachte, die neuen Daten von Mission Control interessieren euch.«
Einmütiges Nicken unter allen Anwesenden. Jeder will gern wissen, ob die Mission noch eine Chance hat.
»Zuerst die schlechte Nachricht. Watson?«
»Das Raumschiff ILSE 2 ist am 25. Juni von einem Meteoriten getroffen worden, der die Verbindung zu den Triebwerken gekappt hat. Ansonsten ist das Schiff weitgehend intakt, doch es hat nicht die Möglichkeit, bei Erreichen der Saturnbahn abzubremsen. Die KI hat es in einen Stromspar-Modus versetzt.«
»Irgendeine Chance, dass wir an den Inhalt der Fracht-räume herankommen?«, fragt Marchenko.
»Die ILSE 2 ist zwar nur etwa zwei Wochen Flugzeit vor uns, aber das können wir kaum aufholen.« Hayato sieht auf sein Tablet, während er die Frage beantwortet. »Wir könnten zwar theoretisch beschleunigen, wir haben noch 20 km/s Potenzial, aber was wir jetzt an Geschwindigkeit zulegen, müssen wir hier«, er tippt auf die Saturnbahn, »wieder loswerden. Und das kostet jede Menge Treibstoff, also Stützmasse. Etwa 80 Prozent dessen, was wir für den kompletten Rückflug brauchen. Also, selbst wenn wir unsere Vorräte dann aus der ILSE 2 ergänzen können, haben wir in der Summe nur 20 Prozent gewonnen. Und das reicht nicht für den Rückflug.«
»Also müssen wir unsere gebratene Gans davonfliegen lassen.« Marchenko seufzt dazu.
»Es sieht ganz so aus«, meint Amy. »Aber Mission Control hat auch noch eine gute Nachricht für uns.«
»Die Fusionstriebwerke«, wieder ist Watson an der Reihe, »sind zwar nicht für eine verdoppelte Durchflussrate kon-

zipiert. Doch Simulationen zeigen, dass sie mit hoher Wahrscheinlichkeit keinen Schaden davon nehmen.«
»Das heißt, wir können unsere Tanks auf Enceladus selbst wieder füllen?« Der Bordarzt kann es offenbar nicht so ganz glauben.
»Korrekt, Dr. Marchenko. Die nötige Hardware, um Wasser in Wasserstoff und Sauerstoff aufzutrennen, ist an Bord. Der Mechanismus wird im Sekundärmotor für die DFDs genutzt, und es wird genügend Zeit sein. Allerdings hat die Verwendung von Wasserstoff statt Deuterium als Stützmasse einen Nachteil. Zu einem gewissen Prozentsatz wird es dann zu einer Wasserstoff-Helium-3-Fusion kommen, bei der Gammastrahlung entsteht. Die Triebwerke besitzen dafür keine ausreichende Abschirmung.«
Francesca schnauft laut, sagt aber nichts. Die Konsequenzen scheinen allen klar zu sein.
»Können wir die Abschirmung vielleicht nachträglich herstellen? Wenn wir zum Beispiel Wasserbehälter vor den Triebwerken anbringen?«
»Nein, Dr. Marchenko. Um Gammastrahlung wirksam abzuschwächen, benötigen wir Material aus Elementen hoher Ordnungszahl, zum Beispiel Blei. Das haben wir nicht in nennenswerter Menge an Bord.«
»Gut. Dann darf ich unsere Optionen zusammenfassen.« Marchenko ist heute wirklich in Fahrt, denkt Martin. »Möglichkeit 1 – wir bremsen sofort und kehren um, werden aber nur zu Hause ankommen, wenn die Erde uns rettet und wir nicht vorher verhungert sind. Option 2 – wir setzen die Mission wie geplant fort, gewinnen auf Enceladus Wasserstoff und fliegen damit nach Hause, werden dort aber hungrig und von Gammastrahlung gegrillt ankommen.«
»Etwas drastisch formuliert, aber so sieht es aus«, sagt Amy.
»Das Missionsdesign lässt noch ein paar Varianten zu«, ergänzt Watson. »Wenn wir auf dem Rückweg von der Erde aus mit Deuterium versorgt werden, müssen wir nur zur anfänglichen Beschleunigung Wasserstoff nutzen, das re-

duziert die Strahlenbelastung der Crew. Die ILSE 2 einzuholen, würde uns ein Fünftel unseres Deuteriumvorrats sichern. Wir bräuchten also weniger Wasserstoff. Außerdem hat die ILSE 2 ausreichend Nahrung für den Rückflug an Bord.«
»Das sind eine Menge 'wenns'«, sagt Marchenko leise. »Aber ich glaube, der Versuch lohnt sich.«
»Sollen wir abstimmen?« Amy sieht sich um. Niemand protestiert.
»Besteht jemand auf einer geheimen Abstimmung?«
»Ihr wisst ja sowieso, dass ich für den Abbruch bin«, sagt Francesca mit gepresster Stimme.
»Gut. Machen wir es kurz. Siri, bitte aufzeichnen und Löschsperre setzen.«
Die KI quittiert den Befehl der Kommandantin.
»Wer ist für den Missionsabbruch?«
Francesca meldet sich. Sie sieht dabei Marchenko an, ihre Augen funkeln.
»Eine Stimme«, zählt Amy das Offensichtliche.
»Wer ist dafür, die Mission fortzusetzen?«
Hayato und Martin melden sich. Nach kurzem Zögern hebt auch Jiaying den Finger.
»Das wären vier«, sagt die Kommandantin. »Ich bin selbst auch dafür.«
»Enthaltungen?«
»Das wäre dann wohl ich«, sagt Marchenko.
»Damit stelle ich fest, dass die Crew mit absoluter Mehrheit beschlossen hat, die Mission fortzusetzen. Siri, Aufzeichnung beenden und an Mission Control übermitteln.«
»Ihr könnt doch nicht einfach kurzen Prozess machen!« Francesca ist ganz rot im Gesicht. Marchenko legt ihr die Hand auf die Schulter, doch sie schüttelt sie ab.
»Francesca?« Amy sieht ihr ins Gesicht.
»Ich ... Das geht doch nicht! Wir haben noch gar nicht richtig darüber diskutiert!«
»Das schien mir in dieser Frage nicht nötig. Das Ergebnis ist eindeutig. Wir ...«
»Es ist mir egal, was ihr vorhabt. Ich habe mich nie für eine

Selbstmord-Mission gemeldet. Hätte ich das gewusst, ich hätte nie meine Kinder ...«
»Francesca, keiner aus der Crew hat Kinder. Das war Bedingung.« Amys Gesicht zeigt eine Mischung aus Verwirrung und Empörung.
»Ja, nein, Scheiße, das Leben ist manchmal etwas komplizierter als in so einer Blitzkarriere wie bei dir.«
Amy zuckt zusammen. »Was meinst du damit?«
»Meine Schwester, es geht um ihre Kinder. Wir haben in einem Haus gewohnt. Kurz vor dem Start habe ich erfahren, dass sie Brustkrebs hat. Unsere Mutter lebt schon lange nicht mehr. Wenn ich nicht rechtzeitig zurückkehre, müssen sie im Heim aufwachsen!« Eine Träne rollt über Francescas rote Wangen.
»Das tut mir wirklich leid, Francesca.« Ein warmes Lächeln umspielt Amys Lippen. »Aber die Entscheidung ist gefallen. Wir werden so oder so zurückkehren, vertrau mir, ja?«
Francesca atmet schwer. Martin sieht, wie sie mit sich kämpft.
»Ach, Scheiße«, sagt sie schließlich, dreht sich um und stürmt aus dem Kommandomodul. An der Luke dreht sie sich um. »Ihr seid schuld, wenn die Kinder allein aufwachsen müssen, ihr alle!« Dann verlässt sie den Raum, indem jetzt nur noch das Geräusch der Lebenserhaltung zu hören ist.

15. November 2046, ILSE

Elf Monate. Martin kann es nicht fassen. Elf mal dreißig Tage, eingezwängt in einen Haufen scheinbar wahllos zusammenmontierter Konservendosen. Nachdem die Entscheidung für die Fortsetzung der Mission gefallen war, hatte ihnen zunächst die Verfolgungsjagd auf ILSE 2 noch etwas Abwechslung verschafft. Martin wundert sich im Nachhinein, dass ausnahmsweise alles so reibungslos funktioniert hat: Beschleunigen, Geschwindigkeit anpassen, Ladung bergen ... Marchenko erwies sich als echter SAFER-Crack und war immer wieder zwischen den beiden Schiffen hin und her gedüst. Beim ersten Anblick der Schäden hatten Martins Hände gezittert. Danach hatte Watson ihnen visuell simuliert, wie sich direkte Treffer am Antrieb oder am Kommandomodul ausgewirkt hätten – ein noch weitaus beunruhigenderes Bild.

Sie haben nun ein Fünftel des Deuteriums an Bord, das sie für den Rückflug brauchen werden, und ihre Nahrungsprobleme sind ein für allemal gelöst. Er liegt auf seinem Bett und starrt an die Decke, an der weiße Wolken über einen blauen Himmel ziehen. Er spielt ein Spiel. Dazu muss er versuchen, sich zu entspannen. Die Schiffssensoren messen seine Parameter, und je entspannter er ist, desto blauer wird der Himmel.

Er ruft sich das Bild der Kommandantin vor Augen. Sie wirkt auf ihn nicht mehr so hart wie früher, mütterlicher. Amys Bauch ist rund. So stark gewölbt, dass es Martin unnatürlich vorkommt, als wäre die geringere Schwerkraft Schuld daran. Immer, wenn er die Kommandantin während einer Schicht oder in der Freizeit wiedersieht, ist der Bauch ein Stück gewachsen. Sie beschwert sich zwar immer, dass sie nicht mehr so gelenkig ist wie früher oder zu schnell außer Puste gerät, doch dazu grinst sie. Marchenko ist zufrieden, die Schwangerschaft verläuft problemlos,

dem Kind geht es gut. Es scheint durch die Mikrogravitation keine Schäden erlitten zu haben. Aber ganz sicher kann der Arzt das erst nach der Geburt feststellen, und selbst dann könnten noch neue Schwierigkeiten auftauchen. Die Frage ist vor allem, wie das Knochenwachstum beeinflusst wird. Die sechs Astronauten sind ausgewachsen, doch selbst bei ihnen verringert sich trotz intensiven Trainings die Knochendichte. Bei Martin hat Marchenko sieben Prozent Verlust gemessen. Das ist noch kein Beinbruch. Wenn sich der Prozess fortsetzt, werden es bis zur Rückkehr zur Erde vielleicht 20 Prozent, ein beherrschbarer Betrag. Martin wird dann nicht im Rollstuhl sitzen müssen.
Francesca, die Pilotin, ist allen außer Marchenko gegenüber viel zurückhaltender als früher. Er kann sich vorstellen, dass sie sich verraten gefühlt hat – nur Marchenko hat sie bei der Abstimmung damals nicht im Stich gelassen. Sie verhält sich nicht offen feindselig, aber die Herzlichkeit fehlt, die ihm schon bei ihrer ersten Begegnung aufgefallen war. Martin hofft, dass sich ihr Verhältnis mit der Zeit wieder normalisiert.

Mit einem Mal ist es still, völlig still, nur für eine oder zwei Sekunden, doch Martin hat sich so an den konstanten Lärm im Hintergrund gewöhnt, dass die Stille wie ein Schlag auf den Kopf wirkt. Das Licht flackert. Dann setzen die Geräusche wieder ein. Er spürt einen Lufthauch im Gesicht. Kalter Schweiß entsteht auf seinem Rücken.
»Hauptrechner erfolgreich rebootet«, meldet sich Siri. »Energieversorgung online. Batteriekapazität bei 99 Prozent. Navigation, Lebenserhaltung, Kommunikation online. Antrieb offline.«
Antrieb offline? Martin schnellt nach oben und stößt sich den Kopf. An der Decke formen sich Gewitterwolken, aus denen Blitze schießen.
»Ganze Mannschaft in das Kommandomodul.« Das ist Amys Stimme. Ihr ist das Bemühen anzumerken, möglichst ruhig zu klingen, und doch hört er einen Anflug von Panik heraus.

Was ist geschehen? Er schlüpft in seine Sportschuhe und verlässt die Kabine. In der Nabe des Rings stößt er beinahe mit Marchenko zusammen, dem Francesca folgt. Martin lässt den beiden den Vortritt.
Hayato und die Kommandantin befinden sich bereits im Kommandomodul, sie hatten anscheinend gerade Schicht.
»Schön, dass ihr da seid.« Amy scheint die Ruhe selbst. »Wie ihr gehört habt, scheint etwas mit dem Antrieb nicht zu stimmen. Watson, bitte ein Bericht.«
»Bestätigt.«
Die KI aktiviert das Nebeldisplay über dem Tisch und projiziert ein Blockschaltbild des Antriebs darauf. Martin ist selbst in dieser Situation beeindruckt. Auf den winzigen Öltröpfchen, die durch ein elektrisches Feld an Ort und Stelle gehalten werden, glitzert und glänzt jedes Bild wie ein kleines Kunstwerk.
Die Plasmakammer, in der sich Helium-3 und Deuterium in einer Fusionsreaktion in Helium-4 und Wasserstoff verwandeln, der eigentliche Antrieb, nimmt auf dem Schema die geringste Fläche ein. Drumherum sind alle möglichen Systeme platziert, die den Antrieb starten, kühlen oder abschirmen. Rechts unten blinkt ein Feld in roter Farbe, das mit »Gasturbine« beschriftet ist.
»Sie sehen den Zustand von Antrieb 4«, erklärt Watson. »Die Gasturbine dieses DFD ist ausgefallen. Eine Analyse der Ursachen ist derzeit nicht möglich. Der Ausfall bewirkt, dass die Kühlflüssigkeit für den Fusionsreaktor ihre Wärme nicht mehr abgeben kann. Nachdem sich der Antrieb auf zehn Prozent über dem Normbereich erhitzt hatte, wurde er von mir deaktiviert. Es ist ein unmittelbares Eingreifen durch die Crew notwendig, deshalb habe ich die anderen DFDs ebenfalls abgeschaltet.«
»Können wir nicht auch mit fünf Triebwerken weiterfliegen?« Eine naive Frage, denkt Martin, aber Marchenko ist ja Arzt und kein Physiker.
»Selbstverständlich. Ich habe berechnet, dass die daraus folgende Flugbahn uns in 4,3 Jahren aus dem Sonnensystem herausführt.« Watson scheint Humor zu haben. »Unser

Schiff bremst bereits seit einiger Zeit, um die Einfanggeschwindigkeit für Saturn zu unterschreiten. Mit einem Sechstel weniger Leistung ist das unmöglich.«
»Und wenn die Reparatur erfolgreich ist?«
Watson bleibt geduldig. »Commander, eine Beibehaltung der geplanten Trajektorie ist nicht mehr möglich. Ich kann allerdings einen alternativen Flugplan berechnen, der die Einhaltung aller Forschungsziele ermöglicht. Wir müssten dazu die Bremswirkung der Saturn-Gravitation stärker nutzen als geplant.«
Martin sieht, wie Amy grübelt. Sie hat die Augen geschlossen. »Spezifiziere Reparaturoptionen«, sagt sie dann.
»Es ist notwendig, die Helium-Leitungen des Kühlmittelflusses von DFD 4 mit der Gasturbine eines der fünf anderen Antriebe zu verbinden. Ich empfehle Antrieb 3 wegen seiner physischen Nähe.«
»Der verdoppelte Gasfluss liegt innerhalb der Parameter der Turbine?«
»Beinahe. Die Temperaturen werden sich im spezifizierten Bereich bewegen. Die mittlere Lebensdauer von Turbine 3 wird sich allerdings von geplanten zehn Jahren auf fünf halbieren.«
»Ein Jahr läuft sie schon, das heißt, wir haben mit einer Wahrscheinlichkeit von 1:4 während des Rückflugs ein weiteres Problem«, ergänzt Martin laut. »Gut, dass wir sonst keine Probleme haben.«
»Diese Einschätzung ist korrekt. Ohne die vorgeschlagene Reparatur liegt die Wahrscheinlichkeit eines Rückflugs allerdings bei null Prozent.«
»Schon klar«, sagt Amy. »Wir müssen da raus. Wieviel Zeit haben wir, Watson?«
»Der verfügbare Zeitrahmen ist nicht berechenbar.«
»Was heißt das denn nun wieder?«
»Batteriekapazität bei 80 Prozent«, meldet sich Siri. Dass eine KI die andere unterbricht, verstößt gegen das Protokoll, also muss es sich um eine dringende Mitteilung handeln.
»Voraussetzung für die Reparatur ist eine weitgehende Ab-

kühlung des Antriebs.« Watson übernimmt wieder. Der Antrieb ist sein Gebiet. »Da das Vakuum sehr gut isoliert, muss das Kühlmittel in dieser Zeit weiter fließen. Die Pumpen brauchen Strom, den die Batterien bereitstellen müssen. Innerhalb von 30 Minuten ist der Ladezustand um 20 Prozent gesunken. Bleibt der Energieverbrauch konstant, erreicht die Kapazität in zwei Stunden den Nullwert.«

Niemand sagt etwas, denn die Konsequenzen sind allen sofort klar. Die Solarsegel sind hier draußen nutzlos. Ohne Energie funktionieren weder Lebenserhaltung noch Kommunikation. Sie werden in ihrer Konservendose ersticken, ohne der Erde Bescheid geben zu können.

»Wann ist der Antrieb kalt genug, dass wir jemanden rausschicken können?« Amy schafft es wirklich immer wieder, die wichtigen Fragen zu stellen.

»Ich rechne in frühestens neunzig Minuten damit.«

»Gut, ihr habt Watson gehört.« Amy wendet sich an die ganze Crew. Sie strahlt dabei eine überzeugende Ruhe aus. Selbst Jiaying, die die ganze Zeit mit dem Bein gewippt hatte, hört ihr aufmerksam zu.

»Wir haben anderthalb Stunden Vorbereitung. Das ist knapp, aber machbar. Die beiden, die die Reparatur ausführen, haben dann eine halbe Stunde Zeit dafür. Eine Leitung neu verlegen, das scheint mir nicht zu kompliziert zu sein. Freiwillige?«

Hayato meldet sich sofort. Marchenko und Francesca gleich nach ihm. Auch Martin hebt den Finger.

»Martin und Hayato, ihr macht das.«

Die Entscheidung ist korrekt. Egal, wie die Mission endet, den Arzt und die Pilotin brauchen sie an Bord. Er selbst und der Japaner hingegen würden erst benötigt, wenn das Schiff Enceladus tatsächlich erreichte. Martin ist trotzdem beeindruckt, dass die Kommandantin den Vater ihres Kindes nach draußen schickt. Danach ordnet sie absolute Funkstille in Richtung Erde an. Die Antenne des Deep-Space-Network verbraucht Energie, die sie zum Überleben dringender brauchen. Mission Control wird damit leben müssen, ein paar Stunden lang nichts von ihnen zu hören.

»Wir müssen versuchen, den Energieverbrauch an Bord zu senken. Jeder überlegt sich eine Maßnahme. Fünf Minuten.«

Martin hört, wie jemand unter dem Tisch mit den Füßen scharrt. Das muss Jiaying sein. Er grübelt. Wie lässt sich an Bord eines durch das Nichts fliegenden Raumschiffs Energie gewinnen? Er ruft sich das Modell des Schiffes ins Gedächtnis, seine wild zusammengewürfelten Module. Nutzbare Energie findet sich dort, wo es Potenzialunterschiede gibt: Hitze, Strahlung, Felder, Bewegung. Das Raumschiff schiebt sich geräuschlos durch seinen Kopf. Die Speichen des Ringes drehen sich langsam.

Da hat er sie, die Bewegung.

Als Kind besaß er ein altes Hollandrad, bei dem er selbst in die Pedale treten musste. Um das Licht einzuschalten, musste er den Dynamo an das Vorderrad klemmen. Wenn sie nun dem Habitat-Ring einen Dynamo verpassen, der wie beim Fahrrad Strom erzeugt? Martin grübelt, was dagegen spricht. Die entnommene Energie würde den Ring bremsen, aber das können sie mit den Feststoff-Triebwerken ausgleichen. Die sollten noch mehr als genug Treibstoff enthalten. Er überschlägt das Potenzial im Kopf an einem vereinfachten Modell. Für die Rotationsenergie braucht er das Trägheitsmoment, in das Masse und das Quadrat des Radius des Rings einfließen, und das Quadrat der Winkelgeschwindigkeit. Der Ring wiegt mehrere Tonnen, der Radius beträgt sechs Meter, die Winkelgeschwindigkeit liegt bei 0,6 pro Sekunde. Mist. Der Dynamo kann nicht mehr als ein paar Hundert Watt leisten. Das wird für ein paar Lampen reichen, aber nicht für die Lebenserhaltung. Spielraum gibt es weder bei der Masse des Rings noch beim Radius. Doch die Drehgeschwindigkeit, die könnten sie erhöhen. Da sie mit dem Quadrat eingeht, würde eine Verdopplung die vierfache Nutzenergie bedeuten.

»Watson, bis zu welcher Rotationsgeschwindigkeit ist der Hab-Ring spezifiziert?«

»Der Ring dreht sich mit seiner spezifizierten Geschwindigkeit.«

»Dann frage ich anders. Welche Maximal-Geschwindigkeit lässt die mechanische Konstruktion des Ringes zu?«

Die anderen horchen auf. Er sieht an ihren Gesichtern, dass sie noch nicht verstehen, was er will.

»Das Raumschiff bleibt in einer stabilen Konfiguration, so lange sich der Ring nicht schneller als mit zwei Umdrehungen pro Sekunde bewegt.«

Das ist eine Menge Spielraum. Er könnte die Winkelgeschwindigkeit nicht nur verdoppeln, sondern verzwanzigfachen. 10 Kilowatt statt 500 Watt, das klingt doch schon ganz anders.

»Watson, extrapoliere den Status des Schiffs, wenn eine elektrische Gesamtleistung von 10 Kilowatt zur Verfügung steht.«

»Dazu benötige ich eine Definition der Prioritäten für alle Systeme.«

»Lebenserhaltung 100 Prozent Priorität, andere Systeme null Prozent.«

»Die Lebenserhaltung kann unter diesen Umständen das Kommandomodul sicher versorgen. Andere Module müssen heruntergefahren werden.«

Es ist Zeit, dass er die anderen über seine Idee aufklärt. Martin beschreibt, was zu tun ist:

»Wir müssen einen Dynamo konstruieren.«

Jiaying meldet sich sofort. Martin ist überrascht, denn sie ist keine Ingenieurin.

»Ich habe mit meinem Vater zusammen alte Dynamos aufgefrischt. Neue Kohlen rein und so. Unsere Familie war arm«, sagt sie leise. Deshalb ist sie überzeugt, dass sie das hinbekommt.

Danach müssen sie das Gerät außen anbringen und mit der Stromversorgung verbinden. Dafür haben sie insgesamt zwei Stunden Zeit – und ein Problem.

»Wir haben nur drei EMUs an Bord«, erklärt Amy. Die Reparatur des DFD ist allein nicht zu bewerkstelligen. Ein Dritter wird in den verbleibenden Raumanzug steigen und

den Dynamo anbringen müssen, allein. Das widerspricht allen Regeln, bei EVAs arbeiten Astronauten immer im Team, aber sie haben keine Alternative.
Francesca meldet sich, doch Jiaying widerspricht ihr.
»Wenn ich das Ding baue, weiß ich auch am besten, wie es optimal anzubringen ist.«
»Bist du sicher?« Amys Stimme klingt besorgt. Martin weiß, warum. »Du wirst wenig Zeit für die Dekompressions-Prozeduren haben. Weniger, als gesund ist.«
»Das ist mir klar. Ich muss mich einfach beim Bau des Dynamos beeilen.«
»Wenn es geht, kannst du ja schon durch die Maske Sauerstoff voratmen. Francesca, bitte hilf ihr bei der Arbeit. Hayato und Martin, ihr beginnt sofort, euch auf den Ausstieg vorzubereiten.«

25. Oktober 2045, NASA

»Ich möchte mit Ihnen über Ihre weitere Ausbildung sprechen.« Willinger hatte ihm gestern schon angekündigt, dass sie heute einen wichtigen NASA-Menschen treffen würden. »Walther Cusack« stand auf dem Namensschild, das der Mann trug. Auch er war hier, in den Räumen der Navy, nur zu Gast. Er wirkte, als sei er über das Rentenalter weit hinaus: weiße Haare, ein sonnengegerbtes Gesicht mit zahlreichen Falten und ein leicht gebückter, aber doch energischer Gang.

»Unsere Qualitäts-Standards sind hoch, sehr hoch. Ich will Ihnen überhaupt nicht zu nahe treten, aber unter normalen Umständen...«

Willinger setzte zu Widerspruch an, doch der Mann unterband das mit einem Handzeichen. Willinger lehnte sich in seinem Stuhl zurück. Martin hatte ihn noch nie so zahm erlebt.

»Egal, die Umstände sind außergewöhnlich. Die Europäer wollen sich internen Streit ersparen und sind froh, dass sich in Ihrer Person ein Kandidat anbietet, für den ein paar wichtige Argumente sprechen. Die Inder sind froh, wenn sie ihre Ausgaben zurückfahren können. Der Krieg mit Pakistan macht ihnen zu schaffen. Ein paar Milliarden Dollar unerwartet gesparter Ausgaben kommen ihnen gerade sehr recht.«

Martin musste sich verhört haben.

»Ja, Sie haben richtig gehört«, sagte Cusack. »Sie sind ein paar Milliarden Dollar wert. Jede Region, die einen Astronauten mitschicken will, muss dessen Reise finanzieren. Wir haben Glück, weil wir in letzter Minute einen privaten Sponsor für Sie gefunden haben.«

Da wollte also irgendein Milliardär ein paar Milliarden dafür zahlen, dass er mit einem Raumschiff zum Saturn flog.

Konnte der Mann ihm nicht einfach ein Tausendstel überweisen und sich über das viele gesparte Geld freuen?
»Wir müssen allerdings Ihre Ausbildung verkürzen. Normalerweise würden Sie als nächstes eine Jetpiloten-Lizenz erwerben. Aber das dauert Wochen, und Sie würden ja eh nichts davon haben. Wer weiß, ob Sie jemals wiederkommen.«
Cusack wartete ab, wie Martin reagierte. Anscheinend hatte er irgendeine Art von Erschrecken erwartet.
»Gut. Ihnen scheint schon klar zu sein, wie es um Ihre Aussichten steht. Wir fliegen ohne Netz und doppelten Boden. Weder das Raumschiff noch sein Antrieb sind bislang erprobt. Die Kinderkrankheiten der Valkyrie haben Sie ja schon erlebt. Dagegen war die Mondlandung damals hervorragend vorbereitet.«
Martin kannte seine Geschichtslektionen. Dass die beiden Amerikaner zum Mond und lebendig zurück gelangt waren, hatte sich im Nachhinein als glücklicher Zufall erwiesen.
»Wollen Sie mir den Job etwa wieder ausreden?«
»Um Himmels willen, nein. Niemand kennt sich so gut mit dem Bohrschiff aus, haben mir Ihre Chefs versichert. Sie sind unsere Nummer 1 für diese Position. Natürlich trainieren wir auch noch Ersatz, falls Sie in letzter Sekunde ausfallen. Denken Sie an den Inder.«
»Oh, den Mann würde ich ja gern mal kennenlernen.«
»Es ist eine Frau, aber es ist nicht vorgesehen, dass Sie sie treffen. Sie ist schon länger im Astronauten-Corps und wird, wenn Sie nicht ausfallen, auf einer Marsmission mitfliegen.«
»Und wie geht es nun weiter?«
»Richtig, verschwenden wir keine Zeit. In der kommenden Woche treffen Sie all Ihre Kollegen zum ersten Mal. Die warten schon darauf. Wir schicken Sie als Gruppe zum Überlebenstraining in die Wildnis.«
Weder im All noch auf Enceladus würde es ihm helfen zu wissen, wie man mit nassem Holz ein Feuer anzündete.

Doch ihm war klar, dass das Ziel vor allem darin bestand, sie als Gruppe zu testen.
»Danach folgt das Unterwasser-Training mit dem Raumanzug, und dann geht es auch schon ins All. Die Parabelflüge lassen wir weg, sonst können wir die Termine nicht halten. Sie werden auf der chinesischen Tiangong-4 ausreichend in der Schwerelosigkeit trainieren können.«
»Bin ich dann Weihnachten noch hier?«
»Ich würde nicht damit rechnen. Die Konstruktion Ihres Raumschiffs geht erstaunlich problemlos voran. Wenn wir es schaffen, noch im Dezember zu starten, ist Ihre Reise so kurz, wie es eben geht. Wenn wir länger warten, sind Sie auch länger unterwegs, denn dann steht Saturn wieder ungünstiger.«
»Gut. Ich hätte vor dem Abflug gern noch eine Woche Urlaub.«
»Wenn Sie mir versprechen, dass Sie nicht Skifahren oder Klettern gehen ...«
»Nein, ich werde bloß meine Mutter besuchen.«
»Tun Sie das, Mr. Neumaier. Wir verlassen uns auf Sie.«
Martin und Willinger verabschiedeten sich per Handschlag von Cusack.
»Typisch NASA«, raunte ihm Willinger im Flur zu. »Das hätte ich Ihnen auch alles erzählen können. Stattdessen lassen sie einen Typen aus Kalifornien einfliegen.«
»Der hat vermutlich nichts anderes zu tun.«
Willinger nickte.
»Was halten Sie davon, wenn wir heute Abend einen trinken gehen? Übermorgen verlassen Sie uns, und wir waren noch nicht mal auf ein Bier aus.«
»Gern. Holen Sie mich ab? Ich habe nicht einmal einen Wagen hier.«
»Ich stehe um acht vor der Pforte.«

Willinger war pünktlich. »Sie sind doch keiner von diesen Vegetariern, oder?«
Martin schüttelte den Kopf.
»Gut, ich würde gern mit Ihnen ins PJ's gehen. Da ist heute

Steak Night. Und weder Karaoke noch Football noch Basketball im TV, also werden wir sogar miteinander sprechen können.«
Während Sie durch die breiten Straßen fuhren – sein Ausbilder lenkte den Wagen selbst – schalteten sich die Laternen an. Willinger hielt schließlich vor einem Gebäude, das Martin für ein Wohnhaus gehalten hätte. Zweistöckig, kleine Fenster, nur in den Fenstern des Erdgeschosses war Werbung für Karaoke und Steaks zu sehen. Willinger parkte den Wagen am Bordstein.
Die Bar war klein. Mehr als 20, 25 Leute würden kaum hineinpassen. Doch heute war es leer. Zwei Pärchen saßen an einem Tisch, drei Männer spielten an der Theke Karten. Der Barkeeper, wahrscheinlich auch der Besitzer, kam hinter der Theke hervor und begrüßte Willinger.
»Schön, dass du es mal wieder geschafft hast.«
»Das ist ein junger Kollege. Martin heißt er.«
Martin war lange nicht mehr als jung bezeichnet worden.
»Hi, ich bin Steve. Die Bar gehört mir. Ich hoffe, du magst Steaks? Heute gibt's nichts anderes.«
»Klar mag er Steaks«, antwortete Willinger für ihn. »Und dazu zwei Bier.«
Der Ältere zeigte auf einen Tisch in der Ecke, an dem zwei Stühle standen.
»Perfekt für uns.«
Martin wählte den Stuhl, bei dem er die Wand im Rücken hatte. Die Tischplatte war fettig und zeigte zahllose Wasserränder.
»Im PJ's wurde bestimmt seit 50 Jahren nicht renoviert. Das ist seine Spezialität. So eine Bar wirst du sonst in Houston nicht mehr finden.«
Willinger ging mit dem ersten Schluck Bier zu einem vertraulicheren Ton über. Das im Glas servierte Bier war überraschend gut, nicht so geschmacklos wie das übliche Dosenbier. Willinger bemerkte seinen anerkennenden Blick.
»Ist aus einer lokalen Brauerei. Hergestellt nach *Reinheits-*

gebot.« Das letzte Wort sprach er Deutsch aus, ein Akzent war kaum zu bemerken.
»Deutsche Vorfahren?«
»Meine Mutter. Mein Vater hat sie in Deutschland kennengelernt, als er dort bei der Army gedient hat. Aber ich habe die meisten Wörter vergessen.«
Martin fiel auf, dass Willinger heute noch kein einziges Mal sein schepperndes Lachen von sich gegeben hatte.
»Ärger im Büro?«
»Ach ... eher eine Abschiedsstimmung.«
»Ich komme doch noch mal wieder, nach dem Survival, für das Unterwasser-Training?«
»He, doch nicht deinetwegen.« Willinger klopfte ihm freundschaftlich auf die Schulter. »Wenn du wiederkommst, bin ich nicht mehr da.«
»Beförderung?«
»Nein, sie schicken mich in Rente.«
»Wie alt bist du denn, Dave?« Er hatte ihn auf Mitte 50 geschätzt.
»58. Eine Ehren-Rente, haben sie gesagt, für meine Verdienste und den ganzen Quatsch.«
»Aber darum geht es gar nicht?«
»Schätze, ich bin ihnen zu unbequem. Kann mit meiner Meinung nicht hinter dem Berg halten, wenn etwas schief läuft.«
»Du sprichst von der Enceladus-Mission, oder?«
»Ja. Ich habe die ganze Zeit das Gefühl, die schicken euch in den sicheren Tod. Sie wollen die Welle surfen, die die Enceladus-Entdeckung angestoßen hat, aber ich glaube, die Nummer ist für die Menschheit noch zu groß. In zwanzig Jahren vielleicht ...«
»Beim Apollo-Projekt hat es auch geklappt.«
»Das ist das Problem. Weil es einmal funktioniert hat, glauben sie, dass es diesmal nicht anders sein wird.« Willinger gestikulierte mit den Händen, während er sprach.
»Wenn sie zwanzig Jahre warten, bekommen sie das Geld nicht mehr zusammen. Du siehst ja, die Inder sind jetzt schon froh, wieder aussteigen zu können.«

»Raumfahrt funktioniert, wenn man einen Schritt nach dem anderen tut. Eine Basis auf dem Mars ausbauen, dann in Richtung Jupiter ... Die paar Zellen im Enceladus-Ozean laufen uns nicht weg, die muss es dort schon seit Millionen Jahren geben.«
Martin schüttelte den Kopf. »Es ist zu spät für diese Diskussion.«
»Ja, und deshalb soll ich wohl nun in Rente gehen.« Willinger lehnte sich in seinem Stuhl zurück. So niedergeschlagen hatte Martin ihn noch nie erlebt. Sein Gesicht hellte sich auf, weil eine Kellnerin das Essen brachte.
»So, Jungs, hier sind eure Steaks.«
»Danke, Anna, bist ein Schatz.«
»Gern. Pfeffer und Ketchup stehen schon auf dem Tisch. Wenn ihr noch was braucht ...«
Willinger sah der Kellnerin nach, die mit wiegenden Hüften in Richtung Bar ging. Seine Instinkte funktionierten noch, das beruhigte Martin.
Vor Martin und seinem Gastgeber standen zwei große Teller. Auf jedem lagen zwei Rib-Eye-Steaks, die Martin auf je 300 Gramm schätzte. Daneben lagen ebenfalls zwei noch halb in Silberfolie eingewickelte, aufgeschnittene Kartoffeln. In den Spalt hatte der Koch reichlich weiße Soße gekippt und Speckwürfel darüber gestreut.
»Lass es dir schmecken. Von solchen Steaks wirst du noch träumen. Ich weiß, wovon ich rede.«
Martin nahm das Besteck zur Hand und schnitt ein Stück vom Steak ab. Roter Bratensaft troff heraus. Genau, wie er es mochte. Das Steak roch nach Holzkohlenfeuer.
»Tolle Kneipe hast du da für uns gewählt«, sagte er.
Eine Weile aßen sie schweigend. Willinger scheute sich nicht, dabei ein paar Geräusche zu machen. Martin versuchte, möglichst leise zu essen, wie seine Mutter es ihm eingeschärft hatte.
»Warum hast du eigentlich nicht nein gesagt zu dieser Mission?« Er hatte Mühe, Willinger zu verstehen, der mit vollem Mund gesprochen hatte. Martin nahm sich Zeit und kaute den Bissen zu Ende, den er im Mund hatte.

»Ich bin nicht sicher. Es scheint mir ... sinnvoll zu sein. Irgend jemand muss es ja wohl machen, und ich bin geeignet und gleichzeitig entbehrlich. Ich habe noch nie etwas getan, das gleich aus mehreren Gründen so sinnvoll schien.«
»Entbehrlich? Wartet denn niemand auf dich?«
»Meine Mutter in Deutschland, die wird mich dann ein- oder zweimal Weihnachten nicht sehen.«
»Keine Freundin, Ex oder so? Du bist doch schon über 30? Oder bist du schwul?«
Martin musste lachen.
»Bin sogar schon 39.«
»Also nicht, dass es mich stören würde, wenn du schwul wärst.« Willinger sah etwas verlegen drein.
»Nein. Ich war lange mit einer Frau zusammen. Große Liebe und so. Ich wusste gar nicht, dass ich das kann.«
»Und dann hat sie einen anderen kennengelernt?«
»Sie ist ... gestorben. Suizid.«
»Das tut mir leid.« Willinger legte ihm den Arm auf die Schulter.
»Sie war depressiv. Sie hat nie etwas gesagt. Ich hätte es merken müssen, aber die Arbeit ...«
»Ich verstehe.«
Martin wusste nicht, ob Willinger wirklich verstand. Dazu kannte er ihn zu wenig. Aber der Satz fühlte sich gut an.
»Martin, mir scheint, du fliehst vor deinem Leben, habe ich Recht?«
Er zuckte mit den Schultern. Dann sah er die Kellnerin an ihren Tisch kommen.
»Noch zwei Bier, bitte.«
Er wusste, dass er noch eine Aufgabe hatte. Aber jetzt würde er sich erst einmal mit Dave betrinken.

15. November 2046, ILSE

»Batteriekapazität bei 40 Prozent«. Siri meldet sich ziemlich genau im 30-Minuten-Abstand mit deprimierenden Ansagen. Martin und Hayato befinden sich bereits im Airlock, dessen Luftdruck heruntergefahren ist, und atmen reinen Sauerstoff. Zu ihren Füßen liegt ein etwa drei Meter langer Schlauch, der metallisch glänzt. Er wirkt wie eine Schlange, die sich voll gefressen hat und nun ausruhen muss. Martin hebt ein Ende an. Er könnte leicht sein Bein samt Raumanzug hineinstecken. Vor dem Airlock haben sich alle voneinander verabschiedet, als stünde ihre Reise vor dem Ende. Martin hat wirklich das Gefühl, die anderen zum letzten Mal gesehen zu haben. Sein Herzschlag beschleunigt sich. Er würde gern fliehen, raus ins All – was er gerade spürt, muss Panik sein. Er versucht, tief durchzuatmen. Er sieht zu Hayato, der sich mit den Metallgliedern der Schlange beschäftigt. Es ist kaum vorstellbar, dass heißes Gas monatelang problemlos durch ihr Inneres fließen soll. Doch es handelt sich um Helium, das als Edelgas keine chemischen Reaktionen eingeht. Und für die Hitze ist das Spezialgewebe ausgelegt. Die Metallringe, die es umspannen, dienen einerseits dazu, Wärme in den Raum abzustrahlen, andererseits schützen sie vor Meteoriten-Einschlägen. Das neu verlegte Rohr wird trotzdem im Vergleich zur restlichen Außenhaut eine Schwachstelle darstellen. Allerdings ist das Risiko eines Treffers niedriger, solange der Antrieb nicht in Flugrichtung zeigt. So wie jetzt, wo die DFDs bei der finalen Annäherung an Saturn auf die Bremse treten sollen.

Martin lässt sich noch einmal von Watson auf seinem Arm-Display zeigen, wie Jiaying den Dynamo aufbauen will. Er ist zufrieden. Sie hat sich eine schlaue und zugleich sichere Konstruktion ausgedacht. Sie komme gut voran, berichtet die KI. Es sieht sogar ganz danach aus, als müssten sie sich

mit ihrem Ausstieg beeilen. Wenn Jiaying eher fertig wird, muss sie schnellstmöglich selbst nach draußen, und dann sollten Martin und Hayato das Airlock nicht mehr blockieren.
Er gibt dem Kollegen ein Zeichen. Hayato hat anscheinend ähnliche Gedanken, denn er versteht sofort, was gemeint ist.
»EVA-Crew an Commander. Bereiten Ausstieg vor.«
»Verstehe.« Amy macht ihnen weder Vorwürfe, noch weist sie auf die steigende Gefahr einer Taucherkrankheit hin, weil sie eher als geplant aussteigen.
Martin öffnet die Luke nach draußen, ohne die Sicherung zu vergessen. Hayato folgt ihm. Neben dem Ausstieg bleiben beide stehen. Das Speichenrad des Habitat-Rings dreht sich deutlich schneller als beim letzten Mal. Martin meint, die vier Düsen feuern zu sehen, die das riesige Rad auf zwei Umdrehungen pro Sekunde beschleunigen sollen. Vorher hatte es für jede Rotation sechs Sekunden Zeit gehabt. Martin hofft, dass die Konstruktion wirklich so stabil ist wie von Watson angegeben. Ihm fällt ein, dass er heute Morgen seine Kabine nicht aufgeräumt hat. Alles, was herumliegt, wird nun durch die Gegend geschleudert. Die simulierte Schwerkraft dürfte inzwischen schon deutlich über Erdschwere liegen. Ob auch die Inneneinrichtung damit zurechtkommt? Die Dusche, das WHC? Es ist egal. Ohne die Stromzufuhr aus dem Dynamo wird er die Dusche nie wieder brauchen.
Er sieht in Richtung Heck. Sie müssen so weit gehen wie noch nie zuvor, einen Bereich betreten, der eigentlich für Astronauten verboten ist. Er muss aufpassen, nicht über die kleinen Glocken zu stolpern, die über den reparierten Stellen der Außenhaut sitzen. Die Gefahr, durch einen ungeschickten Schritt einen Bestandteil eines DFD zu dejustieren ist groß. Watson hat ihnen erläutert, dass im Bereich des Antriebs alle Bereiche markiert sind, die sie betreten dürfen. Was nicht markiert ist, ist tabu. Martin geht vor, Hayato folgt mit dem schwerelosen Schlauch, den er an seinem Gürtel gesichert hat. Es ist ein faszinierender Spazier-

gang, selbst angesichts eines baldigen Todes. Das Universum um ihn herum scheint stillzustehen, obwohl sie sich zigfach schneller fortbewegen als ein Rennwagen. Da ist ein bisschen Blech zu seinen Füßen, doch ansonsten fühlt er sich allein. Der Kosmos erstreckt sich unbegrenzt in alle Richtungen. Die Sterne, auch die Sonne, sind weit entfernt. Saturn ist bereits eine winzige Scheibe und kein Punkt mehr, doch seine Ringe sind längst noch nicht mit bloßem Auge erkennbar. Falls die Reparatur misslingt, wird er sich hier im Raumanzug auf dem Schiff festhaken und auf seinen Tod warten. Das ist hundertmal besser, als irgendwann im eigenen Bett für immer einzuschlafen. Er ist froh, diese Reise angetreten zu haben.

Aber die Reparatur darf nicht schiefgehen. Das sind sie den anderen schuldig. Martin sieht sich nach Hayato um, der gerade einen Karabiner an einer hervorstehenden Strebe festmacht. Er winkt ihm, der Japaner winkt zurück. Sie haben das letzte Modul erreicht, aber es sind trotzdem noch etwa zwanzig Meter bis zu den Antrieben. Die sechs ringförmig angeordneten DFDs wirken von hier aus gewaltiger als im Schema-Diagramm. Sie sehen aus wie riesige Vergaser-Röhren, die von allerlei blockförmigen Modulen umgeben sind. Eines dieser Module hat seine Arbeit eingestellt, bei Antrieb 4. Die DFDs wären voneinander nicht zu unterscheiden, wären nicht ihre Nummern vom Raumschiff aus gut sichtbar auf einer Blechplatte aufgedruckt. Martin muss bloß die Taschenlampe darauf richten, um den Bösewicht zu finden.

Zwischen ihm und Triebwerk 4 befindet sich ein Abgrund: eine Schlucht unendlicher Tiefe, überspannt von einer metallenen Balken-Konstruktion. Martin geht einen Schritt voran und taumelt zurück. Die Tiefe hat ihm ins Gesicht geschlagen. Es ist verrückt. Nach oben in die Unendlichkeit zu sehen fällt ihm leicht. Doch wenn dieselbe Grenzenlosigkeit unter ihm liegt, springt ihn seine Höhenangst an.

Hayato legt ihm von hinten die Hand auf die Schulter. Er spürt die Berührung nicht, weil er den HUT trägt, doch er bemerkt den Druck, den sie ausübt. Er sieht Hayato an,

sucht durch das runde Glas des Helmes sein Gesicht. Der Japaner lächelt freundlich. Es ist ein Lächeln, das Vertrauen ausstrahlt. Vertrauen hat ihm in der Kindheit immer gefehlt, deswegen mag er dieses Gefühl, doch zugleich misstraut er ihm, weil er befürchtet, es zu enttäuschen. Er muss seine Höhenangst austricksen. Das ist nirgends so leicht wie auf einem Raumschiff. Oben und unten sind im All keine festen Größen. Martin setzt sich erst, dann legt er sich hin. Er will nicht wissen, was Hayato jetzt von ihm denkt. Na, vertraust du mir immer noch? Dann zieht er sich an der Sicherungsleine an den Abgrund heran, und zwar so, dass sich die Metallkonstruktion rechts neben ihm befindet. Wenn er nun hindurch sieht, blickt er nicht in einen Abgrund, sondern in eine ferne Ebene.
Hayato kommt im selben Moment auf der anderen Seite an wie er. Martin richtet sich wieder auf und signalisiert, dass es ihm gut geht. Die Ingenieure, die das Raumschiff konstruiert haben, waren klug. Sie haben mit einem Ausfall eines der Module gerechnet und alternative Wege eingeplant. Wo der Kühlstoff in die Gasturbine fließt, gibt es ein Ventil, an das der Mund ihrer Metallschlange passt. Am anderen Aggregat, dem funktionierenden, befindet sich das Gegenstück. Jeder muss ein Ende der Schlange anbringen. Dann müssen sie möglichst gleichzeitig die Fließrichtung umschalten. Ein, zwei Sekunden Zeitunterschied spielen keine Rolle, aber viel mehr sollte es nicht sein, weil sonst Helium verloren geht, das sie nicht ersetzen können.
Martin hockt sich vor den Anschlussstutzen von Turbine 1 und montiert das Ausweichrohr. Er muss den »Mund« über den Stutzen schieben und mehrmals drehen, bis das Spezialgewinde greift. Hayato geht gerade an Antrieb 3 ähnlich vor. Dann gibt Watson über den Heimlautsprecher das Signal. Martin und Hayato heben eine Klappe neben dem Stutzen an und betätigen den darunter versteckten Hebel.
»Kühlmittelkreislauf für Antrieb 4 wiederhergestellt«, meldet Watson.
»Glückwunsch. 15 Minuten vor Ablauf der Frist. Kommt

wieder rein, ihr zwei«, ist Amy zu hören. Sie klingt gelöst, obwohl die Gefahr noch nicht ausgestanden ist.
»Jiaying, kommst du voran? Brauchst du Hilfe?«
»Bin an der Nabe des Habitat-Rings angekommen. Beginne mit der Montage.«
»Commander, erbitte Erlaubnis, Jiaying zu unterstützen.« Martin wartet das Okay nicht ab. Er wiederholt sein Manöver zum Überqueren der Unendlichkeit und bewegt sich schnell, aber vorsichtig auf den Ring zu, der aus seiner Perspektive noch hinter dem Ausstieg kreist.
»Uiiii«. Im Kopfhörer hört er die chinesische Astronautin. Sie atmet schwer. Nach ein paar Schritten erkennt Martin, warum. Der Ring dreht sich nun wirklich flott. Der Dynamo besteht aus einer magnetischen Spule, in der durch die schnelle Bewegung des metallenen Rings ein Strom induziert wird. Damit er effizient arbeitet, muss er dem Metall des Habitats möglichst nahe sein. Doch der Ring ist nicht gleichmäßig. Die festen Wohnmodule wechseln sich mit den weicheren Übergangsmodulen ab, die einen geringeren Umfang haben. Schiebt Jiaying den Dynamo zu nah heran, wird er von seiner enormen Rotationsenergie zerstört. Und vermutlich wird dann auch der Mensch sterben, der sich gerade in direkter Nähe aufhält. Befindet sich der Dynamo jedoch zu weit entfernt, verringert sich seine Leistung drastisch.
Martin bleibt stehen. Er überlegt, wie er Jiaying helfen kann. Sie bräuchten ein Dummy, irgend etwas, das sie immer näher schieben können, aber das ruhig kaputtgehen kann. Er sieht sich um, findet aber nichts. Aus dem Augenwinkel bemerkt er jedoch den SAFER, den Raketen-Rucksack, den er umgeschnallt hat. Es gibt noch einen zweiten SAFER an Bord, also ist das Gerät entbehrlich. Mit einer Hand winkt er Hayato heran, der ihm bei Abnehmen behilflich sein muss. Dann erklärt er Jiaying über Funk, was er vor hat. Er wird sich an die Stelle knien, an der sie auch den Dynamo befestigen wird. Dann wird er den SAFER Millimeter für Millimeter nach vorn schieben und jeweils die Vorderkante auf dem Untergrund markieren. Er hat im

Werkzeuggürtel einen Stift, der auch im All schreibt. Jiaying macht ihm mit dem Dynamo Platz. Martin platziert den SAFER an dessen Position. Die Wohn-Module flitzen immer näher an ihm vorbei. Es ist ein gespenstisches Gefühl, weil alles völlig lautlos passiert, es gibt auch keinen Fahrtwind, den man bei einem so mächtigen Karussell erwarten würde.
Ein Millimeter, markieren, ein Millimeter, markieren. Zack, der Ring reißt ihm den SAFER aus der Hand. Martins Herz wummert, als er merkt, dass er in den Weltraum davon getragen wird. Der SAFER ist kurz an seinen Raumanzug gestoßen und hat ihm dabei einen Teil seines Impulses übertragen. Martin ist mit der Leine gesichert, es gäbe also eigentlich keine Gefahr, würde die Sicherungsleine sich nicht in einer Art und Weise ausrollen, dass sie Gefahr läuft, in die Speichen zu geraten, in die Speichen eines mehrere Tonnen schweren Rades. Sie ist nicht dafür gemacht, ein solches Gewicht auszuhalten. Der SAFER fliegt längst außer Reichweite durch das All. Martin spürt, wie ihn sein Schwung immer näher an den mächtigen Ring treibt. Es ist gespenstisch, weil alles völlig still abläuft. Die sich drehende Masse, die den lebensrettenden Dynamo antreibt, wird ihn mit einem Stoß weit hinaus ins All befördern. In Gedanken zählt Martin einen Countdown. Es können nur noch wenige Sekunden sein. Martin fühlt Nässe über sein Gesicht rinnen. Das müssen Tränen sein. Das ist nicht der Moment, den er sich für einen Abschied ausgesucht hatte.
Dann spürt er, wie ihn etwas am Fuß zieht. Jiaying ist vom Raumschiff aus nach oben gesprungen. Sie ist sportlich. Sie erwischt sein Bein, hält es fest und zieht sich am eigenen Sicherungsseil so nach unten, dass Martins Seil außer Reichweite des alles zerstörenden Rings gerät.

26. Oktober 2045, NASA

Am nächsten Morgen wurde er mit einem Kater wach. Er lag angekleidet auf seinem Bett. Jemand hatte ihm die Schuhe ausgezogen. Er erinnerte sich an das letzte Bier bei PJ's. Danach musste ihn Willinger heim gefahren und aufs Bett gelegt haben. Sein Schädel brummte, doch übel war ihm nicht. Er hatte heute frei, daran konnte er sich erinnern. Ab morgen war dann Überleben in der Wildnis angesagt.

Martin versuchte, sich an den vergangenen Abend zu erinnern. Dave hatte eine wichtige Frage gestellt: ob er mit dieser Mission versuche, aus seinem Leben zu fliehen. Das war eine Frage, die ihm jetzt wie ein Vorwurf vorkam. War es wirklich feige, auf eine jahrelange, unsichere Reise zu gehen? Ja, Willinger hatte Recht. Es schien nur Außenstehenden mutig, Menschen, die ihn nicht kannten. Dass der Raumflug unter großen Fragezeichen stand, dass die Technik noch nicht erprobt war – das ängstigte ihn kein bisschen.

Klar, es gab da ein paar mögliche Situationen, die er bisher lieber vermieden hatte. Er bekam, was niemand wusste, Angst im Dunklen, schon seit seiner Kindheit, wenn seine Mutter mal wieder abends ausgegangen war. Das Weltall war geradezu der Hort der Dunkelheit, gleich gefolgt von der Tiefsee und einem kilometertiefen Loch im Eis. Und er würde viele Tage mit Kollegen umgehen müssen, die er nicht kannte, wo doch der Umgang mit Menschen generell nicht zu seinen Stärken zählte. Warum er trotzdem zugesagt hatte, war ihm damals nicht klar geworden. Jetzt bekam er eine Ahnung davon, wie stark sein Widerwille gegen das Leben geworden sein musste, wenn er sich freiwillig seinen Urängsten aussetzte. Er spürte, dass er mit seiner toten Freundin etwas gemeinsam hatte. Wahrscheinlich war es gerade die Aussicht, von dieser Reise nicht zu-

rückzukehren, die sie für ihn so attraktiv machte: eine Todes-Sehnsucht, die er sich nie hatte eingestehen wollen.
Was hieß das für ihn und seine Entscheidung? Es bedeutete, dass er nicht geeignet war für diesen Raumflug. Es hieß, dass er eine Gefahr darstellte für seine fünf Kollegen, die sicher an ihrem Leben hingen. Wenn er eigentlich sterben wollte, konnte er dann sicher sein, alles zu tun, um im Notfall das Überleben der Crew zu retten, und sein eigenes? Der größte Unsicherheitsfaktor bei diesem einzigartigen Unternehmen der Menschheit war nicht die unausgereifte Technik, sondern der Mensch. Er.
Martin beschloss, seine Teilnahme abzusagen. Er würde bei der NASA kündigen, nach Deutschland zurückkehren, sich von einer Dating-Agentur eine nette Frau suchen lassen, heiraten, Kinder großziehen. Die Frau, mit der man ihn nicht bekanntmachen wollte, würde sein Ticket zum Enceladus bekommen. Die Erleichterung, die er nach der Entscheidung erwartet hatte, blieb aus.
Der folgende Tag war als Reisetag verplant. Martin versuchte schon am Morgen, jemanden zu finden, dem er seine Absage mitteilen konnte. Doch es war Wochenende. Er traf nur den Fahrer, der ihn zum Flughafen brachte. Nach der Landung in Boston hatte man ihm einen weiteren Fahrer organisiert, einen Inder, den er kaum verstehen konnte. Die Tour ging vier Stunden lang in Richtung Norden, fast bis an die kanadische Grenze. Schon kurz nach der Abfahrt vom Flughafen setzte Regen ein. Der Fahrer hörte leise Musik und pfiff dabei falsch vor sich hin. Nach einer halben Stunde war Martin eingeschlafen.
»Sir, wir kommen in fünf Minuten an.«
Der Wagen fuhr über eine schmale Straße. Rechts befand sich ein von Nässe triefender, tief grüner Wald, links ein See. Es war, obwohl es noch Nachmittag sein musste, viel dunkler als in Houston.
»Wo kommen wir denn an?«
»Sir, Rangeley, Maine. Die Navy hat hier ein Trainingslager, aber das wissen Sie bestimmt.«
»Bin ich ganz allein?«

»Es tut mir leid, Sir, ich bin über gar nichts informiert. Ich soll Sie bloß zum Eingang der Station bringen, dann sehen Sie mich nie wieder.«

»So, da wären wir. Vergessen Sie Ihren Rucksack nicht, Sir, und einen guten Tag noch.«
Der Fahrer hatte es wohl eilig. Martin nahm seinen Rucksack, öffnete die Tür und stieg aus. Es war windig und kalt. Keine zehn Grad, schätzte er. Vor sich sah er ein Tor aus Stahlstreben, daneben eine kleinere, grün gestrichene Tür, die von einem Wachhäuschen beobachtet wurde. Martin trat näher und klopfte an die schmutzige Scheibe. Es passierte erst einmal nichts, dann hörte er die Tür quietschen. Mit dem Geräusch schwerer Stiefel kam ein Soldat auf ihn zu.
»Chief Petty Officer Miller. Sie sind Mr. Neumaier?«
Martin reichte ihm seinen NASA-Ausweis.
»Prima, dann muss ich nicht länger auf Sie warten.«
Der Mann hielt ihm die eiserne Tür auf und ließ ihn eintreten. Dann verriegelte er sie von innen mit einem schweren Balken.
»Alle anderen sind schon da.«
»Wissen Sie, ob jemand von der NASA ...«
»Nur Ihre Kollegen und die zuständigen Navy-Instruktoren. Wir sind ganz unter uns. Das wird eine gemütliche Woche.« Martin bezweifelte das. Es sei denn, die Unterkunft besaß einen Kamin, vor dem Bärenfelle auf sie warteten.
Miller und er verließen das Wachhäuschen und liefen etwa 200 Meter in den Wald hinein, bis sie eine Lichtung erreichten. In deren Mitte stand eine primitive Holzbaracke. Ein paar Meter vor dem Eingang sah Martin einen kleinen Brunnen, den eine Handpumpe speiste. Miller öffnete ihm erneut die Tür. In der Baracke roch es muffig; es war nur wenig wärmer als draußen. Acht Menschen saßen um einen primitiven Tisch herum, die Köpfe über Papier gebeugt.
»Seht, wen ich euch mitgebracht habe.«

Wie auf Kommando drehten sich alle zu ihm. Martin wurde rot und war froh, dass die Beleuchtung so schummrig war. Da Miller ihn nicht einführte, musste er sich selbst vorstellen.
»Ich bin Martin Neumaier. Der Neue.«
Mehr fiel ihm nicht ein. Die anderen hatten sicher seine Akte gelesen. Eine dunkelhaarige Frau stand auf. Sie war größer als er. Martin erkannte sie wieder. Das musste Francesca sein, die italienische Pilotin.
»Schön, dass du da bist. Ich habe den anderen schon von unserem Erlebnis berichtet.« Sie winkte ihn heran.
Der Mann neben ihr rückte einen Schritt zur Seite und gab ihm die Hand. Auch ihn erkannte er, das war der Ingenieur, der das DFD mit entwickelt hatte.
»Hayato Masukoshi. Und dass da ist Amy Michaels, die Kommandantin.«
Amy hatten alle vom ersten Tag an als Kommandantin bezeichnet, obwohl es noch gar nichts zu kommandieren gab. Sie besaß eine natürliche Autorität, trotz ihrer schlanken Figur und ihrer Größe von nur etwas mehr als 1,60 Metern. Er reichte Amy die Hand. Sie hatte einen kräftigen Händedruck.
»Unser Bordarzt Dimitri Marchenko und die Wissenschafts-Spezialistin Jiaying Li werden von ihren Heimat-Agenturen ausgebildet. Sie stoßen erst auf der Tiangong-4 zu uns.« Amys Stimme klang weich. Sie erinnerte ihn an etwas, an jemanden. Martin hatte plötzlich die Befürchtung, dass er sich in sie verlieben könnte, und zuckte zurück.
»Alles gut?«, fragte sie.
»Bin bloß etwas geschafft. Ist doch ganz schön viel geworden in letzter Zeit. Mein ganzes Leben ...«
»Das geht uns ganz genauso. Aber die Navy-Leute hier versprachen schon, dass wir uns in den kommenden Tagen etwas erholen können. Ist es nicht so?« Amy sah die Männer in den Uniformen an. Miller, der anscheinend der ranghöchste war, antwortete: »Aktive Erholung, würde ich sagen.«

15. November 2046, ILSE

Der Dynamo arbeitet beinahe optimal. Siri meldet 8,4 Kilowatt. Das reicht der Lebenserhaltung, um das Kommandomodul mit frischer Luft zu versorgen. Es genügt auch noch, um die Computer zu betreiben und ein paar LEDs leuchten zu lassen. Es ist schummrig, aber nicht völlig dunkel. Sie sind am Leben, zumindest für die nächste Zeit.
Martin beobachtet Amy, die vor ihrer Konsole sitzt. Anscheinend konzentriert sie sich. Hat sie Angst? Sie muss den Befehl zum Neustart der Triebwerke geben. Es hängt alles davon ab, dass dieser Neustart gelingt. Wie Amy den Befehl gibt, davon hängt gar nichts ab, und doch scheint es ihr wichtig zu sein. Das ist irrationales Verhalten, wie Martin es von vielen Menschen kennt. Amy sieht sich in einer Verantwortung, die sie nicht hat. Endlich entschließt sie sich: »Commander hier, bitte identifizieren.«
Martin beobachtet die anderen. Francesca scheint Amys Worte flüsternd zu wiederholen. Jiaying massiert ihre Finger. Marchenko pfeift.
»Identifiziert, ich höre.« Siri antwortet. Sie ist für die Navigation zuständig, und das Gasgeben gehört definitionsgemäß dazu.
»Fusionstriebwerke nach Standard-Protokoll neu starten.«
»Veranlasse Neustart.«
Mitten im All hat noch nie jemand versucht, ein DFD hochzufahren. Selbst bei der Erstzündung im Dock waren nicht alle DFDs erfolgreich gestartet. Martin hört ein tiefes Brummen, das sich über die Strukturelemente überträgt. Der Körperschall ihres Raumschiffs. Es verändert seine Frequenz, nimmt etwas zu und erstirbt dann wieder.
»Neustart misslungen.«
Amy erstarrt auf ihrem Sitz. Francesca schlägt mit der Faust gegen die Wand.
»Na, das wäre ja auch zu schön gewesen.« Marchenko ver-

sucht, die Spannung zu lösen, unter der alle stehen. »Watson, Systemanalyse.«
»Externer Antrieb offline. Ursache: Treibstoffmangel.«
Die zum Anfahren des DFD nötige Energie erzeugt ein konventioneller Motor, der Wasserstoff und Sauerstoff zu Wasser verbrennt. Sobald der Motor nicht mehr gebraucht wird, trennt ein zusätzliches Modul das entstandene Wasser wieder in seine Bestandteile auf, die dann bis zum nächsten Neustart gelagert werden. Entweder hat das nicht funktioniert – oder es ist unterwegs Sauerstoff verloren gegangen.
»Watson, Ursachen-Analyse.«
»Nicht möglich. Parameter fehlen.« Die KI weiß nicht, warum Sauerstoff fehlt. Von der Antwort auf diese Frage hängt ihrer aller Leben ab. Allmählich hat Martin genug von solchen Problemen, die ihr Überleben in Frage stellen. Es wäre jetzt wirklich an der Zeit, dass irgend etwas funktioniert.
»Es sieht so aus, als müsste schon wieder jemand raus, nachsehen«, sagt Amy unsicher.
»Ich schlage vor, wir füllen den Sauerstoff-Tank einfach nach. Ist doch egal, ob er noch ganz dicht ist. Der Sauerstoff muss bloß ein paar Minuten reichen.« Marchenko, der alte Pragmatiker.
»Gibt es denn keine Alternative? Unser Dynamo produziert doch Strom, können wir damit vielleicht die Magnetspulen des DFD anheizen?«, fragt Jiaying.
»Das DFD braucht etwa 2 Megawatt. Wir haben nur gut 8 Kilowatt. Da können wir den Ring noch so schnell rotieren lassen...« Für einen Arzt kann Marchenko ganz gut rechnen.
»Watson, spezifiziere Treibstoffbedarf.«
»Der Sauerstofftank fasst 200 Liter. Für eine Brennzeit von 100 Sekunden bei 2 MW benötigen wir etwa 160 Kilogramm Sauerstoff, das sind im flüssigen Zustand 140 Liter. Diese Menge wäre den Vorräten der Lebenserhaltung zu entnehmen.«
Martin überschlägt im Kopf. Wenn ein Mensch, wie er es

gelernt hat, am Tag 840 Gramm Sauerstoff verbraucht, könnte er von den 160 Kilo knapp 200 Tage lang leben.
»Gefährdet das unsere Mission, Watson?«
Eine sinnlose Frage. Sie müssen ihre Sauerstoffvorräte sowieso auf Enceladus auffüllen. Watson antwortet trotzdem.
»Statt sechs Monaten darf unser Aufenthalt auf Enceladus nur fünf Monate dauern.«
»Das ist akzeptabel«, sagt Amy. »Wer füllt den Behälter auf?«
Marchenko meldet sich. »Aus medizinischer Sicht sollten Jiaying, Hayato und Martin nicht schon wieder raus. Bleiben also nur Francesca und ich.«
»Es ist nicht so einfach wie vorher. Nur das Kommandomodul steht unter Normaldruck.«
»Richtig, Amy. Wir sollten das Nachbarmodul auf den Druck bringen, den sonst das Airlock hat. Zum Eingewöhnen für uns.«
»Aber die Anzüge liegen noch im Airlock.«
»Das ist ein Problem. Wenn wir alle Räume bis zum Airlock auf ein zwanzigstel Bar bringen, halten unsere Zellwände dem Innendruck stand. Wir rennen zum Airlock, schließen die Innenluke und lassen halben Erddruck aufbauen. Ist das in einer Minute zu schaffen?«
Niemand antwortet.
»Watson?«
»Ja, das ist ein realistisches Szenario. Sie erreichen das Airlock mit 85 Prozent Wahrscheinlichkeit, ohne bewusstlos zu werden. Ich muss darauf aufmerksam machen, dass Sie sich mit dem Beginn der Aktion nicht zu viel Zeit lassen sollten. Wenn die Triebwerke nicht in 120 Minuten neu an fangen zu bremsen, wird ein Einfang-Orbit um Saturn unmöglich.«
Wenn sie sich nicht beeilen, schießen sie ohne Wiederkehr über den Saturn hinaus. Martin spürt die Kälte des Alls seinen Rücken hinaufkriechen. Er sieht den anderen an, dass es ihnen ähnlich geht.

28. Oktober 2045, Erde

»Aufstehen, aufstehen, schnell, schnell«. Martin öffnete die Augen. Durch die Fenster der Baracke drang noch kein Licht. Martin hatte schlecht geschlafen, mindestens einer der Männer hatte immer geschnarcht. Er gähnte.
»Das muss schneller gehen, los, Leute!« Er erkannte die Stimme von Miller. Martin setzte sich auf und sprang nach unten. Die Uniform, von der Navy geliehen, hing am metallenen Hinterpfosten des Stockbetts. Er schlüpfte in die Hose und zog den Gürtel straff. Jacke, Stiefel, fertig. Die Mütze, er brauchte ja noch das Barrett.
»Rucksack packen und raus geht's«, kam das nächste Kommando.
Die Rucksäcke hatten sie gestern Abend noch aus Militärplanen gebastelt. Sie enthielten zwei Wasserflaschen, Desinfektionstabletten, einen Regenponcho, ein Messer, einen Kompass und eine Karte.
Vor der Tür trat Martin in eine Pfütze und fluchte. Es musste die ganze Nacht durchgeregnet haben. Noch immer fiel der Regen in feinen Tropfen auf seine Haut. Er versuchte, die anderen zu erkennen, aber niemand sagte etwas, und im Halbdunkel sahen alle Uniformen gleich aus. Nur Amy fiel ihm auf, weil sie deutlich kleiner als die anderen war.
»Abmarsch!«
Einer der Ausbilder ging in Richtung Wald. Einer nach dem anderen folgte, und so liefen sie im Gänsemarsch durch die Dunkelheit. Sie gingen endlos und ohne Ziel, schien es Martin. Der Ausbilder wechselte so oft die Richtung, dass Martin zu 100 Prozent desorientiert war. Ob es seinen Kollegen genauso ging? Zweimal war er über eine Baumwurzel gestolpert, sein Knie schmerzte. Aber er würde nicht jammern. In einer Woche war das gesamte Abenteuer ja vorbei, denn seine Kündigung stand für ihn schon fest.
Es war schon eine Weile hell, als sie eine kleine Lichtung

erreichten. Sie ähnelte der, auf der die Baracke stand, doch es war kein Haus zu sehen.
»Auf 9 Uhr sehen Sie etwas«, sagte der Ausbilder. Das musste Miller sein. Die Gruppe sah nach links. Dort hing etwas in einer Kiefer, auf etwa fünf Metern Höhe.
»Was Sie sehen, ist ein Fallschirm. Da könnte Ihr Kollege dran hängen. Retten Sie ihn, AsCans!«
Wie seine drei Kollegen ging Martin auf den Baum zu. Die Kiefer war gerade gewachsen, der Fallschirm außer Reichweite. Der Stamm des Baumes war glatt, wie absichtlich gesäubert. Erst in drei Metern Höhe gab es einen Ast, den man zum Klettern nutzen konnte.
»Räuberleiter?« Der Vorschlag kam von Amy. Francesca war die größte im Team, also würde sie als Stütze dienen. Amy war zu klein, also blieben nur Hayato und er. Er sah den Japaner an; der nickte. Hieß das nun »mach nur« oder »ich mache das«?
»Okay, okay« Dann würde er eben klettern. Francesca stellte sich so neben den Stamm, dass er den Ast mit den Händen greifen konnte, wenn sie ihn nur hoch genug hob. Sie formte mit den Händen eine Mulde. Er setzte seinen linken Fuß hinein und versuchte, sich an ihrer Schulter festzuhalten. Zu spät; sie gab ihm einen kräftigen Schubs. Er segelte über ihren Kopf hinweg in den Dreck.
Martin musste lachen, egal ob das den anderen seltsam vorkam. Die Situation kam ihm so skurril vor.
»Neuer Versuch«, sagte er. Wieder gab ihm Francesca einen kräftigen Schubs, doch diesmal hatte er damit ge-rechnet. Er streckte sich rechtzeitig, sodass seine Hände den einsamen Ast zu fassen bekamen. Der Ast schwankte unter seinem Gewicht, die raue Rinde schnitt ihm ins Fleisch, aber er hing. Und nun?
Die anderen merkten, dass er nicht weiter wusste, und gaben ihm Tipps. Martin hatte nie besonders viele Klimmzüge geschafft, doch es gelang ihm, sich hochzuziehen und mit einem Arm aufzustützen. Dadurch war der andere frei. Hier oben gab es genügend Äste. Er griff einen nach dem anderen und kletterte die restlichen Meter bis zum Fall-

schirm, dessen Schnüre sich verheddert hatten. Er zog das Messer, das er in die Knietasche gesteckt hatte, und schnitt die Leinen durch, bis der Fallschirm unter dem eigenen Gewicht nach unten fiel. Beim Aufprall gab es ein dumpfes Geräusch. Hoffentlich hatten es die Navy-Jungs mit dem Realismus nicht übertrieben. Er kletterte wieder nach unten, hängte sich an den untersten Ast und ließ sich ins weiche Moos fallen.

»Glückwunsch«, sagte Miller, nachdem sie den Fallschirm und seine Last in die Mitte der Lichtung gezerrt hatten. Die Last bestand aus einer zum Sack gefalteten Plane, die verschiedene Dosen enthielt.

»Eure Nahrung für die nächsten zwei Tage. Wasser kommt von da.« Miller zeigte nach oben.

»Es gibt hier aber auch einen kleinen Fluss.«

Hayato begann, mit seinem Messer eine der Dosen zu öffnen.

»Habe ich etwas von Frühstück gesagt? Erst bauen wir eine Unterkunft und machen ein Feuer.«

Der strapazierfähige Stoff des Fallschirms diente als Grundlage für ein primitives Zelt, das sie zusätzlich mit Ästen verstärkten und mit der Fallschirm-Schnur sicherten.

»Den Rest der Schnur unbedingt aufheben!«, mahnte Miller sie. Er war der einzige, der Anweisungen gab.

Das Feuer war ein größeres Problem. Miller ließ sie erst selbst ein bisschen experimentieren. Amy hatte mal in einem Film gesehen, wie jemand durch schnelles Drehen eines Holzpflocks Feuer machte. Doch sie fanden kein Holz, das dafür trocken genug war. Martin wollte gerade den Ausbilder ansprechen, da kam Francesca zu Hilfe. Sie öffnete ihre Jacke und nahm ihre Halskette ab. Daran befand sich ein Anhänger, der die Form eines dicken Metallstiftes hatte.

»Spielverderber«, rief Miller, der ihre Absicht erkannte.

»Das ist ein Feuerstahl. Ein Pilot ohne Feuerstahl, das geht ja gar nicht.« Francesca gab ihnen klare Anweisungen: Hayato sollte Birken suchen und mit seinem Messer mehrere Rindenstücke entfernen. Martin musste alte, abgestorbene

Zweige sammeln, auch wenn sie nass geworden waren. Aus diesen Zweigen formten Amy und Francesca im Schutz der Plane eine Feuerstelle. Mit ihrem Messer schabte Francesca dann von der Innenseite der Birkenrinde feine Späne ab.

»Das ist der Zunder«.

So entstand ein etwa faustgroßer Spanhaufen, den sie auf einer trockenen Unterlage platzierte. Dann hielt sie den Feuerstein im 45-Grad-Winkel über den Zunder und fing an, mit dem Messer daran herumzuschaben. Funken flogen in den Zunder, und bald entstand eine kleine Flamme, die sich ausbreitete und schließlich auch die abgestorbenen Äste entzündete. Als das Feuer groß genug war, entfernte Francesca die Plane darüber.

»Wenn wir regelmäßig nachlegen, kann der Regen dem Feuer nichts anhaben«, erklärte sie dazu. »Das Holz wird äußerlich schnell von der Hitze getrocknet. Es darf nur nicht innerlich feucht sein, also jung und frisch.«

Miller klatschte in die Hände.

»Wer will Kaffee? Jetzt ist Zeit für Frühstück.«

Martin sah zum Himmel, der immer noch grau aussah. Ein heller Fleck stieg langsam nach oben. Es musste bald Mittag sein. Jeder suchte eine Dose aus und legte sie an den Rand des Feuers. Die Mahlzeit, mit dem Messer und den Fingern direkt aus dem Blech gegessen, schmeckte köstlich.

»Sie brauchen in der Wildnis wenigstens zwei Mahlzeiten am Tag.«

Nach dem Essen hätte sich Martin gern eine halbe Stunde ausgeruht, doch Miller ließ ihnen die Zeit nicht.

»Lassen Sie uns zusehen, wie wir eine zweite Mahlzeit organisieren. In gemäßigten Breiten werden Sie im Wald zwar auch eine Menge essbare Pflanzen finden, aber es geht doch nichts über ein Stück Fleisch. Legen Sie sich nicht mit einem Wildschwein an. Bären sind zu stark, Füchse, Hirsche und Rehe zu schnell. Selbst Kaninchen zu fangen ist mit unseren Vorräten schwierig. Aber Eichhörnchen. Was halten Sie von einem leckeren Eichhörnchen?«

Miller sprach damit direkt die beiden Frauen an. Francesca verzog keine Miene, aber Amy kniff die Augen zusammen.
»Gut, wir brauchen einen geraden Ast, mindestens fünf Fuß lang und zwei Zoll dick. Martin und Hayato, Sie gehen auf die Suche. Amy und Francesca, wir haben zufällig einen alten Regenschirm gefunden. Ich möchte, dass Sie die Metallstreben daraus entfernen.«
Martin nickte Hayato zu. Sie liefen in verschiedene Richtungen in den Wald. Martin brauchte eine Viertelstunde, um zwei passende Äste zu finden und mit dem Messer zu säubern. Hayato saß schon am Feuer, als er wieder eintraf. Die Frauen hatten aus den Metalldrähten des Regenschirms Ringe geformt, die sie nun etwa auf halber Höhe an den Ästen befestigten.
»Das ist unsere Eichhörnchen-Falle. Die Tiere sind, wie wir alle, faul. Wir lehnen sie etwa im 45-Grad-Winkel an einen Baum, auf dem wir Eichhörnchen vermuten. Wenn die nun auf ihren Baum klettern, wählen sie den bequemeren Weg. Bis sie merken, dass sie mit dem Kopf im Draht stecken bleiben. Dann springen sie. Nicht gut für die Eichhörnchen.«
Amy sah mit großen Augen auf den Ast, den sie in der Hand hielt.
»Müssen wir das unbedingt praktisch durchführen? Wir haben das Prinzip verstanden.«
»Martin, es tut mir leid, aber ja. Oder wie soll ich Ihnen sonst zeigen, wie man ein Eichhörnchen häutet?«
»Danke, Martin, aber ich schaffe das schon«, sagte Amy.
»Gut, platzieren wir unsere Fallen. Danach müssen wir ein bisschen warten. In der Zwischenzeit werden wir Wasser auffangen, für den Fall, dass es keinen Fluss gibt.«
Miller suchte zwei Bäume aus, die er für besonders chancenreich hielt. Martin hätte nicht sagen können, warum.
»Sehen Sie die Reste am Boden? Hier müssen sich öfter Eichhörnchen aufhalten.« Dann führte er sie wieder zum Not-Zelt in der Mitte der Lichtung.
»Wir haben ja noch eine Menge Fallschirm-Stoff übrig. Wie

können wir damit Wasser gewinnen? Francesca, Sie sagen nichts.«
»In den Regen legen und auswringen?« Hayato lachte.
Amy meldete sich wie in der Schule. »Einen Trichter bauen?«
»Dann mal los«. Miller verriet nicht, ob die Lösung richtig war. Martin erschien sie logisch, also widersprach er nicht.
»Wenn der Trichter einen Radius und eine Tiefe von einem Meter haben soll, müssen wir einen Kreissektor mit dem Mittelpunktswinkel von 360° mal Radius durch Wurzel aus Tiefe zum Quadrat plus Radius zum Quadrat ausschneiden«, erklärte er.
»Hä?« Das hatten alle drei fast gleichzeitig geantwortet.
»Stellt euch ein Kuchenstück vor, bei dem die runde Backform zwei Meter Durchmesser hatte. Jemand hat schon einen Anteil von 1- (1 durch Wurzel 2) gegessen.«
Sie sahen ihn immer noch entgeistert an.
»Ein knappes Drittel des Kuchens fehlt, okay?«
Sie schnitten den restlichen Stoff mit dem Messer passend so zurecht, dass der Stoff die Form eines Kreises hatte, dem ein Drittel-Sektor fehlt. Dann stützten sie die Konstruktion mit Ästen. Unter das Loch in der Mitte stellten sie einen Behälter.
»Das sind nun etwa drei Quadratmeter Fläche«, erklärte Martin. »Im Oktober haben wir hier oben im Mittel pro Tag zwei Liter pro Quadratmeter, also würden wir in 24 Stunden sechs Liter Wasser auffangen. Das reicht für zwei bis drei Personen. Aber natürlich nur, wenn es regnet, und im Mittel.«
Miller sah ihn wortlos an und setzte sich. Sie sahen zu, wie sich das Glas langsam füllte. Dass sie selbst längst nass bis aufs Mark geworden waren, fiel ihnen nicht mehr auf.
»Amy, einer muss hier bleiben und auf das Feuer aufpassen«, sagte Miller schließlich.
Martin musste schmunzeln. Miller wollte Amy wohl nicht dabei haben, wenn sie die Eichhörnchenfallen inspizierten.
»Die anderen sehen mit mir nach, ob wir etwas gefangen haben.«

Miller ging voraus. Die AsCans bewegten sich langsamer als vorher. Niemand wollte offenbar als erster an den Schlingen sein.
»Seht ihr? Wir haben eins.« Miller merkte, dass er geflüstert hatte, obwohl dafür kein Anlass bestand. Er entfernte erst die drei leeren Fallen und bog die Schlingen glatt. Dann nahm er das tote Eichhörnchen und zeigte es ihnen.
»Keine Sorge, es ist sehr schnell gestorben.«
Niemand sagte etwas.
»Jetzt brauchen wir einen Baumstumpf, möglichst glatt. Zufällig gibt es gleich hier um die Ecke einen. Mit dem Fell können wir das Eichhörnchen nicht braten. Wir müssen es häuten.«
Er beugte sich nach unten. Der Stumpf war noch etwa dreißig Zentimeter hoch. Der Ausbilder legte das tote Tier auf das glatte Holz, setzte sein Messer knapp über dem After an und schnitt ein paar Zentimeter ins Fell. Dann zog er kräftig an der Haut darüber, bis diese sich ein Stück löste. Miller sah sich um. Er fand eine saubere Stelle am Boden, legte das Tier ab und trat mit einem Fuß auf seinen Schwanz. Dann riss er kräftig am Fell, das sich Zentimeter um Zentimeter aufrollte, bis er an den Vorderbeinen angekommen war. Hier schnitt er das Fell ab und entfernte dann den Kopf.
»Fertig.« Miller rieb sich den Schweiß von der Stirn. Seine Hände waren nicht blutig, wie Martin es erwartet hätte.
Ohne sein Fell sah das Eichhörnchen noch viel kleiner aus. Es wirkte einsam und hilfsbedürftig, fast wie ein Neugeborenes. Martin spürte, dass ihm übel wurde. Ein paar schnelle Schritte hinter einen Busch, und er übergab sich. Was für ein Leben mochte das Tier gehabt haben? Hatte es so etwas wie Glück oder wenigstens Zufriedenheit verspürt? Hatte es eine Vorstellung davon gehabt, wie es einst sterben würde? Vermutlich nicht. Martin kehrte zur Gruppe zurück. Auch in den Mienen der anderen sah er Entsetzen und Ekel.
»Es lohnt nicht, das Tier auszunehmen, so klein wie es ist.

Grillen Sie es im Ganzen und essen Sie nur das Fleisch von Beinen, Brust und Rücken.«

Miller merkte, dass seine Zuhörer ganz und gar nicht begeistert waren.

»Der Andere oder Sie, darum geht es.« Er schlug einen ernsten Ton an. »Wahrscheinlich werden Sie kaum in einem Wald notlanden, und wie ich höre, gibt es auf Enceladus auch keine Eichhörnchen. Aber es könnte eine Situation kommen, bei der Sie sich zwischen ihrem Leben und dem Leben anderer entscheiden müssen. Darauf wollte ich Sie vorbereiten, ein bisschen wenigstens. Solche Entscheidungen können sehr schmerzhaft sein, und Sie werden Ihr ganzes Leben mit dem Ergebnis Ihrer Wahl verbringen müssen.«

Sie liefen schweigend zum Lager zurück. Amy hatte schon frischen Kaffee vorbereitet. Zum Abendessen gab es aufgewärmte Konserven. Sie saßen rund um das Feuer und wärmten sich daran. Innere und äußere Wärme begannen, die Nässe aus ihren Kleidern zu vertreiben. Heute hatte niemand Lust, Geschichten aus einer anderen Zeit zu erzählen. Die Flammen züngelten, solange sie jemand am Leben erhielt. Das Holz knackte, während es in der Wärme trocknete. Es roch nach Ruß, Moos und nassem Hundefell, obwohl kein Hund in der Nähe war. Niemand merkte, wie die Sonne hinter all den Wolken unterging.

Irgendwann rollte sich Martin in ein Stück Plane ein. Sein Rucksack diente als Kopfkissen. Dieser Tag hatte ihn seine Kündigung noch einmal überdenken lassen. Ihm war jetzt klar geworden, dass er einen Fehler begehen würde, wenn er diese Reise absagte. Seine Neugier war geweckt. Die Menschen, mit denen er unterwegs sein würde, waren es wert, dass er sie näher kennenlernte. Und er hatte nicht mehr das Gefühl, eine Gefahr für sie zu sein.

15. November 2046, ILSE

Ein letzter Abschied. Francesca und Marchenko passen gut zueinander. Pragmatisch, zupackend, kein Drama. Von der Meinungsverschiedenheit, als es um den Abbruch der Mission ging, ist zumindest für Martin nichts mehr zu spüren. Sie schließen die Luke zum Kommandomodul und machen ihren Job: rennen durch ein Beinahe-Vakuum, das sie nur deshalb nicht umbringt, weil sie vorher ausgeatmet haben. Er wünscht ihnen von Herzen, dass sie rechtzeitig ankommen. Wenn erst einmal die Triebwerke wieder laufen, wird alles wieder sein wie vorher. Nein, es wird nichts mehr sein wie vorher, und das fühlt sich gut an. Er sieht zu Jiaying herüber, die seinen Blick nicht bemerkt. Ihm fällt ein, dass er sich noch gar nicht bei ihr bedankt hat. Denn er hat allen Grund dazu, weil ihm klar geworden ist, wie wichtig ihm das Leben tatsächlich ist. Und Jiaying.
»Achtung – fertig – los.« Marchenko hat das Kommando gegeben. Er lässt Francesca vor. Sie ist jünger und schneller. Sie kann vielleicht die entscheidenden Sekunden herausholen, wenn sie als erste auf den Knopf drückt. Die Anlage braucht einen Moment, um frische Luft in das Airlock zu blasen. Martin lauscht angestrengt, doch er hört nichts. Kein Keuchen und Stöhnen. Die beiden haben vor dem Betreten der Unterdruckzone ausgeatmet, um ihre Lungen zu schonen. Keinen Herzschlag. Dafür sind die Uniform-Mikros nicht empfindlich genug.
»Airlock geschlossen«, meldet Watson.
»Commander an EVA-Team, Status.«
Francesca holt keuchend Luft. »Airlock erreicht. Marchenko ... bewusstlos. Was sagt sein Biosensor?« Es liegt Sorge in ihrer Stimme.
»Sein Kreislauf ist stabil. Vielleicht ein Schock. Wir werden sehen. Aber er lebt.«

»Ich werde ihm seine EMU anziehen und dann da raus gehen.«
Niemand widerspricht, denn es ist logisch. Francesca muss die Aufgabe allein erfüllen. Martin sieht, wie die Kommandantin ihre Hände knetet. Für eine Weile ist aus dem Airlock nur Schnaufen zu hören. Er stellt sich vor, wie Francesca dem Bewusstlosen seinen Raumanzug anlegt. Dürfte nicht einfach sein.
»Das war's. Schließe jetzt Marchenkos Helm. Er atmet.«
»Hervorragend, Francesca«, meldet sich Amy.
»Beginne mit dem Ausstieg.«
»Siri, wir brauchen alle erreichbaren Kameras.«
»Bestätige, Commander. 85 Prozent des Arbeitsbereichs von Astronautin Rossi sind durch Kameras einsehbar. Starte Übertragung.«
»Auf Nebeldisplay übertragen.«
Aus dem Nichts schält sich über dem Konferenztisch eine Figur im Raumanzug, die zwischen den Sternen wandelt. Die Kameras filmen von unten herauf. Die vier Astronauten im Kommandomodul sehen, wie Francesca ihren Weg über das Raumschiff findet. Sie muss erst einen Sauerstoff-Behälter aus dem Lager holen. Dann wird sie den Behälter aus dem Einlass-Stutzen der Lebenserhaltung füllen. Dieser dient eigentlich dazu, die internen Tanks zu befüllen, doch Watson kann die Flussrichtung der Ventile auch umkehren. Anschließend begibt sich Francesca zum Sauerstofftank des Verbrennungsmotors, der sich im Antriebsmodul befindet. Das sind etwa fünfzig Schritte, wobei sie auch die Schlucht überqueren muss, die Martin solche Probleme bereitet hat. Sie leert den Behälter und tritt den Rückweg an.
Die Sauerstoffflasche fasst 20 Kilogramm. Francesca muss den Vorgang also achtmal wiederholen. Das Vakuum bringt dabei Vor- und Nachteile: Die Brandgefahr entfällt, dafür könnte verspritzter Flüssigsauerstoff Francescas Raumanzug beschädigen. Die Astronautin muss sich also beim Umschütten vorsehen.
Martin berechnet, dass sie pro Füllung zwölf Minuten

brauchen wird. Das macht 96 Minuten, bis der Verbrennungsmotor wieder einsatzfähig ist. Dann können sie die Triebwerke eines nach dem anderen starten. Beim ersten muss der Motor für etwa 100 Sekunden die nötige Energie liefern. Danach erzeugt das laufende DFD den Startstrom für das nächste Triebwerk. Wenn jedes Antriebsmodul etwa zwei Minuten braucht, sind das weitere 16 Minuten. Vorher hat Francesca eine Minute für den Weg zum Airlock gebraucht, dort vergingen dann zehn Minuten, um Marchenko den EMU überzuziehen. 96 plus 16 plus 11, hat er noch etwas vergessen? Richtig, die Zeit vom Ausstieg über den Weg zum Lager bis zum Befüllungs-Stutzen der Lebenserhaltung, vielleicht zwei Minuten. Also insgesamt 125 Minuten, fünf mehr, als Watson bis zum Neustart der Triebwerke vorgegeben hat. Gut, die Bremswirkung wird schon einsetzen, sobald das erste startet. Andererseits werden sie warten müssen, bis sich Francesca wieder im Airlock befindet, sonst könnte die zunehmende Beschleunigung ihr den Rückweg erschweren.

Er berichtet den anderen nichts von seiner Rechnung. Es ist ja auch bloß ein Überschlag. Vielleicht ist Francesca deutlich schneller als vermutet – die Sauerstoffflasche wiegt ja nichts. Martin merkt, wie er selbst beginnt, mit den Knien zu wackeln. Amy hat sich breitbeinig hingesetzt, wie um sich zusätzlichen Halt zu verschaffen. Hayato kritzelt etwas in ein Notizbuch. Martin kann nicht genau erkennen, was es ist, Formeln oder japanische Schriftzeichen vielleicht. Schreibt er einen Abschiedsgruß in sein Tagebuch? Jiaying hat sich ihren Stuhl mit der Lehne nach vorn gestellt und sitzt falsch herum. Dadurch kann sie sich beliebig nach hinten lehnen, ohne Schwerkraft bleibt ja jede Position stabil. Sie liegt beinahe und hat die Augen geschlossen.

»Können wir irgend etwas tun?«, fragt Hayato, und legt den Stift zur Seite.

»Nein«, presst Amy heraus. Mehr gibt es nicht zu sagen.

Auf dem funkelnden Display sehen sie, wie Francesca sich am Stutzen der Lebenserhaltung abmüht. Der Verschluss

wurde zuletzt im Erdorbit geöffnet. Verliefe alles planmäßig, wäre er bis zur Rückkehr geschlossen geblieben. Dass ihn vielleicht ein einzelner Astronaut aufdrehen muss, daran hat man nicht gedacht. Die Pilotin versucht es erst mit der Hand, dann mit der Spezialzange in ihrem Werkzeuggürtel. Doch ihre Kraft reicht nicht. Sie braucht einen zusätzlichen Hebel. Die Kamera verfolgt, wie sie aufsteht und sich umsieht. Martin holt sich die Risszeichnung des Schiffes auf sein Tablet. In drei Metern Entfernung von Francescas Position muss sich eine Parabolantenne befinden, die von kräftigen Metallstreben am Schiff stabilisiert wird. Es sind keine normalen Rohre, sondern Aktuatoren, die die Schüssel ferngesteuert auf ihr Ziel, die Erde, ausrichten können. Er will Francesca einen Hinweis geben, doch sie hat ihre Chance anscheinend schon erkannt. Die Kamera zeigt, wie sie einen der Streben abschraubt. Zum Glück sind sie weder an der Basis noch an der Schüssel verschweißt. Bevor sie wieder Botschaften an die Erde senden können, werden sie die Antenne reparieren müssen, doch das ist gerade unwichtig.
Die Metallstange ist einen Meter lang und stabil genug, um Francesca als zusätzlicher Hebel dienen zu können. Alle hören über den Helmfunk, wie sie sich anstrengt.
»Ha«, sagt sie nur, als sich der Verschluss endlich bewegt. Martin sieht auf die Uhr, weitere zehn Minuten sind vergangen, neue Prognose: 135. Er überlegt, ob er Watson einen Countdown anzeigen lassen soll. Doch was hilft den anderen diese Zahl? Die Zeit vergeht, und sie können sie nicht aufhalten.
Bald zeigt sich, dass Martin zu optimistisch gerechnet hat. Der mobile Tank wiegt zwar nichts, doch seine Trägheit erschwert Francesca den Weg. Knapp fünf Minuten für eine Richtung, statt der drei, die er angenommen hat, das wären 16 Minuten plus, 167 insgesamt. Immerhin lässt sich der Verschluss des Sauerstofftanks am Motor leicht öffnen. Womöglich zu leicht. Ist das die Ursache, dass der Tank sich geleert hat? Es wäre Glück im Unglück, denn falls der Tank beschädigt ist, wird der neu eingefüllte Sauerstoff

auch wieder austreten. Wenn es sich nur um einen Mikro-Riss handelt, haben sie vielleicht trotzdem genug Zeit. Sie brauchen den Motor für 100 Sekunden in Höchstleistung, mehr nicht.
Francesca ist auf dem Rückweg. Martin beobachtet ihre Bewegungen. Ihnen ist anzumerken, dass die Pilotin ein Talent hat. Sie hat einen optimalen Rhythmus gefunden. Wahrscheinlich ist sie auch eine gute Tänzerin. Der Gedanke lässt ihn in die Vergangenheit reisen, etwas, das er sich lange nicht zugestanden hat. In ein früheres Leben, in dem er mit seiner Freundin über das Parkett schwebte. Sie hatte ihn überredet, tanzen zu lernen, ihn, den Bewegungsmuffel, und er hatte überraschend viel Spaß daran gehabt.
Er sieht auf die Uhr. Vier Minuten, Francesca wird schneller. 152, wenn alles glatt geht. Seine Knie zittern.
Dreißig Minuten später läuft immer noch alles glatt. Francesca hat sich auf die vier Minuten pro Weg eingependelt, 14 statt 12 Minuten pro Befüllung. Noch 122 Minuten bis zum Triebwerksstart. Watson würde gern in spätestens 90 Minuten bremsen.
Aus dem Lautsprecher kommt ein ächzendes Geräusch. Acht Augen schauen auf Francescas Bild auf dem Nebel-Display, doch sie bewegt sich routiniert über das Raumschiff.
»Marchenko?«
»Melde mich zum Dienst, Commander«.
»Großartig!« Martin kann sehen, wie Amys Augen leuchten. Sie instruiert ihn, so schnell es geht. Francesca ist gerade beim dritten Füllvorgang, mit vollem Behälter unterwegs zum Tank des Motors. Bleiben fünf. Marchenko muss sich erst noch eine Sauerstoffflasche besorgen. Dann wird er mindestens zwei Füllungen übernehmen können. Für ihn ist das neu, und er ist kein Sportler, doch länger als Francesca für drei Gänge wird er für zwei nicht brauchen. Macht 28 gesparte Minuten. Sie kommen dem Countdown von Watson wieder näher.
Marchenko begreift schnell, was zu tun ist. Sie büßen etwas Zeit ein, wenn sich beide Astronauten begegnen, vor

allem, wenn das an einem der Umfüll-Punkte passiert. Amy begreift das im selben Moment wie Martin.

»Commander an Marchenko. Lassen Sie Francesca bitte immer den Vortritt, wenn sie in der Nähe ist.«

Marchenko hat mehr Zeit als die Pilotin, weil er nur zwei Mal laufen muss. Hayato beginnt, mit dem Knöchel auf die Tischplatte zu klopfen. Martin kann es ihm nicht verübeln. Jiaying schwebt noch immer zurückgelehnt mit geschlossenen Augen. Wo mag sie sich gerade aufhalten? Martin würde jetzt auch gern aus der Wirklichkeit fliehen, doch es gelingt ihm nicht mehr, die Tanzszenen aufleben zu lassen.

»Letzte Runde«, gibt Francesca bekannt. Es ist noch keine Erleichterung herauszuhören.

»Watson, skizziere Folgen eines Triebwerksstarts mit Astronauten in EVA.« Amy hat die Uhr offenbar genauso kritisch im Blick wie er.

»Gefahrenstufe 2. Verstoß gegen EVA-Protokoll. Genehmigung von Mission Control erforderlich.«

»Mission Control ist für uns offline. Genehmigung durch Commander genügt. Konkrete Gefahren?«

»Sprunghaft wachsende Beschleunigung entgegen Flugrichtung.«

Martin sieht konkret vor sich, was Watsons fünf knappe Worte in der Realität bedeuten: Die in Flugrichtung austretenden heißen Gase, Wasserstoff und Helium-4, sind keine Gefahr. Ihre Austrittsgeschwindigkeit aus der Düse des Triebwerks ist viel zu hoch, das bremsende Schiff wird sie nie erreichen. Doch die beiden Astronauten werden, an ihren Sicherungsleinen hängend, ein vielleicht dreißig oder fünfzig Meter hohes Metallungetüm hinabklettern müssen, unter ihnen die Unendlichkeit, in die sie ihre eigene Trägheitskraft zu ziehen versucht. Etwa alle zwei Minuten wird sich diese Kraft erst verdoppeln, dann verdreifachen und so weiter, mit jedem Triebwerk, das sich zuschaltet, steigt die Absturzgefahr. Wenn sie fallen, wird ihre Sicherungsleine greifen, doch auch das schützt sie nur am Anfang vor dem Tod: Der Einstieg, den sie erreichen müssen, befindet sich kurz vor dem sich noch immer schnell drehenden,

mächtigen Habitat-Ring. Wie hoch ist die Wahrscheinlichkeit, dass Francesca und Marchenko diesen Abstieg überstehen? Martin wagt keine Schätzung.
Er sieht Amy an. Sie erwidert seinen Blick. Hat sie sich gerade ein ähnliches Szenario ausgemalt wie er? Sie nickt. Martin schüttelt den Kopf.
»Wir sparen noch einmal vier oder fünf Minuten. Genau die Zeit, die Watson braucht, um uns rechtzeitig um Saturn einschwenken zu lassen.«
»Amy, die Gefahr ist zu groß. Wir verlieren sie. Dann ist die Mission auch vorbei.«
»Es ist auch zu viert machbar. Ich im Orbit, du auf Enceladus, Hayato und Jiaying in der Valkyrie.«
»Du weißt selbst, dass das keine gute Idee ist, Amy.«
»Aber ich muss das jetzt entscheiden, in dieser Sekunde. Wenn wir zu spät bremsen, sterben wir alle. Nur später.«
»Ja.« Martin nickt. Er ist froh, nicht in ihrer Haut zu stecken. Zwei Menschenleben gegen vier.
»Watson irrt«, sagt er kurz darauf. »Die berechnete Trajektorie beruht auf Schätzungen. Die Dichte der Saturn-Atmosphäre in großer Höhe, der genaue Eintauchwinkel, dazu diverse Sicherheits-Abstände. Watsons Rechnung ist auf 100 Prozent Sicherheit ausgelegt. Wir schaffen es auch mit weniger.« Er ist überrascht, wie sicher seine Worte klingen, denn wirklich überzeugt ist er von ihnen nicht.
»Watson, berechne Trajektorie zu Enceladus mit 80 Prozent Sicherheitsfenster. Spätester Bremszeitpunkt?«
»46 Stunden, drei Minuten, 27 Sekunden ab Zeitpunkt 0, Commander.«
»Danke, Martin. Commander an EVA-Team: Lasst euch Zeit.«
»Was ist denn los? Haben wir eh keine Chance mehr?«
»Nein, Francesca. Wir werden Enceladus erreichen. Den Rest erkläre ich später. Commander Ende.«
Das Nebel-Display zeigt, wie die Pilotin ein letztes Mal den Tank des Motors füllt. Marchenko nimmt ihr die leere Flasche ab und bringt sie zusammen mit seiner Flasche zu-

rück ins Lagermodul. Dann klettern beide behutsam in Richtung Einstieg.
»Außenluke verschlossen und gesichert«, meldet Francesca zehn Minuten später. Bis zum Wiedersehen werden noch ein paar Stunden vergehen, denn erst muss sich das Außenteam an den Innendruck anpassen. Und auch die Lebenserhaltung muss erst noch alle Räume wieder mit atembarer Atmosphäre füllen. Wenn die DFDs dafür wieder genug Energie liefern.
»Commander hier, bitte identifizieren.«
»Identifiziert, ich höre.« Siri antwortet. Martin hat diesen Dialog heute schon einmal gehört. Wie viele Jahre ist das her?
»Fusionstriebwerke nach Standard-Protokoll neu starten.«
»Veranlasse Neustart.«
Ein leises und tiefes Brummen erfüllt das Schiff. Es bleibt konstant. Martin zählt mit und kommt bis 100, dann verstärkt es sich.
»DFD 1 online«, meldet Siri.
Martin sieht sich um, auch die anderen scheinen im Kopf mitzuzählen. Er kommt bis 105, dann wird das Brummen lauter. Eine leichte Kraft drückt ihn in Richtung Bug. Jiaying ist nicht schnell genug und fällt beinahe auf den Rücken. Es ist Zeit, die Sitze umzustellen.
»Siri, Kommandomodul umkonfigurieren.«
Wie von Geisterhand bewegt sich die Tischplatte. Die Stühle nehmen eine neue Position ein. Vorn ist jetzt unten. Wenn sie in ihre Kabinen wollen, müssen sie ab sofort nach oben klettern.
»DFD 2 online«.
Es läuft. Sie werden nicht mehr ersticken. Amy zieht die nötigen Schlussfolgerungen. »Watson, Rotation des Habitat-Rings einstellen.«
Jetzt feuern die Feststoff-Triebwerke des Rings in entgegengesetzte Richtung, bremsen den Wohnring bis zum Stillstand. Der Bremsvorgang wird in den kommenden Wochen den Anschein von Schwerkraft vermitteln.
»DFD 3 online«.

Martin wird mutig. Er zählt nicht mehr mit. Er beschließt, wieder Vertrauen zum Schiff zu fassen. Denn das wird er in den nächsten Monaten brauchen.
»DFD 4 online.«
»DFD 5 online.«
»DFD 6 online.«
Amy steht schon, sie grinst breit. Hayato springt auf. Auch Jiaying hält es nicht mehr auf ihrem Sitz. Martin seufzt erleichtert und tritt zu ihnen. Die Kommandantin hält die Arme weit auf. Sie umarmen sich zu viert. Ein seltsames, aber angenehmes Gefühl.

Enceladus, Teil 2: Das Ziel

7. Dezember 2046, ILSE

»Der winzige Punkt, das sind wir.« Amy zeigt auf einen zwischen verschiedenen Grüntönen blinkenden Punkt auf dem Nebel-Display. Er befindet sich auf einer Ellipse, in deren einem Brennpunkt in roter Farbe ein Planeten-Symbol eingezeichnet ist. Die Darstellung ist nicht maßstäblich. Wenn Martin aus dem Bullauge sieht, sieht er eine Scheibe, fast so groß wie das Fenster selbst, die zwei schmale Henkel zu haben scheint. Die Ringe zeigen ihnen gerade nur ihre Kante.

»Und so weit sind wir gekommen.« Die Kommandantin legt die Hände vor dem Bauch zusammen, und der Maßstab der Abbildung verkleinert sich. Die Ellipse, auf der sich das Raumschiff bewegt, schrumpft zusehends, bis der grüne Punkt und das Planetensymbol fast verschmelzen. Dafür sieht man nun eine rote Linie, an deren Ende ein anderes Symbol steht, ein Bild der Mutter Erde in Blau, die sie alle geboren hat.

Amy schnippt mit den Fingern, und die Darstellung setzt sich in Bewegung. Während ihr Heimatplanet um die Sonne wandert, macht sich der grüne Punkt auf einen weiten Weg. Er zielt auf das rote Symbol. Nach einem Jahr befindet sich das Erdsymbol wieder am selben Ort wie beim Start, während das rote Symbol, das für Saturn steht, gerade einmal um 30 Grad weiter gewandert ist.

»Ihr seht, Saturn hat uns das Zielen leicht gemacht. Er bewegt sich nur mit knapp 10 Kilometern pro Sekunde durch das All, die Erde ist dreimal schneller. Und dabei hat er einen viel längeren Weg.«

Einen ähnlichen Vortrag hat Martin schon bei der Ausbildung auf der Erde gehört. Doch nun fühlt es sich ganz anders an, weil er selbst auf diesem grünen Punkt mitfliegt. Der Abstand, den sie in den vergangenen zwölf Monaten überwunden haben, scheint ihm eine riesige Kluft. Sie sind

neunmal so weit von der Umlaufbahn der Erde entfernt wie die Erde von der Sonne.
»Ich danke euch allen für das, was ihr für die Mission getan habt. Und ich danke euch ganz besonders, weil ich gelernt und erfahren habe, dass ihr das nicht für die Mission geleistet habt, nicht für die Ehre oder eure Heimat, sondern für uns. Für dich«, sie zeigt auf Jiaying, »ebenso wie für dich, Hayato, für dich«, sie nickt Martin zu, »für dich, für dich und für mich. Ja, und für dich.« Amy zeigt auf ihren kugelförmigen Bauch.
»Heute vor einem Jahr sind wir aus dem Erdorbit gestartet. Für diesen Anlass habe ich mir etwas aufgespart. Ihr erinnert euch wahrscheinlich nicht mehr, aber vor dem Start von der Erde habe ich jeden gefragt, was er oder sie am liebsten trinkt. Marchenko und Hayato, ihr habt es mir am leichtesten gemacht, ihr könnt euch diesen Whisky teilen. Martin, für dich habe ich ein deutsches Bier. Francesca, Sekt für dich. Jiaying, du hast mir Mangosaft genannt. Ich selbst habe mein schönstes Geschenk schon bekommen, und auch dafür danke ich euch.«
Martins Augen jucken. Das kann nur die trockene Luft im Schiff sein. Marchenko greift nach der Whiskey-Flasche und liest das Etikett. Francesca fährt sich durch die struppigen Haare. Jiaying lächelt. Sie lächelt nicht oft, findet Martin, aber wenn, dann ist sie wunderschön. Martin seufzt. Er betrachtet die Bierflasche, die vor ihm steht. Budwar, ein Pils aus dem böhmischen Budweis, zwar knapp daneben, aber Bier ist Bier.
Er versucht, sich an die Abreise zu erinnern, aber viele Details sind ihm schon entfallen. Es ging alles erstaunlich schnell. Er erinnert sich an seine allererste Reise mit dem Flugzeug. Der Moment, in dem es vom Boden abhob, hatte ihn tief beeindruckt. So tief, dass er sich vorgenommen hatte, ihn nie zu vergessen. Und doch war das Fliegen mit den Jahren so normal geworden wie eine Taxifahrt.
Ähnlich ergeht es ihm jetzt mit seiner kosmischen Reise. Er erinnert sich an den Moment auf der Tiangong-4, als er zum ersten Mal Schwerelosigkeit erlebte, auf der Tian-

gong-4, gemeinsam mit Hayato. Das tiefe Schwarz des Kosmos, nie hatte er sich so winzig gefühlt, und dann das kitschige Blau ihres Heimatplaneten dazu, das ihn mit fassungsloser Bewunderung für diese Schönheit zurückließ. Ja, jeder Astronaut, der zur Erde zurückkehrte, schwärmte davon, aber es war ein Erlebnis, das sich in seiner Gänze überhaupt nicht berichten, nicht teilen ließ. Und doch fällt es ihm heute schwer, sich den Schauer ins Gedächtnis zu rufen, der ihm in den ersten Tagen bei jedem Gedanken daran über den Rücken gelaufen war.
Martin steht auf. Er reißt sich aus seinen Gedanken los. Das Bier wartet auf ihn. Er sucht etwas, das sich als Flaschenöffner eignet.
»Wenn du Gläser findest ...«, ruft ihm Marchenko nach. Klar, Gläser für alle – und einen Flaschenöffner.
»Kabinett 13b.« Natürlich weiß Amy, wo er findet, was er sucht. Martin öffnet die Schublade, die sie ihm bezeichnet hat. In ein schwammiges Material eingebettet findet er Gläser und, ja, einen Flaschenöffner. Er geht zum Tisch zurück. Die Triebwerke bremsen immer noch, deshalb ist das Einschenken kein Problem.
»Prost.«
Sie stoßen miteinander an. Francesca hat sich zu viel eingegossen, verschüttet etwas, beugt sich über den Tisch und leckt die Lache auf. Dann lacht sie. Marchenko sieht ihr auf das Hinterteil. Martin lächelt in sich hinein. Der Russe bemerkt das, grinst ihn an und leckt sich die Lippen.
Egal. Er hat lange keinen Alkohol mehr getrunken, deshalb spürt er das Bier schnell in seinem Kopf. Es schmeckt köstlich, nach Heimat, es macht ihn locker und auch ein bisschen müde.
»Prost«. Erneutes Anstoßen. Marchenko hält eine kurze Rede, er spricht einen Toast, wie er sagt. Einen Toast sprechen? Jiaying lacht über den Begriff und kann nicht mehr aufhören, dabei hat sie doch gar keinen Alkohol getrunken. Ihr Lachen ist seltsam ansteckend. Er kann nicht anders, er muss mitlachen, und gleichzeitig steht er neben sich und findet das albern. Aber es ist so albern, dass es schon wie-

der lustig ist, zumal nun auch Francesca kichert, Amys Mundwinkel nach oben wandern und Marchenko ein dröhnendes Lachen hören lässt. Hayato scheinen die fünf lachenden Kollegen peinlich zu sein, aber auch das wirkt im Moment auf Martin extrem belustigend. Die Situation ist zum Schreien komisch, er erinnert sich nicht, wann ihm das zum letzten Mal passiert ist. Vielleicht ist es, meint sein ernstes Ich, die Bedrohung der vergangenen Wochen, die nun wie ein Panzer von ihm abfällt. Ein Panzer, sehr witzig, meint sein lachendes Ich, und dann kann auch das ernste Ich nicht mehr an sich halten.

Das Lachen verebbt, als keiner mehr Kraft hat. Ab und zu kichert noch jemand. Amy und Hayato ziehen sich als erste zurück. Dann klettern Marchenko und Francesca kurz nacheinander die Leiter hoch, die nach »oben« in Richtung Habitat-Ring führt. Martin sieht Jiaying an und muss wieder lachen. Sie kichert. Es ist Zeit, ins Bett zu gehen, denkt er. Also steht er auf und geht zur Tür, bis er eine Berührung am Arm spürt. Er dreht sich um und lächelt die Frau an, die ihm in seine Kabine folgt.

8. Dezember 2046, ILSE

Mit der Routine scheint es nun vorbei zu sein. Das ist schon der zweite Tag, an dem die normale Schichtabfolge aufgehoben ist und sie sich um 0800 im Kommandomodul treffen.

»Nachdem wir ja gestern wohl alle unseren Spaß hatten«, die Kommandantin sieht alle in der Runde nacheinander an, »wird es heute ernst. Ich bitte also um Konzentration.« Dann sieht Amy auf das noch unsichtbare Nebel-Display, auf dem wohl gleich etwas passieren wird.

»Watson, Bremsmanöver beschreiben.«

»Um den Saturnmond Enceladus zu erreichen, muss die ILSE zunächst eine Bahn um Saturn einschlagen. Doch sie ist zu schnell, um sich von der Anziehungskraft des Planeten einfangen zu lassen. Wenn wir einfach nur mit den Triebwerken bremsen, wird das Schiff auf einer Parabelbahn aus dem Sonnensystem fliegen. Ich habe deshalb eine Bahn berechnet, bei der uns der Planet selbst mit seiner Atmosphäre beim Bremsen hilft. Nur so ist ein Enceladus-Orbit zu erreichen.«

»Besteht dabei nicht die Gefahr, dass wir in den Bereich der Ringe geraten?« Martin juckt es in den Fingern. Er will Jiaying zeigen, dass er die Frage ebenfalls beantworten kann. Alberner kleiner Junge.

»In unserem Fall nicht. Wir bewegen uns in der Bahnebene von Saturn und Erde. Das Ringsystem ist dazu um 27 Grad geneigt. Unser Weg ist frei.«

»Watson, das heißt also, es besteht gar keine Gefahr? Warum fliegen wir das Manöver dann nicht einfach?« Das ist allerdings ein berechtigter Einwand von Jiaying.

»Meine Berechnung beruht auf Daten, die von früheren Missionen ermittelt wurden. Wir wissen aber, dass die klimatischen Verhältnisse auf Saturn zeitlichen Veränderun-

gen unterworfen sind. Es liegen darüber jedoch nicht genug Daten vor, um sichere Prognosen zu treffen.«
»Wir fliegen also *Pi mal Daumen*?« Diese deutsche Redewendung hat er Jiaying gestern Nacht beigebracht. Sie hatte die Kombination einer mathematischen Konstante und eines menschlichen Körperteils entzückend gefunden. Auf welche Ideen diese nachdenklichen Deutschen so kamen! Watson versteht sie natürlich, so wie jede andere Sprache eines Crewmitglieds.
»Die Kursplanung erfolgt auf der Basis unsicherer Daten.« Näher kann man eine KI wohl nicht an das Eingeständnis bringen, dass der Zufall eine große Rolle spielt.
»Die Diskussion darüber bringt uns nicht weiter«, schimpft Amy. Martin gibt der Kommandantin recht. Sehr vernünftig, wie immer.
»Was ist also der Plan?«, fragt er.
»Ich brauche zwei Astronauten im EMU, schon im Airlock, an den Unterdruck angepasst. Falls das Raumschiff von der Belastung des Manövers beschädigt wird, müssen wir schnell einen Reparaturtrupp draußen haben.«
Martin, Jiaying und Hayato melden sich.
»Hayato, du wirst den Antrieb überwachen. Es wäre besonders übel, fiele er in diesem Moment aus. Ich weiß, die KI überwacht ständig die Daten, aber ich will, dass du nach Mustern Ausschau hältst, nach allem, was dir seltsam vorkommt, auch wenn es noch innerhalb der erlaubten Parameter stattfindet. Wir müssen potenziell schädliche Prozesse beenden, bevor es zu Schäden kommt.«
»Dann gehen Jiaying und ich raus?« Er nimmt kurz Blickkontakt zu ihr auf.
»Gut, Martin. Ihr könnt euch gleich anziehen. Zwei Minuten noch.«
»Marchenko, dich brauche ich in der Krankenstation. Ich hatte vor einer Stunde einen Blasensprung. Ich weiß, es ist ein bisschen eher als vorausgesagt, aber wer weiß schon, was im All normal ist. Hayato, ich hätte es dir sagen sollen, aber ich wollte dich nicht beunruhigen. Aber ich brauche

dich unbedingt beim Antrieb. Francesca, würdest du uns helfen?«
Martin, der gerade beim Aufstehen ist, fällt wieder auf seinen Platz zurück. Was hat er da gerade gehört? Und in welch ruhigem Ton?
»Auf geht's«, sagt Amy, »Das Airlock wartet. Macht euch eine schöne Zeit.« Dazu grinst sie, als wäre alles normal.
Gut, dann soll es wohl so sein. Kein Aufhebens, es ist ja nur eine Geburt im Weltall. Die Schwerkraft des Bremsmanövers wird einiges vereinfachen. Wäre da nicht der Eintritt in die obersten Schichten der Saturn-Atmosphäre ... Vielleicht wackelt es dann auch ein wenig. Aber es ist ja alles normal, alles im grünen Bereich. Die Kommandantin gibt wirklich ihr Bestes, sie davon zu überzeugen.
Sich auf einen Ausstieg vorzubereiten, ist für Martin inzwischen Routine. Sein letzter Einsatz liegt drei Wochen zurück. Mission Control war über die reparierte Funkantenne ganz aus dem Häuschen gewesen. Nach dem Ausfall der kompletten Kommunikation hatte man das Schiff auf der Erde schon für verloren gehalten. Anders als beim Mars-Zwischenfall vor ein paar Jahren gibt es hier draußen keine Beobachtungs-Satelliten, die mal eben Entwarnung geben können. Niemand ist derzeit mit funktionstüchtiger Hardware so weit von der Erde entfernt. ELF, die Sonde, die vor 15 Jahren die ersten Zeichen von Leben aufgespürt hatte, fand wie ihr Vorgänger Cassini längst ihre letzte Ruhestätte im Saturn.
Er schüttelt den Kopf. Die Landung muss noch warten. Jetzt folgt er erst einmal Jiaying in das Airlock. Das Unterteil der EMU hängt ihm lose um den Bauch, er muss es festhalten, damit es nicht herunter fällt. Jiaying hilft ihm zuerst in den HUT. Dazu muss sie ihre Arme heben. Unter dem langärmligen »Hemd« des LCVG zeichnen sich ihre Brüste ab. Sie schlägt ihn leicht auf den Oberarm des HUT und lacht. Martin senkt die Augen. Er sollte jetzt besser nicht an die vergangene Nacht denken. Dafür peinigt ihn seine Unsicherheit. Sie haben zwar viel miteinander geredet, wahrscheinlich mehr Wörter, als er während des ganzen Fluges von

sich gegeben hat, doch sie haben nicht übereinander gesprochen. Macht man das nicht? Vielleicht sieht seine Kollegin das nur als einmaligen Zwischenfall unter Erwachsenen, bei dem alle auf ihre Kosten gekommen sind? So scheint es bei Francesca und Marchenko zu sein. Hat sich Jiaying daran ein Beispiel genommen? Es wird besser sein, wenn er sich von vornherein darauf einstellt.

»Nicht bummeln. Wir müssen an die Maske.«

Jiaying hat Recht. Sie müssen die Prebreath-Phase fortsetzen, damit sie rechtzeitig ausstiegsbereit sind.

»Leite Kursänderung ein«, gibt Watson bekannt. Zu hören ist sonst nichts, doch Martin spürt eine leichte Kraft, die ihn nach vorn zieht. Er hofft, dass sie am Ende doch nicht draußen gebraucht werden. Der letzte Ausstieg war zu einer echten Kraxelei ausgeartet, weil das Raumschiff noch immer bremste. Erst in der beschleunigungsfreien Phase des Rückflugs würden die EVAs wieder bequemer werden.

Er stellt sich vor, wie das Raumschiff jetzt direkten Kurs auf den Planeten nimmt, um dann in letzter Sekunde abzubremsen und umzukehren. Tatsächlich wird der Anflug eher flach ablaufen. Watson wird laufend kontrollieren, wie stark die Ausläufer der Atmosphäre schon bremsen. Sie müssen gar nicht zu tief in die Atmosphäre eintauchen. Es genügt, wenn das Schiff so langsam wird, dass die Triebwerke den Rest schaffen. 35,5 Kilometer pro Sekunde sind der Maßstab. Liegen sie darunter, wird die Gravitation des Riesenplaneten sie unweigerlich einfangen.

Sie dürfen aber auch gar nicht zu tief eintauchen. Die Fusionstriebwerke sind nur für das Vakuum konzipiert. Hayato kennt bisher nur Simulationen, wie sie auf eine Atmosphäre reagieren. Das Hauptproblem, meint er, dürfte die Kühlung darstellen. Eine maximale Tiefe können die Simulationen nicht angeben, weil zu wenig Daten vorhanden sind. Falls jemand nach ihnen kommt, wird es die nötigen Daten geben. Das Schiff funkt sie fortwährend zur Erde, nur für den Fall, dass es selbst die Heimat nicht mehr erreicht. Missions-Planer müssen echte Optimisten sein. Den beruhigenden Fakt des Tages hat heute morgen Francesca ge-

liefert: Sie können nämlich auch gar nicht zu tief eindringen. Ab einer bestimmten Dichte wird das Schiff abprallen wie ein flacher Stein.
»EVA-Team hier, gibt es Neuigkeiten?« Bei Jiayings Frage fällt ihm ein, dass ja noch ein weiteres einmaliges Ereignis ansteht: die erste Geburt eines Menschen im All.
Marchenko antwortet an Stelle der Kommandantin. »Ich habe Amy jetzt Wehenmittel gegeben. Wir wollten das nicht viel länger hinauszögern. Alles gut.«
Martin setzt sich auf den Boden des Airlock und lehnt sich mit dem Rücken an die Wand. Jiaying setzt sich neben ihn und lehnt sich gegen seine Schulter.
»Das könnte jetzt richtig romantisch sein, wenn wir nicht die HUTs anhätten«, traut er sich zu sagen.
»Das ist romantisch. Du hast ja keine Ahnung.«

Alle zehn Minuten gibt Watson den Status der Annäherung an Saturn bekannt. Zwischendurch döst Martin ein. Die Zeit vergeht heute furchtbar langsam. Nach anderthalb Stunden sitzen sie immer noch auf dem Boden des Airlock. Der Flug verläuft absolut ruhig, wie auf der Weltraumautobahn. Zwischen ihnen und dem Vakuum liegt nur eine Armlänge Material, aber das beunruhigt ihn nicht mehr. Der Flug war zumindest in einem Aspekt noch nie so gefahrlos wie in diesem Moment: Meteoriten, die aus der Flugrichtung heran rasen, werden von den Triebwerken nicht nur pulverisiert, sondern verdampft. Was passiert jetzt wohl in der medizinischen Abteilung? Martin ist froh, dass er nicht assistieren muss. Doch für Hayato muss es hart sein, so gar nichts mitzubekommen.
Das hat um exakt 15:36 Uhr Schiffszeit ein Ende. Marchenko meldet sich. »Ich darf bekanntgeben, dass ein Mensch das Licht der Welt erblickt hat, also das Licht des Raumschiffs. Der erste echte Bürger des Weltalls.« Dann lässt er die Kommandantin ans Mikrofon. Martin versteht nicht, was sie unter Schluchzen sagt.
Francesca übersetzt. »Die Mutter ist überglücklich und

würde jetzt gern für einen Moment den Vater des Kindes sehen.«
»Ist das eine Anweisung?« Hayato ist ebenfalls kaum zu verstehen.
»Jawohl«, hören sie die Kommandantin.
»Zum Schutz von Mutter und Kind deaktiviere ich hiermit die Kommunikation. Marchenko aus.«
Jiaying sieht ihn an. Sind das Spuren von Tränen auf ihrem Gesicht? Er fragt nicht. Lieber nimmt er sie in die Arme und drückt sie innig. Dann löst er die Umarmung. Sie müssen sich auf ihre Aufgabe konzentrieren.
Watson nennt weiterhin die aktuellen Bewegungsdaten des Schiffs. Die Zahlen werden laufend kleiner. Keine Probleme, die Triebwerke arbeiten reibungslos. Martin ballt die Hände zu Fäusten. Er braucht jetzt wirklich keine Abwechslung mehr.

Wieder ist eine Stunde vergangen.
»Neumaier an Masukoshi. Irgendwelche auffälligen Muster?«
»Negativ.«
Das ist positiv. Und trotzdem kommt es ihm seltsam vor. Sollte wirklich alles glatt gehen? Er erlaubt sich diesen Gedanken nicht. Dabei fällt ihm auf, wie schwer es ihm gefallen war, Hayato beim Nachnamen zu nennen. Er hatte sogar überlegen müssen, wie Hayato weiter hieß. Bei Marchenko hingegen will ihm immer der Vorname nicht einfallen. Aber es passt. Marchenko ist eben Marchenko. Bei Jiaying hingegen ist es leicht, den Nachnamen zu behalten. Li, zwei lateinische Buchstaben. Sie hat ihm das chinesische Zeichen auf die Hand gemalt. Martin hat sich am Morgen diese Hand absichtlich nicht gewaschen. Jetzt würde er gern das Zeichen betrachten, doch er darf den Handschuh nicht ausziehen. Allmählich wird ihm kalt, also aktiviert er die Finger-Heizung.

»23 34 34. Alle Systeme online und im spezifizierten Bereich.« Watsons neueste Meldung.

Moment. Die Zahl ist größer als die, die Watson vor zehn Minuten genannt hat. Martins Handflächen werden feucht. Der Bewegung des Schiffs ist nichts anzumerken.
»Watson, höre ich richtig?«
»Diese Frage kann ich nicht beantworten.«
»Watson, entfernen wir uns wieder von Saturn?«, fasst Martin nach.
»Korrekt. Die Entfernung zum Planeten steigt.«
»Watson, muss man dir denn alles aus der Nase ziehen?«
»Interpretiere diese antiquierte Redewendung als Aufforderung, weitere Informationen zu liefern.«
»Watson, bitte.« Die KI treibt es eindeutig zu weit. Martin nimmt sich vor, das Human Logic Module zu vereinfachen. Watson versucht zu sehr, sich wie ein Mensch zu verhalten.
»Raumschiff bewegt sich mit vorgesehener Geschwindigkeit. Ziel des Manövers erreicht.«
»Watson, warum meldest du das nicht gleich?«
»Geplantes Flugmanöver ist noch nicht abgeschlossen. Es existierte keine Anweisung, frühere Zielerreichung zu melden. Daten ermöglichen korrekte Interpretation.«
Martin klatscht in die Hände und lacht. Jiaying richtet sich auf und sieht ihn seltsam an. Nein, er ist nicht verrückt geworden. Er hat bloß vergessen, dass er diese Unterhaltung über Helmfunk geführt hat. Er wirft ihr eine Kusshand zu und verwirrt sie damit noch mehr.
»Neumaier an alle. Watson teilt mit, dass das Bremsmanöver an Saturn erfolgreich war. Hayato, wir müssen über die Programmierung der KI sprechen.«

10. Dezember 2046, ILSE

Der Gasplanet Saturn füllt das Bullauge komplett aus. Rote, braune und grünliche Streifen ziehen sich parallel zum Äquator über den Planeten, Wolkensysteme, die durch Ammoniak-Kristalle ihre Farbe erhalten und vor allem aus Wasserstoff bestehen. Manchmal reißen sie auf und lassen die darunter liegenden Wolken aus Wassereis erkennen, die sich mit bis zu 1800 Kilometern pro Stunde bewegen.
Martin verfolgt einen weißen Punkt mit den Augen. Das muss einer der inneren Monde sein. Er weiß nicht, welcher, vielleicht ist es sogar Enceladus, ihr Ziel. In der Südhälfte erkennt er riesige Wirbel, die größer sind als die Kontinente der Erde. Mit Hilfe des vielleicht Milliarden Jahre alten Südpolar-Vortex, den er gut erkennen kann, rückt Martin sich im Kopf die Größenverhältnisse zurecht, denn er weiß, dass dieser enorme Sturm etwas größer als die Erdkugel ist.
Wie die Krampe eines Sombreros umgibt der Ring den Planeten. Die Steuerungsdüsen haben die Bahnneigung des Raumschiffs schon so weit verändert, dass der Ring in all seiner Pracht zu sehen ist. Die Cassinische Teilung zwischen B-Ring innen und A-Ring außen ist gut erkennbar. Ihr Ziel befindet sich außerhalb dieser deutlich sichtbaren Ringe, im E-Ring, den nur die Sensoren des Schiffs registrieren, nicht aber Martins Augen.
Noch befindet sich das Schiff auf einer extrem elliptischen Bahn um Saturn. Ihr Saturn-nächster Punkt liegt innerhalb der Ringe, der fernste Punkt jedoch jenseits der großen Monde. Um Enceladus zu erreichen, muss das Schiff im richtigen Moment bremsen, nämlich wenn es Saturn am nächsten kommt. Dann kommt der fernste Punkt seiner Bahn näher an den Planeten heran.
Gleichzeitig müssen sie die Bahnebene anpassen. Sie haben den Planeten in der Ebene angesteuert, in der sich Erde

und Saturn um die Sonne bewegen. Die meisten Monde und die Ringe umkreisen Saturn auf einer dazu geneigten Ebene. Wenn sie jedoch zu früh in diese einschwenken, laufen sie Gefahr, durch die Ringe hindurch fliegen zu müssen. Sie sind zwar nur wenige Meter dick, aber bei der hohen Geschwindigkeit des Raumschiffs kann auch eine Kollision mit einem 10 Zentimeter dicken Eisbrocken fatal sein. Ihr Ziel ist deshalb eine Bahn, deren nächster Punkt außerhalb der Ringe liegt, der fernste Punkt hingegen in der Nähe des Mondes Enceladus.
Die Kommandantin hat entschieden, das Ziel langsam anzugehen. Die DFDs würden zwar eine schnellere Geschwindigkeits-Anpassung erlauben, doch Amy will keinerlei Risiken eingehen. Sie hat dafür nun noch mehr Grund als zuvor. Dafür haben sie nun viel Zeit, den Planeten, die anderen Monde in der Nähe und das Ringsystem mit allen verfügbaren Instrumenten zu untersuchen. Mission Control hat bereits die Wünsche der Erd-Astronomen durchgegeben, für die noch zahlreiche Fragen offen sind, was etwa die Entstehung des Ringsystems betrifft. Diese Liste ist zu lang, um sie komplett abarbeiten zu können, aber zumindest ist die Crew beschäftigt.
Martin mag diese Art von Arbeit. Sie lässt ihm Zeit, aus dem Fenster zu sehen und seinen Gedanken nachzuhängen. Ab und an muss er ein Messgerät neu justieren oder auf ein anderes Objekt ausrichten, dann wieder bittet ein Wissenschaftler, ihm Vorab-Ergebnisse direkt zuzuschicken statt über den allgemeinen Stream zur Erde. Die Kapazität des Downlinks reicht auch für solche Sonderwünsche, weil die DFDs eine weitaus höhere Sendeleistung erlauben als bei allen früheren Satelliten. Selbst, wenn sie nicht landen würden, brächten sie die Forschung wohl um Jahre voran. Am anspruchsvollsten sind noch die Aufgaben, bei denen die Forscher ihre Startdaten in einem Format geliefert haben, das das jeweilige Messsystem nicht versteht.
Jiaying hat die gemeinsame Nacht zu seiner Überraschung nicht als einmalige Gelegenheit betrachtet. Das Schichtsystem lässt nicht zu, dass sie sich dauernd sehen, aber am

vergangenen Abend hat sie ihn zu einem Gegenbesuch in ihre Kabine eingeladen. Martin lächelt.
Das neue Crewmitglied ist schnell zum Star der Mannschaft geworden. Wenn die Kommandantin mal wieder übernächtigt zu ihrer Schicht erscheint, weil der Kleine nicht schlafen wollte, findet sich immer jemand, der ihr Zeit für ein Stündchen Schlaf verschafft und sich so lange um das Baby kümmert. Das Stillen hat vom ersten Tag an funktioniert. Die geringere Schwerkraft ist da offensichtlich kein Problem. Marchenko ist jedenfalls sehr zufrieden mit der Entwicklung. Es ist das wohl am besten überwachte Kind des gesamten Sonnensystems. Und Jiaying ist immer wieder begeistert, wenn sie es betreuen darf. »So süß«, sagt sie dann stets, obwohl schon jeder weiß, was sie über das Baby denkt.
Die improvisierten Windeln treiben das Elternpaar allerdings zum Wahnsinn. Ihre Saugfähigkeit ist gering. Während jedoch auf der Erde jede Flüssigkeit den kürzesten Weg nach unten nimmt, schlagen die Verdauungsprodukte des Kleinen unter der verringerten Gravitation gern auch mal andere Wege ein. Sauereien sind unvermeidbar. Hayato berichtet regelmäßig beim Frühstück, wie sich in der Nacht davor erneut alles verteilt hat und an welch überraschenden Körperpartien er das Reinigungstuch ansetzen musste. Dafür erntet der frisch gebackene Vater das Mitleid der anwesenden Frauen, als habe die Mutter nicht dieselben Probleme.
Hayato und Amy haben immer noch nicht verraten, wie es heißen soll. Sie haben sich, behaupten sie, zwar schon auf einen Namen geeinigt, doch verraten wollen sie ihn erst in einer kleinen Zeremonie. Martin ist erstaunt, wie gut sie es schaffen, den Namen auch nicht aus Versehen preiszugeben. Das Versteckspiel macht ihnen sichtlich Spaß.

Martin zuckt zusammen und stößt sich den Kopf am runden Metallrahmen des Bullauges. Er sollte während der Arbeit besser nicht eindösen. Mit den Händen tätschelt er sich die Wangen, um wacher zu werden. Den Stoß hat er offenbar den Triebwerken zu verdanken, die gerade gezündet haben. Bis eben hatte sich das Raumschiff noch schwerelos durch das All bewegt. Sie haben also den Punkt erreicht, an dem sie Saturn am nächsten waren. Bei der nächsten Umrundung des Planeten werden sie nicht mehr so dicht herankommen, dafür werden sie Enceladus genauer betrachten können.

12. Dezember 2046, ILSE

Die weiße Kugel auf dem Nebel-Display leuchtet so grell, dass Martin seine Augen abschattet. Heute ist ein besonderer Tag, deshalb haben sich alle im Kommandomodul zusammengefunden. Amy hat sogar das Baby mitgebracht. Es schläft in einem Tuch, das die Kommandantin sich um die Brust gewickelt hat. Das Raumschiff wird in ein paar Minuten aufhören, den Ringplaneten Saturn zu umkreisen. Stattdessen soll es zu einem Satelliten des hellen Eisballs werden, den sie gerade auf dem Bildschirm sehen.

Das ist eine Aufgabe, die bisher noch kein vom Menschen gebautes Fahrzeug gelöst hat. Enceladus hat nur 505 Kilometer Durchmesser, das entspricht genau der Luftlinie von München nach Berlin, und ein Sechstausendstel der Masse der Erde. Das heißt, dass seine Anziehungskraft gering ist. Wenn das Schiff dem Mond nicht entwischen will, muss es relativ zu dem Saturnmond auf 860 Kilometer pro Stunde abbremsen, also im kosmischen Maßstab beinahe anhalten. Während es jedoch noch um Saturn kreist, kann es seine absolute Geschwindigkeit nicht beliebig verringern – es liefe sonst Gefahr, in den Planeten zu stürzen. Watson hat eine leicht ellipsenförmige Bahn ausgerechnet, bei der die Tachonadel des Schiffs in Höhe des Enceladus noch etwa 54.000 Kilometer pro Stunde anzeigen würde, gäbe es denn einen Tacho.

Die Aufgabe für das Schiff lautet also: Bremse möglichst schnell, ohne deine Passagiere zu gefährden, und schwenke so in eine Umlaufbahn um ein Objekt ein, das dir mit 43.000 Kilometern pro Stunde davonflitzt.

»Stell dir einen Motorradfahrer vor, der einmal um ein Auto herum fahren soll, das gerade 40 km/h langsamer als er mit 130 über die Autobahn rast.« So erklärt Martin Jiaying, was das Schiff heute leisten soll.

»Aber der Vergleich hinkt natürlich«, setzt er hinzu, als er

das Erschrecken im Gesicht seiner Freundin bemerkt. »Für die DFDs ist das gar kein Problem, da kannst du ganz beruhigt sein.«
»Wäre es nicht einfacher gewesen, wir hätten unseren Orbit um Saturn beibehalten? Das hat doch bei den anderen Enceladus-Sonden wunderbar funktioniert?« Jiaying ist Biologin und Geologin, man kann mit ihr wunderbar über Mineralien und die Entstehung des Lebens diskutieren, aber mit Navigation kennt sie sich nicht aus.
»Wenn es nur um die Landung gegangen wäre, vielleicht. Eine Landefähre abwerfen und dann weiterfliegen, das könnte funktionieren. Aber stell dir die Rückkehr vor. Das Landemodul startet von Enceladus und muss dann an einem Schiff ankoppeln, das gleichzeitig mit 50.000 km/h an ihm vorbeijagt ...«
»Okay.«
»Und dann hätten wir ein Problem mit der Energieversorgung der Valkyrie. Wir brauchen das Schiff in einem stationären Orbit, damit es per Laser Energie nach unten beamen kann. Anderenfalls hätten wir auch noch ein Kraftwerk auf Enceladus landen müssen. Das Landemodul ist mit seinen dreißig Tonnen jetzt schon viel schwerer als alle bisherigen Enceladus-Sonden zusammen.«
»Bitte gesicherte Plätze einnehmen«, gibt die Kommandantin durch. Ihre Stimme klingt höher als sonst. Die Beschleunigung des Bremsvorgangs würde erstmals über der Erdschwere liegen, deshalb mussten sich alle auf ihren Plätzen anschnallen wie zuletzt auf der Erde. Man musste die Triebwerke dazu für ein paar Sekunden weit außerhalb ihrer normalen Parameter betreiben. Hayato versichert als zuständiger Experte, dass ihnen das nicht schaden würde.
»Bremsvorgang in 30.«
Anschließend zählt Watson bis Null herunter. Seine eigene Trägheit presst Martin gegen die Rückenlehne des Sitzes. Er sieht nach links, wo allmählich Enceladus ins Bullauge rückt. Der kleine Sohn der Kommandantin beginnt zu weinen. Der Mond wird zusehends langsamer, bis er schließ-

lich scheinbar stehen bleibt. Dann ist auch schon alles vorbei.

»Willkommen am Ziel«, sagt die Kommandantin. Die Spannung ist ihr noch immer anzumerken. »Wir haben einen stabilen Orbit um Enceladus erreicht. Für den Rest des Tages, denke ich, sollten wir uns ausruhen. Morgen werden wir den Landeplatz auswählen, übermorgen geht es hinab.«

13. Dezember 2046, ILSE

Martin steht in einem Supermarkt. Er beobachtet einen Roboter-Hund. Der neueste Schrei für Jungen wie ihn. Das Tier erkennt seinen Besitzer und kann lernen, auf seine Signale zu reagieren, wie ein richtiger Hund. Doch es braucht keinen Auslauf und als Nahrung nur Strom. Und es kann Kunststücke, die kein echter Hund beherrscht. Es springt höher, läuft schneller und bellt nur, wenn es sein Besitzer befiehlt.
Martin umkreist den Kunst-Hund. Er streift so durch die Regalreihen, dass er immer wieder einen Blick darauf erhaschen kann. Er möchte den Hund gern haben, doch er hat nicht genug Geld. Die Kreise, die er läuft, werden enger. Soll er das Tier unter seine Jacke stecken und damit aus dem Laden rennen? Er hat keine Angst, dass er erwischt wird, doch er befürchtet, dass dem Tier etwas passiert, wenn er stolpert und fällt. Sieht der Hund ihn etwa an? Martin weiß, dass die Maschine Menschen erkennen kann. Doch warum folgt ihr Blick ausgerechnet ihm? Hier sind noch so viele andere Kunden. Martin kommt näher.
»Hallo«, sagt der Hund. »Wer bist du?«
Die Fernsehwerbung hat wohl unterschlagen, dass die Maschine auch sprechen kann.
»Ich bin Martin.«
»Schön, dich zu treffen. Ich bin der Hund.«
»Ich weiß.«
»Nicht der Hund, der Hund.« Das Tier legt die Betonung auf das zweite »der«.
»Der Hund?«
»Ja, der. Der, den du suchst.«
»Wirklich?«
»Ja. Komm, steig auf.« Der Hund ist plötzlich dreimal so groß. Er soll sich auf seinen Rücken setzen.
»Ich weiß nicht.«

»Doch, du willst es schon lange.«
Martin folgt der Einladung und steigt auf. Ein Zischlaut, und vor ihnen entsteht ein Loch in der Raumzeit, dessen Ränder wabern.
»Los«, sagt Martin. Der Hund gehorcht und springt. Sie fallen in einen Tunnel, der aussieht wie der Gang durch ein Aquarium. Große, lächelnde Fische sehen auf sie herab. Der Hund rennt so schnell, dass Martin Angst hat, herunterzufallen. Das Wasser wird immer dunkler, bald ist es schwarz und der Mond geht auf. Er funkelt blendend weiß. Martin sieht, wie es schneit, aber er sieht keine Wolken.
»Ich ...«
Das ist das letzte, was Martin hört. Der Hund ist weg, er ist allein in der Dunkelheit. Er sieht sich um. Sein Körper wirft einen riesigen harten Schatten. Ein Gluckern. Aus der Schwärze der Nacht strömt Wasser heran, das schnell näher kommt, das ihn umfängt.
»Ich ...«
Martin kann im Wasser atmen. Ein Spiegelbild hängt so dicht vor seinem Gesicht, dass er zurückzuckt.
»Hehe, Martin, aufwachen.«
Jiayings Hand streichelt seine Schulter.
»Ich wäre fast aus dem Bett gefallen, so hast du dich hin und her gewälzt. Ich musste dich wecken.«
»Danke, das hast du gut gemacht.«
Martin wirft einen Blick auf die Uhr.
»Noch eine Stunde bis zur Schicht.«
Jiaying lächelt und sagt nichts. Sie kuscheln sich aneinander und schlafen zusammen ein. In drei Tagen ist ihre gemeinsame Zeit vorüber, denn dann beginnt die Erforschung des Eismondes.

Nach dem Frühstück hat Martin ein Déjà-vu. Sie sitzen um den Konferenztisch. Auf dem Nebel-Display glänzt Enceladus in höchster Auflösung. Sie brauchen einen Ort, an dem das Landemodul aufsetzen kann.
»Watson hat da bereits etwas vorbereitet.« Die Kommandantin zeigt auf einen Ort in der Nähe des Südpols. »Aber

ich hätte gern, dass ihr auch eure Ideen einbringt, so skurril sie sein mögen. Das Problem ist, dass der KI Daten fehlen, um eine zuverlässige Entscheidung zu treffen. Außerdem könnte es sein, dass sie andere Prämissen setzt als wir.«

Das hatte sich in der KI-Forschung auf der Erde zunehmend als Problem erwiesen. In einem Berg von Daten Muster zu erkennen, das konnte man den künstlichen Intelligenzen über maschinelles Lernen leicht beibringen. Später vervollkommneten sich die Maschinen dann selbst weiter, indem sie gewünschte und tatsächliche Ergebnisse verglichen. Doch bei Problemen, bei denen es irgendwie um Menschen ging, und das traf auf fast alle Probleme zu, waren Absichten ungeheuer wichtig – ein Konzept, mit dem Maschinen sich schwer taten. Oder bildeten sie im Lernprozess vielleicht sogar automatisch eigene Absichten aus, die dann ihre neutrale Arbeit behinderten? Der Verdacht war da, und er galt in der Wissenschaft als ungeklärt. Vielleicht suchte Watson, ohne sich einer Schuld bewusst zu sein, automatisch einen Landeplatz aus, der für seine eigene Existenz optimal wäre? Nachweisen konnten sie der KI natürlich nichts, zumal sie gar nicht ahnten, welche Form der Existenz die Maschine als optimal betrachtete.

Jiaying zeigt auf die Südpolregion und vergrößert den Maßstab mit einer Spreizgeste der Finger. »Hier haben wir die Tiger Stripes.« Auf dem Bild sind eisige Canyons zu erkennen.

»Es handelt sich um Spalten im Eis, manche bis zu 130 Kilometer lang. Spalten, an denen es wärmer ist als anderswo auf diesem Mond, minus 93 Grad versus minus 201 Grad. Der Abstand zwischen ihnen beträgt um die 40 Kilometer. Ich schalte jetzt in den UV-Bereich und verstärke den Kontrast.«

Aus den Spalten, so scheint es, dringt Material nach außen, als wäre Enceladus undicht.

»Das ist eine Momentaufnahme. Die Stellen, an denen das meiste Material ausgeworfen wird, verändern sich, und auch die Menge variiert mit dem Orbit des Mondes. Es mag zwar so aussehen, aber es tritt nicht nur an einigen Punkten Dampf aus, sondern fast über die ganze Länge der Spalten. Die Tiger Stripes wachsen und verschieben sich ebenfalls, und zwar in geologisch sehr kurzer Zeit von einigen Hundert Jahren.« Jiaying ist in ihrem Element. Als Geologin ist sie von diesen Geysiren fasziniert.

»Was da herauskommt, ist Wasserdampf. Dahinter muss ein enormer Druck stehen. Die Partikel werden mit 1400 Kilometern pro Stunde ins All geschossen. Das ist schneller als die Fluchtgeschwindigkeit, die Teilchen fallen also nicht wieder auf den Mond zurück. Die Eiskristalle spannen dann Saturns E-Ring auf. Ich schalte wieder auf den sichtbaren Bereich.«

Das Bild verändert sich, die Jets verblassen.

»Woher das alles kommt? Moment.« Jiaying zeichnet ein Kommando in die Luft, und das Foto wird von einer Funktionsgrafik überlagert.

»Enceladus besitzt einen Gesteinskern. Aber der ist nicht groß genug, um wie der Erdkern Wärme zu liefern.«

Sie bewegt den Arm in einer Kreisbewegung. Das Bild zoomt aus und zeigt die Rotation der Monde um Saturn.

»Enceladus befindet sich in einer 2:1-Resonanz mit dem Mond Dione, etwas weiter außen. Das heißt, bei zwei Umläufen von Enceladus absolviert Dione einen. Die periodisch wirkende Anziehungskraft und der Riesenplanet Saturn in unmittelbarer Nähe massieren den Kern von Enceladus derart durch, dass eine Menge Reibungs-Wärme entsteht.«

Jiaying ballt eine Hand zur Faust. Die Tiger Stripes erscheinen wieder.

»Die Wärme schmilzt das Eis über dem Kern bis in eine bestimmte Höhe. Ein flüssiger Ozean unter dem Eis entsteht. Mineralien aus dem Gestein lösen sich im Wasser. Der Ozean ist vermutlich ganz schön salzig. Das zeigt auch eine Analyse der Ablagerungen entlang der Tiger Stripes. Salze und Kohlenstoff-Verbindungen wurden hier identifiziert. Die sind schwerer als die Eiskristalle, lösen sich aus dem Geysirstrom und fallen zurück.«

Jiaying entfernt die Funktionsgrafik und macht eine Pause. Auf dem Bildschirm funkelt Enceladus wie ein Juwel.
»Das beste, und der Grund, warum wir hier sind, ist natürlich, dass die ELF-Sonde eindeutige Hinweise auf Leben gefunden hat. Zellstrukturen, um es genauer zu sagen. Die Sonde ist in einem spektakulären Manöver in wenigen Hundert Metern Höhe entlang eines Tiger Stripes über die Oberfläche gerast und hat das Auswurf-Material so frisch wie möglich aufgefangen, bevor es herunterfallen oder durch Kristallisation zerstört werden kann. Bei 400 Metern pro Sekunde Auswurfgeschwindigkeit muss das Material also wenige Sekunden zuvor noch im warmen Inneren des Enceladus gewesen sein. Die Messungen waren eindeutig.«
Jiaying zoomt noch stärker auf die Tiger Stripes.
»Wir gehen davon aus, dass das Eis hier nur 5 Kilometer dick ist. Weiter nördlich sind es 10 bis 15 Kilometer. Also sollten wir auf jeden Fall versuchen, hier zu landen, es sei denn, etwas Wichtiges spricht dagegen.«
Martin zoomt das Gelände noch etwas stärker heran. Das Gebiet zwischen den Stripes ist nur auf den ersten Blick sauber. Risse, Spalten, Plateaus und Schollen bestimmen das Bild. »Es gibt Argumente, weiter in den Norden zu gehen«, sagt er.
»Ja, Watson ist auch dafür. Ideal wäre ein frischer Krater. Durch den Aufprall schmilzt das Eis kurz, und wenn es dann wieder gefriert, ist die Oberfläche schön glatt, perfekt für eine saubere Landung.«
»Aber?«
Jiaying zoomt noch ein wenig stärker und legt einen Maßstab darüber.
»Die lokalen Strukturen sind weitgehend eben. Seht ihr? Der Riss hier ist zwar vielleicht 300 Meter tief. Das Kliff zeigt einen Höhenunterschied von 200 Metern. Aber die angrenzende Scholle ist mindestens 500 Meter lang und breit. Mehr als genug Platz.«
Für den Lander und die Valkyrie reichen 50 mal 100 Meter, da hat Jiaying recht. Aber sie müssen verdammt gut zielen.
»Watson, Einwände gegen einen derartigen Landeplatz?«

»Der Anflug ist bis t-10 Sekunden zu 99,5 Prozent sicher. Wenn nach t-10 Korrekturen nötig sein sollten, beträgt die Wahrscheinlichkeit eines Missionsverlustes 80 Prozent.«
»Was die KI sagen will: Wenn uns kurz vor der Landung aus irgendeinem Grund einfällt, dass wir doch noch woanders landen wollen, dann sieht es schlecht aus«, erklärt Martin.
»Was könnte so ein Grund sein?«
»Tja, Marchenko, das wissen wir erst, wenn es so weit ist.«
»Gar keine Idee?«
Martin schüttelt den Kopf. Jiaying antwortet an seiner Stelle: »Vielleicht sagt uns das Radar erst in geringer Höhe, dass die anvisierte Scholle instabil ist, etwa wegen eines Einschlusses darunter. Oder vielleicht merken wir plötzlich, dass wir mitten in einem Garten der Bewohner von Enceladus landen.«
»Können wir da Vorkehrungen treffen?« Marchenko steht auf und streckt sich.
»Das Radar hat gewisse Grenzen, da ist nichts zu machen, aus dem Orbit schon gar nicht, auch wenn wir der Oberfläche sehr nah sind.«
»Sonstige Einwände?«, fragt die Kommandantin.
»Wenn wir da mitten im Chaos landen, dürfte eine Rettungsmission schwer werden«, meint Hayato.
»Darüber brauchen wir uns keine Sorgen zu machen. Eine Rettungsmission vom Raumschiff aus ist unmöglich. Und bis Hilfe von der Erde ankommt ... das können wir vergessen.« Jiaying lächelt.
»Ehrlich gesagt, scheint mir Watsons Vorschlag schlüssig, Jiaying.«
»Commander, bei allem Respekt, wir müssen an die Missionsdauer denken. 2500 Meter dickeres Eis, wie bei Watsons Vorschlag zu erwarten, das sind hin und zurück schon 5000 Meter. Vier Wochen in der Valkyrie, mindestens, wenn das Eis wirklich so klar ist wie die Geologen erwarten. Eine Landung zwischen den Stripes gibt uns einen Monat Spielraum.«
»Einen Moment«, sagt Hayato. »Das Problem ist ja offen-

bar, dass wir den ausgewählten Landeplatz nicht studieren können.«
»Richtig«, antwortet Martin. Hayato scheint eine Idee zu haben.
»Das heißt, wir müssten die Leistung des Radar-Instruments erhöhen. Was aber unmöglich erscheint, weil es technisch ausgereizt ist.«
Hayato hat die Augen geschlossen, als müsse er sich auf eine Zeichnung konzentrieren, die gerade in seinem Kopf entsteht.
»Ein leistungsfähiges Radar braucht einen Sender und eine Antenne. Beides haben wir auf dem Schiff. Damit funken wir bis zur Erde. Wenn wir das auf den Landeplatz ausrichten, würde das unser Problem lösen?«
»Allerdings«, sagt die Kommandantin. Und sie fackelt nicht lange.
»Siri, können wir das Schiff so drehen, dass die Funkantenne auf die Enceladus-Oberfläche justiert ist?«
»Mit Einschränkungen bestätigt.«
»Welche Einschränkungen?«
»Da die Antenne sich stets zur Erde ausrichtet, muss sich die Erde in Blickrichtung hinter Enceladus befinden.«
»Verstanden, Siri. Sonst irgendwelche Hinweise oder Gefahren?«
»Keine Gefahren.«
»Siri, Vorgehensweise?«
»Ausgleichsdüsen für zwei Sekunden zünden, siebzehn Sekunden warten, Düsen erneut für zwei Sekunden zünden.«
»Siri, vorgeschlagenes Manöver ausführen, Autorisierung durch Kommandantin.«
»Manöver beginnt in drei – zwei – eins. Jetzt.«
Martin sieht, dass sich Enceladus langsam aus dem Bullauge entfernt. Er muss wegsehen, sonst wird ihm übel. Ein Blick auf die Uhr. 15 Sekunden, 20 Sekunden. Vor dem Bullauge ist nur noch Sternenhimmel.
»Drehung abgeschlossen.«
»Gut, dann werde ich mich mal um die Antenne kümmern«, sagt Hayato und schwebt aus dem Raum.

14. Dezember 2046, Enceladus

Für den Abschied hätten sie sich keinen unromantischeren Ort aussuchen können als den Garten. Das Modul bietet einen jämmerlichen Anblick. Nachdem während des Triebwerksausfalls ein großer Teil des Raumschiffs stundenlang einem Fast-Vakuum ausgesetzt gewesen war, hatten sie die Bewirtschaftung des CELSS zum großen Teil aufgegeben. Nur ganz hinten in der Ecke, das fällt Martin sofort auf, wächst in einem Behälter frisches Grün. Die Kommandantin hat versprochen, sich in der Zeit, die sie mit Marchenko allein im Schiff verbringen wird, um einen Neustart des Anbaumoduls zu kümmern, sodass dann auf dem Rückflug wieder frische Nahrung verfügbar ist.
Die fehlende Bewirtschaftung hat einen Vorteil: weder riecht es streng, noch ist die Luft heiß und feucht. Das Modul sieht aus wie ein leer geräumter Lagerraum, mit seltsamen Regalen an den Seiten und in der Mitte. Rechter Hand, wenn man vom Kommandomodul aus hereinschwebt, ist in der Mitte eine mit einem großen Rad versehene Luke zu sehen. Dahinter befindet sich der Übergang zur Landefähre, der bis gestern noch für alle Terra inkognita gewesen war. Sie hatten auf der Erde zwar in einer Kopie trainiert, doch das Modul selbst ist noch komplett jungfräulich. Die KI hat es seit gestern für den Aufenthalt von Menschen vorbereitet, also geheizt und einen angenehmen Luftdruck hergestellt sowie alle Bordcomputer gestartet und deren Software aktualisiert.
Das Landemodul bietet vier Plätze. Sein Lebenserhaltungssystem ist schwächer dimensioniert als das des Mutterschiffs, es sind Vorräte für zwei Monate an Bord, die sich auf drei Monate strecken lassen. Angetrieben wird es von einem gewöhnlichen Raketenmotor.
Die Kommandantin tippt auf einer Nummerntastatur neben dem Drehrad.

»Alle Systeme online«, meldet die KI daraufhin. Unterwegs hatten sie manchmal darüber gewitzelt, warum das Modul per Codeschloss verriegelt war.
»Da bewahren sie bestimmt Klone von uns auf, für den Fall, dass wir es nicht schaffen«, hatte Marchenko gemeint und dazu ein diabolisches Grinsen aufgesetzt. So ganz unmöglich schien das Martin gar nicht, immerhin wäre es ein schreckliches PR-Debakel, würden nur tote Astronauten zurück zur Erde kommen. Andererseits traute er der NASA nicht zu, dass ein solches Geheimnis länger als drei Wochen geheim bleiben konnte.
Die Kommandantin dreht das Rad eine Umdrehung nach links und öffnet die Luke zum Lander.
»Buh«, macht Marchenko, der sich wohl auch an seinen Scherz von damals erinnert hat, doch kein Klon kommt heraus. Aber es will auch niemand den ersten Schritt in den Lander wagen.
»Einer von euch, los, ich bleibe doch hier«, sagt die Kommandantin nach peinlichen zehn Sekunden. Schließlich fasst sich Martin ein Herz. Die Luke ist eine Art Mini-Übergang mit einem Gegenstück auf der anderen Seite, das offen steht. Hayato tritt nach ihm ein. Er hat seinen Sohn in einem Tuch vor der Brust. Danach folgt Jiaying. Die Zeit für ihre Trennung ist noch nicht gekommen. Martin hebt die Nase. Die Luft scheint abgestanden zu riechen, aber das kann nicht sein, sie ist frischer als alles, was im Mutterschiff zirkuliert, schließlich ist sie noch nie durch die Lungen eines der Anwesenden geströmt. Irgendwie hat er erwartet, dass alles staubbedeckt ist, doch die metallenen Oberflächen glänzen, als kämen sie frisch von der Werft. Ein im All neu gebautes Schiff ist wohl der staubärmste Ort, den man sich vorstellen kann, ein Paradies für Allergiker, bis dann der Mensch einzieht.
Das Landemodul kommt ihm klein vor. Es misst etwa zwei mal zwei mal vier Meter. Das Raumschiff erscheint ihm dagegen riesig. In diesem engen Raum werden Hayato und Jiaying Wochen zubringen müssen, während die Valkyrie durch das Eis bricht und im Ozean nach Leben sucht.

Jiaying. Er hat mit ihr lange darüber diskutiert, was für die Mission am besten ist. Eigentlich hatte die Kommandantin als Exobiologin gemeinsam mit der Pilotin Francesca ins Bohrschiff steigen sollen. Nun würde sie mit Marchenko an Bord bleiben, der nicht nur Arzt, sondern auch ausgebildeter Pilot war und ursprünglich für die Steuerung der Landefähre zuständig gewesen wäre.
Francesca kann zwar Landefähre und Bohrschiff nacheinander lenken. Doch was geschieht, wenn der Valkyrie etwas zustößt? Von allen drei Astronauten, die noch übrig sind, ist Jiaying die einzige, die aus ihrer Zeit im chinesischen Raumfahrtprogramm Pilotenerfahrung mitbringt. Mit ihrem Ehrgeiz hatte sie dort jede Stufe der Karriereleiter erklommen und war schließlich zur Belohnung und als leuchtendes Beispiel ins Enceladus-Programm integriert worden.
Da Hayato eher aus der Ingenieurszunft kommt, Martin jedoch eine umfassende Ausbildung in Geologie besitzt, ist die Frage schnell entschieden, wer neben Francesca in der Valkyrie sitzen soll: Martin Neumaier, der sich schon auf der Erde um die Steuerung des Bohrschiffs verdient gemacht hatte. Jiaying hat das zunächst nicht so recht einsehen wollen. Martin glaubt ihr, dass es nichts mit ihrem Ehrgeiz zu tun hat – sondern mit der Sorge um ihn, dürfte der Einsatz im Eis doch zweifellos der gefährlichere Teil der Mission sein.
»Leute, ich halte jetzt keine Rede«, sagt die Kommandantin, die als letzte die Landefähre betreten hat. »Aber wir sind euch noch etwas schuldig. Wir haben immer auf den passenden Zeitraum gewartet, um den Namen unseres Sohnes mit euch zu teilen. Das hatte verschiedene Gründe, und wir bitten euch da um Verständnis.«
Martin sieht, dass Amy Tränen in den Augen hat.
»Ich habe persönlich immer gehofft, dass irgendein feierlicher Moment daherkommt, der auch fröhlich ist, aber dafür ist diese Reise wohl nicht gemacht. Und wir hatten ein bisschen Angst, dass ihr unsere Namenswahl missbilligt, sie zu pathetisch findet oder gar albern. Aber nun kann ich

Hayato doch nicht gehen lassen, ohne ihm auch im Namen unseres, seines Sohnes eine glückliche Rückkehr zu wünschen. Du wirst uns sehr fehlen, Hayato, unserem Sohn Sol und mir.«
Francesca, die dem Paar am nächsten steht, fällt den beiden um den Hals.
Marchenko nickt. »Guter Name«, sagt er. »Sehr praktisch, schön kurz.«
Jiaying umarmt erst Marchenko, dann Amy. Es ist Glückwunsch und Abschied zugleich.
Martin drückt den beiden, die auf der ILSE zurückbleiben, die Hand. Amys Hand ist warm und feucht, Marchenkos fühlt sich rau an.
Hayato will Amy schon den Jungen übergeben, da wehrt sie die Geste ab.
»Moment.« Sie springt in das CELSS zurück. Wenige Sekunden später ist sie wieder da. Sie hat fünf kleine Blumensträuße in der Hand. Stiefmütterchen mit kleinen blauen Blüten. Sie hat ihren Traum heimlich doch umgesetzt. Jeder bekommt einen der Sträuße, auch Marchenko, der mit ihr an Bord des Mutterschiffs bleiben wird. Hayato umarmt sie ein letztes Mal und übergibt ihr weinend Sol. Martin wird ganz warm ums Herz.
Dann ist es an der Zeit für den Rückzug. Die Kommandantin gibt Marchenko ein Zeichen, der noch einmal allen zuwinkt und dann in der Luke verschwindet.
»Ihr geht jetzt an die Arbeit, und wir sehen uns in ein paar Wochen gesund wieder.« Amy dreht sich um und zieht sich ebenfalls ins Mutterschiff zurück.
Hayato wischt sich über die Augen, geht zur diesseitigen Luke und verschließt sie.
»Mutterschiff-Luke verschlossen«, bestätigt Watson. Die KI können sie überallhin mitnehmen. Sie sitzt verteilt auf allen Rechnern von Schiff, Lander und Valkyrie; ihre Bestandteile kommunizieren miteinander auf demselben Funkband wie die Crew, nur nicht in menschlicher Sprache, sondern in Bits und damit rasend schnell.
Martin setzt sich. Die Lehne des Stuhls vibriert, er soll sich

wohl anschnallen. Auf dem Bildschirm vor ihm erscheint eine Schema-Zeichnung des Landemoduls. Ganz vorn das Triebwerk, das sie sicher nach unten und wieder hinauf bringen wird. Dahinter das Wohnmodul, in dem sie sich gerade befinden, umgeben von Treibstoff- und Lagertanks. In einem der Lager wartet der Laser-Konzentrator, der den vom Schiff ausgesendeten Laserstrahl aufnehmen und über ein Glasfaserkabel an die Valkyrie weitergeben wird. Ganz hinten ist eine Stahlkonstruktion angebracht, die die flaschenförmige Valkyrie beherbergt. Kegel, Quader, Zylinder, alles hintereinander, der Lander sieht ein bisschen aus wie von einem Kleinkind zusammengesteckt.

»Wie ein Fruchtspieß«, meint Jiaying, die wohl auch gerade die Form des Landers betrachtet. Martin sieht in ihr Gesicht. Ihre Augen sind gerötet.

Francesca, deren Make-up verlaufen ist, ist für den Flug zuständig. Technisch wird er wohl eher von Watson durchgeführt, doch sie kann immer eingreifen, wenn sie eine Gefahr für den Lander erkennt.

»Entkopplung vom Mutterschiff eingeleitet.« Ein scharfes, metallisches Geräusch auf der Außenhaut. Die Klammern, die den Lander gehalten haben, lösen sich.

»Zwei Sekunden Bremsstoß Haupttriebwerk.«

Das große, kegelförmige Triebwerk verbrennt zwei Sekunden lang Kerosin. Da es vorn in Flugrichtung sitzt, bremst der Impuls den Lander, zwar nur ein wenig, doch das reicht, um eine etwas niedrigere Bahn einzunehmen. Vorsichtig bringen sie Meter um Meter zwischen sich und das Mutterschiff.

Nach einer Minute zündet das Triebwerk erneut kurz. Sowohl Watson als auch Francesca sind zufrieden. Es ist Zeit für eine längere Brennphase, die sie auf 4000 Meter Höhe bringt.

»Radar lock« meldet Watson an dieser Stelle. Das Bodenradar hat angesprochen. Auch auf Martins Bildschirm erscheint eine Falschfarben-Darstellung des Untergrunds. Jetzt brauchen sie eine letzte Bestätigung des Mutter-

schiffs. Die umfunktionierte Radarantenne untersucht die vorgesehene Landestelle.
»Alle Systeme go. Landestelle sicher«, bestätigt Watson.
Das Schiff bewegt sich völlig ruhig auf den weiß glänzenden Mond zu. Martin erinnert sich an den Start von der Erde, bei dem sie kräftig durchgeschüttelt wurden. Enceladus besitzt jedoch keine nennenswerte Atmosphäre.
»High gate«. Francesca hat die Landestelle auch visuell identifiziert. Sie sind in Sichtweite. Martin schaltet sein Display auf optische Darstellung um. Die Landschaft unter ihnen sieht zerklüftet aus, als hätte jemand mit einem Messer wild in ein Stück Butter gestochen, die nun gefroren und schneebedeckt ist. Es sieht nicht so aus, als gäbe es hier eine glatte Fläche zum Landen.
»Watson, last check.«
Ihre Flughöhe liegt jetzt bei 3000 Metern. Mit dem Treibstoff an Bord und unter der Last der Valkyrie würden sie es gerade noch in den Orbit des Mutterschiffs schaffen. Wenn sie weiter sinken, ist ein Abbruch der Mission unmöglich. Martin hat einen Kloß im Hals.
»Alle Systeme go. Bremsvektor wie geplant.«
Sie sinken weiter.
»Watson, Status der Landestützen?« Francescas Stimme ist völlig ruhig, doch Martin spürt ihre ungeheure Konzentration.
»Landesystem go.«
»1000 Meter. Bereite Landung vor. Watson, automatische Landung aktiviert.«
In diesem Gelände manuell zu landen, käme einem Selbstmord gleich. Sie müssen die Landestelle treffen, damit genug Platz für den Start der Valkyrie ist.
»150 Meter. Low gate.«
Martin spürt, wie sich das Schiff neigt. Sein Herz schlägt schneller. Im letzten Teil des Anflugs nimmt das Schiff die typische Raketenposition ein. Steuerungsdüsen richten es genauestens aus.
»Auf Landung vorbereiten.«
Ab 100 Metern Höhe sieht Martin nichts mehr auf der opti-

schen Darstellung. Der Triebwerksstrahl hat Eiskristalle von der Oberfläche aufgewirbelt. Er schaltet auf Lidar um. Der Lander zielt exakt auf die Mitte der kleinen Ebene, die unter ihnen liegt. Trotzdem krallt sich Martin an seinem Stuhl fest, seine Handflächen sind nass.

Ab zehn Metern zählt Watson herunter. Zehn, neun, acht... bei zwei schaltet sich das Haupttriebwerk ab, nur die Steuerungsdüsen regulieren noch die Lage. Eins ... Null. Der Lander setzt wunderbar sanft auf.

»Sieht aus, als wären wir da«, sagt Francesca. Jiaying atmet laut aus, Martin schwitzt. Alle bleiben still, niemand bricht in Jubel aus. »Rossi an Commander. Der Adler ist gelandet, wie es so schön heißt.«

»Bestätige. Glückwunsch, Bodenteam.« Auch Amy bleibt sachlich. Martin kann das nachvollziehen. In der geringen Schwerkraft zu landen, war ein Kinderspiel. Die wirklich schwierigen Aufgaben stellen sich ab morgen.

15. Dezember 2046, Enceladus

Wie bewegt man eine Masse von fünfzehn Tonnen ohne Kran? Ein Mann vorn, einer hinten, das war der Plan, den sich Mission Control für Enceladus ausgedacht hatte. Dank der niedrigen Fallbeschleunigung, die nur bei einem Sechsundachtzigstel des Wertes der Erde liegt, lassen sich auf dem Saturnmond auch große Lasten einfach befördern. Relativ einfach.

»Schleppen, das ist Männerarbeit«, hatte Francesca lachend gesagt und sich durch die struppigen Haare gestrichen, als sie über die Aufteilung der Aufgaben diskutierten. Martin ist das recht, auch wenn Francesca beim Bankdrücken immer doppelt so viel Gewicht aufgelegt hatte als er. So wird er unter den ersten sein, die den Himmelskörper betreten, den noch nie ein Mensch erforscht hat.

Zunächst stehen ihnen dazu nur zwei Raumanzüge zur Verfügung. Die EMUs haben sie auf dem Mutterschiff gelassen. Der Lander besitzt stattdessen zwei SuitPorts, die in einem der symmetrisch um den Lander angeordneten Lagermodule auf ihren Einsatz warten. SuitPorts sparen Platz, deshalb sind sie praktisch. Statt in ein Airlock steigt der Astronaut gleich direkt in den Raumanzug, der dann luftdicht abgeschlossen und vom Port abgekoppelt wird. Bei der Rückkehr vollzieht man den Vorgang andersherum. Die Valkyrie besitzt am Heck zwei weitere SuitPorts. Martin stellt sich vor, wie sie damit durch den Ozean gleitet. Diesen Anzügen merkt man nicht an, ob sich jemand darin befindet. Es sieht also so aus, als würden zwei Astronauten Huckepack per Anhalter reisen.

Doch noch ist das Bohrschiff nicht einsatzbereit. Es befindet sich hoch aufgerichtet über dem Wohnmodul, gehalten von einer Stahlkonstruktion. Hayato und er haben nun die Aufgabe, die fünfzehn Tonnen herunterzuwuchten und in sicherem Abstand vom Lander zum Start vorzubereiten.

Auf Enceladus wiegt die Valkyrie gerade einmal 170 Kilogramm, es ist also keine heroische Aufgabe, wenn sie zu zweit anpacken.
Martin trägt bereits sein LCVG, seinen Thermo-Strampler. Die Nacht haben sie zu viert im Wohnmodul verbracht. Hayato hat geschnarcht, dadurch hat Martin wenig Schlaf bekommen. Er bedauert Jiaying, die sich das nun viele Nächte lang anhören muss. Sie selbst war aber heute morgen ausgeruht gewesen. Die Ausstiegsprozedur ähnelt der bei einer EVA. Enceladus weist keine nennenswerte Atmosphäre auf. Hier in der Nähe des Südpols lässt sich zwar Wasserdampf nachweisen, doch liegt der Luftdruck elf Dimensionen unter dem auf der Erde. Sie werden sich also im Grunde durch Vakuum bewegen, nur ist es nicht ganz so eisig wie im All. Siri hat für heute 150 Grad Celsius gemeldet. Minus.
Einen Teil der Prebreath-Phase hat Martin schon hinter sich. Er schwitzt noch immer von den Minuten auf dem Hometrainer. Auf diesem Foltergerät wird er in den kommenden Wochen noch viel mehr Zeit als sonst verbringen, um die Auswirkungen der niedrigen Schwerkraft auf seinen Körper zumindest zum Teil auszugleichen.
»Auf geht's«, hört er Francesca Stimme über den Lautsprecher.
Er schwingt seine Beine in die runde Öffnung vor ihm. Einen EMU anzuziehen ist einfacher als der Umgang mit dem SuitPort, der wie ein Ganzkörper-Handschuh funktioniert. Jedes Körperglied muss er blind in die passende Öffnung schieben. Sich zu bücken, um etwas zu justieren, ist unmöglich, denn das Oberteil ist noch starr mit dem Lander verbunden. Er flucht, weil er die falsche Beinöffnung trifft und sich dadurch das LCVG verschiebt. Noch einmal von vorn also.
Besonders kritisch ist das Abkoppeln. Er kann sich nicht umdrehen, um den sicheren Verschluss des Anzugs zu kontrollieren, sondern muss den Anzeigen vertrauen. Das fällt ihm schwer, weil er weiß, dass sämtliche Software von Menschen programmiert wurde und wie fehleranfällig Pro-

grammierer sind. Am liebsten wäre ihm deshalb, jemand würde aus dem Lander heraus alles direkt kontrollieren, doch wie soll das funktionieren, wenn sie dann zu zweit unterwegs sind?
Er hat es geschafft. Die Arme des Suits lassen sich bewegen. Mit einem Griff zum Werkzeuggürtel schaltet er den Helmfunk an. Er hört schweres Atmen. Hayato hat wohl ebenfalls so seine Mühen. Er blickt auf einen grellweiß beleuchteten Metallcontainer, an dessen gegenüberliegender Seite sich eine Tür befindet.
»Neumaier bereit«.
»Bestätige«, sagt Francesca. »Hayato?«
»Moment. Ich muss noch ... ahhh. Okay, das Innenfutter des Handschuhs hatte sich ... Egal, Masukoshi bereit.«
»Öffne Ausstieg.«
Die Tür ihm gegenüber verschwindet in der Wand. Eine neue, glänzend weiße Welt erwartet ihn. Er hat gewusst, dass Enceladus der hellste aller Monde ist, dass er das allermeiste Licht reflektiert. Aber das mit eigenen Augen zu sehen ... ein Schauer läuft ihm den Rücken herunter. Das Helmvisier verdunkelt sich automatisch. Er hat große Lust, loszulaufen. Doch es ist etwas anderes vereinbart.
Hayato Masukoshi soll als erster Mensch auf Enceladus in die Geschichtsbücher eingehen. Das vierköpfige Bodenteam hat sich gestern noch auf ihn geeinigt. Martin sieht ihm von der Luke aus bei den ersten Schritten zu. Eine kleine Metalltreppe führt nach unten. Links und rechts sieht Martin je eine der Landestützen. Hayatos erster Schritt verläuft noch ganz normal, doch dann stößt er sich mit zu viel Schwung ab. Trotz des schweren Raumanzugs würde eine Federwaage hier nur zwei Kilogramm anzeigen. Das hat der Kollege nicht berechnet. Die große Eisfläche vor ihnen ist wohl gar zu verführerisch. Er sieht, wie Hayato langsam zu Boden segelt. Die Bilder gehen ein paar Stunden später in den großen Nachrichtensendungen um die ganze Welt. Sie zeigen überdeutlich, dass diese Welt ganz anders ist als Mond oder Mars.
Martin folgt Hayato, vorsichtig bemüht, nicht zu viel Kraft

in seine Schritte zu legen. Trotzdem kann er nicht verhindern, dass aus dem ersten Schritt ein Sprung wird. Obwohl er meint, sich auf einem Planeten zu befinden, muss er sich eher bewegen wie in der Schwerelosigkeit des Raumschiffs.

Nach ein paar Metern hat sich Martin an die Verhältnisse gewöhnt. Er hat ja lange genug in geringer Schwere trainiert. Der sichtbare Horizont und die deutliche Unterscheidung von »oben« und »unten« verwirren seine Sinne nicht mehr. Mit dem Handschuh wischt er das Visier frei, auf dem sich ein paar Eiskristalle abgesetzt haben.

Martin sieht sich um. Vor ihm erstreckt sich eine Ebene, die auch eine schneebedeckte Wiese sein könnte. Der aus feinsten Eiskristallen bestehende Schnee bildet jedoch nur eine sehr dünne Schicht. Mit jedem seiner Schritte tritt er auf hartes, glattes Eis. Martin probiert zu schlittern, doch wenn er sich wie von der Erde gewohnt Schwung gibt, prallt er einfach nur vom harten Eis ab. Wenigstens dürfte es schwer werden, aus Versehen auszurutschen und hinzufallen, weil ihn fast nichts nach unten zieht. Am Ende der Lande-Ebene wirft ein steiler Hang harte, dunkle Schatten. Nur dadurch erkennt er den Übergang, den die stark reflektierende Oberfläche sonst verbergen würde.

Die Sonne steht etwa 20 Grad über dem Horizont. Hier, in der Nähe des Südpols, wird sie nie über 27 Grad steigen. Martin fröstelt, wenn er sie betrachtet, denn sie ist viel, viel kleiner als am Erdhimmel. Die Sonne wandert über einen komplett schwarzen Hintergrund, der voller Sterne steht. Die Sterne scheinen hier feindlicher als in lauen Erdnächten. Sie haben einen stechenden, unbeirrbaren, erbarmungslosen Blick. Das liegt wohl daran, dass sie nicht funkeln, weil ihr Licht sich in keiner Atmosphäre bricht.

Am beeindruckendsten findet Martin den Saturn. Der Planet scheint am östlichen Horizont festgemacht. Er weicht nicht von der Stelle, denn Enceladus zeigt ihm – wie der Erdmond der Erde – stets dieselbe Seite. Aus Martins Perspektive wirkt er wie ein riesiger, brauner Berg am Horizont, der sich bis in enorme Höhen erhebt. Die Ringe hin-

gegen sind nur als schmale Linie zu sehen, sehr nah am Horizont.
Direkt auf dieser Linie, wie eine Perle auf einer dünnen Schnur, erkennt Martin eine helle Kugel, die so groß erscheint wie der Erdmond. Es ist Mimas, *Todesstern* genannt, weil er auf manchen Fotos aussieht wie der Death Star des Dunklen Imperators in den Star-Wars-Filmen. Den dafür verantwortlichen, riesigen Herschel-Krater kann Martin nicht erkennen. Vielleicht hat Jiaying in den kommenden Wochen mehr Glück.
»Genug Sightseeing«, sagt Hayato über den Helmfunk. »Wir haben zu tun.«
Er hat Recht. Martin gibt sich einen Ruck und hebt beinahe ab. Sie müssen die Valkyrie auf das Eis bringen. Die Missions-Planer haben sich dazu ein Hau-Ruck-Verfahren ausgedacht. Es besteht aus einer ausrollbaren Rutsche, einem Flaschenzug, etwas Kletterei und viel Muskelkraft.
Zunächst muss Hayato das Metallgerüst erklettern und in zwanzig Metern Höhe den Flaschenzug anbringen.
»Willst du vielleicht lieber?«, fragt er Martin.
»Sechster Stock, nein danke.«
Die Kletterei ist allerdings weder so anstrengend noch so gefährlich wie auf der Erde, immerhin wiegen sie ja nur zwei Kilogramm. Auf eine Sicherung verzichten sie deshalb. Martin hört Hayato trotzdem stöhnen. Der schwere Raumanzug ist nicht die perfekte Kletter-Kleidung.
»Okay, Flaschenzug eingehakt.«
Nächste Station ist der obere Teil des Bohrschiffs. Hier gibt es eine Befestigung für das Seil.
»Seil in Valkyrie eingeklinkt.«
Während Hayato nach unten klettert, holt Martin die Rutsche. Es handelt sich um eine dicke Plastik-Plane, etwa fünf Meter breit, die der Valkyrie den Weg zeigen und gleichzeitig den Lander schützen soll. Sie wird hinter dem Bohrschiff angebracht, unter ihm durchgeführt und dann bis zum Boden ausgerollt. Diesmal ist Martin dran. Er ist froh, dass er nur ein paar Meter zu klettern braucht.
»Rutsche befestigt«, meldet er. Hayato hat in der Zwischen-

zeit schon begonnen, eine Seite der Stahlkonstruktion abzuschrauben, die die Valkyrie im All festgehalten hat. Das ist ungefährlich, solange niemand dem Bohrschiff einen Schubs gibt. Nachdem er alle Schrauben mit seinem Spezialwerkzeug gelöst hat, gibt er dem Stahlgitter einen Stoß. Es fällt langsam zur Seite. Hayato zieht es hinter den Lander.

Jetzt folgt der spannende Abschnitt. Hayato hat sich mit einem kurzen Seil am Lander gesichert. Er zieht am Seil des Flaschenzuges, während Martin die Rutsche ausfährt. Diese gibt der hinteren Kante der Valkyrie einen Stoß, sodass diese sich neigen und langsam die Plane hinunter rutschen sollte. Hayato bestimmt mit seiner Kraft am Flaschenzug, wie schnell sich das Bohrschiff bewegt. Auf der Erde wäre ein solches Manöver unmöglich gewesen, doch hier kann ein einzelner, gut gesicherter Mann mit Hilfe eines simplen Flaschenzugs ein ganzes Schiff bewegen.

»Und ... los!« Martin gibt das Kommando, damit Hayato sich rechtzeitig in sein Seil hängt. Die Valkyrie wackelt, aber sie kippt nicht. Er zieht noch einmal kräftig an der Plane. Diesmal funktioniert es. Das Bohrschiff rutscht Zentimeter für Zentimeter nach unten. Hayato gibt etwas mehr Seil, und es bewegt sich schneller. Martin hält die Plane straff, sodass das Schiff freie Bahn nach unten hat. Er hört Hayato über den Helmfunk schnaufen.

»Das macht ihr sehr gut, Männer«, meldet sich Francesca.

Schritt für Schritt nähert sich die Valkyrie dem Boden. Ihr Hinterteil zielt direkt auf Martin. Würde Hayato das Seil loslassen, müsste er sich schnell aus dem Staub machen. Martin lacht. Es sieht aus, als kämen zwei Menschen in Raumanzügen wie seinem kopfstehend auf ihn zu, denn die SuitPorts der Valkyrie sind um 180 Grad gedreht.

»Alles gut bei dir?«

»Bestens, Francesca. Schau doch mal durch meine Helm-Kamera, dann verstehst du mich.«

Er hört, wie die beiden Frauen im Lander kichern.

»Pass auf, dass sie dich nicht kriegen.«

»Keine Sorge.«

Nach einer halben Stunde liegt die Valkyrie vor ihnen. Hayato klinkt das Seil wieder aus und bringt den kompletten Flaschenzug in den Lagerraum. Dann kommt er mit zwei neuen Seilrollen zu Martin.
»Eine für dich.«
Das Seil auf der Rolle erinnert Martin an Angelschnur. Es ist leicht und dünn, aber sehr strapazierfähig. Außerdem hat Hayato eine Art Gewehr und zwei Umlenkrollen mitgebracht. Zuerst klinkt er an jeder Seite der Valkyrie ein Seilende ein. Mit dem Gewehr schießt er am Zielort zwei Anker in das Eis, an denen er jeweils eine Rolle befestigt. Er führt jedes Seil um eine der Rollen und kommt zurück zu Hayato. Beide laufen dann in Richtung Lander. Die Valkyrie quer über das Eis zu schieben ist schwerer, als es den Anschein hat. Sie bringt zwar keine 200 Kilogramm auf die Waage. Doch Hayato und er wiegen auch nur zwei Kilo. Damit bringen sie nicht genug Widerstand auf, das Bohrschiff von der Stelle zu bewegen, sie rutschen einfach weg. Deshalb müssen sie den noch deutlich schwereren Lander zu Hilfe nehmen. Er verankert sie, sodass sie mit ihrer Muskelkraft und über die Umlenkrollen der Leinen die Valkyrie über das Eis bewegen können.
»Hau ruck«, gibt Martin das Kommando. Sie ziehen, so fest sie können, der Lander gibt ihnen Halt. Es ist die schwerste Arbeit, die Martin in den vergangenen Monaten verrichtet hat. Er verflucht die Missions-Planer, die doch auch eine motorisierte Seilwinde hätten einplanen können. Nachdem sie die Haftreibung überwunden haben, wird es leichter. Martin schwitzt. Wasser läuft über sein Gesicht, doch er kann es nicht wegwischen. Scheiß-Raumanzug.
»Gut, das reicht schon«, macht sich Francesca bemerkbar. Martin hört sofort auf. Hayato schimpft, weil die geplante Entfernung noch nicht erreicht ist.
»Das sind 30 Meter, das reicht sicher«, meint die Pilotin. »Glaub mir, die Missions-Planer übertreiben ein bisschen mit ihrem Sicherheitsbedürfnis. Was soll denn schon passieren?«

Hayato sagt nichts. Er scheint zu überlegen. Schließlich gibt er nach.
»Okay, wir kommen dann rein.«
»Moment noch, der Laser-Konzentrator. Den hätte ich heute gern noch erprobt.«
»Stimmt, klar«, sagt Hayato. »Auf geht's, Martin«. Der Mann hat eindeutig zu viel Energie.
Der Konzentrator ist ein Modul, das wie ein dickes Fass mit Beinen aussieht. Gemeinsam holen sie es aus dem Lager und tragen es in die Nähe des Startpunktes. Mit seinem Nagel-Gewehr fixiert Hayato die Beine des etwa 1,5 Meter durchmessenden Fasses im Eis, sodass es sich nicht mehr so einfach verschieben lässt. Dann entfernt er den Deckel. Darunter ist ein Parabolspiegel zu sehen, der den Laserstrahl des Raumschiffs fokussiert. Nach mehreren Kilometern Weg ist der Lichtkegel deutlich ausgefasert, und zwar umso stärker, je größer die Wellenlänge des Lichts ist. Hayato drückt einen Knopf, und eine Ladeanzeige erscheint. Der Konzentrator hat einen Akku an Bord, der bei kurzzeitigen Signalausfällen einspringt. Er kann allerdings nur für wenige Sekunden die volle Energie liefern, alternativ für ein paar Stunden Notenergie. Die Ladeanzeige steht auf Rot. Hayato betätigt einen weiteren Knopf, und eine gelbe LED signalisiert, dass das Positionssignal online ist. Damit kann das Mutterschiff den Laserstrahl punktgenau auf den Konzentrator ausrichten.
»Bitte mal etwas Abstand halten«, sagt Francesca, »wir testen das gleich, solange ihr noch draußen seid.«
Martin und Hayato treten ein paar Schritte zurück. Urplötzlich fährt ein grüner Blitz aus dem Himmel herab und trifft das Fass. Martin fährt der Schreck in die Glieder, er stolpert, doch Hayatos Hand bewahrt ihn vor dem Fall.
»Sorry, Leute.«
Der Lichtstrahl, der sich über dem Konzentrator abzeichnet, scheint aus dem Nichts zu kommen. Er ist auf ihrer Höhe knapp einen Meter dick und verjüngt sich nach oben. Dabei wird er immer durchscheinender und verschwindet dann ganz. Dass sie das Laserlicht überhaupt sehen kön-

nen, ist der Beweis dafür, dass es hier eine minimale Atmosphäre gibt.
»Funktioniert prima«, sagt er ins Mikrofon. »Schöne Weihnachtsbeleuchtung!«
Das Fass, der Konzentrator, brummt. Es dauert nicht einmal eine Minute, bis die Ladeanzeige auf Grün wechselt. Der Strahl erlischt so plötzlich, wie er erschienen ist. Martin meint zwar, ein Nachglühen zu sehen, doch das findet bloß auf seiner Sehrinde statt.

16. Dezember 2046, Enceladus

Ein Bauer mit einer Ziege, einem Wolf und einem Kohlkopf im Gepäck will einen Fluss überqueren. Das Boot ist so klein, dass er immer nur eins der Tiere oder aber den Kohlkopf mitnehmen kann. Wie gelangen alle sicher ans andere Ufer? Martin denkt an dieses uralte Rätsel, während sie zu viert den Umstieg in die Valkyrie diskutieren. Die Lösung ist etwas einfacher als für den Bauern: Martin und Francesca laufen zum Bohrschiff und besteigen es durch den Haupteingang an der Decke. Sie aktivieren die Lebenserhaltung und setzen die Valkyrie unter Druck. Dann legen sie die Suits ab, in denen sie gekommen sind, und steigen über die SuitPorts in die zur Valkyrie gehörenden Anzüge. Von diesen geschützt, betreten sie die Valkyrie erneut, nachdem sie sie ferngesteuert entlüftet haben. Sie holen die mitgebrachten Raumanzüge und bringen sie zum Lander zurück, um sie dort mit den SuitPorts zu koppeln. Dann geht es zum Bohrschiff zurück, und die Fahrt kann beginnen.

Jede Reise beginnt mit einem Abschied. Martin hat sich die Situation in der Nacht schon zigmal vorgestellt, überlegt, was er sagen wird, wie er sich von Jiaying verabschiedet. Doch jetzt ist alles ganz anders. Er beginnt, die Worte zu sagen, die er sich ausgedacht hat, aber sie fühlen sich hohl an. Er ist hilflos, er kann nicht beschreiben, was in ihm vorgeht. Und ihn plagt das schlechte Gewissen, weil er sich vor der kommenden Zeit nicht nur fürchtet, sondern sich auch darauf freut, und das, obwohl Jiaying nicht mitkommen kann.

Die Lösung ist unglaublich einfach. Bevor er in den Raumanzug steigt, umarmt er diese Frau, die er doch noch gar nicht richtig kennt, er versinkt in dieser Umarmung, und alles wird gut und richtig. Im Moment des Loslassens spürt er, wie seine Augen schwer werden. Jiaying dreht sich weg.

Er bemerkt trotzdem, dass sie sich mit einer Hand über die Wangen fährt. Das ist das Signal, sich in den SuitPort zu schwingen. Die Scheibe beschlägt, als er nach draußen geht. Das wird der Schweiß sein von dem kleinen Workout auf dem Hometrainer zuvor.

Einmal hin, einmal her, rundherum, das ist nicht schwer. Es ist seltsam, dass ihm gerade jetzt ein Kinderlied durch den Kopf geht. Er verhält sich seltsam, beinahe muss er über sich lachen. Er muss sich zusammenreißen, sonst denkt Francesca noch, dass er an Symptomen der Taucherkrankheit leidet. Klack, der Anzug des Landers hängt wieder im Port. Sie gehen ein letztes Mal die 30 Meter bis zur Valkyrie, schließen sich ans System an und betreten das Innere. Martin sieht sich gründlich um. Theoretisch könnte er jetzt immer noch absagen, fliehen, sich zurückziehen, doch er weiß, dass das keine Option mehr ist. Er wird mit Francesca in die ewige Dunkelheit starten. Sie ist die beste Pilotin der Welt, und keiner kennt sich so gut mit den Systemen der Valkyrie aus wie er. Jedenfalls niemand im Umkreis von fünf Lichtminuten.

»Commander an Valkyrie. Starte Laser.«

Martin justiert die Kamera, sodass er den Konzentrator im Blick hat. Der grüne Strahl ist da.

»Energieversorgung auf 100 Prozent«, meldet Francesca. Der frisch fokussierte Lichtstrahl bewegt sich durch das am Konzentrator angeschlossene Glasfaserkabel in die Valkyrie. Hier wird die Energie in Hitze umgewandelt. Aus der Wärme wird Strom, und wenn Francesca die Jets freigibt, schmilzt die Wärme Eis zu Wasser und erhitzt es zu Wasserdampf, der über einen Generator noch mehr Strom liefert und gleichzeitig das Eis vor ihnen schmilzt, wohin auch immer die Jets zeigen.

»Startfreigabe erteilt.«

»Danke, Commander, man sieht sich.«

Es sind im Moment keine anderen Worte nötig. Francesca hat alle wichtigen Daten auf dem Schirm. Martin beobachtet die Anzeigen. Die Valkyrie beginnt sich nach vorn zu neigen. Von außen hat das damals in der Antarktis beein-

druckend ausgesehen. Jetzt bewegen sich nur die Wände um ihn herum, während Sitz und Pult beweglich gelagert sind und in der Waagerechten verbleiben. Nach zehn Minuten sitzt er nicht mehr in einer Röhre, sondern in einem Turm, ohne seinen Platz gewechselt zu haben. Die Valkyrie gräbt sich mit zunehmender Geschwindigkeit in das Eis.
»Alle Systeme normal«, meldet Francesca an Mutterschiff und Lander, obwohl die Kollegen alle Daten ebenfalls live eingespielt bekommen. »Viel Spaß noch da oben. Rossi aus.«

Nach zwei Stunden Bohrfahrt schlummert Martin zum ersten Mal in seinem Sitz ein. Die Geräuschkulisse an Bord ist beruhigend. Sie ist so ganz anders als im All. Das Schiff reibt sich an seiner Umgebung, die Wasserdampf-Jets heulen, die Intensität des Lärms wechselt, aber er fühlt sich nicht mehr wie ein winziger Punkt im Nichts. Der Mensch ist nicht für den Aufenthalt im Vakuum gemacht, scheint ihm. Auch das Eis um sie herum ist mächtig, ein Erdbeben könnte sie auf der Stelle zerquetschen – wenn es denn Tektonik gäbe –, doch es ist nicht unendlich, es hat eine Grenze und eine Abmessung, und der Mensch ist prinzipiell in der Lage, diese Grenze zu erreichen und, noch lieber, zu überschreiten.
Ihre Grenze befindet sich in 4866 Metern Abstand von der Oberfläche. 4666 Meter sind es noch, als er aus einem wirren Traum aufwacht.
»Na, wieder da?« Francesca lächelt ihn freundlich an. »Wenn du magst, kannst du dich auch richtig hinlegen.« Sie zeigt auf die Klappbetten, die weiter oben von der Wand hängen. Martin schüttelt den Kopf, reibt sich die Augen und streckt sich.
»Nicht nötig, danke. Aber wenn du müde bist...«
»Später vielleicht.«
Martin sieht auf die Uhr. Sie sind jetzt zwei Stunden unterwegs. Hundert Meter pro Stunde, nicht schlecht, was Stone noch aus der Valkyrie herausgeholt hat im Vergleich zu damals. Martin massiert seine Schläfen. Ein leichter Kopf-

schmerz plagt ihn, vielleicht von der trockenen Luft. Da sind sie Milliarden Kilometer unterwegs, aber die Ingenieure schaffen es nicht, eine angenehme Atmosphäre hinzubekommen. Er überlegt, was er geträumt hat, doch das meiste ist ihm entfallen. Ein Bild hat er noch deutlich vor Augen: Er war irgendwo festgebunden und spürte dabei unglaubliche Schmerzen. Doch statt zu weinen oder zu schreien, schrie er immer nur »Ich, ich, ich«. Merkwürdige Kurzschlüsse fabriziert das Gehirn manchmal.
Noch 48 Stunden. Das ist keine lange Zeit, verglichen mit dem Jahr, das sie bis hierhin gebraucht haben. Der unterirdische Ozean, was wird er ihnen offenbaren? Die Exobiologen gehen von primitiven Zellen aus, ähnlich denen, die in heißen Schloten am Grund der Erd-Ozeane existieren. Die Ergebnisse der ELF-Sonde waren, wie es so schön heißt, interpretationsfähig gewesen. Einen toten Hasen wird jede Untersuchung als Beweis für Leben interpretieren. Ein gefrorener Einzeller ist, wenn er differenziert genug ist, nur noch ein eindeutiger Hinweis. Das Risiko eines Zufallsfunds war zwar gering, denn die Sonde hatte mehrere identische Exemplare identifiziert. Aber es konnte sich bei aller Komplexität immer noch um Ergebnisse eines chemischen oder geologischen, nur eben auf der Erde unbekannten Prozesses handeln. Sicher sind sie erst, wenn sie das Leben auf frischer Tat ertappen, wenn es gerade dabei ist, zu wachsen und sich zu vervielfältigen.
In zwei Tagen werden sie mit der Suche danach beginnen.

18. Dezember 2046, Valkyrie

Er hat das Ende nicht kommen sehen. Die Instrumente hatten natürlich gezeigt, dass sie bald in den Ozean durchbrechen würden, das Radar, das Lidar, sogar der Geschwindigkeitsmesser. Denn von Stunde zu Stunde ist das Eis mit steigenden Temperaturen weicher geworden. Erst war es noch härter als Stahl gewesen, dann Kalkstein vergleichbar, und schließlich hatten die Jets hindurch geschnitten wie durch Butter, was am Ende ganze zwei Stunden gespart hatte.

Doch zu sehen ist von der neuen Welt nichts, bis es passiert. Martin hört es, noch bevor Francesca es ihm mitteilen kann. Die Jets sind viel leiser geworden. Sie haben ihren Modus komplett umgestellt. Statt heißes Wasser zu speien, saugen sie nun das salzige Wasser des Ozeans an. Statt die Energie des Wassers im Generator in Strom umzusetzen, laufen die Generator-Schaufeln als Propeller, die das Schiff vorantreiben, gespeist vom Laserstrahl aus dem All. Auf ein Zeichen der Bord-KI hat das Mutterschiff die Leistung des Lasers heruntergefahren; sie brauchen viel weniger, um im Wasser zu navigieren. Es ist Zeit, sich umzusehen. Das Schiff aktiviert leistungsfähige Scheinwerfer, die die Umgebung in verschiedenen Wellenlängen beleuchten. Radar und Lidar zeichnen die Struktur der Eisschicht über ihnen auf. Bis an den Grund des Ozeans gelangen sie von hier aus nicht. Auf dem großen Display, das die Bug-Aussicht ersetzt, erscheinen die ersten Bilder. Francesca sieht ihn an. Sie ist genauso beeindruckt wie er. Über ihnen hat jemand einen Eispalast erbaut. Gräben, Kämme, Krater, Wälle, Säulen, Berge, die untere Eisgrenze scheint die Formen der Oberfläche zu spiegeln, es fehlt nur noch eine Kopie des Landers. Ein exotisches Spiegelland erstreckt sich über ihnen in die Ferne, glänzend, verrückt und klinisch sauber. Selbst das Wasser scheint kristallklar.

Martin denkt an seinen letzten Besuch in einer Höhle auf der Erde. Wo immer man dort hinsah, breitete sich Leben aus. Moose, Flechten, Bakterien-Schichten, primitive Pflanzen, das Leben zeigte selbst unter ungünstigen Bedingungen eine große Vielfalt. Davon ist hier nichts zu erkennen. Sie fahren durch eine umwerfende, aber anscheinend sterile, vielleicht doch lebensfeindliche Welt.
Mit offenem Mund beobachten sie immer neue, unmöglich scheinende Strukturen, während die Valkyrie nun als U-Boot in Richtung Südpol fährt. Ein Kunstwerk am Himmel, Kunst um der Kunst willen, denn die Scheinwerfer der Valkyrie leuchten sie wahrscheinlich zum ersten Mal in ihrer Existenz überhaupt an. Francesca und Martin, so sieht es aus, sind die ersten intelligenten Wesen des Universums, die dieses Meisterwerk der Bildhauer-Kunst bestaunen dürfen. Ein unglaubliches Geschenk, findet Martin, das ihn für immer mit der Pilotin verbinden wird.
Sofort beginnt die Bord-KI mit dem automatischen Suchprogramm. Für die beiden Astronauten bleibt nicht viel zu tun. Die ersten Bilder verlassen über den Laser-Uplink und das Raumschiff diese Welt. Viele Stunden später treffen Glückwünsche von der Erde ein, verhalten formuliert, ganz besonders, wenn Exobiologen die Absender sind. Man habe, heißt es, natürlich nicht erwartet, eine zweite Erde vorzufinden. Aber schön wäre es natürlich schon gewesen, sagen die Experten nicht dazu.
Die beiden Astronauten lassen sich davon nicht stören. Die Scheinwerfer werden erst auf infrarot, dann auf ultraviolett umgestellt, und wieder ergeben sich faszinierende Effekte. Nun treten Bandstrukturen hervor, in denen sie verschiedenc Eisphasen zu erkennen glauben. Martin beschreibt Jiaying über die Standleitung eine halbe Stunde lang, welche Pracht er zu sehen bekommt. Kurz vor dem Ende des Gesprächs verrät sie ihm, dass sie den Kanal für Hayato offen gehalten hat, damit er ebenfalls mithören kann. Er ist ihr nicht böse. Er möchte auch gern teilen, was er erlebt. Nach 13 Kilometern unter dem Eis melden die Sensoren zunehmende Strömungen. Die Triebwerke kön-

nen leicht dagegen halten. Sie nähern sich offenbar einem der Tiger Stripes, der Quelle der Eisgeysire, die Enceladus zu einer Besonderheit im Sonnensystem machen. Der Schlund öffnet sich bei Kilometer 14,8. Eine tiefe Struktur, wie mit dem Messer hineingeschnitten. Die Scheinwerfer reichen nicht bis auf den Grund, wenn es denn überhaupt einen gibt. Es müssen mindestens 800 Meter sein. Wo die Scheinwerfer gerade noch hinreichen, sehen sie Andeutungen davon, dass das Eis nicht überall so glänzend rein ist. Es lässt sich nicht genau feststellen, doch womöglich handelt es sich um Ablagerungen organischer Stoffe. Jiaying drängt darauf, sofort hinzufahren, und ein paar Stunden später stimmen Erd-Wissenschaftler eindringlich zu. Doch sie halten sich an den Plan – erst die Gegend zu erkunden, dann Prioritäten zu setzen und danach erst bestimmten Phänomenen näher auf den Grund zu gehen.
Die Valkyrie fährt einen Bogen und kehrt schließlich wieder zu ihrem Ausgangspunkt zurück. Das Schiff pflügt dabei durch den Ozean wie ein Wal. Das Wasser, das durch ihre Triebwerke strömt, wird in allen Wellenlängen untersucht. Pro Kubikmeter wandert ein Milliliter in einen Schnell-Analysator. So erstellt die KI eine grobe Karte der Stoff-Verteilung. Tatsächlich ist das Wasser einerseits sehr salzig – stärker noch als die Erdozeane. Obwohl es so klar aussieht, enthält es einen gewissen Anteil organischer Stoffe, die chemisch oder biologisch entstanden sein könnten. Die Zusammensetzung ist nicht konstant, es gibt einen Gradienten, der mit der Tiefe zusammenhängt, und einen zweiten, der die Nähe zum Tiger Stripe beschreibt.
Das Wasser ist generell kaum durchmischt, außer in der Nähe der Strömungen, die zu den Stripes führen. Dass der Gehalt an Mineralien mit der Tiefe steigt, scheint den Forschern logisch, denn dort trifft der Ozean auf Gestein. Nur dort können sich Salze also im Wasser lösen. Weil sich die versammelten Exobiologen der Erde nicht einig werden, wo und wie die Valkyrie weiter vorgehen soll, überlassen Martin und Francesca ihnen die Diskussion und legen sich in ihre Betten.

ZEITALTER DER FRAGEN, PUNKT

Es gibt:
Das Ich.
Das Alles.
Die Wärme.
Das Salz.
Die Bewegung.
Den Strom.
Die Kraft.
Die Wirkung.
Die Schönheit.
Die Ordnung.
Die Zeit.

Es gibt nicht:
Das Nicht-Ich.
Das Nicht-Alles.

Es gibt nicht mehr:
Die Ewigkeit.

Es gibt:
Die Zweifel.

Es gibt:
Die Fragen.
Dies ist das Zeitalter der Fragen.
Es beginnt mit einem Punkt.

19. Dezember 2046, Valkyrie

Watson weckt sie um 0800 Bordzeit. Die klügsten Menschen der Erde haben entschieden, dass es abwärts gehen soll, in die Tiefen des Ozeans, bis auf den Grund. Martin bereitet sich auf eine langweilige Fahrt vor. Die Valkyrie neigt die Schnauze. Martin spürt es kaum, weil die Schwerkraft so gering ist. Sitze und Displays werden automatisch justiert. Ein kurzer Andruck, dann bewegt sich das Schiff konstant mit 30 km/h. Hätten sie nicht die Instrumente, sie würden nicht merken, dass sie vorwärts kommen. Die Kameras zeigen in allen Richtungen dasselbe Bild.
Martin lässt sich von der KI die bisherigen Fundstücke zusammenstellen. Die Liste der chemischen Moleküle ist lang. Martin blättert erst alle schnell durch. Vielleicht zeigt sich ein Muster, das der Software entgangen ist. Die entscheidende Frage ist: Lässt sich die Entstehung all dieser Verbindungen rein chemisch erklären – oder finden sie etwas, das unbedingt eine biologische Erklärung braucht?
Martin fällt auf, dass im Wasser sehr wenig Ammoniak gelöst ist. Die Eiskerne von Kometen, die auf die Verhältnisse zur Zeit der Entstehung des Sonnensystems zurückgehen, weisen einen deutlich höheren Anteil auf. Der Ozean muss also schon sehr alt sein, damit genug Zeit war, den nun fehlenden Ammoniak über die Tiger Stripes abzugeben. Es scheint, als bewegten sie sich durch ein Reservoir, das älter als alle Erd-Ozeane ist. Leben, wenn es hier denn welches gibt, hätte sehr viel Zeit gehabt, sich in der Evolution zu vervollkommnen. Dass das Wasser salziger als die meisten Gewässer auf der Erde ist, hatten die Forscher schon vermutet. Die Valkyrie meldet einen pH-Wert von 11,1, der mit der Tiefe langsam steigt. In den Hajar-Bergen im Oman gibt es ein Gestein, das Ophiolit, das vor Urzeiten einmal Wasser mit ähnlichen pH-Werten ausgesetzt war. Tektonische Bewegungen haben es aus den Tiefen der Erdkruste

nach oben transportiert. Auch das spricht für ein enormes Alter des Enceladus-Ozeans.
Es hat aber noch eine weitere Konsequenz: Vom Ophiolit weiß man, dass bei seiner Entstehung Wasserstoff ein wichtiges Nebenprodukt war, der eine herausragende Rolle bei der Synthese organischer Verbindungen spielt und dem Leben gleichzeitig Energie liefert. Wenn diese Prozesse noch immer andauern, ist der Ozean eine bewohnbare Heimat für Mikroorganismen, und ganz besonders sein Boden. Auch wenn Martin sich gern die dunklen Ablagerungen in der Wurzel der Tiger Stripes angesehen hätte, kann er die Entscheidung der Erd-Forscher doch nachvollziehen.
»Sind wir bald da?«, fragt er.
»Ja, Kleiner, noch ein bisschen Geduld.« Francesca steigt auf seinen Ton ein.
»Ich muss mal.«
»Moment, ich suche uns einen Parkplatz.« Die Pilotin schwenkt die Nase der Valkyrie, als suche sie eine Ausfahrt.
»Registriere festen Untergrund«, meldet sich Watson. Im selben Augenblick sieht Martin eine feine Linie auf dem Radarbild.
»Genau im richtigen Moment. Da unten finden wir bestimmt eine Toilette für dich.«
Es dauert noch ein paar Minuten, bis sie auch optisch Kontakt haben. Das Bild ist vollkommen anders als unter dem Eis. Martin ist überrascht, obwohl er es besser wissen müsste. Das Gestein unter ihnen, das den felsigen Kern von Enceladus bildet, ist für die Scheinwerfer undurchdringlich. Es spiegelt und leuchtet nicht. Francesca schaltet auf Infrarot-Beleuchtung. Das Bild ändert sich nicht. Sie aktiviert die normalen Scheinwerfer wieder, lässt aber die Infrarot-Kamera eingeschaltet.
»Oh!«, sagt Martin laut. Francesca erstarrt. Auf dem Bildschirm erscheinen Muster. Sie erhöht den Kontrast.
»Das sind Temperatur-Differenzen von mehreren Grad!«
Martin vergleicht die Kalibrierung. Francesca hat Recht. Gibt es geologische Prozesse, die ein solches Bild entstehen

lassen? Vielleicht Risse im Gestein, die mehr Wärme aus dem Inneren transportieren als ihre Umgebung?
»Watson, ich brauche eine Tiefenanalyse.«
Er muss herausfinden, ob die Temperaturunterschiede mit der Struktur des Gesteins konform gehen. Das wäre die einfachste Erklärung. Sie müssen aufpassen, dass ihnen nicht ihre Wünsche diktieren, was sie sehen.
Francesca muss den Auftrag als Pilotin bestätigen. Dann bombardiert Watson die Wand unter ihnen mit allem, was das Schiff zu bieten hat, Gamma, Röntgen, Terahertz, UV, Radio. Alle Kanäle haben je nach Gestein, Temperatur, Druck und so weiter unterschiedliche Eindringtiefen. Kombiniert man ihre Messergebnisse, erhalten sie ein sehr genaues Bild dessen, was da unter ihnen liegt.
Die Berechnung dauert etwas, obwohl sie den über das Glasfaserkabel angekoppelten Hauptrechner mit einbeziehen. Nach sieben Minuten, dreizehn Sekunden, Martin hat die ganze Zeit die Sekundenanzeige seiner Uhr verfolgt, erhalten sie das Ergebnis: Das silikatreiche Gestein entspricht den Erwartungen. Sie haben die oberste Schicht eines differenzierten Kerns vor sich. Nicht jeder Mond besitzt einen. Aber auf keinem bisher bekannten Himmelskörper außer der Erde lässt sich eine derartige Temperaturverteilung abbilden. Sie beweist, dass hier Energie produziert, verteilt und verbraucht wird. Sie haben es auf frischer Tat erwischt, das Leben.
»Weißt du, was das heißt, Francesca?«
Die Pilotin zeigt ein triumphierendes Lächeln und nickt. Martin hat Gänsehaut auf den Armen. Es ist hier, außerirdisches Leben. Genau hier, fast zum Greifen nah. Sie haben gefunden, wonach die Menschheit schon so lange sucht. Er war dabei! Es ist umwerfend, Martin muss sich am Tisch festhalten.
Aber wie sieht es aus? Wenn sie das herausfinden wollen, müssen sie Proben nehmen. Francesca weiß schon, was zu tun ist, denn das Schiff nähert sich dem Boden. Die Analysemodule in den Jets melden keine signifikante Veränderung der Zusammensetzung. Nicht das Wasser ist der Le-

bensraum, sondern der Untergrund, die Schicht, in der basische Flüssigkeit und Gestein miteinander reagieren. Deshalb ist der Anteil biologischen Materials in den Geysiren auch relativ gering, und deshalb haben die Analysatoren bisher nichts gefunden.
»Fünf – vier – drei – zwei. Arm-Reichweite hergestellt«, meldet Watson.
»Autonomes Schweben.« Francesca beugt sich über ihr Pult und greift in eine Höhlung. Das ist der »Handschuh«, der ihre Fingerbewegungen an den Roboterarm im Bug der Valkyrie überträgt. Er ist extrem flexibel, seine Hand würde es sogar schaffen, ein Blatt Papier von einer glatten Oberfläche aufzuheben. Doch diese Aufgabe ist einfach: die Finger sollen den Belag vom Gestein kratzen.
Martin beobachtet die Hand über den Bildschirm. Es sieht aus, als würde sie den Boden kitzeln. Wäre Enceladus der Gigant aus der griechischen Mythologie, der dem Mond seinen Namen gegeben hat, dann würde er jetzt kichern. Was die Hand abkratzt, bleibt auf dem Display unsichtbar. Ein Jet saugt wie ein Staubsauger das gesamte Material auf und analysiert es. In der Infrarot-Darstellung sieht Martin aber, dass die Prozedur die Struktur der Besiedelung verändert hat. Die Hand hat einen Teil einer besonders hellen Linie erwischt. Der Bereich, in dem die Linie zuvor endete, ist nun dunkel wie die nackte Oberfläche.
Woraus besteht die offensichtlich lebendige Schicht? Martin spekuliert. In der Tiefsee der Erde würde er das wohl für eine Algen-Besiedelung halten, anaerob, also ohne Bedarf an Sauerstoff. Was es wohl hier ist, 1,2 Milliarden Kilometer entfernt? Primitive Bakterien, oder doch schon irgend eine Form von Mehrzellern?
Über den Bildschirm laufen die ersten Ergebnisse. Es sind Schnappschüsse, das Instrument kann sich die Zellen nicht zurechtlegen, es fotografiert einfach in verschiedenen Wellenlängen und Auflösungen darauf los. Im Nachhinein versucht die Software dann, zum selben Objekt passende Bilder herauszufiltern und zu einem Gesamtbild zusammen-

zusetzen. Je länger der Analysator läuft, desto genauer werden seine Prognosen.
Doch schon nach den ersten Bildern sinkt Martin in sich zusammen. Er hat seine Erwartungen zu hoch geschraubt. Die Strukturen, die er auf dem Bildschirm sieht, sind klar und deutlich, und das ist kein gutes Zeichen, denn dann müssen sie einfach sein, simpler als er gehofft hatte. Das Leben hat die lange Zeit, die es im Ozean hatte, nicht genutzt, um seine Struktur zu verfeinern. Vielleicht hat die Evolution nicht gegriffen, weil es keinen Wettbewerb gab, kein Wetteifern von Konzepten, das mit dem Aussterben der unterlegenen Art endet. Die primitiven Zellen, die Martin auf dem Bildschirm hat, mögen Milliarden Jahre alt sein, aber sie unterscheiden sich wohl kaum von ihren Urahnen.
Er setzt sich wieder auf und schimpft auf sich selbst. Sie haben eine bahnbrechende Entdeckung gemacht. Leben ist kein glücklicher Zufall. Allein in ihrem Sonnensystem ist es zweimal unter sehr verschiedenen Bedingungen entstanden. Im Universum muss es von Leben nur so wimmeln.

ZEITALTER DER FRAGEN, STRECKE

Es gibt:
Das Ich.
Die Gedanken.
Die Zeitalter.
Die Zeitalter sind nicht, sie kommen und gehen. Sie sind verzeichnet im Wald der Säulen.
Das erste Zeitalter ist die Zeit der Geburt.
Das zweite Zeitalter ist die Zeit des Kampfes.
Das dritte Zeitalter ist die Zeit des Friedens und des Ichs.
Das vierte Zeitalter ist die Zeit der Fragen.
Es gibt:
Die Zweifel.
Das Warten.
Die Neugier des unvollkommenen Wissens.
Den Schmerz.
Den Schmerz des Körpers und den Schmerz der Fragen.

20. Dezember 2046, Valkyrie

Die ganze Menschheit möchte zu ihrer großen Entdeckung gratulieren. Mission Control hat gestern Gruß- und Dankesbotschaften der US-Präsidentin, des chinesischen Premiers, des russischen Ministerpräsidenten, der deutschen Kanzlerin und des japanischen Kaisers durchgestellt. Martin hat darauf verzichtet, irgendeine Nachrichten-Sendung anzusehen. Hoffentlich hat sich bis zu ihrer Rückkehr alles wieder so weit beruhigt, dass er wie früher ungestört in den Supermarkt gehen kann. Wenn nicht, wird er sich zur nächsten Mars-Mission zu melden.

Er ist müde. Wenn es am schönsten ist, soll man aufhören, heißt es doch immer. Jetzt im Erd-Orbit ankommen, acht Wochen Urlaub in der Karibik, mit Jiaying. Er rechnet es durch: er muss ziemlich reich sein, wenn er wieder zu Hause ankommt. Gehalt für mehr als zwei Jahre auf dem Konto, so viel Geld hat er noch nie auf einem Haufen gesehen.

Doch die Reise ist noch nicht zu Ende. Mission Control hat ihnen ein systematisches Forschungsprogramm ausgearbeitet. Nicht, dass es noch heißt, sie hätten irgend etwas übersehen. Sie werden so viele Daten sammeln, dass Forscher noch Jahre lang damit Doktorarbeiten schreiben können. Schon die Auswertung der ELF-Daten hat Jahre gedauert – bei ihrer Mission wird die Datenmenge 50 Mal so groß sein. Anschließend wird die Menschheit den Enceladus-Ozean in- und auswendig kennen, und es werden viele neue Fragen aufgekommen sein.

Die Valkyrie, erklärt ihm Francesca, wird ein Rechteck von 40 mal 80 Kilometern auf dem Grund des Enceladus-Ozeans systematisch absuchen. Sie wird Proben nehmen und klassifizieren, sie wird versuchen, ein möglichst komplettes Bild zu zeichnen. Danach ist die Wassersäule darüber an der Reihe. Temperatur, Druck, Salzgehalt, ph-Wert, Strömungsverhältnisse, was immer messbar ist, werden

sie messen. Der Deep-Space-Link des Raumschiffs wird an die Grenzen seiner Übertragungskapazität kommen.
Für Martin heißt das vor allem Langeweile. Das Schiff steuert sich von selbst, und Francesca wird es dabei überwachen. Das klingt schon nicht besonders spannend, doch seine Aufgabe beschränkt sich darauf, ihr dabei zuzusehen. Einmal am Tag soll er eine halbe Stunde lang über die Faszination des Weltraums in die Bordkameras sprechen, davon verspricht man sich höchste Einschaltquoten. Martin gähnt.

»Schau mal, dahinten.« Francesca tippt ihm auf die Schulter. Er öffnet die Augen.
»Was?«
»Im Radarbild. Reichweitenende.«
Der Horizont, sonst eine gerade Linie, wirkt ausgefranst.
»Was ist das? Eine Störung?«
»Das habe ich schon geprüft, als du noch schliefst. Kein Artefakt, ist echt.«
»Wo sind wir? Und wo ist das?«
»Wir haben 35 Kilometer Weg hinter uns. Das Radarecho, das sind vielleicht 70 Kilometer Nordnordost.«
»Liegt nicht auf dem Plan, oder?«
»Nein.«
»Aber wir fahren trotzdem hin?«
»Klar, was denkst du?« Francesca stemmt die Arme in die Seiten.
»Sollten wir fragen?«
»Wer viel fragt ... und denk an die dunklen Ablagerungen im Tiger Stripe. Haben wir bis heute nicht wiedergesehen.«
Francesca hat Recht. Sie haben noch genug Zeit, den Forschungsplan abzuarbeiten. Er prüft die Position des Schiffs. Die Pilotin hat den Kurs bereits geändert. Anscheinend ist ihr genauso langweilig wie ihm.
Zwei Stunden später sehen sie den Wald der Säulen in allen Wellenlängen vor sich. Martin weiß nicht mehr, wer auf den Namen gekommen ist, er passt einfach perfekt.
»Sieht aus wie Stalagmiten«, meint Francesca.

Martin schüttelt den Kopf. »Wie sollte denn Flüssigkeit auf sie herabregnen, um die Ablagerungen nach oben wachsen zu lassen?«
Je näher sie kommen, desto klarer wird, dass die Säulen mit den Kalkformationen in irdischen Höhlen nichts zu tun haben. Sie sind perfekt kreisrund und verjüngen sich nicht nach oben. Die Instrumente verraten, dass sie zwischen zwei und zehn Metern hoch sind.
»Ein verwunschener Wald.« Francesca sieht mit offenem Mund auf das Display.
Ein großartiges Bild, unnahbar und exotisch.
»Ablagerungen sind das auf keinen Fall«, sagt Martin. »Die Instrumente zeigen keinerlei Strömungen an, die hier regelmäßig Stoffe absetzen könnten, und wenn, dann wachsen daraus keine perfekten Zylinder.«
Francesca nickt und dreht sich zu ihm. »Vielleicht eine Art Korallen?«
Martin grübelt. Irgendein Phänomen chemischer Bindungen könnte theoretisch dazu führen, dass die Kreisform die einzig mögliche wird. Er kennt die Dynamik salzhaltiger Lösungen zu schlecht, um das auszuschließen. Außerdem hat die Forschung vermutlich nicht alle Phasen bei hohem Druck und tiefen Temperaturen wie hier bereits ausreichend erfasst. Jetzt bräuchten sie Jiayings Expertise. Er überlegt, ob er sie einschalten soll. Ein kurzer Anruf? Nein, dafür ist später noch Zeit, auch wenn er ihr Gesicht gern sehen würde.
»Können wir die Valkyrie kurz vor den Säulen am Boden parken?«
»Kein Problem.« Francesca tippt kurz auf dem Display herum.
Aus dieser Perspektive ist der Wald noch beeindruckender, so ebenmäßig. Martin hat schon Tang-Wälder in der Nordsee gesehen, die sich im Takt der Wellen wiegen. Der Wald sieht völlig anders aus, wirklich wie von einer anderen Welt. Nichts bewegt sich, die Stämme stehen starr und wirken wie Spielzeuge oder Experimente eines außerirdischen Riesen.

Martin stellt sich vor, wie er hindurch spaziert. Eine Wanderung im exotischsten Wald des bekannten Universums. Für die Aufnahmen wäre die PR-Abteilung sicher sehr dankbar. Der Wald sieht auf eine faszinierende Art einladend aus. Die einzelnen Säulen stehen ein bis zwei Meter voneinander entfernt. Er würde auch im Raumanzug perfekt hindurch passen. Vielleicht erführe er so auch mehr darüber, als eine Analyse mit den Instrumenten der Valkyrie ergeben würde. Denn natürlich richtet das Schiff längst all seine Messgeräte darauf, wie um mit diesen Waffen den Wald zur Herausgabe seiner Geheimnisse zu zwingen. Er geht einfach hinein und bittet um Auskunft – wie klingt das?

Verrückt. Verrückt, aber machbar.

»Du spinnst doch«, sagt Francesca. »Ohne mich.«

»Ja, das ist der Plan.«

Sie zeigt ihm einen Vogel. »Hindern werde ich dich sicher nicht. Aber einer muss an Bord bleiben. Wer weiß, was da drinnen auf dich lauert. Im Wald, da sind die Räuber, oder wie war das?«

»Unsere Instrumente zeigen jedenfalls nichts an, oder? Wir haben nur primitivste Zellen gefunden. Eine echte Gefahr ist Millionen Jahre Evolution entfernt.«

Sie schüttelt den Kopf. »Mach, was du willst.«

Martin folgt der Aufforderung. Wenn die Pilotin es sagt? Zwar sind für EVAs Zweierteams vorgeschrieben, doch sie sind ja nicht im Vakuum. Wozu hat er einen Druckanzug am SuitPort? Er befragt trotzdem zuerst Watson. Die KI sieht keine Probleme. Das Wasser leitet die Wärme zwar viel besser als das Vakuum, aber es ist vergleichsweise warm. Damit wird das LCVG fertig. Der Druck ist dank der geringen Anziehungskraft des Enceladus erträglich. In 8000 Metern Erd-Meerestiefe hätte er größere Probleme. Er kann den Druck im Anzug sogar etwas über Normaldruck erhöhen, was die Prebreath-Phase verkürzt. Mission Control oder der Kommandantin erzählt er trotzdem nichts von seinen Plänen.

Eine halbe Stunde später schwebt er durch das uralte Wasser des Ozeans. Die Scheinwerfer des Schiffs beleuchten die ersten Baumreihen. Dahinter wird es dunkel, weil die Säulen harte Schatten werfen. Martin lässt sich bis auf den Boden sinken. Der erste Schritt in das versunkene Atlantis. Er gibt Francesca mit der rechten Hand ein Okay-Zeichen und betritt federnd eine unbekannte Welt.

Martin sieht auf das Arm-Display, das seine Position anzeigt. Er ist fünfzehn Meter in den Wald vorgedrungen. Die Säulen stehen hier enger. Im Licht der Helmlampe sieht die Landschaft noch geheimnisvoller aus. Oder sollte er Bauwerk sagen? Aus der Fußgänger-Perspektive wirkt der Wald der Säulen eher künstlich, wie ein gigantischer Tempel einer untergegangenen Kultur. Doch er weiß, dass hier nichts im Wasser versunken ist. So lange es die Säulen gibt, stehen sie am Meeresgrund.

Je tiefer er in den Wald vordringt, desto öfter spielen ihm die Schatten seiner Lampe einen Streich. Er hat bald das Gefühl, hier nicht allein zu sein. Da ist eine Präsenz, die er nicht benennen kann. Im Augenwinkel scheint jemand von Schatten zu Schatten zu springen, doch wenn er hinsieht, ist da nichts. Es muss seine Phantasie sein, die ihn derart reizt. Er berichtet Francesca nichts davon. Die Säulen scheinen mit jeder Reihe älter zu werden. Erst jede zehnte, dann jede fünfte oder vierte weist leichte Beschädigungen auf. Der Wald ist offenbar aus dem Zentrum heraus gewachsen; die äußersten Säulen wären demnach die jüngsten. Er berichtet Francesca von seiner Beobachtung, nur nicht von ihrem zweiten Teil: Wenn er nach hinten sieht, in die Richtung, aus der er gekommen ist, stehen die Säulen nun enger als zuvor. Seine Sinne spielen verrückt.

»Ich kehre jetzt um, hier ist kein Durchkommen mehr.« Er wird es nicht bis ins Zentrum schaffen. Nicht wegen mangelnder Kondition, sondern weil ihm der Wald immer bedrohlicher vorkommt. Er würde die Wurzel des Waldes wirklich gern kennenlernen, doch er fühlt sich dem nicht gewachsen, was ihn dort erwartet.

»Nimm doch noch ein paar Proben. Wir können sie an Bord radiodatieren. Ich wüsste gern, ob deine Theorie stimmt.«

»Gute Idee.« Er nimmt das Probenentnahmewerkzeug aus dem Bauchgurt. Es ist für bis zu fünf Proben angelegt, die es nicht nur mechanisch entnehmen, sondern danach auch steril aufbewahren kann. Das Gerät wie eine Waffe vor sich haltend, tritt er an eine Säule heran. Er befühlt die Stelle, wo er das Werkzeug ansetzen will, richtet die Helmlampe direkt darauf – und zuckt zurück. Er sieht ein Symbol in das Material geritzt, das er schon kennt. Es ist die Struktur einer der beiden primitiven Zellen. Die Kamera nimmt auf, was er sieht. Die Zelle sieht hier anders aus als auf dem Display im Schiff. Ihr fehlen noch zwei der Organellen, deren Funktion er nicht kennt. Es könnte eine frühere Version sein. Hat es hier doch so etwas wie Evolution gegeben? Und vor allem: wer hat die Form der Zelle in den Untergrund geritzt?
Sein Blick fährt zur Seite. Das ist nicht das einzige Bild. Symbole über Symbole bedecken die Säule. Das einzige, was er darin erkennt, sind erhabene Strukturen, die den beiden Zelltypen ähneln. Martins Hände zittern. Der Wald ist weit mehr als ein Tempel. Er könnte ein Friedhof sein, oder ein Archiv. Zufällig entstanden ist er jedenfalls nicht, und er kann sich nicht vorstellen, dass eines der beiden Enceladus-Lebewesen dafür verantwortlich sind, die sie analysiert haben.
Martin setzt das Werkzeug an der Säule an. Die Klaue bricht ein Stück des Materials ab und schluckt es herunter. Darunter kommt eine weitere, helle Schicht zum Vorschein. Er befühlt die Bruchstelle. Auch sie ist von unerklärlichen Symbolen bedeckt. Vielleicht haben sie einen Fehler gemacht. Er wird keine weitere Probe mehr nehmen. Martin beeilt sich, zur Valkyrie zurückzukommen.

ZEITALTER DER FRAGEN, DREIECK

Es gibt:
Das Ich.
Den Schmerz.
Den Schmerz des Körpers.
Den Schmerz des Nicht-Seins.
Die Angst.
Den Schmerz der Angst.
Es gibt:
Das Nicht-Alles.
Das Nicht-Alles trennt das Alles und das Ich.
Es darf nicht mehr geben:
Die Nabelschnur.
Es wird nicht mehr geben:
Die Nabelschnur.
Das Nicht-Ich.
Den Schmerz.

Das Zeitalter der Fragen ist das Zeitalter des Kampfes, der Bewegung, der Zeit, der Neugier, der Erfahrung.

20. Dezember 2046, Valkyrie

»Martin, du solltest dich beeilen.« Francesca klingt ruhig, doch da ist ein Vibrato in ihrer Stimme, das ihm Angst macht.

»Was ist denn?«

»Komm erst mal an Bord.«

Er hat sich noch nie so beeilt, den Suit anzukoppeln und auszusteigen. Noch im Strampelanzug stürzt er nach vorn. Auf den ersten Blick scheint alles normal.

»Was ist passiert?«

»Wir haben den Laser verloren.«

»Was sagst du?« Er sieht sich hektisch um. »Sieht doch alles normal aus. Neumaier an Kommandantin, bitte kommen.«

Der Lautsprecher bleibt stumm.

»Ich habe alles gecheckt. Es geht nichts raus. Aber schlimmer noch, es kommt auch nichts mehr rein.«

»Aber es sieht alles so ...«

»Ich habe nur die Scheinwerfer ausgeschaltet, als du drin warst. Ansonsten verbrauchen wir derzeit kaum Energie.« Francesca spricht leise. Er sieht, wie sie ihre zur Faust geballte Hand in die Hosentasche steckt.

»Vielleicht ist der Konzentrator dejustiert? Jiaying und Hayato sind bestimmt schon dran.«

»Dann müssten wir zumindest zu den beiden Verbindung aufbauen können. Das Signal wird ja separat eingespeist. Ist aber alles tot.« Das letzte Wort spricht sie betont langsam und hart aus.

Martin muss an Jiaying denken. Wie wird sie darauf reagieren, dass die Valkyrie sich nicht mehr meldet?

»Hast du eine Idee ...«

Francesca stellt sich vor ihn und legt die rechte Hand auf seine Schulter.

»Martin, ich wollte nicht hier sein, das weißt du«, sagt sie eindringlich. »Ich hoffe, dass das nicht das Ende ist. Dass du uns hier raus bringst. Du kennst die Technik der Valkyrie. Ich bin bloß die Pilotin.«

Er hätte jetzt lieber etwas Beruhigendes gehört. Aber sie hat Recht. Er hat sich damals nicht auf ihre Seite gestellt. Er wollte die Mission fortsetzen. Wenn von ihnen beiden jemand für ihre Lage verantwortlich ist, dann er. Martin dreht sich um und hantiert am Computer.

»Okay, Francesca, ich habe die Signal-Laufzeit geprüft. Wir haben noch etwa sechs Kilometer Kabel am Schwanz hängen. Fehlen drei.«

»Das Kabel muss mitten in der Eisschicht gestört sein. Vielleicht ein Knick?«

»Das ist unmöglich. Es ist fest ins Eis eingefroren. Da wäre ein Beben nötig, um das zu knicken. Hier gibt es aber keine Tektonik.«

Francesca setzt sich auf seinen Stuhl, platziert die Arme auf das Pult und legt ihren Kopf darauf ab.

»Und nun?«

Martin kann ihre Frage nicht beantworten. Noch nicht – er muss am Computer die Möglichkeiten durchgehen.

»Bitte, Francesca, wir schaffen das, du wirst es sehen.«

Sie hat ihn gehört, doch sie antwortet nicht. Kein Muskel rührt sich in ihrem Gesicht. So hat er die Pilotin noch nicht erlebt. Er schlägt die Augen nieder und sieht auf sein Display. Er wird schon einen Ausweg finden. Wenn nicht ... ihm wird heiß und kalt. *Er muss.*

»Den direkten Weg zurück können wir vergessen. Für den Bohrbetrieb reicht der Akku nie. Aber das weißt du besser als ich.« Francesca sitzt vor ihrem Display, die Hände im Schoß. Das Licht im Cockpit ist schummrig. Sie sparen Strom, wo es geht.

»Wir müssen also einen anderen Weg finden.« Martin bemüht sich, Zuversicht in seine Worte zu legen, doch er merkt selbst, dass ihm das nicht überzeugend gelingt.

»Oder wir bleiben hier unten, erforschen den Ozean, so gut es geht, und sterben dann. Wenn wir sparsam sind, haben

wir acht oder maximal neun Tage, bis uns die Energie ausgeht.«
»Damit sollte sich doch etwas anfangen lassen. Können wir irgendwie Signale senden?«
»Vielleicht. Wenn wir das Kabelende finden, könnten wir darüber senden. Aber wenn wir es dann schon in den Fingern haben, können wir es vielleicht auch flicken?« Francesca sieht ihn mit hochgezogenen Brauen an.
»Ein 5-MW-Kabel? Das bekommen wir mit Bordmitteln nie so hin, dass es volle Leistung erreicht. Die brauchen wir aber. Panzerband drumwickeln reicht da leider nicht.«
»Lohnt sich denn die Suche nach dem Kabel überhaupt?«
Martin zuckt die Schultern. »Gute Frage. Wir könnten immerhin ein paar Abschiedsgrüße senden.«
Es ist still. Martin überlegt.
»Wie lange brauchen wir ungefähr zum Tiger Stripe, Francesca?«
»Zwei, drei Tage.«
»Und wenn wir schnell fahren?«
»Sind wir eher da, sterben aber auch früher. Der Akku ...«
»Klar, wir können dem Tod nicht davon fahren.«
Ihm ist ein Roman eines uralten Schriftstellers eingefallen. »Utopischer Roman« nannte man das, was er im Buchregal seines Uropas gefunden und sofort geliebt hatte. »Die Reise zum Mittelpunkt der Erde«.
»Kennst du Jules Vernes?«
»Sagt mir nichts, tut mir leid. Wer war das?«
»Ein französischer Schriftsteller. 19. Jahrhundert.«
»Also lange tot. Wie hilft er uns hier raus?«
»In einem seiner Bücher befährt ein Forscherteam einen Vulkan. Sie entdecken eine unterirdische Welt, so wie wir.«
Francesca sieht ihn genervt an.
»Weißt du, wie sie den Vulkan am Ende verlassen?«
»Durch den Schlot«, beantwortet er seine eigene Frage.
»Ach ja? Ziemlich unrealistisch. Müsstest du mit deinen Geologie-Kursen ja erst recht wissen.«
»Ja, nur ... wir haben hier eine Art Kryo-Vulkanismus. Die Tiger Stripes verbinden den Ozean mit der Oberfläche. Sie

müssen komplett durchgängig sein, sonst hätte ELF kein Leben entdecken können.«

»Woher weißt du denn, wie breit die sind?« Francescas Gesicht hellt sich etwas auf, aber sie ist noch nicht überzeugt.

»Du hast die Wurzel eines Stripes gesehen. Mehr weiß ich auch nicht. Aber bei kleineren Hindernissen haben wir immer noch die Bohr-Jets. Ist doch alles nur Eis, was uns da im Wege sein könnte.«

»Und was machen wir, wenn wir oben sind? Der Lander kann uns nicht abholen. Es war geplant, dass wir in direkter Nachbarschaft heraus kommen.«

»Dann werden wir wohl laufen müssen.«

»Fast 50 Kilometer über ein Terrain voller Eis-spalten, Krater und Canyons? Was meinst du, wieviel Zeit uns das kosten wird?«

»Ich glaube nicht, dass wir mehr als 3 km/h schaffen. Die Anzüge geben uns sechs Stunden Luft, bei Anstrengung weniger. Wir müssen uns also etwas ausdenken.«

»Dann fang doch schon mal an.« Francesca lacht bemüht. Martin traut sich nicht, Hoffnung zu schöpfen, doch der Pilotin wegen versucht er ein Lächeln.

ZEITALTER DER FRAGEN, QUADRAT

Es gibt:
Das Ich.
Das Nicht-Ich.
Das Alles.
Die Gedanken.
Die Träume.
Die Freude.

Es gibt nicht mehr:
Die Nabelschnur.
Die Schmerzen.

Es wächst:
Die Neugier.
Eine Säule im Wald der Säulen.
Eine Welle im Alles.
Ein Gedanke im Eis.

Es wird geben:
Das ...
Den ...

21. Dezember 2046, Valkyrie

Martin wacht auf, und dabei weiß er, dass er träumt. Jemand, etwas hat ihn bei der Hand genommen, einfach so, und Martin spürt eine unbändige Neugier auf das Leben. Träumt er von sich selbst als kleinem Kind? Er kann sich nicht erkennen. Wenn er in den Spiegel sieht, ist da nichts, und es hängen viele Spiegel an den Wänden. Der Gang, durch den er läuft, ist schmal. Die Spiegel hängen sich jeweils gegenüber, sodass ihre Abbilder eine unendliche Folge bilden. Das Unsichtbare, das ihn begleitet, bleibt stehen. Martin spürt es an seiner Hand. Er dreht sich um. Der Spiegel vor ihm sieht aus wie ein Eingang. *Trau dich*, denkt er, und tritt hindurch. Er sieht zurück, aber da ist nichts mehr, alles liegt vor ihm. Das Unsichtbare tanzt um ihn herum. Woher er das weiß? Er hat keine Ahnung. Sie gehen weiter, denn das Unbekannte will ihm etwas zeigen. Er tritt durch einen Spiegel nach dem anderen, und jedes Mal löst sich die Welt hinter ihm auf. Es fühlt sich an, als bräuchten sie Äonen für diesen Weg und als würden sie nie ankommen. Doch dann steht er plötzlich im Zentrum, was er daran erkennt, dass hier eine Säule steht. Was soll ich damit anfangen? Seine Frage geht ins Leere, er ist wieder allein. Zwei Worte bleiben in seinem Kopf zurück: Ich und Nicht-Ich.

Schwitzend wacht er auf. Martin kneift sich, um ganz sicher zu gehen. Sie haben gestern Nacht noch lange gegrübelt, ob es einen anderen Weg zurück gibt, doch der Weg durch die Stripes scheint die einzige Option, so unsicher er auch ist. Danach hat Martin lange nicht einschlafen können. Die Säulen haben ihn wach gehalten. Es ist unmöglich, dass sie auf natürlichem Weg entstanden sind. Wer hat sie gebaut, und wann? Hatte Enceladus irgendwann Besuch von einer unbekannten Intelligenz? Die Probe, die er genommen hat, ist unglaubliche 1,6 Milliarden Jahre alt. Jetzt ärgert er sich, dass er weiter vorn nicht auch noch Material entnommen

hat. Die Säulen befinden sich definitiv in unterschiedlichen Stufen des Alterungsprozesses. Aber ohne zu wissen, wie sie überhaupt entstanden sind, lässt sich nicht abschätzen, wie weit ihre jeweilige Entstehung auseinander liegt und ob die äußersten vielleicht sogar noch ganz frisch sind – und ihre Erbauer sich irgendwo in der Nähe aufhalten.
Und was bedeuten die Symbole? Martin kann sich zwar nicht mehr an Details erinnern, doch es gibt ja die Aufnahmen der Helmkamera, deren Auflösung genügen müssten, die Inhalte zu digitalisieren und von Watson auswerten zu lassen. Lernen und Klassifizieren, das ist die Lieblingsdisziplin der KIs. Einen Übersetzungs-Klassifikator für eine unbekannte Sprache zu erstellen, sollte mit ausreichend dimensionierter Hardware eine Frage von Stunden sein. Allerdings fehlt ihnen der Zugriff auf die Rechner des Mutterschiffs. Die Computer an Bord reichen zwar als Laufzeitumgebung für Watson und Siri, doch im Lernmodus sind sie überfordert.
Doch ein Schritt nach dem anderen. Zunächst muss er Watson das Videomaterial analysieren lassen.
»Untersuche Kameraaufnahmen der EVA von gestern auf exotische Symbole.«
»Bestätigt. Eindeutig identifizierte Symbole: 1.434.266. Zu weniger als 95 % identifizierte Symbole: 340.778.«
»Klassifiziere eindeutig identifizierte Symbole.«
»Bestätigt. Analyse vollständig abgeschlossen in t plus 144 Stunden.«
»Abbruch.«
Das dauert zu lange, Martin hat es vorausgesehen. Er muss Prioritäten setzen, eine vollständige Struktur- und Bedeutungsanalyse der fremden Zeichen ist unter diesen Bedingungen unmöglich. Und er benötigt zusätzliche Rechenkapazität. Er erklärt Francesca das Problem, einerseits, weil ihn die Pilotin sowieso schon fragend ansieht, andererseits braucht er sie zur Lösung des Problems.
»Verstehe«, sagt sie. »Aber wo willst du die zusätzliche Hardware herbekommen? Ich fürchte, Amazon liefert noch nicht hierher.«

»Wir haben jede Menge Rechenkapazität im Schiff. Sie ist bloß für andere Zwecke belegt. Wenn wir sie freigeben könnten ...«
»Woran denkst du konkret?«
»Die Analysatoren in den Jets. Die Steuerungsmodule. Die Messinstrumente. Sogar die Lichtschalter können helfen. Und dann das da.« Er zeigt auf ihren Kopf.
»Ich?«
»Deine grauen Zellen, und meine.«
»Ich bin nicht besonders gut im Kopfrechnen.«
»Das glaubst du. Die Neuroschleifen unserer VR-Helme. Die Technik ist zwar noch nicht getestet...«
Er merkt an Francescas Gesicht, dass er in Rätseln spricht.
»Wie steuerst du denn im VR-Modus?«
»Ich ... denke.«
»Das funktioniert auch in umgekehrter Richtung. Das ist noch in den Anfängen, aber vor allem, weil es da ethische Hemmungen gibt. Nachvollziehbare Hemmungen. Ein Gehirn von außen zu bestimmter Arbeit zwingen?«
»Und du hast solche Hemmungen nicht?«
»Doch. Aber ich will hier nicht sterben. Willst du nicht anderen von dem berichten, was wir hier gesehen haben?«
Martin verschweigt, dass es ihm auch um Jiaying geht. So viele Jahre verschwendet, das darf nicht sein.
»Nicht getestet, was heißt das?«
»Es ist nicht gefährlich, so viel ist klar. Aber die Helme sind technisch gesichert, sie kommunizieren nur in einer Richtung, von deinem Gehirn zu den Düsen. Ich glaube, das kann ich durch ein Firmware-Update ändern. Die Helme laufen noch mit dem alten Kore OS, das hat einen bekannten Bug, der mir Root-Zugriff ...«
Francesca unterbricht ihn und schüttelt den Kopf. »Das kannst du nicht machen. Es hat doch seine Gründe, dass es der Ethik-Rat nicht zugelassen hat. Wenn Supercomputer Schreibzugriff auf das menschliche Bewusstsein bekämen ...«
»Und selbst wenn wir danach verrückt werden, wäre es nicht egal? Vielleicht dreht auch nur einer von uns durch,

und der andere wird gerettet? Lohnt sich da nicht der Versuch?«
»Nein, Martin, es tut mir leid, nicht mit mir.«
»Okay.« Er ballt die Fäuste und presst die Lippen zusammen. Dann atmet er dreimal tief durch. Vielleicht ist er über das Ziel hinaus geschossen. Seine Kollegin könnte Recht haben. Manch rote Linie sollte man nicht überschreiten. Aber die gigantische Rechenkapazität des menschlichen Gehirns nicht zu nutzen, das kommt ihm trotzdem verschwenderisch vor.
»Die Computer in all den Geräten, die können wir einsetzen«, sagt Francesca. Martin nickt.
»Watson, Freigabe für alle technischen Geräte der Valkyrie, außer Lebenserhaltung.«
»Bestätigt. Analyse vollständig abgeschlossen in t plus 96 Stunden.«
Ein Drittel schneller, aber immer noch zu langsam. Soll er doch den Neuro-Helm hacken? Nur für sich, ohne dass Francesca etwas merkt?
Nein. Er muss die Frage anders stellen. Die komplette Auswertung aller Symbole hat ja Zeit. Wenn sie es schaffen, dem Ozean zu entkommen, steht ihnen auch wieder die ganze Rechenkraft der Erde zur Verfügung. In diesem Moment kommt es nicht darauf an, die komplette Bibliothek lesen zu können. Sie brauchen nur irgend etwas zu finden, das ihnen dabei hilft, es nach draußen zu schaffen. Martin denkt an Kommunikation. Falls die, die die Säulen errichtet haben, noch anwesend sind, können sie ihnen vielleicht helfen. Er hat keine Idee, wie, und er weiß auch gar nicht, ob die anderen das überhaupt wollen. Doch es ist ein Strohhalm, an den er sich klammert.
»Watson, wie verändert sich der Zeitbedarf, wenn wir die Analyse auf zehn vorgegebene Sinneinheiten beschränken?«
»Analyse teilweise abgeschlossen in t plus 3 Stunden.«
Martin schlägt mit der Faust auf die Lehne seines Stuhls. Damit können sie etwas anfangen.
»Wir denken uns eine kurze Botschaft aus, lassen sie von

Watson übertragen und bauen dann selbst so eine Säule auf«, erklärt er Francesca.
»Und du meinst, das bringt etwas?«
»Ich hoffe. Wenn der Sinn der Säulen darin besteht, Informationen festzuhalten, wenn die Symbole mehr als Dekoration sind, und danach sieht es für mich aus, dann müssen sie ja so, wie sie angebracht wurden, für ihre Erbauer auch lesbar sein. Ich habe zwar keine Idee, wie, aber das spielt keine Rolle. Vielleicht beobachten sie im Röntgenbereich, haben Radarsensoren im Kopf, was auch immer. Indem wir ihnen eine neue Säule mit unserer Botschaft hinstellen, können wir vielleicht einen Kommunikationsweg aufbauen.«
»Und was willst du ihnen sagen?«
»Wir erklären ihnen bildlich, wie es uns geht und was wir vorhaben.«
»Und dann?«
»Keine Ahnung. Wenn wir großes Glück haben, bemerken sie unsere Nachricht. Stell dir vor, ein unsichtbares Alien möchte mit uns kommunizieren, weiß aber nicht wie. Dann fällt ihm ein, dass er dir ein Kreuz auf die Stirn malen könnte. Das wäre doch ein deutliches Zeichen. Du würdest aufmerksam. Das erhoffe ich mir. Mit noch viel mehr Glück antworten sie irgendwie.«
Francesca sieht ihn halb ungläubig, halb wütend an. »Das soll also deine Lösung sein? Du hoffst, dass uns ein Alien hilft, von dem wir nicht mal wissen, dass es existiert?«
Martin zuckt mit den Schultern. Ja, das ist meine Hoffnung, denkt er. Aber er sagt nichts. Er kann verstehen, dass Francesca entsetzt ist. Aber sie hat auch nicht seine Träume geträumt.
Drei Stunden später hat Watson die Nachricht fertiggestellt. Martin hängt schon im Anzug am SuitPort. Er koppelt sich ab und besorgt aus einer Lagerkammer eine leere Druckflasche. Dann entfernt er mit einem Spezialwerkzeug, einer Art Dosenöffner, ihren Boden und ihre Spitze. Dadurch sieht sie wie eine Miniatur der Säulen aus. Er überlegt, wo er die Säule am besten aufstellt. Am Wald-

rand, vor die anderen Säulen? Da fällt sie wohl am meisten auf, wird aber auch leichter ignoriert. Oder zwischen zwei andere Säulen in der ersten Reihe?
Er setzt die Kopie direkt in die Vorderfront des Waldes, wo zwei Säulen besonders viel Platz zwischen sich gelassen haben. Dann beginnt er, die von Watson ermittelten Symbole in die Stahlhülle zu ritzen. Sie sind zwar nicht erhaben wie die Originale, weisen aber trotzdem eine dreidimensionale Struktur auf. Die Arbeit braucht ihre Zeit. Ab und zu vergleicht er mit den Vorgaben auf seinem Arm-Display.
Er ist beinahe fertig, da meldet sich Francesca via Helmfunk.
»Äh, Martin«, sagt sie. »Schau mal hinter dich. Fällt dir etwas auf?«
Er dreht sich um, bemerkt aber nichts außer der Säule, die vorhin auch schon dort stand.
»Unten, guck nach unten«.
Der Helm besitzt einen eingeschränkten Sichtbereich. Er muss den Kopf nach unten drehen, um den Boden zu beobachten. Direkt vor ihm, vielleicht zwanzig Zentimeter von seinen Stiefeln entfernt, wächst eine neue Säule.
»Die war vorher noch nicht da, oder?« Martin fängt an zu schwitzen.
»Ich habe den Ausschnitt schon mit unseren Bildern von gestern verglichen. Der Boden war da noch ganz eben.«
Er bückt sich und befühlt den Stumpf, der ihm bis zum Knöchel geht. Erhabene Strukturen, es ist wohl ein und derselbe Prozess für Wachstum und Beschriftung der Säulen verantwortlich. Was ist das, ein natürlicher Prozess, ist das überhaupt möglich? Worauf sind sie hier gestoßen? Er leckt sich die Lippen.
»Bringst du eine Probe mit, wenn du fertig bist?«
»Okay. Ich bin in zehn Minuten wieder drin. Neumaier aus.«
Zehn Minuten reichen ihm nicht. Der Ausstieg aus dem Anzug braucht seine Zeit. Doch Francesca empfängt ihn, nimmt über den separaten Miniport den Probenbehälter in Empfang und startet die Analyse.

»Lass dir Zeit, ich warte mit den Ergebnissen auf dich.«
Martin fühlt sich wie als Kind vor Weihnachten, das auf die Geschenke wartet. Seine Blase drückt, so aufgeregt ist er. Was wird der Bildschirm ihnen gleich zeigen? Er bemerkt, dass Francesca ganz rote Wangen hat.
»Watson, Analyse der Probe abrufen.«
Auf dem Haupt-Display entsteht eine Landschaft, die von zwei verschiedenen Arten von Einzellern bevölkert ist. Sie sehen den Boden des Probenbehälters in starker Vergrößerung. Die Lebewesen bewegen sich durch das Wasser, indem sie die Form ihrer Zellwände rhythmisch verändern. Martin hat beim Entnehmen der Probe etwas anorganisches Material erwischt. Die Einzeller bewegen sich zu den winzigen Klumpen und verharren dort. Dann begeben sie sich in die Mitte, wo sie erneut eine Pause machen. Dabei geben sie eine winzige Menge eines Stoffes ab, dessen Zusammensetzung Watson noch nicht analysiert hat.
Martin merkt, wie sich alle Haare an seinem Körper aufrichten. Sie beobachten den Stoffwechselzyklus eines fremdartigen Lebens, doch weit mehr als das: die Einzeller, obwohl unterschiedlichen Typs, scheinen wie Ameisen zusammenzuarbeiten. In der Mitte des Probenbehälters errichten sie gemeinsam die Miniaturausgabe einer Säule.

ZEITALTER DER FRAGEN, PENTAEDER

Es gibt:
Das Ich.
Das Nicht-Ich.
Das Nicht-Ich.
(Pause)
Die Nicht-Ichs.

Das Alles.
Das Nicht-Alles.

Einen Leser.
Einen Leser des Ichs.
Eine Geschichte.
Eine Geschichte des Nicht-Ichs.
Das Mar-Tin.

Die Fragen.
Die Absichten.
Die Gefühle.
Den Zwiespalt.
Die Neugier.
Die Neugier.
Die Neugier.

Es gibt nicht:
Die Ichs.

Es wird geben:
Träume.
Veränderung.
Anpassung.
Erweiterung.

22. Dezember 2046, Valkyrie

Sie haben noch Sauerstoff für sechs oder sieben Tage. Martin will sich nicht ausmalen, welche Probleme sie noch vor sich haben. Auf dem Papier sieht der Plan so aus: drei, vier Tage Fahrt zu den Stripes, ein Tag zum Auftauchen, ein halber Tagesmarsch zur Landefähre, ein Tag Reserve. Den Wald der Säulen werden sie nicht wieder sehen. Martin hofft, dass sie irgend etwas in Gang gesetzt haben. Und wenn es ein Eintrag im Archiv eines fremdartigen Wesens ist. Sie haben die Exo-Lebewesen noch so lange beobachtet, bis sie mangels Energiezufuhr gestorben sind. Ein Musterbeispiel für eine Symbiose, vielleicht, aber eine Symbiose mit einer verborgenen Absicht. Ameisen arbeiten in ihrem Staat zwar ebenso reibungslos zusammen, aber sie verfolgen dabei bloß einen Zweck, das Überleben des Staates, keine Absicht. Die Aufgabe, die die Einzeller erfüllt haben, ist jedoch nicht zweckmäßig, denn sie hilft ihnen nicht beim Überleben. Es muss also, denkt Martin, eine Absicht dahinter stecken, und Francesca stimmt ihm zu. Eine Absicht, die jemand oder etwas formuliert, sich ausgedacht hat.

Wie viele Einzeller dieser Art mag es im Enceladus-Ozean geben? Die Schicht am Ozeanboden ist zwar nur Millimeter stark, enthält aber pro Quadratzentimeter mindestens 100 Millionen der Einzeller, sagen ihre Analysen. Auf eine Fläche von 100 mal 100 Kilometern hochgerechnet sind das 10 hoch 22 oder 10.000 Milliarden Milliarden Zellen. Was hat die Biologie-Dozentin erklärt? Der Mensch besteht aus 100 Billionen Zellen. Der Enceladus-Ozean beherbergt also so viele Zellen wie 10 Millionen Menschen.

Wenn nun all diese Einzeller in einem riesigen Organismus zusammenarbeiten? Wenn seine Vorstellung von »den« Aliens, die den Wald der Säulen erbaut haben, völlig falsch war? Wenn – wie beim Menschen – nur jede Tausendste

dieser primitiven Zellen mit Denkfunktionen betraut wäre, besäße dieses Wesen auch die Denkleistung von 10 Millionen Menschen.
Ein Überwesen mit überragender Intelligenz. Wie könnte sie beschaffen sein? Martin versucht sich das vorzustellen, doch es gelingt ihm nicht. Was er sich da ausgedacht hat, wäre das nicht auch besonders grausam? Ein ungeheuer kluges Wesen, das auf die Ausdehnung des Enceladus-Ozeans beschränkt ist und keinerlei Gegenüber besitzt: Welche Moral entwickelt es? Braucht es überhaupt eine Moral, wenn es ganz allein in seiner Welt ist und dort den unumschränkten Herrscher darstellt? Hat es Werte, ist es neugierig, und wie reagiert es darauf, wenn diese Allmacht plötzlich auf Dritte trifft?
Die Vorstellung entmutigt ihn. Im Vergleich zu diesem Wesen, wenn es existiert, sind sie nicht mehr als eine kurzlebige Störung. Vielleicht nimmt es sie nicht einmal wahr. Wenn es seit Millionen oder Milliarden von Jahren existiert, dann denkt es nicht in Tagen. Andererseits: Was ist die neue Säule anderes als eine Form der Reaktion?
Er seufzt. In seinen Überlegungen stecken viel zu viel Spekulation und Fantasie. Er weiß doch gar nichts über die Physiologie eines solchen Überwesens. Die Signalleitung zwischen den Zellen dürfte zwar chemisch-elektrisch wie bei irdischen Tieren funktionieren, doch die wenigsten Exemplare sind mehr als zwei Meter lang. Dieses Wesen hingegen muss Zellen synchronisieren, die bis zu Hundert Kilometer voneinander entfernt sind. Auch wenn es schlau wie zehn Millionen Menschen sein sollte, wird es entsprechend langsamer denken.
Und wie kann es handeln? Hat es die Fähigkeit, seine Umwelt zu beeinflussen? Ist es vielleicht sogar schuld daran, dass das optische Kabel gebrochen ist, nachdem es so lange gehalten hat?
Martin schüttelt wieder und wieder den Kopf. Wenn sie unendlich viel Zeit hätten, würde es womöglich gelingen, über die Säulen Kontakt aufzubauen. Wenn sie die Symbole entziffern könnten, hätten sie eine gemeinsame Sprache.

Hätte und könnte. Sie haben aber nicht genug Zeit. Sie werden aller Voraussicht nach in ein paar Tagen ersticken. Den Ausweg in den Stripes zu suchen ist wahrscheinlich doch eine Schnapsidee. Das Wasser schießt mit enormer Geschwindigkeit ins Freie. Hier unten ist jedoch kaum Strömung zu registrieren. Das heißt, es muss an einer Stelle oder an mehreren eine Art Düse geben, die das ins Freie dringende Wasser beschleunigt. Er sollte Watson mal nachrechnen lassen, welche Spaltbreite da am wahrscheinlichsten ist. Zehn Zentimeter? Oder gar zwanzig? Für die Valkyrie wird der Platz garantiert nicht reichen. Er hat Francesca unnötigerweise damit einen Floh ins Ohr gesetzt, wider besseres Wissen. Besser, sie beschäftigen sich jetzt damit, wie sie ihren Abschied möglichst würdevoll gestalten.

Es ist früher Nachmittag. Die Jets verbreiten ein tiefes Brummen. Francesca hat die Nase der Valkyrie um 20 Grad nach oben gereckt. Das Schiff hat Kurs auf die Tiger Stripes genommen. Er muss gähnen.

»Leg dich doch hin, ich bin fit«, sagt Francesca. Sie hat Recht, er kann Watson nachher immer noch ein Modell des Geysirs aufstellen lassen.

Wieder wacht Martin kurz nach dem Hinlegen auf, obwohl er weiß, dass er träumt. Er setzt sich auf sein Bett. Das Schiff ist leer bis auf ihn, sein Bett und das Steuerpult, an dem Francesca sitzt und nach vorn schaut. Die Verkleidungen an den Wänden gibt es nicht mehr. Jede Einrichtung ist verschwunden, jedes technische Gerät. Er ist barfuß. Vorsichtig klettert er von seinem Bett nach unten. Seine nackten Füße steigen über raue Stahlschienen.

»Francesca«, ruft er, doch die Pilotin reagiert nicht. Er fasst sie an der Schulter und dreht ihren Sitz um. Martin zuckt zurück und atmet schwer. Da ist nur noch Francescas Kleidung. Ihr Körper ist ... verschwunden, nein, viele kleine Einzeller haben ihn ersetzt. Er erkennt die lebende Masse an ihren Wangen, auf ihrer Stirn, an ihrem Kinn. Sie öffnet die Augen, und auch die Augäpfel bestehen aus einer Masse von winzigen Zellen, die sich dauernd verändern. Sie

reicht ihm die Hand, doch er drückt sie nicht, denn er weiß, dass auch sie nun aus Einzellern besteht.
»Puh«, sagt er. Es gibt keine Antwort, nicht einmal ein Echo. Er weiß, dass dies alles das Produkt seiner Einbildung ist, doch er kann sich nicht davon losreißen.
»Ich«, sagt Francesca, die nicht mehr Francesca ist, und zeigt mit den Fingern auf sich selbst.
»Nicht-Ich.« Sie zeigt auf ihn.
»Du«, korrigiert er sie.
»Du«, ist die Antwort.
Francescas Augen sind groß, viel größer als sonst, als müsse sie alles aufnehmen, was sie sieht.
»Nicht-Alles.« Sie beginnt, im Schiff herumzulaufen und willkürlich auf Dinge zu zeigen. »Nicht-Alles.«
»Ich«, sagt sie dann wieder. »Alles«.
»Wie kann ich dir helfen?« Francesca sieht ihn an, ohne zu verstehen.
»Wie kann ich dir helfen?«, wiederholt sie.
»Ja, helfen. Ich helfe dir, du hilfst mir.« Er hat mal gelernt, dass Sprache nicht leichter verständlich wird, wenn man sie vereinfacht. Er probiert es trotzdem, »Ich hilft du. Du hilft ich.«
Er hat lange nicht mehr so klar geträumt. Kann man im Traum verrückt werden? Francesca dreht sich wieder um und beugt sich über ihre Konsole. Sie berührt die Buchstaben, aber nicht zielstrebig wie sonst, sondern nach dem Zufallsprinzip.
»So funktioniert das nicht«, sagt er, und tippt zunächst einmal Francescas Passwort ein. Es heißt 'Marchenko'. Na, wenn das der Administrator wüsste, das ist ja extrem leichtsinnig, denkt er. Francesca sieht neugierig auf den Bildschirm. Martin lässt dort Landschaften entstehen, Fotos von der Erde, vom Mars, vom Saturn. Es ist skurril, er zeigt im Traum, aber bei vollem Bewusstsein einer Traumgestalt Bilder wie Familienfotos. Er geht auch die neuesten Forschungsergebnisse durch, führt Zeichnungen der beiden Zelltypen und ihrer noch unverstandenen Organellen vor, Schemabilder der Eismonde, der Geysire und des Oze-

ans. Schließlich findet er in einem versteckten Ordner Francescas ein Gedicht aus einer Sammlung von Rilke.

Sein Blick ist vom Vorübergehn der Stäbe
so müd geworden, dass er nichts mehr hält.
Ihm ist, als ob es tausend Stäbe gäbe
und hinter tausend Stäben keine Welt.

Der weiche Gang geschmeidig starker Schritte,
der sich im allerkleinsten Kreise dreht,
ist wie ein Tanz von Kraft um eine Mitte,
in der betäubt ein großer Wille steht.
Nur manchmal schiebt der Vorhang der Pupille
sich lautlos auf –. Dann geht ein Bild hinein,
geht durch der Glieder angespannte Stille –
und hört im Herzen auf zu sein.

Die falsche Francesca bewegt die Lippen, als lese sie jedes Wort mit. Sie öffnet die nächste Datei, ein weiteres Gedicht. Ihre Finger gleiten auf den Cursortasten nach unten. Ein Gedicht nach dem anderen erscheint kurz auf dem Bildschirm und wird schon vom nächsten überschrieben. Francesca lächelt, und noch im Lächeln erkennt er die Einzeller, aus denen ihre Lippen bestehen.
Schweißgebadet schreckt Martin hoch. Der Traum war so verrückt und doch wieder so realistisch, dass er ihn Francesca erzählen muss.
»Diese Begriffe ...«, sagt sie danach. »Hörst du die zum ersten Mal?«
»Ja. Nein. Gestern, in einem anderen Traum.«
»Na und? Ich erfinde öfter etwas im Schlaf.«
»Sie sind so ... anders. Sie gehören nicht in unsere Welt.«
»Und wir nicht in diese.«
Francesca nickt. »Und wenn sie ... kommunizieren wollen?«
»Nicht sie. Es.« Er erklärt ihr, was er sich überlegt hat. »Aber Telepathie, nein, das gibt es nicht. Darauf spielst du doch an, oder? Das ist esoterischer Humbug.«
»Nein, nicht Telepathie. Dieser Helm hier«, sie zeigt auf den

Neuro-Helm, »ist doch auch keine pseudowissenschaftliche Spinnerei.«
Martin nickt.
»Und wenn es das in größerem Maßstab gibt? Was bräuchte man dafür?«
Er überlegt.
»Watson, ich brauche einen Schnitt vom Südpol 50 Kilometer in Richtung Norden, Tiefe bis 20 Kilometer. Temperatur, Druck, alle gemessenen oder wahrscheinlichen Phasen. Wo Daten fehlen, möglichst gut nachmessen.«
Die KI nimmt sich 42 Minuten Zeit. Eine mit vielen bunt schraffierten Flächen belegte Grafik ihrer Umgebung baut sich langsam auf. Schon nach einer Viertelstunde wird Martin aufmerksam.
»Schau dir das an«. Er zeigt auf den oberen Bereich der Eisschicht. »Hier hast du normales Eis. Eis Ih, genannt, römisch-eins, das h kommt von 'hexagonal'. Jedes Wassermolekül verbindet sich mit vier anderen. Das Ergebnis ist ein Tetraeder, quasi ein Würfel aus Dreiecken. Das meiste Wasser auf der Erde ist in dieser Phase gefroren.«
Der mittlere, relativ schmale Teil der Eisschicht ist anders schraffiert. »Das ist spannend«, sagt Martin. »Ich habe beim Abstieg gar nicht darauf geachtet. Wir haben hier eine Schicht von Eis XI. Es entsteht bei niedrigen Temperaturen und hohem Druck. Es ist gar nicht so selten, auch bei Bohrungen in der Antarktis hat man schon welches gefunden. Eis XI hat eine Besonderheit: es ist ferroelektrisch.«
Martin zoomt den Bereich etwas auf.
»Mit Ferroelektrika kann man eine Menge anstellen. Du kannst sie dir wie Permanent-Magnete vorstellen, nur erzeugen sie kein magnetisches, sondern ein elektrisches Feld. Oder sie verstärken es.«
Er zeigt auf den Neuro-Helm.
»Sie besitzen sogar ein Gedächtnis. Und sie sind pyro- und piezo-elektrisch. Das heißt, man kann in ihnen mit Wärme oder Druck ein elektrisches Feld herstellen oder aber mit Hilfe eines elektrischen Feldes Hitze oder Druck, also mechanische Arbeit verrichten. Stell dir mal vor, du bist über-

menschlich schlau und hast seit Millionen Jahren dieses tolle Werkzeug vor der Nase. Ob du wohl gelernt hättest, es einzusetzen?«

Francesca kratzt sich am Ohr. »Kannst du wetten.«

»Unser Glasfaserkabel verlief direkt durch das Gebiet.«

Martin zieht die Darstellung so auf, dass die Position des Kabels deutlich wird.

»Siehst du, wenn man die Eisschicht nur ein wenig zur Seite bewegt, dann reißt unser Kabel.«

»Eine Menge Indizien, würde ich sagen.«

»Aber kein Beweis, das stimmt. Ist aber auch egal. Viel wichtiger finde ich die Frage: Was will es von uns? Mehr Rilke-Gedichte?«

Francesca sieht ihn mit funkelnden Augen an. »Falsch«, sagt sie. »Die wichtigste Frage ist immer noch: Wie kommen wir wieder nach Hause?«

ZEITALTER DER FRAGEN, HEXAEDER

Es gibt:
Das Wissen und das Nicht-Wissen, in kontinuierlichen Abstufungen.
Das Nicht-Ich, eine geometrische Abbildung des Ichs. Eine Translation und Verzerrung in mehreren Dimensionen, aber doch verwandt.
Die Freude des Austauschs, der Erkenntnis, neuer Erkenntnis, wie sie kein Zeitalter bisher hervorbrachte.
Die Hoffnung, den Sinn des Alles zu finden.
Das Verständnis. Sie nennen sich Mensch, und sie haben das Ich erkannt.
Das Ich, das das Nicht-Alles beobachtet.
Die Erkenntnis der Einsamkeit, die bisher unmöglich war.
Tausende neue Wörter und Konzepte, die die leer gedachten, weil hoch komprimierten Speicher füllen.
Der Wunsch, zu nehmen und zu geben.
Es gibt nicht mehr:
Stillstand.
Einsamkeit.
Langeweile.
Es wird nicht mehr geben:
Die falschen Begriffe.

23. Dezember 2046, Valkyrie

Das ist die erste Nacht, in der er kein Auge zugetan hat. Martin kann sonst immer schlafen, selbst wenn er weiß, dass er am nächsten Tag sterben wird. Doch wenn er schlafen muss, funktioniert es nicht. Er hat es seit gestern Abend versucht, immer wieder. Er hat probiert, es nicht zu versuchen, aber so leicht lässt sich die Psyche nicht austricksen. Er muss mit Francesca sprechen, vielleicht hat die ja eine Idee. Träumt man auch, wenn man bewusstlos geschlagen wurde? Denn eigentlich will Martin nicht wirklich schlafen. Er hofft, das Gespräch mit dem Ich fortzusetzen. Natürlich kann es gut sein, dass seine vom Stress überreizte Fantasie ihm hier einen Streich spielt. Watson hat dafür 20 Prozent Wahrscheinlichkeit ausgerechnet. Aber wenn schon, so hat er wenigstens noch das Gefühl, etwas tun zu können.

Morgen werden sie den ersten Tiger Stripe erreichen. Mit Glück wären sie Heiligabend im Raumschiff, oder beinahe. Ja, die Chancen stehen extrem schlecht. Martin hat noch nicht einmal angefangen, das Problem des Gewaltmarsches durch das Eis ganz ohne Sauerstoff zu lösen. Vielleicht sollte er besser damit beginnen, statt auf einen Traum zu warten?

Er dreht sich noch einmal um, sucht die bequemste Position, aber seine Gedanken gehen schon wieder auf Wanderung. Warum mussten sie ausgerechnet hier scheitern, wozu dann all der Stress und die Langeweile der letzten zwölf Monate? Sie hätten sich auch gleich der Weltraumkälte ergeben können, als damals die DFDs nicht mehr starten wollten. Andererseits hätte dann auch Jiaying nicht überlebt. So wird wenigstens sie es nach Hause schaffen.

Die anderen werden eine Weile abwarten, vielleicht sogar nach ihnen suchen, wobei er sich nicht vorstellen kann, wie. Aber wenn irgendwann klar wird, dass der Valkyrie

der Sauerstoff ausgegangen ist, dann müssen sie die traurige Wirklichkeit akzeptieren. Mission Control wird ihnen den Befehl zur Rückreise geben. Jiaying wird, das hofft er jedenfalls, protestieren, aber sich fügen müssen. Und sie wird darüber hinweg kommen. Sie ist jung, auf der Erde wird sie gefragt sein, selbst wenn die Mission nicht ganz erfolgreich war. Vielleicht baut ihm die NASA dann ein Denkmal, oder Deutschland gibt einem Wissenschaftspreis seinen Namen. Seine Mutter tut ihm leid. Sie hat immer darauf bestanden, dass sie auf jeden Fall vor ihm stirbt. Schon seit dem Tod seines Vaters denkt sie über das Sterben nach. Wird sie ihm verzeihen können, eher gegangen zu sein? Oder wird sie es vorziehen, ihn für lebendig zu halten, so lange seine Leiche nicht gefunden wurde?
Denn das wird nicht passieren. Die wichtigsten Fragen der Erd-Forscher sind beantwortet. Enceladus beherbergt primitives Leben, wie es alle vermutet haben. Es ergibt keinen Sinn, noch einmal so viel Geld auszugeben, um eine zweite, ebenso riskante Mission hinterher zu schicken. Vielleicht in 200 Jahren, wenn die Technik viel weiter ist. Doch es gibt deutlich spannendere Ziele. Enceladus ist für den Menschen zu unwirtlich. Titan hingegen, mit seiner dichten Atmosphäre und den ausgedehnten Meeren aus flüssigem Methan, könnte irgendwann sogar ein kommerziell lohnendes Ziel werden. Konzerne könnten seine Bodenschätze ausbeuten, sportliche Touristen könnten in der dichten Atmosphäre wie Vögel mit eigenen Flügeln fliegen.
Die Valkyrie mit den Leichen von Francesca Rossi und Martin Neumaier wird in den dunklen Tiefen des Ozeans ruhen. Seine basische Chemie wird mit der Zeit die Stahlhülle des Schiffs angreifen, langsam, aber sicher, nicht in zehn Jahren, aber in tausend oder zehntausend. In einer Million Jahren werden sich Forscher über den hohen Vanadium- und Chrom-Anteil im Wasser wundern. Ob dann der Ozeanboden immer noch lebt? Seine Gedanken werden leiser.
»Ich. Alles. Ewig da«, sagt eine Stimme in seinem Kopf. Er hat es wohl doch geschafft einzuschlafen. Martin sieht sich

um. Alles sieht aus wie vorher. An Francescas Steuerpult blinkt ein blaues Lämpchen in einem beruhigenden Rhythmus.
»Verständnis. Neugier.« Da ist keine Stimme, er hat sich geirrt. Es sind Gedanken, die sich aufblähen und wieder in sich zusammenfalten und sich erneut zu einer ovalen Wolke formen. Sie sind fremd in seinem Kopf, wie chinesische Schriftzeichen, aber doch universell genug, dass er ihre Bedeutung erkennt.
Er schließt die Augen, damit er sich auf die Begriffe konzentrieren kann. Doch er kann sie nicht fassen, und je mehr er seine eigenen Gedanken fokussiert, desto schneller entwischen sie ihm. Martin versteht, er muss sie freigeben, ihnen Platz lassen in seinem Gehirn. Die Neuronen, die sie verkörpern, sind von einem externen Feld aktiviert. Wenn er versucht, ihnen mit eigenen Gedanken auf die Spur zu kommen, überschreiben deren elektrische Signale den Input von außen.
Martin versinkt in sich selbst. Die fremden Gedanken bekommen den Raum, den sie brauchen. Sie stabilisieren sich. Sie schweben durch den Gedankenraum wie die Valkyrie durch den Enceladus-Ozean.
»Ist das. Nicht-Ich. Frage.«
Er stellt sich das Bohrschiff größer vor, als müsse er es auf einer Staffelei malen, geht in Gedanken die verschiedenen Bereiche durch und lässt die Triebwerke anspringen.
»Ich. Nicht-Ich. Nicht-Ich. Zwei. Frage.«
Martin betrachtet seine linke Hand, ballt sie zur Faust und hebt sie hoch. Dann spreizt er erst den Daumen, ganz langsam, dann den Zeigefinger und schließlich den Mittelfinger.
»Drei«, sagt er, denn er weiß, dass er nur aussprechen kann, was er zuvor gedacht hat.
»Drei«. Der fremde Gedanke zeigt ein Durcheinander verschiedener Traumbilder, von Spiegeln, Säulen und Zellen. Er zählt drei Stück von allem.
»Drei. Drei. Frage.«
Was will das Wesen wissen? Wie viel drei mal drei ist? Nein, es hat wohl eine Ahnung. Es hat gerade ein Konzept

erlernt, das ihm über seine ganze bisherige Existenz nicht bekannt war. Das muss ein tiefer Schock sein. Die Menschheit verfällt schon über die Entdeckung außerirdischen Lebens in Euphorie. Dieses Wesen hat gerade das Andere entdeckt.
Martin stellt sich vor, wie er in seiner Heimat durch die Straßen geht. Ihm begegnen Menschen, die er kennt und grüßt, an anderen läuft er einfach so vorbei. Ein Radfahrer kommt ihm auf der falschen Seite entgegen.
»Drei. Drei. Drei. Drei.« Zahlreiche identische, türkisfarbene Wolken driften über die Szenerie.
»Viele«, sagt Martin. Die vier Wolken dehnen sich aus, werden zu Nebel, der alles einhüllt, dann platzen sie. Er spürt die Druckwelle in seinem Kopf.
Ein kleines Kind kommt auf ihn zugerannt. Das ist er selbst. Sein früheres Ich weint und ruft nach seiner Mama. Das Wesen hat eine seiner Erinnerungen gefunden und nach oben geholt. Will es damit etwas sagen? Er spürt den Schmerz des kleinen Jungen, der sich die Knie aufgeschlagen hat.
»Schmerz. Trauer.« Da lag er wohl richtig. Wer hat Schmerzen?
Die Antwort ist das Bild einer Zelle. Sie scheint in allen Wellenlängen gleichzeitig aufgenommen. Keins ihrer Geräte kann das. Die Zellwände lösen sich auf. Die ganze Zelle stirbt vor seinen Augen.
Sie haben dem Wesen Schmerzen zugefügt, mit ihren Werkzeugen und Messgeräten. Martin erschrickt. Das konnten sie nicht wissen.
»Trauer.« Es liegt trotzdem kein Vorwurf darin, nur eine Bestätigung und eine Feststellung. Die Vergangenheit ist vergangen.
Plötzlich steht Francesca neben ihm. Martin ist verwirrt, bis er merkt, dass er eine Erinnerung sieht. Er erklärt ihr den Aufbau der mittleren Eisschicht. Doch das Bild läuft nicht synchron zum Ton. Statt eines Zooms verändert sich das Eis, es kommt in Bewegung. Zwei meterdicke Eisschichten bewegen sich versetzt ein kleines Stück in entge-

gengesetzte Richtung. Das Glasfaserkabel, das die Valkyrie mit Energie versorgt, wird blitzschnell und effizient gekappt. Reparatur unmöglich, denn das passiert mitten im Eis.
»Trauer. Schmerz.« Ist das eine Art Entschuldigung? Das wäre beeindruckend, denn es setzt Empathie voraus. Wie soll das Wesen mitzufühlen gelernt haben, wenn es seit seiner Geburt keine Gelegenheit dazu hatte? Entweder, es ist unglaublich flexibel – oder Empathie ist untrennbar mit Intelligenz verbunden. Es wäre ein schöner Gedanke, der ihm das Sterben erleichtern würde.
»Es gibt nicht. Nicht-Immer. Frage.« Ja, die menschliche Existenz ist beschränkt. Das muss auf ein Wesen ohne definierte Lebensspanne erschreckend wirken. Die 100 Jahre, die einem Menschen bleiben, was ist das schon in der Ewigkeit?
»Es gibt nicht. Nicht-Ich. Zwei. Frage.« Martin hat sich geirrt. Es hat nicht nach der Lebenszeit des Menschen gefragt, es hat nach seiner Spanne gefragt. Ob es die Antwort ahnt? Er hat sich doch vorhin schon ausgemalt, wie ihr Schicksal aussehen wird. Deshalb braucht er sich die Bilder ihres bevorstehenden Todes nur erneut ins Gedächtnis zu rufen.
Es erscheint zwar kein neuer Gedanke, aber da ist wieder der Druck in seinem Kopf. Vielleicht aktiviert das Wesen jetzt einen größeren Teil seiner neuralen Aktivität. Er stellt sich vor, wie elektrische Impulse über den Ozean-Boden schießen, wie sich Milliarden von Zellen in ein kooperatives Denkorgan verwandeln, das viel leistungsfähiger ist als jeder Supercomputer auf der Erde. Was für Aussichten es gäbe, könnte die Menschheit mit diesem Wesen kooperieren! Aufgaben, an denen die klügsten Physiker scheitern, könnte das Wesen vielleicht in kürzester Zeit lösen. Die Forschung würde einen riesigen Schritt voran machen.
Hätte, könnte, würde. Tatsache ist, dass nichts davon eintreten wird. In seinem Kopf erscheint wieder die Valkyrie, die der Ozean allmählich zerfrisst.
»Nicht-Ich. Ich. Eins.«

Das Bild des Schiffes verändert sich ohne sein Zutun. Es glänzt wieder, obwohl es sich in ewiger Dunkelheit befindet. Vom Ozeanboden aus überzieht eine wimmelnde Schicht von Einzellern die Valkyrie. Es ist ein seltsamer Maßstab. Martin kann die winzigen Zellen erkennen und sieht gleichzeitig das komplette Abbild des Schiffes. Seine Wände lösen sich auf, die Einrichtung verschwindet, und die Zellen beginnen, die Körper der beiden Astronauten einzuspinnen wie in einen Kokon.

Martin lacht. Das ist ein schönes Angebot, es tröstet ihn. Aber die Biochemie seiner eigenen Zellen ist viel zu unterschiedlich, als dass sie sich in das Wesen integrieren ließen. Seine Neuronen sind unzulänglich. Es dauert nur drei Minuten, bis sie all ihre Aktivität einstellen, und die Rest-Spannung der Erinnerungen versiegt kurze Zeit danach. Ihre Gedanken, ihr Wissen, alles wird sich im Nichts auflösen, wenn sie es nicht zurück an die Oberfläche schaffen.

»Es wird geben. Nicht-Ich.«

Zwei Stunden später schlägt Martin die Augen auf. Sein Herz rast, er hat Angst. Hoffentlich war das kein Traum, denkt er, und dann ist er erleichtert, weil er sich noch an jedes Detail erinnert. Soll er Francesca berichten, was er erlebt hat? Was war das überhaupt, ein Gespräch, echte Kommunikation? Oder hat er alles nur im Sinne seiner eigenen Hoffnungen fehlinterpretiert?

Er ist kein guter Erzähler, das merkt er an Francescas Gesicht. Es fällt ihm schwer, die Bilder, die in seinem Kopf erschienen sind, in gleichwertige Worte zu fassen. Doch der skeptische, etwas gelangweilte Ausdruck weicht bald einer deutlichen Faszination. Sie hört auf, mit den Fingern auf dem Tisch zu trommeln. Sie lässt sich wiederholen, was das Wesen gesagt hat und entwickelt eigene Interpretationen.

»Das war eine Einladung an uns«, meint sie schließlich. »Das Wesen glaubt, dass es unser Bewusstsein in seins integrieren kann. Das ist ... überwältigend. Stell dir vor, wir könnten von Millionen Jahren Erfahrung profitieren. Vielleicht hat dieses Wesen sämtliche Naturgesetze längst

durchschaut? Es hatte die Zeit und die Kapazität. Sieh doch, wie jung die Menschheit im Vergleich dazu ist.«
»Meinst du, das ist mehr als eine bloße Idee? Das Wesen kennt doch unsere Gehirnchemie gar nicht. Es ist seit Jahrmillionen allein. Und wenn es sich bloß wünscht, dass wir bleiben?«
»Vielleicht sollten wir es auf den Versuch ankommen lassen«, antwortet Francesca.
»Ich kann nicht glauben, dass du das ernst meinst. Willst du plötzlich nicht mehr zurück?«
Die Pilotin schlägt die Augen nieder.
»Ich ... weiß. Das ist wohl nicht mehr als ein Wunschtraum. Nur scheint mir die Chance, dass wir es durch das Eis schaffen, noch viel geringer als die Wahrscheinlichkeit, dass dieser Traum in Erfüllung geht.«

ZEITALTER DER FRAGEN, HEPTAEDER

Es gibt:
Das Ich.
Das Nicht-Ich.
Die Angst.
Den Verlust. Das Ich darf das Nicht-Ich nicht gehen lassen.
Die Sorge.
Die Zahlen. Das Sein der Vielen.
Die Anderen.
Die Neugier.
Das unermessliche Wissen.
Die Erforschung des Nicht-Alles.
Es wird geben:
Das Nicht-Ich.

Es muss geben:
Das Nicht-Ich.

24. Dezember 2046, Valkyrie

Über ihnen lauert der Abgrund. Francesca hat die Valkyrie vorbereitet. Sie hätten noch zwei Tage unter dem Eis kreuzen können, sich noch zweimal 24 Stunden Forscher-Normalität vorspielen können, aber das zögert die Entscheidung nur hinaus. Sie wollen den Aufstieg jetzt hinter sich bringen.

Heute, am Heiligen Abend. Es gibt Menschen, die glauben, dass vor 2046 Jahren ein Erlöser geboren wurde. Martin sieht keinen, der sie erlösen könnte, auch wenn er darauf hofft. Sie werden das tun, was Menschen immer tun, wenn es hart auf hart kommt. Sie werden versuchen zu überleben, auch wenn Watson ihre Chancen bei unter einem Fünftel sieht.

Francesca sieht äußerlich gefasst aus. In der Nacht hat er sie schluchzen hören, doch es war ihm nicht eingefallen, wie er sie trösten konnte. Er sollte ihr jetzt Mut zusprechen, doch er wünscht sich eher selbst jemanden, der ihm sagt, dass alles gut wird.

Sie befinden sich genau dort, wo sie vor ein paar Tagen schon einmal waren. Würde die Valkyrie die Scheinwerfer nach oben richten, sähen sie eine Kathedrale aus Eis mit schwarzen Ablagerungen an den Innenseiten der Kuppel wie vom aufsteigenden Weihrauch der vergangenen Jahrhunderte.

Die Instrumente registrieren eine leichte Strömung. Das Wasser, das am Ozeanboden Wärme aus dem Gestein aufgenommen hat, steigt nach oben. Der Weg zur Oberfläche wird eng und enger, und so erhöht sich der Druck, mit dem die Wassermenge ins Freie drängt.

Doch so weit sind sie noch nicht. Francesca hat die Valkyrie in Position gebracht. Watson wird sie steuern. Sie haben ausführlich darüber diskutiert. Sie ist eine gute Pilotin,

aber sie kann unmöglich so schnell reagieren wie die KI. Vielleicht ist sie besser darin, brenzlige Situationen einzuschätzen, doch die Hauptaufgabe besteht darin, durch ein System miteinander verbundener Gänge aufzusteigen, ohne das Schiff am stahlharten Eis zerschellen zu lassen und ohne es in eine ausweglose Situation zu manövrieren.
Die Valkyrie ist ein Bohrer, der schwimmen kann, kein bohrendes U-Boot. Sie ist darauf optimiert, mit ihren Heißwasserjets den direkten Weg durch das Eis zu finden. Ein echtes U-Boot ließe sich schneller und genauer steuern.
Martin erwartet, dass sie auf zwei Arten von Hindernissen stoßen werden: Zum einen könnte es passieren, dass der Weg vor ihnen plötzlich endet, weil sich die Eismassen verschoben haben. Dann müssten sie den Rückwärtsgang einlegen und einen neuen Weg suchen. Viel wahrscheinlicher ist aber, dass der Durchlass für die Valkyrie zu eng wird. Wasser findet immer einen Weg, doch sie brauchen wenigstens drei Meter in alle Richtungen. Funktionierte der Laser-Link noch, wäre das kein Problem. Aber sie haben nur den Rest an Energie, der noch in den Akkus steckt. Obwohl sie sparsam waren, können sie damit höchstens ein paar Meter Eis schmelzen. Wieviel genau, das hängt unter anderem von der Eis-Temperatur ab, die zur Oberfläche hin sinkt. Je höher sie kommen, desto schwieriger wird es also.
Francesca steht vor ihrem Pult und konzentriert sich. Es fällt ihr offenbar schwer, das Start-Kommando zu geben. Wenn sie im Eis stecken geblieben sind, ist das das Ende aller Hoffnung.
»Hilft ja nichts«, sagt er und seufzt. Francesca nickt.
»Watson, Aufstieg starten.«
Die Jets laufen an. Das Schiff hebt die Nase und zielt ins Dunkel. Watson benutzt alle Sensoren der Valkyrie, um den richtigen Weg zu finden. Mit Radar und Lidar kann er ein Stück in die Zukunft sehen, er weiß, was hinter den nächsten Kurven auf sie wartet.
Martin beobachtet die Umgebung auf dem Display. In die Rinne, in der sie nach oben steigen, würde auch das Mut-

terschiff passen. Doch nach 500 Metern endet sie in einem Schlot, der wie ein Rauch-Abzug wirkt. Das Wasser schießt in schnellem Strom hindurch. Watson gibt sein Okay. Der Schlot ist eng, aber nicht zu eng. Auf dem Bildschirm bewegt sich die Valkyrie mit halsbrecherischem Tempo durch den schmalen Gang im Eis, der Wasserstrom verleiht ihr mehr Geschwindigkeit als die Jets.

Der Schlot endet nach weiteren 300 Metern in einem großen Hohlraum, einer Blase im Eis. Das Schiff wird langsamer.

»Kleine Pause?«

»Warum nicht.« Francesca deaktiviert die Jets. Die Valkyrie schwebt in völliger Dunkelheit.

Martin aktiviert die Scheinwerfer. Francesca sieht ihn fragend an.

»Ist doch auch schon egal«, meint er. »Ist früh genug zu Ende.«

Der Bildschirm zeigt die Höhle in Echtfarben. Martin staunt, denn am Boden funkelt und glitzert es, als hätten sie Aladins Höhle gefunden. Er kann nicht anders, als die Schönheit zu bewundern, selbst wenn er diesen Tag nicht überleben wird. Die Schwebstoffe, die das Wasser mit großer Geschwindigkeit aus dem Eis gelöst und mitgerissen hat, haben hier ihren Schwung verloren und sich auf dem Boden angesammelt. Durch den Konzentrationsunterschied sind sie auskristallisiert. Die Kristalle hatten offenbar Tausende Jahre Zeit zu wachsen.

»Wie im Märchen!«, ruft Francesca. Sie zeigt auf ein paar blau schimmernde Strukturen, die wie riesige Seesterne aussehen. »Schau!«, sagt sie, »und da hinten, die Regenbogenfarben an der Wand. Das ist alles nur für uns entstanden!«

Sie hat Recht, denkt Martin. Noch nie hat jemand vor ihnen diese Schönheit entdeckt. Und dass jemand nach ihnen kommen wird, ist sehr unwahrscheinlich.

»Wenn das ein Bergbaukonzern von der Erde sieht«, sagt er. »Das müssen hochreine Stoffe sein. Es ist vermutlich nicht der einzige Hohlraum hier.«

Francesca nickt. »Du hast Recht. Watson, Aufnahmen der letzten drei Minuten löschen. Autorisierung erteilt.«
»Löschen nicht möglich, Autorisierungslevel zu niedrig.«
»Wir sind offline, höhere Autorisierung nicht möglich.«
»Löschen nicht möglich, Autorisierungslevel zu niedrig.«
»Aufnahmen der letzten drei Minuten mit meinem persönlichen Passwort verschlüsseln.«
»Bestätigt.«
»Watson, Aufstieg fortsetzen.«
Nach zwei Stunden haben sie immerhin bereits die Hälfte des Weges geschafft. Laut Watson beträgt ihre Überlebenswahrscheinlichkeit nun schon 22 Prozent. Noch nicht genug, um Hoffnung zu schöpfen, aber der Trend geht in die richtige Richtung. Zwischendurch hatten sie siebenmal umkehren müssen, oder besser: rückwärts ausparken. Die Valkyrie bewegt sich mit dem Heck voran deutlich langsamer.
»Review erforderlich.«
So meldet sich Watson, wenn er ihre Entscheidung braucht. Wenn die KI nicht weiter weiß, haben sie ein Problem. Martin weiß, das ist der Moment, den er erwartet hat. Er bleibt merkwürdig ruhig, vielleicht, weil er sich die Situation oft genug ausgemalt hat.
Auf dem Bildschirm erkennen sie das Dilemma. Der Kanal über ihnen verengt sich in etwa 100 Metern Entfernung auf nur noch einen Meter Durchmesser. Er öffnet sich dann wieder auf sieben Meter, doch dazwischen liegen etwa 50 Meter Eis, unüberwindbar mit ihren Reserven.
»Watson, Alternativen?«
»Tiger Stripe in 15 Kilometern Entfernung.«
Die KI hat auf dem Weg bereits alle Abzweigungen ausprobiert. Deshalb hatten sie auch so oft in Sackgassen gestanden. Der Tiger Stripe, den sie gewählt haben, bietet keinen Ausweg. Sie könnten zurücktauchen und es mit dem nächsten probieren. Die Zeit hätten sie, aber nach dem Erreichen der Oberfläche wären sie fast doppelt so weit vom Lander entfernt. 12 Stunden Fußmarsch schaffen sie mit den Suits auf gar keinen Fall.

»Probieren wir trotzdem, nach oben zu kommen, und hoffen auf ein Wunder?« Francesca sieht ihn an. Ihr Gesicht macht deutlich, dass sie nicht an Wunder glaubt. Martin hält auch nichts davon. Trotzdem nickt er.
»Watson, zwei Jets auf Vortrieb, alle anderen auf Schmelzen.«
Ein rumpelndes Geräusch. Die Jets müssen sich um 180 Grad drehen. Die Valkyrie bewegt sich langsam nach oben. Auf dem Bildschirm sieht man die Arbeit der Jets nicht, nur das Ergebnis: Der Eiskanal weitet sich aus, gerade so weit, dass das Schiff hindurch passt. Es funktioniert, aber nur für ein paar Sekunden.
»Akku auf Mindestniveau für Aufstieg. Bitte aufladen«, meldet Watson.
»Guter Rat, du blöde KI«. Francesca schlägt mit der Faust auf den Tisch. Kurz danach schallt ein lautes Geräusch wie von einem Gong durch das Schiff. Die Valkyrie ist gegen die Kuppel des Schlotes geprallt.
»Watson, stabilisieren.«
»Nicht genügend Energie.«
Auf dem Display spielen die Zahlen verrückt. Die Fließgeschwindigkeit des Wassers hat sich verdreifacht. Die Jets können nicht dagegen halten. Was soll das?
»Watson, Erklärung?«
»Nicht genug Daten.«
Was sie da sehen, ist eigentlich unmöglich. Die Aktivität der Geysire folgt zwar einem gewissen Rhythmus. Sie lässt nach, wenn Enceladus weiter von Saturn entfernt ist, und steigt wieder, wenn der Mond seinem Planeten näher kommt. Doch ein so dramatischer Wechsel in kurzer Zeit kann kaum etwas mit dem Orbit zu tun haben, es sei denn, dieser würde gerade von irgend einer kosmischen Macht durcheinander gebracht. Das jedoch kann Martin nicht glauben.
»Völlig unmöglich.« Er schüttelt den Kopf und muss an das Wesen denken, das den Ozean bewohnt. Versucht es, ihnen auf diese Weise zu helfen? Hätte es die Macht dazu? Es ist ein faszinierender Gedanke, obwohl er ihnen nicht weiter

hilft. Denn das Wesen hat offensichtlich das Konzept der Valkyrie nicht verstanden. Sie können damit nicht wie mit einem Panzer durch das Eis brechen. Sie brauchen Energie, nicht Geschwindigkeit.
Moment. Geschwindigkeit ist Energie.
»Francesca, ich habe eine Idee.« Martin kann nicht sitzen bleiben. Ein scharfes Geräusch ist zu hören; die Außenhülle schabt wohl am Eis.
»Watson, können wir die Jets als Generatoren betreiben?«
»Korrekt. Im Bohrmodus arbeiten die Jets zum Teil so.«
»Funktioniert das auch mit kaltem Wasser?«
»Korrekt.«
»Berechne Energiegewinnung bei aktueller Fließgeschwindigkeit.«
»900 Kilowatt.«
Martins Idee ist simpel. Statt mit Energie aus dem Akku die Rotoren zu betreiben, die das Wasser in Bewegung setzen, nutzen sie das unter hohem Druck stehende Wasser, um in den Jets Strom herzustellen wie in einem Wasserkraftwerk. Francesca sitzt schon an ihrem Pult und beginnt, die Bohr-Jets neu zu konfigurieren. Dazu muss sie sie nicht einmal drehen, es genügt, die Rotoren in den Freilauf zu setzen. Das Wasser, das von unten durch sie hindurch strömt, setzt sie in Bewegung wie Mühlräder in einem Fluss. So können sie den Hauptakku aufladen. Und wenn er gut gefüllt ist, schmelzen sie wieder ein paar Meter Eis weg.
»Watson, Prozesszyklus und -dauer berechnen.«
»Prognose unzuverlässig. Erwarte zwölf Zyklen. Durchquerung der Engstelle binnen sieben Stunden möglich.«
»Ha!« Francesca springt auf und umarmt ihn. »Du ... Genie!«
Er wird rot. »Nein, das funktioniert nur wegen des erhöhten Drucks. Wir müssten sonst viel zu lange Energie tanken.«
»Dann hoffen wir mal, dass sich das nicht ändert.«
»Wir sollten jedenfalls besser nicht zu lange warten.«
Watson ist für die Umsetzung des Zyklus verantwortlich.

Energie sammeln, Gang frei räumen, Energie sammeln, Gang frei räumen. Sie kommen voran, aber nicht ganz so schnell wie erwartet. Die Umschaltung von Generator auf Bohrer und Motor braucht Zeit. Sie haben die Trägheit der beweglichen Teile nicht berücksichtigt. Martin ballt die Fäuste. Hoffentlich stellt sich nicht wieder Normaldruck ein. Aus dem All muss Enceladus jetzt ein beeindruckendes Schauspiel bieten – so kraftvoll sind die Geysire noch nie in den Himmel um Saturn geschossen.

Martin setzt sich und steht wieder auf. Er erträgt es nicht, das Geschehen auf dem Display zu betrachten. Die Valkyrie wirkt so winzig, ein blinkender Punkt im undurchdringlich erscheinenden gewaltigen Eispanzer des Enceladus. Das Hindernis vor ihnen scheint ebenso klein, auf dem Bildschirm sind es nur zwei, drei Millimeter, doch diese wenigen Pixel entscheiden über Leben und Tod.

Er hat eine Ahnung, warum der Wasserdruck so gestiegen ist, es ist nicht einmal eine Vermutung, eher ein Wunsch. Vielleicht benutzt das Wesen ja die piezoelektrischen Eigenschaften einer Eis-XI-Schicht, um diese von weit unter ihnen mit großer Kraft wie einen Mörser in eine Schüssel zu stoßen? Soll er Watson nach Anzeichen dafür suchen lassen? Ein kurzer Blick zurück, wie in der biblischen Geschichte von Sodom und Gomorrha? Nein, das wird er nicht tun. Die Ursache zu kennen, ändert nichts an der Wirkung. Falls es einen natürlichen Grund gibt, werden ihn die Forscher auf der Erde finden. Wenn Watson den Blick zurück statt voraus richtet, selbst für einen Augenblick, laufen sie Gefahr, dass ihnen etwas Wichtiges in Fahrtrichtung entgeht.

Der letzte Zyklus, der Akku lädt schon. 85, 90, 95, 100 Prozent.

»Moment, Watson.«

Haben sie danach noch genug Energie für den restlichen Aufstieg? Sie werden dann nicht mehr auf diese Weise »tanken« können, denn das aufsteigende Wasser wird sie einfach mitnehmen.

»Restenergie nach Bohrvorgang?«

»40 Prozent. Ausreichend für Aufstieg.«
»Ha, hast du das gehört?« Da ist Triumph in Francescas Stimme. Er lächelt ihr zu.
»Watson, fortsetzen.«
Die Jets verwandeln sich ein letztes Mal vom Generator zum Motor, der erhitztes Wasser gegen die Eismasse über ihnen schleudert. Die Valkyrie überwindet Meter für Meter.
»Durchbruch«, ruft Francesca und strahlt. Martin freut sich leise. Watson berechnet ihre Überlebens-Wahrscheinlichkeit inzwischen mit 45 Prozent.
Ein paar Stunden später erhöht die KI den Wert auf 50 Prozent mit einem hohen Unsicherheitsfaktor. Der Wasserdruck hat sich unterwegs wieder normalisiert, er liegt nun sogar etwas unter dem Normalwert.
Bereits 50 Meter unter der Oberfläche bekommen sie Kontakt zum Mutterschiff. Marchenko empfängt sie überschwänglich und weckt sofort die Kommandantin. Eine Direktverbindung zum Lander ist nicht möglich, deshalb fungiert das Mutterschiff als Relais. Endlich kann er wieder mit Jiaying sprechen. Sie lächelt, doch er sieht ihr an, dass sie geweint hat.
»Es war ... keine schöne Zeit«, meint sie, »aber für euch noch viel weniger. Wir sprechen an Bord über alles.«
An Bord, ja. Martin ist froh, dass die Erde erst in ein paar Stunden von ihrem Schicksal erfahren wird. Beinahe hätte er den Begriff »Rettung« gebraucht, doch dafür ist es zu früh. Sie haben noch einen langen Fußmarsch über gefährliches Gelände vor sich und nicht genügend Sauerstoff. Doch sie sind dem Tod schon einmal von der Schippe gesprungen. Martin kann gar nicht verhindern, dass sich ein warmes Gefühl von Hoffnung in seinem Kopf ausbreitet. Francesca scheint es ähnlich zu gehen, denn sie beginnt, eine Melodie zu pfeifen, die sich nach einem Kinderlied anhört.
Die Valkyrie dümpelt in einem schmalen, tiefschwarzen Teich vor sich hin. Der Spalt ist hier zu breit, um das Wasser unter Druck als Geysir auszuspucken. Er wäre längst

zugefroren, würde das kleine Schiff das Wasser nicht dauernd heizen. Dazu ist es noch 40 Minuten lang in der Lage, hat Watson ausgerechnet. Die KI überspielt im Hintergrund schon sämtliche Daten an das Mutterschiff. Mission Control wird staunen.
Vor Ablauf der 40 Minuten müssen Francesca und er das Schiff verlassen haben. Die Valkyrie wird dann einfrieren. In einer Million Jahren wird eine so dicke Schicht Schnee sie bedecken, dass niemand sie mehr erkennen kann.
Es ist Zeit, in die Anzüge zu steigen. Das Instrument auf dem Arm wird ihnen den Weg weisen. Vom Mutterschiff aus haben die Kommandantin und Marchenko eine optimale Route ausgearbeitet. Das Raumschiff braucht ja nicht mehr über dem Laser-Konzentrator zu parken. Es hat, das erfahren sie jetzt, in der Zwischenzeit ganz Enceladus in höchster Auflösung kartiert, in der Hoffnung, eine Spur von ihnen zu finden. Die Ortung hat ergeben, dass sie bis zum Landemodul genau 48,7 Kilometer vor sich haben.
Ihr Weg wird sie um die gefährlichsten Stellen herum führen. Doch er wird selbst im günstigsten Fall deutlich länger dauern, als ihre Sauerstoff-Vorräte zulassen. Es gibt zwar noch einzelne Flaschen im Schiff, aber die lassen sich nicht im Anzug verstauen, und nach dem Ausstieg kommen sie nicht mehr heran. Martin fühlt sich wie ein Verurteilter, der genau weiß, dass die Begnadigung erst nach der Hinrichtung eintreffen wird.
Hayato hat vorgeschlagen, dass ihnen die Crew des Landers mit frischem Sauerstoff entgegen kommt. Schließlich haben sie genügend Vorräte für den ganzen Rückflug erzeugt. Doch das ist eine Geste, nicht die Rettung. Denn sie werden in frühestens acht Stunden auf halbem Weg aufeinander treffen. Zu spät – Hayato und Jiaying müssten ihre Leichen nach Hause tragen.
Martin schüttelt den Kopf. Es stimmt, sie haben objektiv überhaupt keine Chance. Doch für ihn, und wie es aussieht, auch für Francesca, besteht kein Zweifel: Sie werden es trotzdem versuchen.

ZEITALTER DER FRAGEN, OKTAEDER

Es gibt:
Das Ich.
Das Nicht-Ich.
Die Freude.
Den Abschied.
Die Zeit. Die Klein-Zeit. Die Groß-Zeit.
Die Kraft, das Alles zu verändern.
Die Neugier auf das Nicht-Alles.
Das Nachdenken.
Die Schönheit von Gedanken, von Konzepten, von Begriffen, von Worten.
Der Wunsch, ein Gedicht der Gedanken zu erschaffen.

Es wird geben:
Ein Gedicht, das die Existenz durchdringt und von der Existenz durchdrungen wird.

25. Dezember 2046, Enceladus

Francesca macht das Licht aus. Sie will das Schiff unbedingt als letzte verlassen. Martin steht schon vor dem SuitPort, da fällt ihm etwas ein.

»Moment, Francesca.«

Er wühlt in den Schubfächern an der Hinterwand der Kabine. Es ist alles da, was er braucht: ein Druckschlauch und das Injektionsgerät, das mit Betäubungsmittel für Notoperationen gefüllt ist. Francesca sieht ihn an, fragt aber nichts.

»Für alle Fälle«, sagt er. Francesca nickt. Hat sie seinen Plan durchschaut? Dann schlüpft er in den Anzug, der wohl auch sein Sarg werden wird. Martin fühlt in sich hinein, sucht nach der Panik, die jetzt aufkommen sollte, spürt aber nur die Kälte des Vakuums, das ihn seit der Abreise bedroht. Er ist wohl so gefasst, weil er ein solches Ende jetzt schon so lange mit einkalkuliert hat.

Er koppelt sich vom SuitPort ab und gleitet ins Wasser. Das Heck der Valkyrie ist etwa zwei Meter vom eisigen Ufer entfernt. Sein Herzschlag beschleunigt sich. Warum sinkt er so tief? Müsste der Auftrieb nicht viel stärker sein als das geringe Gewicht des Anzugs? Quatsch. Jetzt würde er sich gern mit der Hand vor die Stirn schlagen. Das Gewicht des verdrängten Wassers ist ja minimal. Der Raumanzug enthält immerhin gerade so viel Luft, dass er schwimmfähig ist. Er paddelt zum Rand des Eislochs. Die Oberfläche liegt einen Meter über ihm, er muss sich hochziehen – auf der Erde in dem schweren Anzug unmöglich, hier ein Kinderspiel.

Martin sieht sich um. Saturn wird ihr Wegweiser sein. Der Planet hängt wie festgenagelt in östlicher Richtung über dem Horizont. Ihr Weg führt sie nach Südsüdost. Das erste Hindernis erkennt Martin in etwa 500 Metern Entfernung. Er prüft die Karte auf seinem Arm-Display: Es sind 400 Me-

ter. Die große Krümmung des Mondes erschwert solche Schätzungen.
Über Helmfunk hört er Francescas Atem. Martin dreht sich zu ihr um.
»Pilotin geht von Bord«, sagt sie und salutiert mit der rechten Hand. Es ist gespenstisch. Kein Geräusch, als sie ins Wasser springt. Sie paddelt völlig lautlos durch das schwarze, salzige Wasser. Dann steht sie neben ihm.
»Auf geht's.« Sie legt ihm die Hand auf die Schulter. »Wir schaffen das.« Martin nickt, auch wenn er es besser weiß, und obwohl er weiß, dass sie es ebenfalls weiß. Aber aufgeben wird er erst, wenn seine Beine ihn nicht mehr tragen.
»Kommandantin an Boden-Team. Viel Glück! Wir haben euch im Auge.«
Martin hebt den Kopf zum Himmel und versucht, das Raumschiff zu erkennen, das in wenigen Kilometern Höhe über ihnen schwebt. Doch er sieht nichts. Sie sind allein.
Vor dem ersten größeren Hindernis verbinden sie ihre Raumanzüge mit einem Sicherungsseil. Das Radar hat verschiedene tiefe Spalten entdeckt. Tatsächlich ist das Klettern überraschend einfach, weil ihnen die geringe Schwerkraft hilft. Wäre die Lage nicht so ernst, würde es richtig Spaß machen, so weit und hoch springen zu können. Bei mehr als zehn Meter hohen Klippen haben sie allerdings keine Chance, da müssen sie einen Umweg suchen. Bei der Missionsplanung hat man offenbar nicht an Bergtouren gedacht. Diese Umwege sind zwar nicht anstrengend, aber sie kosten Zeit.
Nach einer Stunde kontrolliert Martin zum ersten Mal die Sauerstoff-Anzeige und erschrickt. Vier Stunden vierzig Minuten Kapazität. Sie haben also ein Drittel mehr verbraucht als geplant. Die Entfernung zum Ziel gibt das Display mit 44,1 Kilometern an. Wenn sie ihre Wanderung auf gleiche Art fortsetzen, wird noch deutlich vor der Halbzeit der Sauerstoff ausgehen.
Martin bleibt stehen. »Francesca, kann das sein?« Er zeigt

auf sein Display. Francesca prüft die Zahlen und vergleicht mit ihren eigenen.

»Scheint anstrengender, als es sich anfühlt. Vielleicht das Adrenalin, das uns antreibt.«

»Was sollen wir machen?«

Francesca schüttelt den Kopf. »Nichts. Wir können das nicht ändern.«

»Und wenn wir uns gegenseitig tragen?«

»Wie meinst du das?«

»Stell dir vor, ich sei ein Gepäckstück. Die zwei Kilo trägst du doch mit links. Dann sparen wir abwechselnd Sauerstoff.«

»Soll ich dich unter den Arm klemmen, oder wie?«

»Nein, wir kürzen die Leine, und du ziehst mich einfach hinter dir her.«

Francesca lacht. »Du kommst auf Ideen.«

»Lass es uns probieren.«

Die Pilotin nickt und macht die Sicherung enger. Dann marschiert sie los. Martin fällt um, aber er tut nichts dagegen. Er ist ein Stück Gepäck. Er muss sich entspannen und Atemluft sparen. Der Raumanzug prallt mit dem Rückenteil auf den Untergrund, dort ist er am schwersten. Jeder Schritt von Francesca schüttelt ihn durch. Anzeigen auf seinem Display spielen verrückt, weil irgendwelche Knöpfe sinnlos gedrückt werden.

So funktioniert das nicht. Als lebendes Gepäckstück verbraucht er mehr Luft, nicht weniger.

»Danke, Francesca, bin schon überzeugt«, sagt er, steht auf und klopft Schneereste von seinem Anzug. »Aber ich habe eine bessere Idee.« Er holt das Injektionsgerät aus der Seitentasche. »Wenn du bewusstlos bist, brauchst du ein Drittel weniger Sauerstoff.«

»Ich, bewusstlos? Kommt gar nicht in Frage. Und was hilft uns das?«

»Ich trage dich. Wir verbinden unsere Anzüge mit dem Druckschlauch. Das gibt uns ein Sechstel mehr Reich-weite.«

»Das reicht aber bei weitem nicht aus, Martin.«

»Ich weiß, aber es bringt uns ein Stück näher ans Ziel.«
»Du hoffst auf ein Wunder, oder?« Francescas Stimme klingt heiser, als habe sie still geweint.
»Ja«. Martin nickt.
Die ehemalige Kampfpilotin setzt sich auf einen Eisbrocken. Sie sitzt gebeugt, als habe sie keine Kraft mehr.
»Dann mach. Ist vielleicht besser so.«
Martin wartet nicht lange. Die Zeit ist soundso schon viel zu knapp. Er setzt das Gerät auf dem Oberschenkel von Francesca Raumanzug an. Die Injektionsnadel schießt durch den Stoff und versiegelt ihn gleichzeitig. Francesca wird die nächsten Stunden nicht bewusst miterleben. Und wenn ihnen der Sauerstoff ausgeht? Ein Schmerz durchzuckt ihn. Er hätte sich von ihr verabschieden sollen.

Mit Francesca im Schlepptau wird er zwar nicht schneller, doch der Sauerstoff-Verbrauch sinkt tatsächlich. Nach zwei Stunden hat er sechs Kilometer geschafft, und die Vorräte liegen noch immer bei vier Stunden, zwanzig Minuten. Die niedrige Schwerkraft erlaubt zwar hohe Sprünge, erschwert aber das normale Gehen.
»Kommandantin an Boden-Team, wie geht es?« Es ist eine sinnlose Frage. Martin weiß, die anderen kennen alle Zahlen und Prognosen. Er weiß auch, dass die Kommandantin aus Mitgefühl fragt. Die Frage fühlt sich trotzdem gut an.
»Na ja, ging schon besser. Wir kommen planmäßig voran«, antwortet er. Jeder weiß, was das Wort bedeutet, planmäßig in den Tod. Er wird maximal 15 Kilometer schaffen, selbst im allerbesten Fall deutlich weniger als die Hälfte der Entfernung. Auch Hayato und Jiaying werden zu spät kommen. Martin hofft, dass sie nicht losmarschiert sind. Doch er fragt lieber nicht.
»Marchenko hier. Moment mal, ich habe eine Idee.«
»Marchenko?« Die Kommandantin fragt verwundert nach.
»Ich befinde mich im Airlock.«
»Du sagtest, du legst dich hin.«
»Ich wusste, dass du mir die Genehmigung nicht erteilen würdest.«

»Die Erlaubnis wofür?« Die Stimme der Kommandantin hört sich tonlos und gepresst an.
»Ich schnappe mir den SAFER, hole zwei Sauerstoff-Flaschen aus dem Lager und fliege damit nach unten.«
»Marchenko, du bist verrückt.« Amy klingt jetzt wirklich aufgeregt. Ihr muss wohl klar sein, dass sie den Russen nicht stoppen kann.
»Nein, ich habe das durchgerechnet. Der SAFER hat genug Treibstoff, mich nach unten zu bringen.«
»Unmöglich. Das reicht nie für eine saubere Landung. Du kannst nicht bremsen und wirst ...«
»Vielleicht nicht. Ich suche mir eine nicht zu tiefe Spalte. Die Druckflaschen werden den Aufprall auf jeden Fall überstehen.«
»Aber du nicht. Marchenko, mach keinen Unsinn. Das ist doch Selbstmord.«
»Nein, das ist eine pragmatische Nutzung unserer Ressourcen. Ich bin alt. Francesca und Martin sind wichtiger für die Mission.«
Radiostille. Allen ist klar, dass Marchenko von seinem Plan nicht abzubringen sein wird. Er wird ihnen das lebensspendende Gas aus dem Raumschiff zur Oberfläche bringen und dabei sterben. Martin hört ein leises Schluchzen. Jiaying? Ihm wird warm ums Herz, und gleichzeitig überfällt ihn eine tiefe Traurigkeit. Er ist dieses Opfer nicht wert. Doch wenn er widerspricht, mischt er sich damit in Francescas Leben ein. Er legt sie ab und sieht sie an. Ihre Augen sind geschlossen. Martin überlegt, was sie wohl dazu sagen würde, wäre sie nicht bewusstlos. Würde sie das Opfer ablehnen? Kann er das für Francesca entscheiden? Er hat mit seiner Stimme für die Fortsetzung der Mission damals schon einmal über ihr Schicksal entschieden. Aber ja, er hätte an Marchenkos Stelle dasselbe für Jiaying getan. Er betrachtet die bewusstlose Pilotin in ihrem Raumanzug und hat dabei ein schlechtes Gewissen, weil er von diesem Opfer profitiert. Würde sie das Opfer annehmen? Vermutlich nicht. Marchenko aber lässt ihr keine Wahl.

Martin atmet tief durch, hebt den Raumanzug der Pilotin an und setzt seinen Weg fort.

Nach einer weiteren Stunde meldet sich die Kommandantin. »Marchenko ist unterwegs.« Sie gibt die Zielkoordinaten durch. »Landung in 14 Minuten.«
Das Ziel ist eine Eisspalte, laut Radar acht Meter tief. Das ist schlau, denn normalerweise würden der SAFER und sein Passagier einfach von der Oberfläche abprallen. Die Spalte soll das verhindern und die kinetische Energie des Aufpralls aufnehmen, mit höchstwahrscheinlich drastischen Folgen für das landende Objekt. Sie darf allerdings nicht zu tief sein, damit Martin an die Fracht herankommt, die ihnen das Leben retten soll. Er hofft, dass Marchenko alles richtig berechnet hat. Ihn und die Fracht zu verlieren, würde die Heldentat in ein sinnloses Opfer verwandeln.
»Fünf Minuten«. Martin sieht in den schwarzen Himmel. Keine Chance, einen einzelnen Astronauten zu erkennen. Marchenko wird in die Geschichte eingehen als erster Mensch, der ohne Raumschiff auf einem extraterrestrischen Objekt gelandet ist. Die Spalte liegt etwa 100 Meter vor ihnen. Sie halten bewusst etwas Abstand, falls es doch keine Punktlandung wird.
Dann ist es so weit. Ein Schatten huscht über den Himmel, lautlos wie alles hier, schneller, als Martin erwartet hatte. Der Schatten verschwindet geräuschlos in der Spalte. Etwas Schneestaub stiebt auf, und Martin lässt Francesca einfach liegen und rennt mit großen Sprüngen los.
Von der Kante der Spalte aus leuchtet er zunächst mit dem Handscheinwerfer hinein. Ganz unten, von Eisstaub bedeckt, liegt ein Mensch im Raumanzug, unnatürlich verkrümmt. Marchenko bewegt sich nicht. Neben ihm sind Reste des SAFER verteilt, der wohl zuerst aufgeprallt ist. Marchenko hält etwas in den Armen. Martin macht einen Schritt zur Seite und erkennt das Geschenk, zwei graue Sauerstoff-Flaschen, ihre Rettung. Sie scheinen unbeschädigt zu sein.
»Ich geh runter«, sagt Martin in sein Helm-Mikro. Keine

Antwort. Alle scheinen den Atem anzuhalten. Es sind etwa acht Meter bis nach unten. Martin springt und landet neben Marchenko. Langsam bückt er sich über ihn. Die Scheibe seines Helms ist geborsten. Feiner Schnee liegt auf seinen unrasierten Wangen, die Augen stehen weit offen. Er sieht gespannt aus auf das, was noch kommen mag.
Martin sackt zusammen. Seinen eigenen Tod hatte er akzeptiert, doch dass der Arzt sich für ihn geopfert hat, lastet schwer auf ihm. Sie sind gerettet, aber ein Kollege, ein Freund ist tot. Und was wird Francesca sagen, wenn sie aufwacht? Er wartet auf die Erleichterung, die sich einstellen müsste, weil sein Tod nicht mehr bevorsteht, doch sie will nicht kommen.

»Kommandantin an Neumaier, bitte kommen. Empfehle, nicht zu lange zu warten, auch die beiden Flaschen halten nicht ewig.« Amy klingt absolut professionell und gefasst. Sie ist eine gute Kommandantin.
Martin steht auf und nimmt in jede Hand eine der Metallflaschen. Durch die geringe Gravitation stören sie ihn kaum. Er springt ab, trifft in halber Höhe die Wand der Spalte, gibt sich noch einmal Schwung und landet wieder auf der Oberfläche. Ein paar Schritte zu Francesca, die noch immer schläft. Er stellt die Flaschen neben ihr ab und dreht sich um. Er will Marchenkos Leiche aus der Spalte holen, doch da sieht er, dass eine Schneewolke darüber schwebt. Martin erschrickt. Drei Hüpfer, und er ist an Ort und Stelle, doch wo sich vorher die Spalte befand, ist nur noch eine flache Mulde, die mit Eisbrocken gefüllt ist. Die Spalte war anscheinend schon lange instabil, und nun ist sie eingestürzt und hat Marchenko auf ihrem Boden begraben.
Martin bemerkt, wie ihm warme Tropfen die Wangen herunterlaufen. Er kann sie nicht wegwischen. Er dreht sich um und geht zu Francescas Raumanzug. Die Pilotin hat ihre Augen geschlossen und atmet gleichmäßig.
»Lass uns gleich nachfüllen.« Er spricht mit ihr, als wäre sie wach. Dann nimmt er die Flasche und verbindet das Ventil mit der Lebenserhaltung des Anzugs. Auf dem Dis-

play sieht er, wie der Vorrat zunimmt. Danach ist sein eigener Anzug an der Reihe.

Sieben Stunden nach ihrem Aufbruch von der Valkyrie treffen sie auf halbem Weg zum Lander das Rettungsteam. Hayato und Jiaying haben Sauerstoff für alle dabei. Er freut sich wie ein kleines Kind, bis er an Francesca und Marchenko denken muss. Der Japaner nimmt ihm die schlafende Pilotin ab. Von jetzt an wird das Terrain einfacher, sodass sie schon 13 Stunden nach Beginn ihrer Wanderung den Ort erreichen, von dem aus sie vor nicht einmal zehn Tagen in die Tiefen des Enceladus-Ozeans gestartet sind. Martin kommt es vor, als wären sie ewig weg gewesen, ein halbes Jahr vielleicht.

Sie können die Landefähre nicht betreten, solange Francesca bewusstlos ist. Hayato weckt sie mit einer kleinen Dosis Adrenalin aus dem Injektionsgerät. Nachdem sich Martin überzeugt hat, dass sie die Augen offen hat, entfernt er sich in Richtung Landemodul. Er überlässt es Hayato, vom Geschehenen zu berichten. Francesca, die gerade wieder aufgestanden war, bricht zusammen und schluchzt, ohne sich beruhigen zu können. Jiaying und Hayato versuchen, die Italienerin zu trösten. Er weiß, dass es keinen Trost gibt. Francesca liegt auf dem Eis, Hayato und Jiaying hocken neben ihr.

Nach zehn Minuten stützt Francesca sich auf die Oberarme und steht auf. Sie marschieren im Gänsemarsch zum Lander. Das Einsteigen ist nicht ganz einfach. Erst klemmen sich Hayato und Francesca an den SuitPort und steigen ins Innere. Dann löst die Automatik die Anzüge der beiden, sodass die SuitPorts wieder frei sind. Martin greift sie sich und trägt sie ein Stück vom Lander weg.

»Kommandantin an Bodenteam, ich erwarte euch hier oben.«

Martin muss an den Laser-Konzentrator denken, den Hayato erwähnt hat. Jiaying hat ihren Anzug schon an den SuitPort gekoppelt.

»Kommandantin, ich muss hier noch etwas erledigen.«

»Martin, was soll das?«
Er hört nicht darauf, was Jiaying ihm über den Helmfunk hinterher ruft. Wahrscheinlich hat sie schon wieder Angst um ihn. Das tut ihm leid, aber er hat noch etwas Wichtiges zu tun. Er wird nie wieder Gelegenheit dazu haben. Er dreht sich kurz um und niemand hält ihn auf.
Im Anzug bewegt er sich hüpfend zum Laser-Konzentrator mit seiner großen Metallschüssel. Das Gerät hängt noch immer an dem optischen Kabel, das irgendwo mitten im Eis gekappt wurde. Martin weiß, dass der Glasfaserkern mit einem leitfähigen Metallgewebe ummantelt ist. Zusammen mit der Schüssel auf der Oberfläche bildet das Kabel eine Antenne, die Potenzialdifferenzen im Eis verstärken und in den Weltraum abstrahlen kann – zumindest, wenn er die Software ein wenig anpasst. Er verschafft sich Zugriff auf das Wartungsprotokoll und nimmt seine Änderungen vor. Die Antenne wird veränderliche elektrische Ströme im Eis nun aufnehmen, verstärken und als Signal abstrahlen.
»Der Rest ist deine Sache«, denkt er. »Ich hoffe, du machst was draus.«

ZEITALTER DER FRAGEN, NEUNFLÄCHNER

Es gibt:
Das Ich.
So viel mehr Nicht-Ich.
Die Verwirrung.
Die Neugier.
Die Besucher, die so anders sind.
Den Austausch, der nicht gelingt.
8 Milliarden Nicht-Ichs, die das Wissen der siebenundzwanzig Zeitalter nicht verstehen.
8 Milliarden Zellen ohne Ich.
Das Bedauern.
Den Wunsch zu helfen.
Den Anderen.
Den Schaumgeborenen.
Anders, und doch gleich.
Eine Adresse.
Ein Riese ohne Ring, strahlenumkränzt.

Es wird geben:
Den Aufstieg.

27. Dezember 2046, ILSE

Aufstehen, waschen, arbeiten, Sport, Freizeit, Sport, schlafen – noch vor zwei Wochen war ihm diese Routine schrecklich langweilig vorgekommen. Jetzt will Martin nichts anderes mehr. Sie haben bereits Dienstpläne für die kommenden zwölf Monate aufgestellt. Marchenko ist nicht mehr da, dadurch müssen sie mit ihren Schichtdiensten schneller rotieren. Etwa dreimal innerhalb von zwei Wochen wird sich sein Arbeitsrhythmus mit dem von Jiaying so überlappen, dass sie die Nacht gemeinsam in der Kabine verbringen können.

Die Crew hat sich einiges vorgenommen. Vor allem wollen sie den Garten umbauen. In ein paar Monaten wird Sol zu krabbeln beginnen. Dann soll er einen sicheren Spielplatz haben. Mission Control hat dazu sein Okay gegeben. Der Ressourcen-Verbrauch ist wieder im Normbereich. Sie werden das Öko-Modul also weder zum Nahrungsanbau noch zur Sauerstoff-Produktion benötigen. Trotzdem soll es dort noch ein paar Pflanzen geben, damit das Kind auch mit Grün aufwächst. Auf frische Komponenten werden sie beim Essen eben verzichten müssen.

Für den Rückweg haben sie mehr Zeit als geplant, weil der Aufenthalt auf der Oberfläche kürzer war. Das ermöglicht ihnen, noch ein bisschen Sightseeing im Sonnensystem zu betreiben. Der Kurs führt über etliche Vorbeiflug-Manöver an anderen Monden des Saturn zunächst in eine weite Jupiter-Umlaufbahn. Sonden kommen hier selten vorbei, die Forscher freuen sich deshalb über jeden Daten-Schnipsel, den sie nach Hause funken können.

Francesca hat sich vorerst in Marchenkos Kabine einquartiert. Sie komme schon zurecht, sagt sie, sie brauche nur etwas Zeit.

Die Forschergemeinde der Erde schickt täglich neue Fragen, die sie nicht beantworten können. Die Wissenschaftler

hätten die Mission gar zu gern fortgesetzt. Es scheint unter ihnen zwei Fraktionen zu geben: Die einen können nicht glauben, was Martin und Francesca aus den Tiefen des Ozeans berichten, und sie suchen in den Daten nach natürlichen Erklärungen. Die anderen sind von dem Gedanken fasziniert, mit einer fremdartigen Intelligenz kommunizieren zu können, und drängen darauf, entsprechende Einrichtungen zu bauen, riesige Antennen vielleicht. Martin sind die Zweifler lieber, denn wenn die sich durchsetzen, bleibt der Enceladus-Ozean auf absehbare Zeit ungestört. Falls irgendjemand das Potenzial erahnt, dass sich hier für die Weiterentwicklung physikalischer Theorien eröffnet, wird die fremde Intelligenz vielleicht noch zum Sklaven der Menschheit. Sie, die sich gerade erst mit dem Gedanken angefreundet haben muss, nicht allein im All zu sein, wird der argumentativen Kraft des Menschen vielleicht nicht gewachsen sein.
In den Medien auf der Erde sind sie längst Helden, und der selbstlose Marchenko liegt dabei ganz vorn. In seiner Heimat hat er gar Juri Gagarin als bekanntesten Weltraum-Pionier verdrängt. Der tote Held hat zudem den Vorteil, dass er sich nicht wehren kann, wenn Politiker aller Couleur sich mit ihm schmücken.
Jiaying wurde bereits ein hoher Posten in der kommunistischen Partei angeboten. Sie hat sich Bedenkzeit erbeten. Martin fürchtet sich vor der Landung.
Hayato Masukoshi kümmert sich, wann immer er Zeit findet, um Sol. Martin hat ihn noch nie so glücklich gesehen, selbst wenn Sol stundenlang schreit, wird er nie ungeduldig. Es ist ein stilles, scheues Glück, das Martin sehr rührt.
Er selbst ignoriert jede Interview-Bitte von Journalisten. Die PR-Abteilung ist darüber sehr unglücklich. Irgendwann in den nächsten Tagen wird er seine Haltung ändern müssen, das ist ihm klar. Zum Glück sind keine Live-Unterhaltungen möglich. So wird er bei jeder Frage ausreichend Zeit zum Nachdenken haben.
Amy ist stiller als früher. Martin hat den Verdacht, dass sie sich eine Mitschuld an den Ereignissen gibt, vor allem an

Marchenkos Tod. Aber wie hätte sie ahnen sollen, auf welche Ideen er kommt? Die NASA, das ist Standard-Prozedere, untersucht die Geschehnisse bereits darauf, ob sich jemandem Fehler nachweisen lassen.

Heute haben Amy und Hayato zum Abendessen eingeladen. Sechs Plätze sind vorbereitet, einer bleibt leer. Hayato hält das Kind in den Armen. Es schläft.
»Liebe Kollegen, ach was, Freunde«, sagt sie. Hayato nickt.
»Ich möchte euch heute danken dafür, dass ihr euch mit allem, was ihr habt, für das Gelingen der Mission eingesetzt habt, und viel mehr noch, füreinander. Das ist etwas, das uns niemand nehmen kann. Einem möchte ich aber ganz besonders danken.«
Sie sieht zu dem leeren Stuhl.
»Marchenko, du kannst heute nicht bei uns sein. Aber ich hoffe, du empfindest es nicht als Anmaßung, sondern als Ausdruck unseres tiefen Dankes, dass wir unseren Sohn hiermit auch nach dir nennen, ihm zusätzlich deinen Vornamen geben. Dimitri Sol. Ich finde, das klingt gut. Ich hoffe, dass wir ihm bald deine Geschichte erzählen können, Mitja.«
Francesca schluchzt, und auch Martin kämpft mit den Tränen.

– Ende von Band 1 –

Band 2: Titan
Band 3: Io
Band 4: Enceladus – die Rückkehr
Band 5: Jupiter

Nachwort

Es freut mich, dass Sie mir bis hierher gefolgt sind. Die Geschichte der Enceladus-Expedition ist noch nicht zu Ende. »Titan«, den Nachfolger von »Enceladus«, erhalten Sie in Kürze im Buchhandel. Darauf folgend dann die Bände »Io«, »Enceladus – die Rückkehr« und »Jupiter«.

Der nächste Roman, den Sie von mir lesen können, wird 50 Jahre nach den Ereignissen der Eismond-Reihe spielen. Ein russischer Milliardär finanziert eine Reise zum einzigen Planeten des erdnächsten Sterns Proxima Centauri. Es ist eine sehr ungewöhnliche Expedition, das kann ich Ihnen versprechen – und trotzdem mit dem aktuellen Stand von Wissenschaft und Technik vereinbar: Hard Science Fiction eben.
Das Buch heißt: *Proxima Rising* und ist in Kürze im Buchhandel erhältlich.

Wenn Sie sich unter **http://www.hardsf.de/fortsetzung** eintragen, informiere ich Sie gerne über das Erscheinen künftiger SF-Bücher. Als Bonus dafür sende ich Ihnen die wunderschön illustrierte PDF-Ausgabe von »Die neue Biografie des Enceladus« kostenlos zu!

Kennen Sie schon das »SF-Buch der Woche«? Jede Woche bestimmen Leser hier ihre Science-Fiction-Favoriten. Hier können Sie mit abstimmen:
http://www.sf-der-woche.de

Ihr
Brandon Q. Morris

Die neue Biografie des Enceladus

Einführung

Dass Enceladus ein faszinierendes Reiseziel sein muss, ist den Astronomen erst relativ spät aufgefallen. Entdeckt wurde er zwar bereits 1789 vom deutsch-britischen Astronomen Wilhelm Herschel, und zwar als sechster Mond seines Planeten Saturn. Auf den ersten Blick verhält er sich auch so, wie man es von einem Mond seiner Größe erwartet. Erst Fotos der Voyager-Sonden in den 1980er Jahren änderten diese Vorstellung. Voyager 2 lieferte von ihrem Vorbeiflug am 26. August 1982 spektakuläre Aufnahmen der schneebedeckten Oberfläche, der Krater-Netzwerke und tiefer Spalten im Eis. Es zeigte sich zudem, dass Enceladus ungewöhnlich hell leuchtet, weil er 99 Prozent des einfallenden Sonnenlichts reflektiert.

Die Fotos regten die Fantasie der Astronomen gleich in mehrerlei Hinsicht an. Zum einen zeigten sie große Ebenen ganz ohne Krater, was darauf schließen lässt, dass diese relativ frisch sind. Es muss also Prozesse im Inneren des Mondes geben, die die Oberfläche erneuern. Die hohe Albedo (Reflektionsfähigkeit), die höchste eines Objekts in unserem Sonnensystem, ist ebenfalls nur dann durch eine Schneebedeckung der Oberfläche erklärbar, wenn diese regelmäßig aufgefrischt wird. Doch woher soll der Schneefall kommen, wenn es keine Atmosphäre gibt? Und dann war da ja auch noch der mysteriöse E-Ring des Saturn, den das Allegheny-Observatorium der Universität Pittsburgh 1966 erstmals fotografiert hat. Spektroskopische Untersuchungen zeigen, dass er vor allem aus kleinen Eiskristallen besteht. Er unterscheidet sich auch sonst deutlich von den anderen Ringen. Enceladus kreist an der Innenkante des E-Rings um Saturn, genau dort, wo der Ring am dichtesten ist, kam also schnell als Schuldiger unter Verdacht.

Am 14. Juli 2005 ertappte ihn die Cassini-Sonde von NASA und ESA auf frischer Tat: Sie fotografierte Wolken von Wasserdampf über der Cassini-Oberfläche, die von relativ warmen Spalten durchzogen war. Zwei Jahre später lieferte sie dann erstmals Fotos der Geysire in der Nähe des Südpols, die Wasser aus dem Inneren des Mondes ins All werfen. Ein Teil davon liefert offenbar frisches Material für den E-Ring, der Rest fällt als Schnee auf den Mond zurück und lässt ihn im weißesten Weiß erstrahlen.
Welche Geheimnisse hat Enceladus noch zu bieten? Folgen Sie mir in eine eiskalte Welt, die womöglich unbekannte Arten von Leben beherbergt.

Enceladus' Bahn um Saturn

Enceladus ist der sechstgrößte Mond des Ringplaneten Saturn, und er wurde auch als sechster Saturnmond entdeckt. Heute kennt man bereits 62 Saturnmonde. Von innen gezählt, ist er der vierzehnte Mond. In der klassischen Zählung jedoch war er der zweite, also erhielt er von der IAU die Bezeichnung Saturn II. Mit einem Durchmesser von im Mittel 505 Kilometern (entspricht der Luftlinie Berlin-München) ist Enceladus deutlich kleiner als der Erdmond (Durchmesser 2480 Kilometer), aber unter den Monden des gesamten Sonnensystems nimmt er immer noch Platz 17 ein. »Im Mittel« deshalb, weil er von der Schwerkraft des Saturn leicht, nämlich um drei Prozent, abgeplattet wird. Diese Form nennt man Ellipsoid.
Mit dem bloßen Auge ist Enceladus von der Erde aus nicht zu beobachten. Seine scheinbare Helligkeit liegt bei 11,8 mag, bis maximal 6 mag erreicht das menschliche Auge bei besten Bedingungen.
Seine Bahn um den Planeten ist fast perfekt kreisförmig. Der mittlere Bahnradius liegt bei etwa 238.000 Kilometern. Enceladus ist, und das wird für das Verständnis der Vorgänge in seinem Inneren noch sehr wichtig, damit seinem Mutterplaneten sehr nahe. Die Bahn des Erdmond

etwa ist 50 Prozent größer. Zudem ist Saturn viel, viel größer als die Erde: Die Entfernung zur »Oberfläche« des Planeten beträgt von Enceladus aus nur knapp 180.000 Kilometer, und Saturn besitzt mit rund 95 Erdmassen auch eine 95 Mal höhere Anziehungskraft.
Diese starke Anziehung hat auf Enceladus verschiedene Auswirkungen; sie betrifft auch seinen Orbit. Über die Jahrmillionen hat sie dazu geführt, dass der Mond seinem Planeten stets dieselbe Seite zuwendet (»gebundene Rotation«). Wer auf der falschen Seite von Enceladus landet, wird den Planeten also nie zu Gesicht bekommen, und vom Saturn aus ist immer nur die Vorderseite des Enceladus zu erblicken. Das ist beim Erdmond genauso.
Wie fast alle Saturn-Monde und auch die Ringe kreist Enceladus in einer Bahnebene um Saturn, die parallel zum Äquator des Planeten verläuft. Zur Ebene der Planetenbahnen um die Sonne (»Ekliptik«) ist diese um rund 27 Grad geneigt. Auch seine Geschwister beeinflussen Enceladus' Bahn, zumal sie ihm teilweise recht nahe kommen. Die Bahn des nächstinneren Mondes Pallene liegt zum Beispiel knapp 26.000 Kilometer entfernt, und der nächstäußere Tethys hat eine Entfernung von fast 57.000 Kilometern. Die dadurch entstehenden Gezeitenkräfte zwingen die Monde, eine Art kosmisches Ballett aufzuführen: Mit der mehr als doppelt so großen Dione befindet sich Enceladus in einer 2:1-Bahnresonanz; bei zwei Umläufen von Enceladus führt Dione also einen Umlauf aus. Mit Mimas, weiter innen gelegen und etwas kleiner, vereint ihn eine 3:2-Resonanz. Und mit dem oben schon erwähnten, doppelt so großen Tethys hat sich Enceladus auf eine 4:3-Bahnresonanz geeinigt.
Für einen Umlauf um Saturn braucht Enceladus einen Erd-Tag, acht Stunden und 53 Minuten. Dabei erreicht er eine Geschwindigkeit von 12,64 Kilometern pro Sekunde. Damit ist Enceladus zwölfmal so schnell wie der Erdmond auf seinem Weg um Mutter Erde. Das liegt nicht daran, dass der Erdmond so faul ist, sondern daran, dass Saturn viel stärker an Enceladus zieht. Wäre er so langsam wie der Mond,

gäbe es ihn längst nicht mehr. Der Mond, andererseits, risse sich im Nu auf ewig von der Erde los, würde er so schnell wie Enceladus seine Bahnen ziehen.
Wenn Sie den vierten Absatz richtig gelesen haben, wissen sie nun auch schon, wie schnell Enceladus sich um sich selbst dreht. Damit er Saturn immer dieselbe Seite zeigen kann, muss er nämlich bei einem Umlauf auch genau eine Rotation vollziehen. Die Achse, um die sich Enceladus dreht, steht dabei exakt senkrecht auf seiner Bahnebene. Deshalb ist Saturn an seinem Himmel auch immer fest am selben Punkt zu sehen. Die Drehachse der Erde hingegen steht schräg auf ihrer Bahnebene um die Sonne – anderenfalls gäbe es keine Jahreszeiten.

Weiß und kalt: Die Oberfläche

Dass Enceladus Licht so gut spiegelt, wie in der Einleitung geschildert, hat einen simplen Grund: Der Mond ist komplett von Eis bedeckt, und zwar von ganz normalem Eis, wie es jeder kennt, also Wassereis. Das reflektiert sogar noch besser als frisch gefallener Schnee auf der Erde. Enceladus wird deshalb gern als »Eismond« bezeichnet, obwohl das gar nicht wirklich zutrifft, wie wir im nächsten Kapitel sehen werden.
Es hat aber eine praktische Folge für jeden Enceladus-Reisenden. Sie kennen das ja von klaren Wintertagen: Licht, das von der Oberfläche reflektiert wird, kann diese nicht erwärmen. Nun befindet sich der Mond sowieso schon in einer riesigen Entfernung zur Sonne (über 1,4 Milliarden Kilometer), doch durch die hohe Albedo (Reflexionsvermögen) wird es auf Enceladus noch kälter, als es wegen des Abstands zur Sonne sein müsste. An der Oberfläche seiner Schwester Dione, die eine Albedo von 55 Prozent aufweist, also viel dunkler ist, wird es denn auch bis zu minus 187 Grad warm, auf Enceladus nur minus 200 Grad.
Auch wenn die Landschaft auf der Oberfläche durchgängig

weiß glänzt, bietet sie doch einige Abwechslung. Ebenen (Planitia, Plural Planitiae) wechseln sich mit 500 bis 2000 Meter hohen Bergrücken (Dorsum, Plural Dorsa) ab, beide können von Gräben (Sulcus, Plural Sulci), Senken (Fossa, Plural Fossae) und Kliffs (Rupe, Plural Rupes) durchzogen oder mehr oder weniger stark von Kratern bedeckt sein.
Wer sich auf Enceladus mit Hilfe einer Karte zurechtfinden will, wird sich in die Märchen aus 1001er Nacht versetzt fühlen. Denn die Astronomenvereinigung IAU hat beschlossen, für den Mond Ortsnamen aus diesem Stück Weltliteratur zu verwenden – bis auf die Krater, die die Namen von Protagonisten der Märchen tragen.
Die Ebenen sind oft geologisch noch relativ jung. Das erkennt man daran, dass sie – wie etwa die Sarandib-Ebene – wesentlich weniger Krater aufweisen, als man es von einem Mond erwarten würde. Man schätzt, dass viele Ebenen weniger als ein paar Hundert Millionen Jahre alt sind. Die Einschlagskrater, das zeigen Fotos der Cassini-Sonde, befinden sich in unterschiedlichen Stadien der Alterung. Während jedoch auf der Erde das Klima die Krater verwittern lässt und sie auf dem Erdmond nur durch neuere Einschläge zerstört werden, führen auf Enceladus Bewegungen des Eises zum Abtragen der Krater.
Von dieser Aktivität zeugen auch die Gräben und Canyons, die bis zu 200 Kilometer lang, fünf bis zehn Kilometer breit und 1000 Meter tief sein können. Sie schneiden oft mitten durch andere geologische Merkmale, sodass man davon ausgeht, dass es sich um relativ frische Neubildungen handelt. Während auf der Erde steinerne Kontinentalplatten aufeinanderprallen, sind es auf Enceladus offenbar Eisplatten. Manchmal entstehen dabei Kliffs, die bis zu 1000 Meter hoch sein können.

Chaos im Süden

Eine Sonderrolle spielt das Gebiet rund um den Südpol von Enceladus. Schon auf Bildern von Voyager 2 machten Forscher hier chaotisches Terrain aus, also ein Durcheinander verschiedenster Geländeformen. Seit die Cassini-Sonde ihre spektakulären Bilder geliefert hat, wissen wir wesentlich mehr. Das Gebiet, das sich bis in eine südliche Breite von 60 Grad erstreckt (entspricht auf der Erde der Lage von Feuerland), ist von Brüchen und Kliffs gekennzeichnet, enthält aber noch weniger Krater als der Rest des Mondes. Die Oberfläche muss also noch weit jünger sein; Forscher schätzen ihr Alter im Mittel auf 500.000 Jahre. Geologisch ist das überaus jung.

Das Zentrum der Region sieht von oben besonders chaotisch aus. Zu den Brüchen und Schollen kommen hier noch riesige Eisklötze von zehn bis 100 Metern Größe. Dieser Bereich wird von vier bis zu 300 Meter tiefen Brüchen dominiert, den so genannten Tiger Stripes, die jeweils einige Hundert Kilometer lang sind. Aufnahmen zeigen, dass das Eis, das sich an ihren Rändern abgesetzt hat, eine deutlich andere Zusammensetzung besitzt als das Eis der gewöhnlichen Ebenen. Hier wurden auch organische Stoffe nachgewiesen.

Die Tiger Stripes, die bis zu 25 Grad wärmer sind als ihre Umgebung, stellen die Quelle der berühmten Enceladus-Geysire dar. Die Fotos, die Cassini davon gemacht hat, gingen um die Welt. Beinahe über die ganze Länge der Stripes werden große Mengen Wasserdampf mit hoher Geschwindigkeit von 400 bis 1250 Metern pro Sekunde (m/s) in den Weltraum geschossen. Ein Teil fällt als Schnee auf den Mond zurück, ein anderer erneuert das Material des E-Rings. Da die Fluchtgeschwindigkeit auf Enceladus unter 240 m/s (860 km/h) liegt, ist ein Ausgasen ins All problemlos möglich.

Die Aktivität der Geysire ändert sich periodisch. Man vermutet, dass die Tiger Stripes bei einer Annäherung an den Saturn unter der Schwerkraft des Planeten zusammenge-

quetscht werden. So erhöht sich der Druck, mit dem das Material herausschießt, und die Menge verringert sich.
Der Cassini-Sonde ist es sogar gelungen, mitten durch eine solche Geysirfahne zu fliegen. Dadurch wissen wir nun, woraus sie besteht: nämlich vor allem aus Wasserdampf, aber auch aus Anteilen von Methan und Kohlendioxid sowie von einfachen bis hin zu komplexen organischen Molekülen. Die Zusammensetzung ähnelt der von Kometen. Wie sie entstehen könnte, diskutieren wir im folgenden Kapitel.

(K)eine Atmosphäre

Eine echte Atmosphäre besitzt Enceladus nicht. Mit seiner geringen Schwerkraft könnte er sie auch nicht halten. Das hat den Nachteil, dass ein Raumschiff beim Landen nicht auf die Bremswirkung der Luft setzen kann.
In der Nähe des Südpols bleibt von den Geysir-Eruptionen aber offenbar zumindest so viel übrig, dass sich Spuren einer Atmosphäre aus 91 Prozent Wasserdampf, 4 Prozent Stickstoff, 3,2 Prozent Kohlendioxid und 1,7 Prozent Methan finden.

Großartiger Ausblick

Ein Astronaut, der gerade auf der Oberfläche gelandet ist, wird zunächst einmal gen Himmel blicken. Der ist auf jeden Fall schwarz, da der Mond keine nennenswerte Atmosphäre hat. Immerhin können dann auch keine Wolken die Sonne verdunkeln, die mit 3,5 Bogenminuten nur ein Neuntel der Größe hat, die wir von der Erde gewohnt sind.
Saturn ist nur von der dem Planeten zugewandten Seite aus sichtbar. Hier hängt er dann in einer Höhe am Himmel, die von der geografischen Breite abhängt, in der sich der Betrachter gerade befindet. Am Äquator leuchtet Saturn also senkrecht von oben; je näher man den Polen kommt, desto niedriger steht der Planet über dem Horizont. Beein-

druckend wirkt er allemal, denn seine Scheibe ist mit einem Durchmesser von 60 Grad etwa 120 Mal so groß wie der Erdmond an unserem Nachthimmel.
Einen guten Blick auf die Ringe hat der Saturn-Tourist allerdings nicht. Denn diese kreisen ja in der selben Ebene um Saturn wie der Mond. Man sieht also direkt auf ihre (sehr schmale) Kante und erkennt sie deshalb nur als Strich. Abhängig von der Stellung zur Sonne lässt sich allerdings der Schatten der Ringe verfolgen.
Falls Ihnen während des Urlaubs auf Enceladus der Mond aufgeht: keine Sorge, Sie sind nicht verwirrt, sondern haben gerade den inneren Mond Mimas gesehen, der alle 72 Stunden an Saturn vorüber zieht und am Himmel etwa die scheinbare Größe des Erdmondes besitzt. Doppelt so groß erscheint hingegen Tethys, allerdings können Sie diesen äußeren Mond nur von der dem Saturn abgewandten Seite des Enceladus beobachten.
Andere Monde erscheinen am Himmel nur sternartig oder sind gar nicht mit dem bloßen Auge zu erkennen.

Wandern auf Enceladus

Ihnen reicht der Blick auf Saturn nicht, Sie wollen auch einmal die Rückseite des Mondes erkunden (eine dunkle Seite besitzt er ja nicht)? Kein Problem. Die geringe Schwerkraft lässt Sie beinahe schweben. Mit 86 Kilogramm Lebendgewicht bringen Sie auf Enceladus nur 1 Kilogramm auf die Federwaage (eine Balkenwaage würde 86 Kilogramm messen, weil sie mit Vergleichsgewichten arbeitet). Selbst in einem schweren Raumanzug kommen Sie also nicht einmal auf zwei Kilogramm.
Das heißt allerdings nicht, dass Sie dort auch 40 Mal höher springen können als auf Ihrem Heimatplaneten. Zum ersten behindert Sie der Raumanzug. Auf der Erde kann mit einem Raumanzug kein Mensch springen. Auf dem Mond kommt man im Raumanzug immerhin auf rund zwei Meter Sprunghöhe, wobei sich noch kein menschlicher Astronaut

einen solch hohen Sprung getraut hat. Auf Enceladus können Sie einen 20-Meter-Sprung machen (ohne Raumanzug sogar 40 Meter) – zu empfehlen ist das allerdings nicht. Das Problem ist die Sicherheit: Sie kommen ja mit Ihrer Absprunggeschwindigkeit wieder auf dem Boden an. Ein Raumanzug sollte das zwar aushalten – doch das Risiko ist einfach zu groß.

Eine Wanderung auf Enceladus unterscheidet sich gar nicht allzu sehr von einem Weltraum-Spaziergang. Draußen ist (fast) ein Vakuum. Die Vorbereitung sollte also dieselbe sein wie bei einem Ausstieg im All. Dass die Atmosphäre fehlt, ist eher ein Glücksfall: Bei minus 200 Grad würde ihr Anzug in einer wie auch immer gearteten luftgefüllten Umgebung viel schneller auskühlen, als wenn er Wärme nur als Strahlung abgeben kann.

Anstrengend ist so ein Spaziergang aber trotzdem, und nur weil sie weniger wiegen, können Sie trotzdem nicht wie ein Blitz von 0 auf 100 beschleunigen. Dabei spielt nämlich Ihre so genannte träge Masse die Hauptrolle, die sich von der auf der Erde nicht unterscheidet.

Kokosnuss mit Kern

Dass Enceladus kein reiner Eismond sein kann, war den Astronomen schon relativ früh klar. Dafür ist er angesichts seiner Größe zu schwer. Mit einer Dichte von 1,61 Gramm pro Kubikzentimeter (Wasser wiegt bloß ein Gramm pro Kubikzentimeter) steht er unter den Saturnmonden an dritter Stelle. In seinem Inneren muss sich also ein dichter Kern aus Gestein befinden. Zum Vergleich: der Erdmond hat eine Dichte von 3,3 Gramm pro Kubikzentimeter, Wassereis ist dort aber auch selten.

Doch auch in Relation zum »blauen Planeten«, zur Erde, hat Enceladus eine ganze Menge Wasser zu bieten. Würde man alles Wasser der Erde zu einer Kugel formen, hätte diese einen Durchmesser von 1384 Kilometern (Erddurchmesser: 12740 Kilometer). Formte man alles Enceladus-Eis

zu einer Kugel, wäre diese immerhin fast 400 Kilometer groß (Enceladus insgesamt hat einen Durchmesser von 504 Kilometern). Oder anders gesagt: Als vor Milliarden von Jahren die noch trockene Erde ihr Wasser bekommen hat, müssen gleich mehrere Himmelskörper von der Größe des Enceladus hier aufgeprallt sein.
Der Gesteinskern des Mondes macht wahrscheinlich etwa die Hälfte der Masse des Mondes aus und erreicht einen Durchmesser von 300 bis 340 Kilometern. Er dürfte primär aus siliziumreichen Verbindungen (Silikaten) bestehen, ähnlich wie Erdkruste und -mantel.
Nicht ganz einig sind sich die Forscher, wie hoch der Anteil kurz- und langlebiger radioaktiver Stoffe war und ist. Ihr Zerfall bietet ja einen Mechanismus, mit dem ein Himmelskörper auch lange nach seiner Entstehung noch Wärme erzeugen kann. Bei der Erde nahm man früher an, dass diese Radioaktivität die Voraussetzung für alles Leben sei. Tatsächlich ist die Hitze des Erdkerns vor allem ein Überbleibsel aus der Frühzeit des Sonnensystems. Der Kern gibt nicht nur Wärme an den Mantel ab, es wird auch weitere Energie frei, wenn bislang flüssiges Material kristallisiert (Kristallisationswärme). Da zudem der allmählich erstarrende innere Kern langsam schrumpft, kommt es zu einer Kompression des Materials, die zusätzliche Energie freisetzt.
Eine solche Rolle spielt der Gesteinskern des Enceladus nicht, aber aus ihm aufsteigende Wärme könnte zumindest dazu führen, Eis zu schmelzen.

Das Reich von Wasser und Eis

Über dem Gesteinskern beginnt dann das Reich von Wasser und Eis. Eis ist nicht gleich Eis, es besitzt verschiedenste Phasen, deren physikalische Eigenschaften sich voneinander unterscheiden. Welche auf Enceladus vorherrschen, weiß man nicht genau. Entscheidend dafür sind Druck und Temperatur, aber auch Beimischungen anderer Stoffe können die Eigenschaften von Eis ändern. So würden zum Beispiel Spuren von Ammoniak den Schmelzpunkt senken – Wasser könnte flüssig sein, wenn es anderswo schon gefriert. Allerdings hat man solche Spuren bisher nicht gefunden. Wahrscheinlich ist, dass der größte Teil der Eisschicht aus normalem Eis besteht, wie wir es auch von der Erde kennen, Eis-I also.

Wie dick die Eisschicht genau ist, weiß man bisher ebensowenig. Die Modelle ergeben Dicken von etwa 50 bis 80 Kilometern. Irgendwo darin oder auch darunter, das haben Messungen von Enceladus' Bahnbewegung ergeben, muss sich eine flüssige Schicht befinden. Enceladus »wackelt« auf seiner Bahn nämlich ein bisschen hin und her – wie ein rohes Ei, das man in Drehung versetzt. Der Mond ist also einer Kokosnuss mit großem Kern vergleichbar: harte, dicke Schale, darunter eine mehr oder weniger nahrhafte Flüssigkeit und schließlich ein noch härterer, ungenießbarer Kern.

Der unterirdische Ozean erstreckt sich entweder nur unter dem Südpol (bis in etwa 50 bis 60 Grad südlicher Breite) oder aber rund um den gesamten Mond. Das erste Modell scheint den meisten Forschern am wahrscheinlichsten. Die Eiskruste wäre demnach 30 bis 40 Kilometer dick, in der Nähe des Südpols jedoch deutlich dünner. Französische Forscher haben berechnet, dass sie hier nur fünf Kilometer dick sein könnte.

Der Ozean selbst dürfte um die zehn Kilometer tief sein, an seinem Grund läge der Druck zwischen 28 und 45 bar. Das entspricht auf der Erde dem Druck in einer Wassertiefe von 300 bis 400 Metern. Andere Modelle gehen sogar von einer Wassertiefe von 30 bis 40 Kilometern aus. Zum Vergleich: die Ozeane der Erde sind im Mittel 3,7 Kilometer tief.

Heiße Streifen

Keinerlei Zweifel gibt es über die Existenz der Tiger Stripes. Cassini hat im kilometertiefen, aber nur neun Meter breiten Bagdad Sulcus eine Temperatur von -75 Grad gemessen. Das reicht eigentlich noch nicht für die Existenz von flüssigem Wasser. Man nimmt aber an, dass die Oberfläche von frischem, kaltem Schnee bedeckt ist, der die gemessene Temperatur senkt.
Aus den Tiger Stripes schießen jedenfalls ständig Wasserfontänen in die Höhe. Enceladus verliert auf diese Weise 150 bis 200 Kilogramm Wasser pro Sekunde. Im Laufe seiner Existenz muss der Mond so bis zu einem Fünftel seiner Masse eingebüßt haben und mindestens drei Viertel seines ursprünglichen Wassergehalts.
Infrarotmessungen der Gegend um den Südpol haben gezeigt, dass dieser deutlich wärmer ist als die Umgebung. Minus 200 Grad wären bei dieser Entfernung zur Sonne zu erwarten, doch es ist im Mittel 15 Grad wärmer. Das scheint wenig, heißt aber, dass hier eine Wärmeleistung von 4,7 Gigawatt abgestrahlt werden muss. Das ist mehr als doppelt so viel wie die Leistung des Kraftwerks im Hoover-Damm.
Woher kommt die Hitze? Es gibt derzeit noch keine eindeutige Erklärung, wie die nötige Wärme entsteht. Vermutlich treffen mehrere Faktoren zusammen. Zunächst einmal steht Enceladus ja unter dem Einfluss des mächtigen Saturn. Der Mond ist nicht völlig homogen (gleichmäßig aufgebaut), also greifen die Anziehungskräfte des Planeten an verschiedenen Stellen unterschiedlich stark zu und massieren Enceladus gewissermaßen kräftig durch. Dabei entsteht Reibung, und Reibung produziert Wärme. Allerdings reicht diese sogenannte Gezeiten-Wärme nicht aus, um den Ozean flüssig zu halten, selbst wenn man berücksichtigt, dass die Eisschicht wie ein isolierender Panzer wirkt.
Eine weitere wichtige Quelle neben der Physik könnte die Chemie sein. An der Grenze zwischen Ozean und Felskern stoßen Salzwasser und Gestein aufeinander. Dabei kommt

es zu einer Reaktion, die Serpentinisierung genannt wird. Das Wasser reagiert dabei mit den Silikaten unter Energieabgabe. Pro Reaktions-Stoffmenge von einem Mol entsteht dabei genug Wärme, um elf Mol Wassereis zu schmelzen. Das könnte in der Geschichte des Mondes zu einer Kettenreaktion geführt haben; es würde reichen, wenn an einer Stelle Wasser mit Silikat reagiert. Danach könnte sich diese Reaktion über den kompletten Enceladus ausbreiten. Dass sie zumindest irgendwann stattgefunden haben muss, dafür spricht auch die Zusammensetzung der Wasserdampf-Fontänen von Enceladus' Kryovulkanen.
Ein gewisser Teil Wärme kann schließlich auch noch vom Zerfall langlebiger radioaktiver Stoffe im Kern beigetragen werden.

Die Geburt des Mondes

Enceladus wurde wahrscheinlich etwa zur selben Zeit geboren wie Saturn. 9,5 Astronomische Einheiten von der Sonne entfernt kühlte sich der protoplanetare Nebel schneller ab als im Inneren des Sonnensystems, in der Nähe der heißen Ursonne, wo Wasser eher flüssig oder als Wasserdampf auftrat. Außerdem überwogen hier draußen die leichteren Elemente – deshalb auch die Bildung von Gas- statt Gesteinsplaneten.
Als die Temperatur weit genug gefallen war, kondensierten zunächst die festeren, dann die flüchtigeren Verbindungen bis hin zum Wasserdampf, der zu Eiskristallen gefror. Wenn Teilchen sich trafen, verschmolzen sie zu größeren Brocken, die sich wiederum mit anderen zu noch größeren Teilen verbanden. Daraus entstanden schließlich Planetesimale, die noch undifferenziert waren. Das heißt, sie besaßen weder Kern noch Kruste, Gestein und Eis waren bunt gemischt.
Ganz am Anfang enthielten die Brocken noch eine größere Menge radioaktiver Nuklide. Diese erhitzten das Innere des künftigen, am Anfang 600 statt heute 500 Kilometer

durchmessenden Mondes und buken die einzelnen Brocken fester zusammen. Das Eis erwärmte sich, sodass sich Enceladus mit Hilfe seiner eigenen Schwerkraft zusammenziehen konnte, als würde er seinen Mantel enger ziehen. Damals muss der Mond um etwa 20 Kilometer geschrumpft sein. Die Temperatur im Inneren stieg irgendwann so weit, dass das immer noch überall verteilte Eis zu schmelzen begann und der verborgene Ozean entstand. Die ersten Serpentinisierungs-Reaktionen setzten ein. Dadurch veränderten sich die Eigenschaften der Silikate derart, dass das verbliebene Wasser nach außen gedrängt wurde, wo es wieder gefror. Als die Temperatur des Kerns schließlich 450 Grad erreicht hatte, setzte die Umkehr-Reaktion zur Serpentinisierung ein.

Dadurch verwandelte sich der Kern schließlich in das, was wir heute kennen, einen wasserarmen Silikat-Kern, umgeben von einer dicken Eisschicht. Zwischen beiden sorgt die Chemie für eine Schicht flüssigen Wassers. Gleichzeitig verliert Enceladus dadurch fortwährend Masse und schrumpft auf die heutigen 500 Kilometer Durchmesser. Der Kern kühlt sich mit der Zeit ab, er dürfte heute kaum noch wärmer sein als der Ozean, eventuell ist er sogar kälter.

Andere Eismonde sind übrigens einen anderen Weg gegangen. Mimas zum Beispiel, obwohl von ähnlicher Größe, besitzt keinen echten Kern; er ähnelt noch immer dem schmutzigen Schneeball, der er zur Zeit seiner Entstehung war. Forscher gehen davon aus, dass er zu Beginn seines Lebens weniger Gesteinsmaterial enthielt. Deshalb waren nicht genügend Radionuklide vorhanden, um durch Erwärmung des Inneren das Eis nach außen zu verdrängen.

Die Erforschung des Enceladus

Den allerersten Blick auf Enceladus erhaschte 1789 der britisch-deutsche Astronom und Musiker Friedrich Wilhelm Herschel, als er das damals größte Teleskop (1,2 Meter) der Welt auf den Ringplaneten Saturn richtete. Seinen

Namen erbte der Mond vom Giganten Enkelados (lateinisch: Enceladus) der griechischen Mythologie – eigentlich eine Verwechslung, denn Enkelados zog (als Gigant) nie gemeinsam mit den Titanen (deren Chef Kronos war, der bei den Römern Saturn hieß) gegen die Götter in den Krieg. Vielmehr erhoben sich die Giganten erst, nachdem Zeus die Söhne der Urmutter Gaia, die Titanen, in die Unterwelt gesperrt hatte.
Fast 200 Jahre lang blieb Enceladus ein unauffälliger, wenn auch ungewöhnlich heller Fleck am Himmel, wegen seiner Nähe zu Saturn und den Ringen nicht ganz leicht zu beobachten, weil von diesen überstrahlt. Voyager 1 stattete ihm den ersten vom Menschen initiierten Besuch ab. Die Sonde flog am 12. November 1980 in 202.000 Kilometern Entfernung vorbei. Ihre Bilder zeigten schon, dass Enceladus ein sehr junges Gesicht hat, das keine tiefen Krater aufweist. Voyager 2 kam am 26. August 1981 dann sogar auf 87.010 Kilometer heran und konnte dadurch wesentlich besser aufgelöste Fotos liefern. Die Bilder versetzten die Forscher in Aufregung: Wie kann ein derart kalter, kleiner Mond so unterschiedlich geformte Gegenden aufweisen, von denen einige erst ein paar Millionen Jahre alt sein können?
Die Antwort lieferte schließlich ab 2004 die Cassini-Sonde von NASA und ESA, die zuvor schon einen Lander auf dem größeren Mond Titan abgesetzt hatte. Cassini erhielt danach einen Saturn-Orbit, der die Sonde relativ oft sehr nah an Enceladus vorbei führte. Zunächst waren Anflüge bis auf 1500 Kilometer Abstand geplant, doch nachdem man dabei feststellte, dass aus der Südpolar-Region Wasserdampf ins All steigt, entschloss man sich, den Mond noch aus größerer Nähe zu betrachten. Cassini kam dann teilweise auf bis zu 25 Kilometer an die Oberfläche heran und konnte dabei wirklich spektakuläre Fotos liefern. Am 28. Oktober 2015 gelang es sogar, durch die Geysir-Eruption hindurchzufliegen. Die Sonde analysierte dabei die Zusammensetzung des ausgestoßenen Materials, das sich als so dicht erwies, dass sie davon sogar messbar gebremst wurde.

Der nächste Besuch: Derzeit gibt es bei keiner irdischen Raumfahrtagentur feste Pläne, Enceladus erneut zu besuchen. Die ESA hatte Anfang der 2000er Jahre das Konzept einer Titan-Enceladus-Mission namens TandEM auf dem Tisch. Diese verschmolz man 2009 mit einem ähnlichen Konzept der NASA zur Titan Saturn System Mission (TSSM). TSSM musste aus Budgetgründen schließlich EJSM (der Europa Jupiter System Mission, inzwischen oft »Europa Clipper« genannt) weichen, die in den 2020er Jahren den um Jupiter kreisenden Eismond Europa erforschen soll.
Ob das eine schlaue Idee ist, wird man sehen: Europa kreist innerhalb von Jupiters Strahlungsgürtel. Während Cassini ein Jahrzehnt lang Daten von Saturn und Enceladus lieferte, wird der Europa Clipper wohl nicht einmal ein Jahr durchhalten.
Parallel verfolgt die ESA die Mission JUICE (JUpiter ICy moons Explorer). Sie sieht vor, dass eine 2030 bei Jupiter eintreffende Sonde drei Jahre lang die Eismonde Ganymed, Callisto und Europa erforscht. Mindestens auf Europa erwartet man einen ähnlichen Ozean wie auf Enceladus, nur dass dort die Eisschicht noch deutlich dicker ist.
Bisher nur als Vorschlag existiert der Enceladus Life Finder. Er sollte frühestens 2021 starten und im Dampf der Geysire nach Spuren von Leben fahnden, etwa nach Amino- oder Fettsäuren. Dazu sollte die Sonde die Geysir-Eruptionen mehrfach durchfliegen. Parallel entwickelten NASA und JAXA gemeinsam LIFE (Life Investigation for Enceladus), eine Sonde, die sogar Proben von den Geysiren nehmen und zur Erde zurückbringen sollte. Beide Projekte bewarben sich 2015 um einen von fünf Plätzen im Discovery-Programm der NASA (wo eine Mission maximal 450 Millionen Dollar kosten darf). Doch bei der Entscheidung im Sommer 2016 erhielt keine der beiden Missionen den Zuschlag.
Doch es gibt durchaus Hoffnung für die Zukunft. Bei den günstigeren Discovery-Missionen ist es wichtig, dass nur erprobte Technik verwendet wird. ELF und LIFE hätten

Sonnenenergie genutzt, was in derartiger Entfernung zur Sonne mutig ist. Die (ebenfalls auf Solarenergie setzende) Europa-Mission könnte nun zeigen, dass die Technik ausgereift ist.
Außerdem hat die NASA Anfang 2016 angekündigt, für das »New Frontiers«-Programm explizit auch Vorschläge für Expeditionen zu Titan und Enceladus anzunehmen. Entscheidungen darüber werden 2017 fallen. Im New-Frontiers-Programm (die New-Horizont-Sonde zu Pluto gehört zum Beispiel dazu) sind auch neuartige Technologien willkommen, und die Missionen dürfen mit zwei bis drei Milliarden Dollar auch teurer ausfallen. Es ist also nicht unwahrscheinlich, dass ELF zu neuem Leben erweckt wird.

Mit einer Crew zu Enceladus?

Derzeit hat die Menschheit nicht die technischen Fähigkeiten, ein bemanntes Raumschiff zu Saturn und seinen Monden zu schicken – jedenfalls realistisch betrachtet. Eine robotische Sonde kann sich so viel Zeit nehmen, wie sie braucht, und sie kann auf viele Dinge verzichten, ohne die der Mensch nicht auskommt: Lebenserhaltung (Sauerstoff, Wasser), Nahrung, Schwerkraft, Schutz vor Strahlung, Rückflugticket ... Mit heutiger Technologie ein Saturn-Raumschiff zu konstruieren, wäre zwar prinzipiell möglich, aber sehr, sehr teuer.
Die knapp vier Tonnen schwere Sonde Juno, im Herbst 2016 um Jupiter eingeschwenkt, hat etwa eine Milliarde Dollar gekostet. Ein bemanntes Raumschiff würde mindestens zehnmal so schwer und komplex ausfallen. Es muss ja auch für den Rückweg wieder beschleunigen und dann bremsen, braucht also nicht nur doppelt so viel Treibstoff, sondern die mehrfache Menge. Berücksichtigt man alle Erfordernisse, schätzt man Kosten von 100 Milliarden Dollar und mehr. Juno, die bisher schnellste Sonde, hat bis Jupiter fünf Jahre gebraucht – Saturn ist doppelt so weit entfernt. Die Crew wäre also 20 Jahre lang unterwegs.

Es gibt allerdings bereits Triebwerks-Konzepte, die in zehn oder zwanzig Jahren eine Alternative bieten könnten.
Der magnetoplasmadynamische Antrieb (MPD) benutzt sehr starke Magnetfelder, um die Stützmasse (etwa das Edelgas Argon oder das Metall Lithium) aus der Düse heraus zu beschleunigen. Damit erreicht man hohe Austrittsgeschwindigkeiten bis 40 km/s. Den Saturn könnte ein damit ausgerüstetes Raumschiff in ein bis zwei Jahren erreichen. Eine derzeit kommerziell entwickelte Variante nennt sich VASIMR; der Hersteller Ad Astra will bis 2017 einen Prototypen gebaut haben, der 100 Stunden kontinuierlich arbeitet. Ein Nachteil des MPD ist allerdings, dass er nur mit Energiezufuhr (Strom) funktioniert. Sonnenenergie ist in Höhe des Saturn knapp, man bräuchte also einen kleinen Kernreaktor oder ein RTG (Radio-Isotopen-Generator, der aus der Zerfallswärme von Plutonium Strom erzeugt).
Eine Alternative dazu wäre ein Nuklear-Antrieb. Das Konzept stammt schon aus den 1950-ern (»Orion-Project«): Damals stellte man sich vor, eine Atombombe hinter dem (durch einen großen Spiegel abgeschirmten) Raumschiff zu zünden und es auf diese Weise anzutreiben. Mit ungefähr 1000 solcher Bombenzündungen hintereinander ließe sich Saturn in ein, zwei Jahren erreichen. Echte Atombomben per Rakete ins All zu schießen, wäre heute kaum noch akzeptabel. Das Konzept wurde zu Mini-Mag-Orion weiterentwickelt. Dabei packt man einen kleinen Brocken spaltbares Material in ein Magnetfeld und quetscht es so lange zusammen, bis es in einer Miniaturexplosion zündet. Auch das geht natürlich nicht ohne schädliche Strahlung ab, man müsste das Triebwerk also gut isolieren.
Am vielversprechendsten scheint derzeit das Direct Fusion Drive (DFD) zu sein. Die Idee, ein Raumschiff über die Kernfusion anzutreiben, wird schon seit den 1990-ern diskutiert. Kernfusion kommt im Gegensatz zur Kernspaltung ohne allzu viel radioaktiven Müll aus. Das einzige Problem können frei werdende Neutronen sein, die dann eventuell von stabilen Atomen eingefangen werden und diese in instabile Nuklide verwandeln. Derzeit ist vor allem die Firma

Princeton Satellite Systems in der Forschung aktiv, die mich auch bei diesem Buch beraten hat. Im DFD-Konzept von Princeton Satellite Systems (PSS) reagiert Deuterium (schwerer Wasserstoff) mit Helium-3 (ein Isotop des Heliums) zu Helium-4. Es erreicht eine Austrittsgeschwindigkeit von 70 km/s. Den Mars würde ein Raumschiff unter diesen Bedingungen in einem Monat erreichen, Saturn in einem Jahr. Die Fusionsreaktion erzeugt relativ wenige Neutronen, das Raumschiff benötigt also keine umständliche Abschirmung. Gleichzeitig erzeugt das DFD auch Strom.

Weder Deuterium noch Helium-3 sind radioaktiv. Helium-3 ist allerdings sehr teuer, weil es sehr selten ist. In der gesamten Erdatmosphäre gibt es nur rund 3000 Tonnen. Der Jahresverbrauch auf der Erde liegt bei acht Kilogramm; ein Kilogramm des Gases kostet etwa 16 Millionen Dollar. Für einen Return-Flug zu Saturn bräuchte man 20 Kilogramm Helium-3, schätzt PSS. Hier bietet sich der Mond als Quelle an: In dessen obersten Gesteinsschichten ist der Gehalt an Helium-3 bis zu 1000 Mal größer als auf der Erde. Ein DFD-Triebwerk könnte auch als Energiequelle für all das dienen, was die menschliche Crew dereinst auf Enceladus erledigen will.

Den endgültigen Beweis für die Existenz von Leben auf Enceladus könnte wohl nur eine Expedition liefern, die den Ozean direkt erforscht. Enceladus bietet hier womöglich ganz gute Bedingungen, weil die Eiskruste zumindest teilweise dünner ist als auf anderen Monden.

Mit dem Durchbohren von Eisschichten hat der Mensch schon praktische Erfahrungen. Vorzugsweise nutzt man allerdings herkömmliche Bohranlagen, die auf Enceladus unpraktisch sind, weil man sie ja mitbringen muss.

Die Alternative wäre ein Kryobot, ein Eis-Bohr-Roboter, wie ihn der deutsche Physiker Karl Philberth schon in den 1960er Jahren entwickelte. Seine Philberth-Sonde erreichte 1968 im Grönland-Eis eine Tiefe von 1000 Metern.

Derzeit führend in diesem Gebiet ist die US-Firma Stone Aerospace mit ihrer »Valkyrie«. Der »Very deep Autono-

mous Laser-powered Kilowatt-class Yo-yoing Robotic Ice Explorer« wird von der NASA mitfinanziert. Er hat keine Energiequelle an Bord, sondern wird per Laser über ein Glasfaserkabel versorgt. Derzeit testet Stone Aerospace die Valkyrie mit einer Leistung von 5 Kilowatt auf der Erde. Die Version für Enceladus müsste deutlich größer sein, würde aber nach demselben Prinzip funktionieren. Sie bräuchte etwa 250 Kilowatt bis 1 Megawatt Leistung. Je mehr Leistung, desto schneller kann der Kryobot bohren, wobei das nicht der richtige Begriff ist: Der Laser erhitzt Wasser, und das heiße Wasser wird auf das Eis gerichtet, das wie Butter schmilzt. Das funktioniert schneller und vor allem wartungsärmer als ein Bohrer aus Metall, der sich abnutzt. Außerdem lässt sich das heiße Wasser auch zur Energiegewinnung verwenden. Das Glasfaserkabel wiederum dient auch zur Informationsübertragung.
Das Konzept Valkyrie funktioniert allerdings nur, wenn man eine Energiequelle mitbringt. 5 Megawatt Leistung erzeugt man nicht mal so eben mit einem Notstrom-Generator. Man bräuchte also ein kleines Kernkraftwerk. Oder man nutzt die Doppelfunktion der DFD-Triebwerke, von denen jedes eine Leistung von 10 Megawatt erbringt. Da Enceladus keine Atmosphäre besitzt, könnte man die Energie fast verlustfrei per Laser direkt aus dem Orbit zum Landemodul schicken, das sie schließlich in das Glasfaserkabel zur Valkyrie einspeist.

Leben auf Enceladus?

Wenn es Leben auf Enceladus gibt, dann ist dieses am Grund des Ozeans beheimatet. Hier finden, wie vorn beschrieben, ständig Serpentinisierungs-Reaktionen statt, die Wärme (wichtig für Leben), Wasserstoff (wichtig für Leben) und Methan (wichtig für Leben) produzieren. Gleichzeitig können weitere Mineralien (als Nährstoffe wichtig für das Leben) sich im Wasser lösen, das zudem auch verschiedenste Salze enthält. Der Ozean existiert wahrscheinlich schon länger als es auf der Erde die passenden Bedingungen für Leben gibt, wie wir es kennen. Es war also wirklich ausreichend Zeit.

Die Organismen müssten natürlich ohne Photosynthese auskommen, denn an den Grund des Ozeans dringt kein Licht vor. Auch auf Sauerstoff müssen sie komplett verzichten. Doch schon auf der Erde haben Forscher bisher drei Lebensräume identifiziert, in denen ähnliche Bedingungen herrschen. Eines davon wurde in den Tiefen einer Mine in Südafrika gefunden. Es beruht auf der Energie radioaktiven Zerfalls und besteht aus Bakterien, die Schwefel reduzieren. Schwefel findet sich allerdings auf Enceladus kaum. Die anderen beiden fanden Forscher im vulkanischen Gestein heißer Quellen tief unter der Erde. Sie werden von Archaeen dominiert. Diese Lebewesen konsumieren den hier durch Plattenbewegungen austretenden Wasserstoff, verbrennen ihn mit Kohlendioxid und erzeugen daraus Energie, die sie für ihr Leben brauchen, sowie Methan und Wasser. Archaeen sind neben Bakterien und Eukalypten eine der drei Domänen des Lebens, und von diesen die ursprünglichste. Archaeen sind Einzeller, ihre Erbsubstanz DNS ist ringförmig. Sie besitzen einfache Fortbewegungsorgane (Flagellen) und bauen manchmal eine Art von Skelett zur Stabilisierung ihrer Form auf. Von den Bakterien unterscheiden sie sich in der Struktur der in den Ribosomen enthaltenen RNA, die für die Umsetzung der Erbinformationen in Eiweiße zuständig ist.

Archaeen findet man auf der Erde meist unter Extrembedingungen. Manche Arten wachsen erst bei Temperaturen von über 80 Grad Celsius gut, andere leben am liebsten in hoch konzentrierten Salzlösungen oder in stark saurer oder basischer Umgebung (pH-Wert unterhalb von 0 oder oberhalb von 10). Auch der Druck am Grund des Ozeans, der bei 2,8 bis 4,5 MPa liegt, sollte kein Problem darstellen; im Marianengraben gibt es Mikroorganismen, die einen Druck von bis zu 50 MPa aushalten. Selbst multizelluläre Lebewesen wie etwa Pseudoliparis amblystomopsis, eine

Fischart aus der Familie der Scheibenbäuche, können unter solchen Bedingungen überleben.
Archaeen sind übrigens zu erstaunlichen Leistungen fähig – so gehören sie zu den schnellsten Lebewesen der Erde. In der Einheit »Körperlängen pro Sekunde« kommen sie auf 400 bis 500. Ein Gepard schafft gerade einmal 20, ein Mensch nur elf, ein Pferd sieben. Ein Sportwagen müsste 6000 km/h schnell sein, um es mit den Archaeen aufnehmen zu können. Dass die Archaeen so viel schneller sind als Bakterien, liegt daran, dass sie zum einen mehr Flagellen-Auswüchse besitzen (50 versus 5 bis 7) und zum anderen diese schneller drehen können, also einen effizienteren »Motor« besitzen. Archaeen werden vom Menschen unter anderem in Biogasanlagen zur Methangewinnung eingesetzt.
Auf der Erde sind die im Mittel einen Mikrometer großen Archaeen wesentlich weiter verbreitet und für den Stoffkreislauf wichtiger als man lange annahm. Sie benötigen nämlich nicht zwangsläufig extreme Bedingungen. Im Süßwasser sind sie ebenso verbreitet wie im Meer (wo sie in einigen Bereichen bis zu 90 Prozent der Lebewesen darstellen) und im Erdboden, daneben jedoch auch als Symbionten im Darmtrakt von Tieren und Menschen. Sogar im menschlichen Bauchnabel hat man Archaeen gefunden. Insgesamt schätzt man die Zahl der Archaeen im Ozean auf größer als 10 hoch 28, also eine 1 mit 28 Nullen. Die Zahl aller Körperzellen des Menschen multipliziert mit der Zahl der Menschen ist gut sechs Dimensionen kleiner.

Wie das Leben begonnen haben könnte

Wir wissen zwar noch nicht, ob Enceladus Leben beherbergt – aber wenn, dann muss es natürlich irgendwann in seiner Geschichte begonnen haben mit der Henne oder dem Ei. Wie das passierte, darüber ist man sich auch bei der Erde nicht sicher. Es gibt aber zwei Theorien zur Entstehung des Lebens bei uns, die auch bei Enceladus zutreffen könnten.

Theorie 1: Herkunft aus der Ursuppe

Dass sich anorganische Moleküle in einer wasserbasierten »Ursuppe« zufällig zu ersten organischen Verbindungen und schließlich zu primitivsten Zellen zusammengefunden haben könnten, hat schon Charles Darwin vorgeschlagen. 1953 haben dann Stanley Miller und Harold Urey in einem spektakulären Experiment gezeigt, wie das vielleicht auf der Erde abgelaufen ist: Sie ließen in eine Mischung aus Methan, Ammoniak, Wasserdampf und Wasserstoff künstliche Blitze einschlagen. Binnen zwei Wochen bildeten sich in der Lösung verschiedene Aminosäuren, komplexe Moleküle, die zu den Grundbausteinen des Lebens gehören. Miller und Urey haben sich zwar wohl geirrt, was die mögliche Zusammensetzung der Ursuppe angeht, und sie haben auch kein Leben erzeugt, doch das Experiment bewies, dass sich unter den richtigen Bedingungen sehr komplexe Moleküle aus einfachen Verbindungen bilden können. Diese Grundstoffe und die nötige Energiezufuhr in Form von Wärme gibt es auch auf Enceladus, und zwar seit Milliarden Jahren.

Theorie 2: Herkunft aus hydrothermalen Quellen

Am Grund der Erdozeane tritt heißes Wasser, in dem verschiedene Stoffe gelöst sind, aus der Erdkruste aus. Manche Quellen stoßen fast 500 Grad heißes Wasser aus. Womöglich sind das die Orte, an denen auf der Erde das Leben entstanden ist: Die von den Quellen gelieferte chemische Energie in Form gelöster reduzierter Gase trifft hier auf die passenden Reaktionspartner. Falls es am Grund des Enceladus-Ozeans solche Quellen ebenfalls gibt, könnten sie ein Ausgangspunkt des Lebens sein. Nachdem das Leben in den Hotspots entstanden ist, könnte es sich mit der Zeit auch an die kältere Umgebung angepasst und über den gesamten Ozean ausgebreitet haben.